バージェス家の出来事

The Burgess Boys

エリザベス・ストラウト

小川高義 訳

早川書房

バージェス家の出来事

THE BURGESS BOYS

by

Elizabeth Strout

Translated by

Takayoshi Ogawa

First published 2014 in Japan by

Hayakawa Publishing, Inc.

This book is published in Japan by

arrangement with

Random House

an imprint of The Random House Publishing Group

a division of Random House, Inc.

through The English Agency (Japan) Ltd.

装画／田上千晶

装幀／ハヤカワ・デザイン

夫のジム・ティアニーへ

目次

登場人物

ジム・バージェス……………………バージェス家の長男。弁護士
ボブ・バージェス……………………バージェス家の次男、スーザンと双子。
訴訟支援《リーガル・エイド》に勤務
スーザン・オルソン………………バージェス家の長女、ボブと双子。
眼鏡店勤務
ヘレン………………………………ジムの妻
パム…………………………………ボブの元妻
スティーヴ・オルソン……………スーザンの元夫
ザカリー（ザック）………………スーザンとスティーヴの息子
アブディカリム・アーメド
ハウィヤ……ソマリ人の移民
マーガレット・エスタヴァー……ユニテリアン派の牧師
ジーン・ドリンクウォーター……スーザンの間借り人
アラン・アングリン………………ジムの共同経営者
ドロシー……………………………アランの妻
エイドリアナ・マーティク………ボブの元隣人
ディック・ハートリー……………メイン州司法長官
ダイアン・ダッジ…………………メイン州司法長官補佐

プロローグ

よく母と二人でバージェスという一家の話をした。「あの子たち」と母は言った。私はニューヨークで暮らして、母はメイン州にいたので、たいていは電話で語り合った。だが私がメイン州へ帰って、近くのホテルに宿をとったりすれば、じかに話す機会にもなっていた。母はホテルに慣れた人ではなかったので、緑色の壁にステンシル画でピンクのバラを一列にあしらった部屋へ来て、私を相手に昔話をするということが楽しみになったようだ。シャーリー・フォールズの町を出ていった人、また出ていかなかった人について、あれこれの噂をしたのである。「あの子たちのこと、なんだか忘れられなくてさ」母はカーテンを引いて樺の並木をながめては言ったものだ。

バージェス家の子供たちは、母にとって気にかかる存在だった。あの三人がつらい思いをしたのは周知のことだったし、また母はだいぶ昔に日曜学校の四年生クラスを担当して、三人とも教え子だったせいもあるだろう。とくに男の子二人には好感を持っていたようだ。ジムはもともと怒りっぽいが、なんとか冷静になろうとしていると母は見ていた。ボブは心の広い子だった。スーザンはあまり好きになれなかったようだ。「誰だってそうでしょ」

「きれいな子だったわよ」私も思い出しながら言った。「巻き毛で、ぱっちりした目をして」

「それがあとになっておかしな息子を産んじゃった」

「悲しいことだわ」

「悲しいことなんていくらでもある」と母は言った。すでに母も私も夫を亡くした身の上で、こんな話になると二人とも押し黙った。そのうちにどちらかがまた口をきいて、結局はボブ・バージェスもいい奥さんにめぐり合ったんだからいいじゃないのと言った。その奥さんというのは、つまりボブには再婚の相手で、これで落ち着いてくれればよいと思えたのは、ユニテリアン派の牧師をしている人だった。母はこの宗派が好きではなくて、あんなのは楽しいクリスマスの仲間はずれにされたくないからキリスト教になってるだけで、ほんとうは無神論なんだと思っていた。でも、その女、マーガレット・エスタヴァーはメイン州の出だったので、それだけでも一応はよしとされていた。「ボブは、あれだけ長いことニューヨークにいたんだから、そっちの人と結婚したっておかしくなかったもの。ジムなんてねえ、コネティカットの小生意気な女と一緒になっちゃって」

もちろん、このジムのことも、よく話題になった。メイン州の司法長官事務所で殺人事件の担当をしていたが、あとで州外へ去っていった。いずれは知事に立候補するのではないかとさえ思ったのに、ぱたっと沙汰止みになった。そして思い出話の成り行きとしては当然ながら、ジムがウォリー・パッカーの裁判で弁護士となって毎晩ニュースに出ていた年についても語った。あれは法廷にテレビ報道が持ち込まれようとする時期だった。その後O・J・シンプソンの事件があったのでパッカー裁判の記憶は薄らぐことになったのだが、それまでは全国にジム・バージェスを信奉する人がいて、おとなしそうな顔をしたソウルシンガーに無罪判決をもたらした姿に讃嘆の目を向けていたのである。あのウォリー・パッカーが「この重い荷をどけてくれ、この愛の重み……」と甘くささやく歌声を聞きながら、私たちの世代は大人になった。その歌手に、愛人だった白人女性を殺そうとした嫌疑がかかっていた。金を払って殺人を依頼したのではないかという裁判が、コネティカット州ハートフォードで行なわれ、人種問題が争点となる中で、まず陪審員の選任がみごとだったと評された。それからジムは、容赦なく、粘り強く、弁論の術を繰り出して、犯罪を構成する二つの基本、すなわち犯意と犯行を結びつける論理の綾がどれだけ虚偽になり得るか――しかも本件の場合には両者を結びつけてさえもいないのだ、という陳述を展開した。これは全国誌の時事マンガにもなったくらいで、そんな一つの例を挙げれば、乱雑な居間にたまげている女に「もし片付ける意図があるなら、片付く結果になるかしら」というキャプションがついていた。世論調査ではウォリー・パッカーは有罪だという見方が強くて、母や私もそうだろうと考えた。それをひっくり返す形で世間をあっと言わせたのだから、ジムはすっかり有名人になったのだ（一九九三年のセクシーな男性ランキングで上位に入れる雑誌も出たくらいで、セックスがらみの話を毛嫌いしていた母でさえも、これだけは文句を言わなかった）。かのO・J・シンプソンも「ドリームチーム」の弁護団にジムを加えたかったのだと伝えられる。そんな話がネット上に飛びかったこともあるが、バージェス側からは何の反応もなかったので、どうやらジムは「過去の栄光に満足しきっている」と見られた。母と私が気持ちの上ですれ違っていた時期にも、パッカー裁判はうまいこと話の接ぎ穂になってくれた。いまとなっては昔のことだ。

すでに私はメイン州からの帰り際に、母にキスをして、愛してるわ、と言えたのだし、母もまた同じことを言うようになっていた。

ニューヨークの二十六階のアパートから、ある晩、母に電話をかけた。夕闇が都会に落ちて、眼前に広がるビルの広野にホタルの群れのような灯火が生じる風景をガラスの向こうに見ながら、私は母に言っていた。「覚えてる？　ボブが精神科へ行かされたことがあったでしょう。校庭で子供たちが言ったわよ。ボビー・バージェスは頭がおかしくなって医者へ行った、なんて」

「子供は平気で言うからね。ひどいもんだわ」

だが私は「ずっと昔のことよ」とも言ってみた。「精神科の医者にかかろうとする土地柄じゃなかったわね」

「もう変わった」と母は言った。「あたしが行くスクエアダンスの仲間でね、子供がセラピストに通ってるなんて人もいるわよ。たぶん薬でも出されてるんじゃないかと思う。そういうことを隠そうともしなくなった」

「バージェス家の父親のことは覚えてる？」これは以前にも聞いていた。私たちにはよくあることで、わかっていることを何度も口にした。

「そう、背の高い人でね。工場で監督をしてたはずだけど、奥さんだけ残されちゃったね」

「残されて、再婚はしなかった」

「しない。あの当時だから、そんな話はあったかどうか。まだ小さい子供が三人いたしね。ジムとボブとスー」

バージェス家は、町の中心から一マイルほどの距離にあった。小さい家だったが、そのあたりの家は、シャーリー・フォールズという町にあっても、小ぶりというか、大きくはないのが普通だった。バージェスの家は黄色く塗ってあって、小高い丘の上にあり、その横手の土地は春になると緑の草にたっぷり埋まった。私は子供心に牛になりたいと思った。しっとりした草を一日中食べていられるだろうと思ったのだ。おいしそうな草だった。実際には牛がいたわけではなく、菜園らしきものさえもなく、なんとなく近郊農家の土地のような雰囲気だけがあった。夏になると奥さんが家の前に出て、植え込みをめぐってホースを引きずったりもしていたが、丘の上にある家なので、いつも奥さんは遠くに小さく見えていた。私たちが車で通りかかっても、手を振った父に奥さんが反応することはなかった。たぶん見えていなかったのだろう。

どこの町もさかんに人の噂をするものだと一般には思われるかもしれないが、私が子供の頃、大人たちが他人の家についてとやかく言う声はまず聞かれなかった。バージェス家がどうなったかという話も、さほどの特別扱いはされずに、よくある悲劇、たとえばバニー・フォッグが地下室の階段から落ちて三日間発見されなかったとか、ハモンド家の奥さんが子供たちを大学へ送り出す時期に脳腫瘍になったとか、頭のいかれたアニー・デイがそろそろ二十歳でまだ高校に在籍しながら男子の目の前でスカートをまくり上げるとか、そんなものと同じように受け止められていた。平気で口さがないことを言ったのは子供たちだ。とくに私くらいの小さい子がそうだった。しつけには厳しい町だったから、もし校庭にいる子がひどいことを言えば――つまり、ボビー・バージェスは「お父さんを殺した子だ」とか「頭がおかしくなって医者へ行った」とか言おうものなら、すぐに校長室へ行かされて、親が呼び出されて、おやつの時間に何ももらえなかった。

それほど頻繁にあったことではない。

年長のジム・バージェスは、私から見れば十歳も離れていたから、ほとんど有名人のように遠い存在で、ある意味では、すでに当時から有名だったとも言える。フットボールの選手で、生徒総代で、濃い色の髪が似合って、いい顔をしていた。また生真面目なところもあって、絶対に目が笑わない人という印象が私には残っている。あとの二人、ボビーとスーザンはジムよりも年が下で、うちへ来て私たち姉妹のベビーシッターをしたこともある。スーザンは面倒見のよいほうではなく、たいてい私たちは放っておかれたが、ある日、自分が笑われていると思ったスーザンは、母が留守中の常備として置いていった動物ビスケットを取り上げてしまった。これに抗議してバスルームに立て籠もった姉に、スーザンは警察を呼んでやると怒鳴った。それからどうなったのか私は全然覚えていないのだが、警察は来なかったと思う。あとで母がどうしてビスケットが減っていないのだろうと不思議がっていた。ボビーも何度か来たのだったが、そんなときは私たちを順番に背中に乗せてお馬さんごっこをしてくれた。ときどき首をねじって「いいかい？大丈夫？」と聞くので、やさしい人につかまっているという実感があった。うちの駐車スペースで駆けていた姉が転んで膝をすりむいたときは、ボビーはすっかり申し訳なさそうな顔をした。その大きな手が、すり傷を洗い流していた。「ようし、強い子だな。大丈夫だ」

大きくなってから姉たちはマサチューセッツへ行ったが、私だけはニューヨークへ出た。父も母もおもしろくはなかったようだ。十七世紀の初めまでさかのぼるというニューイングランドの家系から裏切り者が出たように思ったらしい。わが家の先祖は、と父は言った。荒っぽく生き抜いたが、ニューヨークみたいな汚濁の溜池に踏み込んだやつはいない。ところが私は結婚した相手もニューヨークの男で、人付き合いのうまい金持ちのユダヤ系だったから、なおさら事態は悪化した。両親はあまり足を向けてこなかった。大都会に怖じ気づいたのかもしれない。私の夫が外国人にさえも見えて、それで恐れをなしたこともあろう。生まれてきた子供たちにもそうだったかもしれない。野放図に育っていると思えたに違いない。たしかに部屋は散らかって、プラスチックのおもちゃが出しっ放しだった。いくらか大きくなると鼻にピアスをして、髪を青や紫に染めた。そんなこんなで私と両親には長いこと感情のわだかまりができていた。

だが私は、末の子を大学へ行かせて間もなく、夫に逝かれてしまった。その前年には母も父に先立たれていたのだが、その母がニューヨークへ来て、小さい頃の私が病気で寝込んだときのように私のおでこを撫でては、かわいそうに父親と連れ合いを立て続けに亡くしたんだねと言った。

「どうしてあげられるかねえ」

私はソファに横になっていた。「何か話して聞かせて」

母は窓辺の椅子へ行った。「じゃあ、スーザン・バージェスの話をしようか。亭主がスウェーデンへ逃げちゃったのよ。あっちから先祖が呼んだのかもしれない。わかんないけどさ。もともとニュースウェーデンなんていう小さな北の町の人だったね。それから大学へ行ったんだった。スーザンはあいかわらずシャーリー・フォールズに住んでるよ。あの一人息子がいて」

「まだ美人？」

「ちっとも」

これが始まりだった。まるで綾取りのように、母と私が、また私とシャーリー・フォールズが絡まって、バージェス家の子供だった三人に関わる噂話、ニュース、記憶が、私たちの支えになった。話を伝え、繰り返した。私はヘレン・バージェスに出くわしたという話を二度もしている。これはジムの妻になっていた女で、ひと頃の私と同様にブルックリンのパークスロープに夫婦で住んでいたのだった。パッカー裁判のあと、ジムがマンハッタンの大手事務所に移籍して、ハートフォードから引っ越していた。

ある晩、私が夫とパークスロープのカフェで食事をしていたら、近くのテーブルにヘレンが友人と来ていたので、帰り際に声をかけた。私はワインを飲んだあとで――だから声をかけたりもしたのだろうが――ジムとは同郷の育ちなのだと言っていた。するとヘレンの顔がさっと変わったようで、それが私の記憶に残ることになった。怯えの色がよぎったと見えたのだ。お名前は何でしたっけと言われて答えると、ジムからは聞いていないということだった。ええ、私は小さかったので、と応じたのだが、彼女は布ナプキンを揺らすように動かして、「もう何年も行ってませんのよ。それじゃ、これで。お会いできてよかったわ」と言った。

もうちょっと愛想があってもいいのにね、と母は考えた。「裕福な出の人だっけ。メイン州の人間を下に見てるんだわ」こういう発言を私は受け流せるようになっていた。母が自分のこと、またメイン州のこととなると自己防衛に走る態度に、私はもう構わないのだった。

しかし、スーザン・バージェスの息子があれいう事件を起こしてから――それが新聞に書かれて、《ニューヨーク・タイムズ》にまで載って、テレビにも出たりしてから――私は母に電話で言った。「バージェス家の子供たちを小説にして書こうと思うのよ」

「いい話ができそうだ」

「知ってる人の話を書くのはよくないと言われるだろうけど」

この晩の母は疲れていたようだ。あくびをしてから、「知ってるってこともないでしょ」と言った。「人のことなんかわかりゃしないよ」

第一部

1

ある十月の日、いくらか風の立った午後に、ニューヨーク市内ブルックリンのパークスロープ地区で、ヘレン・ファーバー・バージェスは休暇旅行にそなえて荷物をまとめていた。大きな青いスーツケースがベッドの上で口を開けていて、すぐ近くのラウンジチェアには昨夜のうちに夫が選んだ衣服がたたまれている。雲の流れる空から陽光がきらきらと射し込んで、ベッドについている真鍮製のノブを輝かせ、青いスーツケースをなおさら青く引き立てた。さっきからヘレンは行ったり来たり歩いている。つまり、大きな鏡があって、白い壁紙が馬巣《ばす》織りの風合いで、縦長の窓枠が重厚な木製である化粧室と、いまは閉まっているフレンチドアが日和《ひより》によっては庭を見渡すデッキに向けて大きく開け放たれる寝室を行き来していた。ヘレンには旅の支度をしようとすると麻痺したように心の働きが止まるということがあって、このときもそんな症状に見舞われていた。だから出し抜けに鳴った電話の音も、かえって気を紛らせてくれたようなものだ。

「プライベート」の表示が出たということは、電話の主は夫の法律事務所で――つまり著名な弁護士が組んでいる堂々たる事務所で――パートナーになっている人物の奥さんか、さもなくば義弟のボブだろうと思った。ボブはもう何年も電話帳に載せない番号を持っているが、決して著名人だからではない。そうなることすら考えられなかった。

「ああ、よかった」彼女は引き出しから色鮮やかなスカーフを抜き取って、かざして見てから、ベッドに落とした。

「ほんと?」ボブは意外そうな声を出した。

「そうよ、ドロシーかと思ったんだもの」ヘレンは窓辺に寄って庭を見やった。プラムの木が風にたわんで、ズルカマラの黄色い葉が地を這うように舞った。

「どうしてドロシーだといやなの?」

「疲れるのよ」

「これから一週間、旅の道連れになるんだろうに」

「十日だけどね」

ふと黙ってから、ボブは「そうだね」という返事を、すっかり呑み込んだような声音に落とし込んで言った。これはボブならではの芸当だとヘレンは思う。ぴょんと足から先に飛んで他人の世界の懐へ下りている。そんなことができるのなら好ましい夫にもなれそうなものだが、実際にはうまくいかなかったらしい。ボブの妻はとうの昔に去っていた。

「道連れになるのは初めてじゃないけども」ヘレンは念のために言った。「絶対にいやってこともないのよ。アランはいい人だしね、よすぎるくらいで」

「事務所の主任格でもある」

「それもそうなの」ヘレンはおどけて歌うように言った。「どうせなら夫婦だけで行きたい、なんてことはちょっと言いにくいかな。ジムに聞いた話では、あっちの上の娘がやたらに難しくなっちゃってるらしいの。で、かかりつけのセラピストは、しばらく親が離れたらどうかって言ったのよ。どうして親が出ていかなくちゃいけないのかわからないけど、ともかくドロシーとアランはそうするつもり」

「たしかにわからないね」ボブは親身に言う。そうしておいて、「ええと、ヘレン、ちょっとした出来事があるんで」

彼女はリネンのスラックスをたたみながら聞いていたが、「じゃ、こっち来ない?」と口を出した。「ジムが帰ってきたら、三人で食事に出てもいいじゃない」

電話のあとは、てきぱきと要領よく支度ができた。色鮮やかなスカーフが、白のリネンブラウス三着、黒のフラットシューズ、また去年ジムに買ってもらった珊瑚のネックレスと同じ荷物にまとまった。おそらく、ゴルフを終えてシャワーを浴びる男どもを待つ間に、ドロシーとテラスに出てウィスキーサワーでも飲みながら、「ボブっておもしろい人なのよ」と言うことになろう。あの事故のことだって話すかもしれない——四歳だったボブが車のギアをいじっていて、動き出した車が父親にのしかかって死なせてしまった。死んだ男は自宅の傾斜地に駐めた車内に三人の子供を置いたまま、郵便受けの不具合を見ようとして歩きだしたのだった。とんでもない事故だ。誰も口に出さなかった。ジムから聞かされたのだって三十年間で一度きり。だがボブは気を病むことの多い性分で、ヘレンとしては見守っていてやりたくなる。

「あなたもなかなか聖人だわ」と、ドロシーなら言うかもしれない。ゆったり坐った姿勢になって、その目は大きなサングラスに隠れているだろう。

ヘレンはいやいやと首を振る。「必要な人間だと思われていたいだけ。もう子供の手も離れたし――」いや、そこまでは言うまい。アングリン家の娘がいくつも単位を落として、夜明けまでほっつき歩いているとしたら、子供の話はできない。十日間も顔を突き合わせていて子供の話をしないなんて難しいが、そのへんはジムにも聞いておこう。

一階へ下りてキッチンへ行き、「アナ」と家政婦に呼びかける。アナは野菜用のブラシでサツマイモを洗っていた。「きょうは外食するから、もう帰っていいわ」

秋の雲に黒っぽい濃淡が入り乱れて壮観な眺めになっていたが、その雲が風に吹き分けられると、大きな光線になった日射しが七番街のビルに降りそそいだ。このあたりには中華レストラン、カードショップ、宝石店がある。食料品の店にはフルーツ、野菜、また生花も所狭しとならんでいる。この道を歩いてボブ・バージェスは兄の家へ向かっていた。

上背があって、いま五十一歳。また人好きがするということが特徴になっている男なので、ボブに会っていると内輪の仲間に入ったような気分になる。ボブ自身がそうと知っていれば、また人生は違ったものになったかもしれない。だがボブは知らないままで、その心はぼんやりした不安に駆られることが多かった。そして一貫性に欠けていた。ボブと会って楽しかったと思っても、次に会うと虚ろになったボブがいた、というような覚えが友人たちにはあった。この点はボブも知っていた。前の妻に言われたのだ。つまりパムという女が、あなたは頭の中だけどこかへ行くのよ、と言っていた。

「ジムもそういうことがある」と、ボブは言ってみた。

「いまジムの話じゃないでしょ」

歩行者の信号が変わるのを待っていたら、義理の姉に感謝する気持ちが湧いた。「ジムが帰ってきたら、三人で食事に出てもいいじゃない」と言ってくれた。そもそもジムに会いたかったのだ。さっき四階のアパートの窓辺に坐って見ていたこと、下の部屋から聞こえてきたことが、ボブの精神を揺さぶっていた。いま街路を渡って、通りかかったコーヒーショップをのぞいたら——洞窟めいた暗がりに坐り込んで催眠状態のような顔をラップトップの画面に向けている若い人たちを見たら、こうして歩いている街が知らない街のように思えてきた。すでに人生の半分はニューヨークで暮らして、まるで人間を愛するように愛した町だというのに——。だだっ広い野原を離れずニューイングランドのさびしい大空だけしか求めずに生きてきたのでもあるように——。

「いまスーザンから電話があったわ」褐色砂岩《ブラウンストーン》の階段下で、格子の門扉からボブを招じ入れるヘレンが言った。「ジムに話があったらしいんだけど、やけに深刻な感じだった」ボブのコートをクロゼットに掛けたヘレンが戻ってきて、「そりゃまあ、ああいうしゃべり方をする人だけど、でもね、笑顔を見せたことがないわけじゃなかった」ヘレンはカウチに腰をおろして、黒タイツの脚を上げて横座りした。「わたし、メイン州の発音を真似ようとしちゃった」

ボブはロッキングチェアに坐って、膝が貧乏揺すりになっている。

「メイン州の人を相手にメインの発音を真似したらだめね」ヘレンが話を続けた。「なんでか知らないけど、南部の人はそういうことをうまく受けてくれる。やあ、皆さあん、なんて言っても、ふんと笑われたりしないのよ。ねえ、ボビー、いますごく動揺してない？」ぱたぱたと空気をたたくような手つきをしながら、ヘレンはいくらか上体を前に傾けた。「でも、いいのよ。とくに何でもないならかまわない。平気よね？」

　いままでずっとボブは人に親切にされると弱くなった。その感覚が実体となって、するすると胸の中を流れるようだ。「じつは、ちょっと——。しかし発音のことはその通りだな。たとえばメインの人に向かって、そっちにゃ行かれんね、なんて言うのは厳しいというか痛ましい」

「そうよね。で、さっき言いかけた出来事っていうのは？」

「エイドリアナと優等生が、また喧嘩してたんだ」

「ちょっと待って。ええと、たしか下の部屋の二人よね。きゃんきゃん吠えてばかりのおバカな小犬がいる」

「そう」

「じゃ、どうぞ」とヘレンは言った。われながらよく覚えていたものだ。「あ、そうだ、犬と言えば、きのうの晩のニュースで見たんだけど、〈小さい犬を好むのは、じつは男〉という話題でね。その手の、何というか——言っちゃ何だけど、ホモっぽい人たちが小ちゃい犬を抱いてるのよ。チェック柄のレインコートにゴムの長靴という格好を犬にさせてるの。これがニュース、なんて思っちゃった。もう四年近くもイラクで戦争やってるじゃない。そういう時代に、これがニュース？　でもね、子供のいない人たちなんだって。だから犬にそういう服装をさせる。あ、ごめんね、ボブ、そっちの話をどうぞ」

　ヘレンはクッションを手に持って撫でた。ほんのり顔が赤らんだようだ。これを見たボブは自分の手に視線を落とした。更年期の女は顔が火照ることもある、じろじろ見てはいけない、と思ったのだが、ヘレンはうっかり子供がいない人という話をしてしまったと気づいて赤くなっただけのことだ。ボブには子供がいない。

「よく喧嘩してる」ボブは言った。「そうなると優等生みたいな若いやつが——あれでも夫婦なんだが——同じことを何度もどなり散らして、エイドリアナ、おまえ、あったま来るんだ、なんてことを言ってるよ」

ヘレンは首を振った。「どうなのかしら、そういう生活——。何か飲む？」と、マホガニー材の戸棚に立っていって、クリスタルのタンブラーにウィスキーをついだ。小柄な女である。すっきりした体型は健在で、きょうは黒のスカートにベージュのセーターという装いだ。

ボブは、もらったウィスキーを一気に半分は飲んだ。「まあ、なんたって——」と先を言おうとして、ヘレンがやや表情を硬くしたことに気がついた。この「なんたって」という言い方をヘレンは嫌うのだということを、つい忘れてしまう。いまもそうだった。いやな予感がする。自分が見たことの悲しさを、うまく伝えることができそうにない。「エイドリアナが帰ってきて、喧嘩が始まり、男がどなる。それから男は犬を連れ出す。でも今回は、男が出てってから、女が警察を呼んだ。これは初めてのことで、帰ってきた男は逮捕されて、警官の声が聞こえた。奥さんを殴ったそうですね、衣服を窓の外へ放り出したでしょう。それで逮捕するということになって、男はたまげていた」

ヘレンはどう言ったらいいかわからない顔になる。

「見た目にはいい男で、ジップアップのセーターがぴたりと決まってる。その男が突っ立って泣いたんだ。——なあ、殴ってなんかないじゃないか、結婚して七年だぜ。何のつもりだよ。頼むよ！　なんてことを言ってるんだが、それでも手錠をかけられて、白昼の街路を渡らされて、パトカーに乗せられた。今夜は出してもらえないんだろうな」ボブはそろりとロッキングチェアから立って、マホガニーの戸棚でウィスキーを追加した。

「まったく悲しい話だわね」とヘレンは言ったが、じつは拍子抜けしている。もっとドラマのある話かと思った。「だけど、殴る前に、どうなるかわかりそうなものじゃないの」

「殴ってはいないと思う」ボブはロッキングチェアに戻った。

ヘレンはじっくり考えるように言った。「このまま夫婦でいるのかしら」

「それはないんじゃない」ボブのほうが疲れる。

「で、ボビー、すごく気になったというのは、結婚の崩壊？　それとも逮捕？」彼女もまた、ボブに安まらない顔をされていると困るのだ。

ボブはゆらゆら身体を揺すってから「全部」と言った。ぱちんと指を弾いて、「あんなに簡単なことなのかな。まったく普通の日だったのに」

ヘレンはカウチの背にクッションをのせかけ、形を整えた。「夫が逮捕されるんだから普通の日ってことはないと思うけど」

ボブが目をそらすと、格子窓の向こうに兄の姿があった。家路をたどって近づいてくる。それを見たら、ふと心配に駆られた。あの急ぎ足。コートを着て、ずっしりした革の書類カバン。そしてドアにキーの回る音。

「おかえりなさい」ヘレンが言った。「ボブが来てるわ」

「そのようだ」ジムは肩を揺すって脱いだコートを玄関のクロゼットに掛けた。そういうことがボブにはできなかった。どうしたのよ、と妻のパムにはよく言われた。どうしたの、どうしたの、どうしたの――。まったく、どうしたというのだろう。自分でもわからないが、ともかくドアを抜けてから、コートを受け取ってくれる人がいるなら別として、わざわざ掛けておくこともないのでは、と思ってしまって、また……何というか、へんに難しいことに感じていた。

「じゃ、そろそろ失礼するよ」ボブは言った。「趣意書を書かないといけないんだ」ボブは訴訟《リーガル》支援《エイド》で上告を担当している。下級審での記録を読んだ上で趣意書を用意するのだが、上告したがる事例が絶えないので、いつも趣意書を書くことになる。

「なに言ってるの」ヘレンは言った。「食事に出かけましょうって言ったじゃない」

「おれの椅子だぞ、このやろ」ジムが、どけどけ、と手を振った。「よく来たな、四日ぶりか？」

「また、そういうことを。ボブはね、すぐ下の住人が手錠をかけられて連行されるのを見たんだって」

「院生の寮でトラブルか」

「やめてったら」

「いや、兄貴らしいよ」ボブはカウチへ移動し、ジムがロッキングチェアに坐った。

「まあ、聞こうか」ジムが腕を組んだ。がっしりした体格である上に、よく腕を組みたがるので、そうなると四角四面の大きなものが立ち向かってくるような威圧感があった。そのジムが微動だにせず耳をそばだてる。と思うと、かがんで靴紐をとく。「窓から服を放り出した？」

「いや、見てはいない」

「家族ってやつだな」ジムは言った。「もし家族なんていうものがなかったら、刑法の事案は半分に減るだろう。なあ、ヘレン、もし警察に電話して、いま夫に殴られたって言えば、おれは引っ張られて今夜は帰れなくしてもらえるぜ」

「いますぐには通報しない」ヘレンは話を合わせた。まっすぐ立って、スカートのウエストバンドを直すと、「もし着替えるなら早くして。お腹すいたわ」

ボブはいくぶん前傾して、「ジミー、なんだかショックだったよ。ああして逮捕されるのを見たら、なぜかわからないが、ショックだった」

「いい年をして何だよ。どうしてくれって言うんだ」ジムは靴を片方脱いで、その足を揉みほぐした。「じゃあ、今夜にでも電話を入れて、留め置かれた坊やのご無事を確かめてやろうか」

ボブが「そうしてくれる?」と言ったとたんに、隣室の電話が鳴った。

「きっとスーザンだわ」ヘレンが言った。「さっきも掛かってきた」

「おれなら留守だと言ってくれ」ジムは靴下を脱いで寄せ木のフロアに放り出した。「スーザンと話をしたのはいつだった?」と、もう片方の靴も脱ぎながらボブに言う。

「何カ月前かな。たしか言ったと思うが、ソマリ人のことで議論になった」

「それにしても、どうしてソマリアの人がメイン州にいるの?」隣室へ行こうとするヘレンが言った。振り向きながら、「そもそもシャーリー・フォールズへ行く人なんかいないでしょ。鎖つけて引きずられるわけじゃあるまいし」

ヘレンはこういう言い方をすることがあって、いつもボブはどきりとした。バージェス家の郷里を毛嫌いして、また遠慮のかけらもなく口に出している。だがジムは同じように言い返した。

「そう、鎖につながれたようなものだな。貧困は鎖だ」ジムは残った靴下も脱いで、さっきと同じ方角へ放ったのだが、今度はコーヒーテーブルの上に落ちて、角に引っかかった。

ボブは話を進めた。「スーザンの言いぐさだと、ソマリ人が町を侵略してるそうだ。どかどか集団で来るらしい。三年前にはたった数家族しか町にいなかったんだが、いまでは二千になった。グレイハウンドのバスが来たと思えば、そのたびに四十家族くらい降りてくる。そう聞いたんで、ちょっとヒステリックになってないかと言ったら、女が何か言うといつもヒステリックだと非難すると言われた。ずっと町へ帰ってもいないくせに、ソマリ人のことがわかるもんですか、だそうだ」

ヘレンが居間に戻った。「ねえ、ジム。本気であなたと話したいと思ってるらしいのよ。だいぶ動揺してるわ。わたし、なんだか嘘もつけなくて、ちょうど帰ってきたところですって言っちゃった。ごめんね」

ジムはすれ違いにヘレンの肩に手を添えた。「いや、いいさ」

ヘレンはかがみ込んでジムの靴下を拾った。これを見たボブは、もし自分がコートを掛けるような男だったら、パムが靴下についてあれほどいきり立つこともなかったろうかと思った。

しばらく何も聞こえなくなっていたが、そのうちに電話口のジムが穏やかな声で質問をしていた。何を言っているのかはわからない。また長いこと静まっていて、さっきよりもなお穏やかに、質問というか意見が述べられたようだ。やはり何を言っているのかは聞き取れない。

ヘレンが小さなイヤリングを指先でいじって溜息をついた。「もう一杯どう？　しばらくは出かけられないみたい」とはいえ落ち着けるものではない。ボブはカウチにもたれて窓の外へ目をやった。仕事帰りの通行人が見える。ボブ自身が住んでいるのは、ここから六ブロックほどしか離れていない同じ七番街の反対側だ。このブロックにいて冗談とはいえ学生寮を引き合いにする人はいるまい。ここに住むのは大人ばかりだ。銀行家、医師、ニュースレポーター。みんな書類カバンを持って歩いている。一口に黒いカバンといっても驚くばかりの種類がある。とくに女がそう。このあたりは歩道がきれいで、小さな前庭に植え込みがある。

ジムは電話を切ったらしい。ヘレンとボブが顔を向けた。

ジムは部屋の入口で立ち止まった。赤いネクタイが緩んでいる。「出かけるわけにいかなくなった」と言う。ヘレンが坐った姿勢で乗り出した。ジムは腹立たしげにネクタイを引きはずして、「甥が逮捕されるらしいからな」とボブに言った。顔が青ざめて、目が小さくなったようだ。カウチに腰をおろして、ぎゅっと頭をかかえた。「何てこった。新聞が書き立てるかもしれない。ジム・バージェスの甥が容疑者になった――」

「人殺しでもした?」ボブが言った。

ジムは目を上げた。「そんな馬鹿な」だがヘレンもそっと口にするように「たとえば娼婦とか」と言いかけていた。

ジムは耳に水が入ったときのように、急な勢いをつけて首を振った。まずボブに向けて、「いや、人を殺してはいない」それからヘレンには、「いや、殺したのではないが、娼婦でもない」さらに天井をじっと見てから、目を閉じて、「われらが甥、ザカリー・オルソンは、冷凍した豚の頭を、さるモスクの正面から投げ込んだ。祈りの時間にだ。ラマダンの期間にだ。ザックのやつ、ラマダンとは何ぞやとも知らなかった。と、スーザンは言っていて、まず間違いなくそうだろう。スーザンだって事件のことを新聞で読んで初めて知ったんだ。解凍しかかった豚の頭から血が垂れたんで、カーペットに染みをつけた。新調するだけの予算がモスクにはない。だから律法に従って七回も浄めないといけない。というのが事の次第なのだよ」

ヘレンはボブの顔を見た。そのヘレンには当惑の表情が浮く。ようやく静かに口をきいて、

「どうして書き立てられることになるの、ジム？」

「わかるかな」ジムもまたそっと静かにヘレンに顔を向けた。「これはヘイトクライムなんだ。たとえばボロー・パークあたりへ行って、正統派のユダヤ教寺院にいる人に、全員残らず、逃げる暇もなく、アイスクリームとベーコンを食わせるようなものだ」

「ああ、なるほど、うっかりしてたわ。イスラム教徒の場合にもそうなのね」

「で、ヘイトクライムとして訴追されるの？」ボブが言った。

「あらゆる方策を検討してるようだな。すでにFBIも乗り出してる。州の司法長官事務所は公民権の侵害で調べるかもしれない。もう全国ニュースにされてるとスーザンは言うが、いまは頭がこんがらかってるから、どれだけ信用できるかわからない。たまたまCNNの記者が町に来ていて、地元ニュースで知ったことに食いついて、全国向けに流したということらしい。シャーリー・フォールズみたいな町に、たまたま来てるやつがいたのかな」ジムはテレビのリモコンを手にして、いったん画面に向けたが、坐っているカウチに放り出した。「いまは見たくない。いや、こんなことがあってほしくない」と言って、両手で顔やら髪やらを撫でさする。

「身柄は拘束されてる？」ボブが言った。

「まだ逮捕まではいってない。犯人と知られてもいないんだ。不良みたいな若いやつという見当だが、それが何とザックだってことだ。あの出来そこないのまま十九になった、スーザンのバカ

息子のザックだよ」

「いつのこと？」

「二日前の晩。ザックによれば、ということはスーザンの話では、ということだが、単独で冗談のつもりでやったそうだ」

「冗談？」

「そう。あ、いや、くだらない冗談だそうだ。聞いたことをそのまま伝えるぞ。すぐ逃げて、誰にも見られてない、と思っていたんだが、きょうになってニュースで聞いて、こわくなって、仕事から帰ったスーザンに打ち明けた。当然、スーザンは怒ってわけがわからなくなる。とにかくザックに供述する必要はないから、さっさと出頭させろと言ったんだが、スーザンは気が動転してる。一晩ぶち込まれるんじゃないかと思ってるんだ。おれが行くまでは何もしないつもりらしい」ジムはカウチにもたれかかり、すぐまた前にせり出した。「この、くそ」と言うなり立ち上がって、格子のある窓の前をうろうろ歩きだす。「所轄の署長はジェリー・オヘアといって、聞いたこともないやつだが、スーザンは高校時代にデートしたことがあると言ってる」

「デートは二回で、スーザンが捨てられた」

「そうか、今度はやさしくしてもらえるかな。あすになったらスーザンから電話して、おれが着いたらすぐにザックを連れて行くと言ってもいいそうだ」ジムは通過するカウチの肘掛けに手を出して、ぽんと叩いた。ふたたびロッキングチェアに腰をおろす。

「もう弁護士はつけたの？」ボブが言った。

「いや、見つけてやらないとだめだ」

「あなた、司法長官事務所なら知り合いがいるんじゃない？」ヘレンは黒いタイツについた糸くずをつまんだ。「たいして人事異動があるところとは思えないし」

「長官を知ってるよ」ジムは大きな声を出した。ロッキングチェアの肘掛けをしっかり押さえつけて前後に揺れている。「ずっと前には、おれも検察側で同僚だった。ヘレンも一度はクリスマスパーティーで会ってるはずだ。ディック・ハートリーだよ。あの人は無能なんじゃないかしら、なんて言ってたな。その通りだ。しかし、こっちから接触するわけにはいかん。やつがこの件に首を突っ込んでるとして、まともに衝突したら、戦略としては自殺行為だ。ジム・バージェスが正面切って乗り込むことはない」ヘレンとボブが顔を見交わした。するとジムはまもなくジムははたと静止して、ボブを見た。「娼婦を殺したとか言ったな？　どういうことだ」

ボブは申し訳ないという手つきをした。「いや、まあ、ザックはよくわからない。と、それだけのことなんだ」

「わからないというか、バカ丸出し、それだけのことだ」ジムはヘレンにも目をやって、「すまんな」

「娼婦って言ったのはわたしよ」ヘレンは念のため言っておいた。「ボブに怒っちゃだめだわ。たしかにザックは変わってる子だった。でも、それってメイン州にはよくあることじゃないの。母親と二人暮らしのおとなしい男が、娼婦を殺してジャガイモ畑にでも埋めちゃうなんていう話。でも、そこまで行っちゃったわけじゃないんだから、こっちでわたしたちが休暇旅行を自粛するなんて理屈はないと思う」ヘレンは脚を組んで、その膝に両手をかぶせた。「わざわざ出頭させなくたっていいんじゃないの。メイン州の弁護士をつけてやれば、あとは自分でどうにかするでしょう」

「いや、ヘリー、そう思うのも無理はないが——」ジムは我慢をきかせて言った。「いまスーザンは頭が混乱してる。もちろんメイン州の弁護士をつけることにするよ。しかしザックが出頭しなくちゃいけないのも確かなんだ。つまり——」ここでジムは一呼吸おいて室内を見渡した。「つまり、そういうことをしでかしたからだ。それが第一の理由だが、もうひとつ第一と言いたい理由がある。もしザックがすぐに出ていって、馬鹿なことをしましたと言えば、いくらか風当たりが弱まるじゃないか。そもそもバージェス家は逃げない。そんな人間じゃないんだ。逃げも隠れもしない」

「そうね」ヘレンは言った。「わかった」

「さっきスーザンには何度も言った。一応は起訴されるが、それなりの保釈金で帰されるだろう。軽犯罪だからな。ただ、とりあえず身柄を向こうへ持ってくんだ。警察だって世間の手前がある」ジムは両手を広げ、まるで胸の前でバスケットボールを持ったような形になった。「ともかくも、まずは事件を大きくしないことだ」

「僕が行こうか」ボブが言った。

「おまえが？　飛行機は嫌いなんだろうに」

「車を貸してよ。あすの朝早く出る。兄さんたちはどこでも予定通りにどうぞ。どこ行くの？」

「セントキッツ島」ヘレンが言った。「そうしてもらいましょうよ、ジム」

「とはいえ……」ジムは目を閉じて、下を向いた。

「当てにならない？　たしかにスーザンは僕よりも兄貴が贔屓だからね。でも、いいじゃないか。

僕が行く。そうさせてよ」さっき飲んだウィスキーが急に効いてきたのか、ボブは酔った気がした。

ジムは目を閉じたままだ。

「あなた、この休暇は大事なのよ」ヘレンは言った。「ほんとに働きすぎなんだもの」この差し迫った声の響きに、ボブはあらためて心が痛くなる孤独感を覚えた。ヘレンは夫たるジムとの同盟関係が強い。義理の妹が困っているからといって防御の姿勢を崩したりはしない。それにずっと何年も、ヘレンにとって、スーザンはろくに知らない存在なのだ。

「いいだろう」ジムが顔を上げて、ボブに目を合わせた。「行ってくれ。そうしよう」

「とんでもない一家だよね。よくまとまってるよ」ボブも兄とならんで腰をおろし、その肩に腕をまわした。

「よせよ。おい、やめてくれってば」

ボブは暗くなった道を歩いて帰った。アパートに近づいたら、真下の部屋のテレビがついているのが歩道からでもわかった。一人で坐って画面に見入っている姿がエイドリアナであることもわかる。どうやら今夜は一人ぼっちか。ドアをたたいて、大丈夫ですかと言ってもよかろうが、すぐ上の階に住んでいる白髪まじりの大男が戸口に立っていたのでは、あまり好まれる図柄ではない。階段を上がり、コートを自室のフロアに放り出して、電話を手にした。

「スージー、僕だ」

この二人は双子である。

ジムは初めに名前ありきだった。だがスージーとボブは、まず「双子」なのだった。あの双子を連れてきて。食事をすませなさいと双子に言って。双子が水疱瘡になった。双子の寝付きが悪い。でも双子ってのは結びつきが強い。くっついてるみたいだ。そのスーザンが「殺しちゃえばいい」と電話で言っている。「足の爪先で縛って吊せばいい」

「スーザン、落ち着けって。自分の子供じゃないか」ボブは卓上ランプをつけて、外の街路を見下ろした。

「ラビのことよ。それから女だてらに牧師やってるユニテリアン派のへんなやつ。そいつらが声明を出したんだわ。この町が傷ついただけではなく、全州が、あ、そうじゃなかった、全国が傷を負ったのです、だってさ」

ボブは首筋を揉みほぐした。「それでスーザン、どうしてザックはこんなことをしたんだ?」

「どうしてこんなことを? どれだけ子育てと縁がないのよ。なんてこと言っちゃいけないのはわかってる。精子の数が少ないんだか、まったくないんだか、そんなようなこと言っちゃいないでしょ。パムが去っていったのもそのせいで、ほかの男の子供を産みたくなったんだろうとか——あーあ、何を言わせんのよ。いま困ってるのはあたしなのに」

ボブは窓辺を離れるように向きを変えた。「スーザン、手近に薬でもあるかい?」

「青酸カリとか?」

「鎮静剤」言いようのない悲しみが身体を突き抜けると思いながら、ボブは電話を手にしたまま寝室へ向かった。

「あたし、そういうの呑まない」

「そろそろ始めてもいいんじゃないか。電話でも処方してもらえるよ。今夜だって眠れるだろう」

スーザンの返事がなくなった。いまボブは悲しかったが、ジムにすがりたくなっているから悲しいのだと思った。正直なところボブには手の打ちようがない（とジミーにもわかっていただろう）。「大丈夫だよ。ザックに危害がおよぶことはない。スーザンにだってそうだ」ボブはベッドに坐って、また立った。どうしたらよいのか、冗談ではなく皆目見当がつかない。こっちこそ眠れない夜になる。薬の手持ちはあるが、あっても眠れないことはわかっている。甥がこんなことになっていて、下の部屋では女が一人でテレビを見て、優等生の坊やみたいなやつが留置されている。ジミーはどこやらの島へお出かけらしい。ボブは表側の部屋へ戻って、卓上ランプを消した。

「聞きたいことがあるんだけど、いい？」スーザンが言っている。

暗い街路の向かい側にバスが止まった。黒人の老女がぴくりとも動かない顔でバスの窓から外を見ている。後部の席にいる男の首がひょこひょこ上下するのはイヤホンでも聴いているのだろう。きれいさっぱり無関係な人々――

「これって映画みたいになる？」スーザンが言った。「ど田舎の町みたいに、農民が裁判所に押し寄せて、犯人の首を差し出せ、とか何とか」

「何の話だ？」

「ああ、ママが死んでてよかった。こんなこと知ったら、あらためてもう一回死んじゃうわよ、きっと」スーザンは泣いていた。

「いずれ、ほとぼりが冷めるさ」

「なーに言っちゃってるのよ。どこの局でもニュースにしてるんだから」

「見なければいい」

「あたし、おかしくなってる？」

「まあ少々。いまのところ」

「そう言ってくれるとありがたいわ。ジミーに聞いたかしら、モスクで気を失った男の子がいるのよ。それだけ豚の頭がこわかったんでしょうね。自然解凍で血が垂れてたらしい。あたし、いまボブが考えてることとわかるわよ。どこの息子が、母親の知らないうちに豚の頭を冷凍庫に保存して、こんなことをしでかしたのか。そう思ってるでしょ。違うとは言わせない。まったく、おっしゃる通りで、おかしくもなるわよ」

「あのね、スーザン――」

「そりゃね、子供がいれば何やかやあるわ。あ、わかんないか。でも、あるのよ。車の事故とか、へんなガールフレンドとか、ひどい成績とか、そういうの。だけどさ、まさかモスクなんかが出てくるとは思うわけないじゃない」

「あした、車でそっちへ行く」これは電話してすぐに言ったことだ。「ともかくザックを出頭させよう。なるべく事を荒立てないようにする。心配ないって」

「じゃあ、心配しない。おやすみ」

どうしてもいがみ合ってしまう。ボブは窓をわずかに開けて、シガレットを一本振り出し、ジュースグラスにワインをついで、窓辺に置いた金属製の折りたたみ椅子に坐った。街路の反対側にちらほらとアパートの灯が見える。ここにいれば専用の劇場のようなもので、若い女がパンティだけのノーブラで寝室を歩いているのがわかる。その部屋のレイアウトとの兼ね合いで、いつも胸が隠れて背中しか見えたことがないのだが、それでも女の自由気ままな屈託のなさに、どきりとさせられていた。そう、こんなものがあるのだ。六月の野に雛草《ひなそう》が小さな花を咲かせたようなーー

その隣の隣の窓には夫婦が住んでいて、白いキッチンにいる時間が長い。いまも男が戸棚に手を伸ばしている。どうやら男が料理の係であるようだ。ボブは料理をしたがらない。食べることは好きだが、いつかパムに言われたとおりで、子供のようなものを好んでいる。色のないもの。たとえばマッシュポテト、マカロニ、チーズーー。ニューヨークの人間は食べることが好きだ。食べ物は一大関心事であって芸術でもある。ニューヨークではシェフがロックスターのようになる。

ボブはワインを追加しに行って、また窓辺に坐り込んだ。いまどきの言い方なら「何でもあり」なのだろう。

シェフだろうと、路上生活だろうと、数えきれない離婚歴があろうと、どうだってよい。この町の人は気にしない。窓際で死ぬほど喫煙しようが、妻をこわがらせて留置されようがどうでもよい。ここは好き勝手な天国だ。スージーにはそういうことがなかった。かわいそうなものだ。

酒がまわってきている。

下の部屋でドアが開いたようだ。足音が階段を下りる。ボブは窓の外をのぞいた。エイドリアナが街灯の下に立って、犬の鎖を引いている。すぼめた肩がふるえていた。小犬もまたふるえて

いるようだった。「おかわいそうに」ボブはそっと口にした。まったく誰にも——と、酔って気が大きくなって考えた——どこの誰にも何もわかっていやしない。

六ブロック離れた家では、ヘレンが隣に寝る夫のいびきを聞いていた。窓に見える夜空には、ラガーディア空港へ降りようとする飛行機が、よく数えれば三秒ごとに、ぽつんぽつんと光っている。小さかった頃の子供たちはそうやって数えていた。いつまでも星が降るように切りがない。今夜は家の中がやけに広くなったような気がする。昔は子供たちがそれぞれの部屋で眠っていて、ふんわりした夜の時間に安心感があったものだ。ふとメイン州にいるザカリーのことを考えたが、もう何年も会っていなくて、どうにか目に浮かべられるのは、あの痩せて血色の悪い子供、なんだか母のない子のようでもあるザックでしかなかった。あの甥のことは、また冷凍の豚の頭のことも、とっつきにくい義理の妹のことも、あまり考えていたくなかった。今度の事件のおかげで、上質な家族の生地を逆撫でされたような気がするのだ。ちくちくと針先で刺されるように、このまま眠れなくなる予感がしてきた。

ジムの肩を押して、「いびき、かいてるわよ」

「すまん」ジムは寝言かもしれない返事をして、ずるりと寝返りを打った。

すっかり目が冴えてしまったヘレンは、これから夫婦で出かけている間に鉢植えが枯れなければよいと思った。アナの留守番では心許ない。植物の世話は理屈ではないので、勘の悪い人にはだめなのだ。ずっと以前、まだアナは来ていなかった時分だが、家族旅行の留守中に、隣に住んでいた女同士の二人組にペチュニアの世話を頼んだことがある。薄紫のペチュニアが、窓下にならんだプランターを満杯にして咲いていた。毎日の丹精があればこそだ。咲き終わった花は摘みとって、水をやり、追肥をした。表側の窓という窓にきれいな花が一斉に湧き上がったようになり、道行く人が誉めそやしていた。どんな花でも夏場は気を遣うものなのだと隣の二人に言い含めて、ええ、わかってるわ、という答えがあった。ところが旅行から帰ってみれば、すっかり枯れていた。ヘレンは泣いた。まもなく二人がどこかへ越したので、ヘレンはさっぱりした。ペチュニアを滅ぼされてからというもの、わだかまりなく接することはできなかった。女の二人組はリンダ、ローラという名前だった。でぶのリンダ、リンダにくっついてるローラ、というのがバージェス家における通称になっていた。

バージェス家は昔ながらのブラウンストーンの家が立ちならぶ左端にある。その隣は高さのある石灰岩の建物で、このブロックでは唯一のアパートだったが、いまでは分譲して共同所有になっていた。リンダとローラが住んでいたのは一階部分で、それを売った相手は銀行業の「わかってるデボラ」だった。「何でもわかってるデボラ」の略である(同じ建物にデブラもいて、そっちは「わかってないデブラ」だった)。夫はウィリアムという名前だったが、神経が細かすぎるような男で、まず名乗ろうとして「ビリアム」と言っていた。それを子供たちが真似することがあったので、ヘレンはそんな意地の悪いことをしないようにと言っていた。ずっと以前にベトナムで従軍した経歴のある男なのだ。しかも迷惑のかたまりのような「わかってるデボラ」と同居するのだから、あれでは大変だろうと思いやられた。ヘレンがちょっとでも裏庭へ出ようものなら、わかってるデボラも隣の裏庭へ出てきて、しゃべりだしてから二分もすれば、お宅のパンジー、そんなとこに置いたんじゃ長持ちしない、ユリはもっと光を当てなくちゃ、ライラックは植えた地面に石灰分が少ないから枯れるわよ、などと言っているのだった（たしかにライラックは枯れた）。

そこへ行くと「わかってないデブラ」は人好きのする女だった。上背があって、気が小さい。精神科の医者で、自分でも少々ピンぼけだ。気の毒なことに夫には浮気をされていた。そうと気づいたのはヘレンである。昼間一人で家にいたら、ぎょっとするような露骨きわまる音声が聞こえた。ヘレンが表側の窓からのぞくと、デブラの夫が正面階段を下りようとして、あとから巻き毛の女も出てきた。その後、近在のバーで見かけたこともある。わかってないデブラが「どうして今夜は意地が悪いの？」などと言うのも聞こえたが、わかってないデブラはやっぱり「わかってない」のだった。そんなわけでヘレンが都会の生活を好んでいたとは言いきれない。ジムはバスケットボールのシーズンになると熱狂して叫んだ。「ばか、何やってんだっ！」とテレビに向かってどなるので、近所には夫婦喧嘩だと思われないかと心配になった。いっそ笑い話にして言ってしまえばよいのかと考えたりもしたが、よけいなことを言えばかえって信憑性をそこなうと思い直してやめた。もともと嘘をつく気はなかったが――

それでも。

心があちらこちらと駆けめぐる。もし荷物に入れ忘れたものがあるとしたら何だろう。アングリン夫妻との夕食を前に、いざ着替えようとして適当な靴がない、というような想定はしたくなかった。せっかくの衣装が台無しになる。ヘレンは夜具のキルトをしっかり引き寄せながら、スーザンからの今夜の電話がまだ家の中に残っていると思った。どす黒く、不定形で、たちが悪い。ヘレンは起き上がった。

眠れなければこうなる。冷凍の豚の頭が心の中にちらついたら、こういうことにもなるだろう。バスルームへ行って、睡眠薬を見つくろった。清潔な見慣れたバスルームだ。ベッドに戻って夫に寄り添い、ほんの数分のうちに、くらっと眠気に引き込まれそうになった。わかってるデボラでもなく、わかってないデブラでもない、そういう自分がうれしかった。ヘレン・ファーバー・バージェスであるのがうれしかった。子供がいることが、人生はいいものだと思えることが、つくづくうれしいと思った。

だが、朝になって、どれだけの緊張があったことか！

パークスロープ界隈が土曜日らしく大らかに幕を開けた日——。子供らがサッカーボールを網袋に入れて公園へ行こうとして、父親たちは信号に気を配りながら急いで渡らせようとする。コーヒーショップへ来た若いカップルは、朝から愛し合ったあとのシャワーが乾かない髪をしている。ディナーパーティーを予定する人々は、ファーマーズマーケットで上出来のリンゴやパンや切り花を手に入れようと、もう公園に隣接したグランドアーミー・プラザのほうまで行っていて、バスケットを、また包み紙を巻いたヒマワリを、どっさりと抱え込んでいる。そういう情景の中にも、全国のどこにでも見られるお定まりの面倒が出ていた。たいていの人が思い通りの暮らしをする気配を発散している地区にあっても、厄介の種はあるようだ。たとえば小さな娘を連れた母親。誕生日にバービー人形が欲しいとせがむ娘に、だめ、ああいう人形があるから女の子が痩せ細って病気になるの、と母親が言っている。また八丁目の通りには父と子がいて、これは義理の関係であり、継父となった男が渋い表情で、扱いにくい子に自転車の練習をさせている。うしろから自転車を押さえてやるが、こわがる子供は蒼白になって、ふらふら揺れながら、どうにか誉めてもらおうと親の顔を見る（男の妻は乳ガンの化学療法を終えようとしていて、親子の現状に変更の余地はなかった）。三丁目にいる夫婦は息子のことで言い合っている。よく晴れた秋の日にティーンエージャーを部屋に閉じこもらせておいてよいのかという議論だった。そのような悶着が、このような日にもある――。そしてバージェス家にも問題は生じていた。

空港へ行くように手配した車が、まだ到着していなかった。もう荷物は歩道に出してあるので、ヘレンは荷物の番をするように言われ、ジムが携帯電話を手にして家を出入りしながら送迎サービスの会社に電話している。わかってるデボラが出てきて、あれこれ言いたがる。いいお天気ですね、どちらへお出かけですか、よく旅行に行かれるようで、すてきですねえ、などと口を出すので、ヘレンは「あ、ちょっと失礼、電話をかけないと」とバッグから携帯を取り出し、息子にかける振りをする。どうせ息子は（アリゾナにいるのだから）まだ睡眠中だろう。ところが、わかってるデボラはビリアムを待っているようで、こっちを見ながら笑っているのだから、ヘレンは携帯でしゃべっている体裁まで繕わないといけない。ようやくビリアムが出てきてくれて、二人で歩道を歩き去るが、わざとらしく手をつないでいるものだとヘレンは思う。

さて、玄関ホールを歩いていたジムは、車のキーが二つともドア脇のホルダーに掛かっていることに気づいた。つまり、昨夜、ボブはキーを持っていかなかった！　メイン州まで車で行くなどと言っておいて、キーを忘れるとはどういうつもりだろう。歩道へ出ていって、そういう疑問をヘレンにぶつけた。そんな大きな声でどなるなら、わたしだけマンハッタンへ越すわ、とヘレンは静かに言い返した。その目の前でキーを揺らしながら、ジムは「あいつ、どうやって行くつもりなんだ」と、押し殺した声で激しく言った。

「この家のキーを弟にも持たせると決めれば、どうということもなかったでしょうに」

するとと悠然と角を曲がってきたのが黒いタウンカーだった。ジムは大きく片手を振り上げて、背泳でもするような動きで合図した。ようやく後部座席に落ち着いたヘレンが髪をなでつけ、ジムは携帯でボブを呼び出そうとした。「まったく、早く出ろよ」などと言っていたが、それから「おい、どうしたんだ。いま起きたばかり？　メイン州へ行くんだろうが。だから徹夜って何なんだよ」ジムは運転席へ顔を寄せると、「六番街と九丁目の角で止めてくれ」と指示を出し、また坐り直して「いま、おれが手に持ってるのは何だと思う？　いいから少しは考えろ。そうだよ、車のキー。あのな――おい聞いてるか？　チャーリー・ティベッツだけどな、ザックにつける弁護士、そのティベッツが月曜の朝におまえと会う。だから月曜は最後までそっちにいろ。無理だとは言わせないぞ。おまえがいなくたってリーガル・エイドは困りゃしないだろう。チャーリーは週末に出かけるらしいが、きのうの晩思いついて電話してみたんだ。あいつなら適任だ。いいやつだよ。とにかくお前の役目は、あと二日、なんとか事件を押さえ込んでおくこと。いいな？　じゃあ、道路へ出て待ってろ。おれたちは空港へ行くところだ」

ヘレンは窓を下げるボタンを押して、外の空気を顔に当てた。

ジムはゆったり坐って、妻の手をとった。「こっちはお楽しみといこう。パンフレットに出てる夫婦みたいに格好よくなっていいようじゃないか」

ボブが家の前に出ていた。スエットパンツにTシャツという服装で、スポーツ用のソックスは薄汚れたままだった。「そら、いいか。だらしないやつめ」ジムは車の窓を開け、キーを放ってやった。ボブが片手でキャッチした。

「じゃ、ごゆっくり」ボブが一度だけ手を振った。

うまくキャッチするものだ、とヘレンは思っていた。「じゃあね、そちらも、いってらっしゃい」

タウンカーが角を曲がって視界から消え、ボブは自分が住む建物に顔を向けた。若い頃は、ジムが大学へ行く車を見送るのがいやで森へ駆けていっていた。あの森へまた駆け出したくなった。だが、いまのボブはひび割れたコンクリートに立っていて、すぐ横に大きなゴミ缶がある。指先にじゃらじゃらと自分のキーを持っている。砕けた陽光がボブの目を射た。

だいぶ以前、まだニューヨークへ来て間もなかった頃に、ボブは心理療法を受けたことがある。エレインという大柄な女性の療法士で、しなやかに手足を動かす人だった。いまのボブくらいの年齢だったろうが、当時のボブから見れば、かなりの年配に思えた。この人が醸し出す善意に包み込まれて、革張りカウチの肘掛けの穴をつつきながら、隅っこにあったイチジクの木に不安げな目を走らせていた（人造の木かとも思ったが、それにしては窓から細く射し込む日光にすり寄ろうとする姿が哀れっぽくて、六年間に一度だけ新しい葉をつけたこともあった）。いまエレインがこの場にいたら、ボブには「いま現在を生きなさい」と言っただろう。兄を乗せた車が街角を曲がって、ボブを取り残して去ってから、この自分がどうなりそうなのか薄ぼんやりとわかっていたので――とうに難病で死んだエレインは、ボブには粘り強く、また親身になってくれたから、そのエレインには申し訳ないけれど――いま思い出してどうなるというものではなかった。

陽光はボブを打ち砕く。

ボブは父が死んだ日には四歳で、その日のことは車のボンネットに日射しがきらめいたとしか覚えていないが、その父に毛布がかけられていた記憶はある。それから——いつでもずっと——スーザンが女の子らしい詰問調の声になって、「みんなボブのせいよ。ボブがばかなの」と言っていた。

いまボブはニューヨーク市ブルックリンの街路に立って、キーを投げてよこした兄を思い浮かべながら、走り去るタウンカーを見送り、これからの任務となったことを考えて、心の中では、ジミー、行かないでくれ、と泣いていた。

エイドリアナが外へ出てきた。

2

スーザン・オルソンは狭苦しい三階建ての家に住んでいる。さほど町場から離れていない。七年前に離婚してからは、ドリンクウォーターさんという老女に三階部分を貸していた。この老女は家を出入りすることが少なくなっていて、ザックの部屋から音楽が聞こえても苦情を言わず、家賃の支払いが滞ることもなかった。ザックが出頭することになった日の前の晩に、スーザンは階段を上がって老女の部屋をノックした。どういう事件があったのか話しておかねばならない。

ドリンクウォーターさんは意外なほどに快活だった。小さな机の脇の椅子に坐って「あら、まあ」と言う。ピンク色のレーヨンのガウンを引っかけて、膝の上あたりでストッキングを丸めていた。白いものの目立つ髪はピンで後ろへ留めているのだが、はらはらと垂れ下がってくる。外出用に着替えないとしたらこんなもので、そういう時間が増えている。薪《たきぎ》になりそうな細い身体をしていた。

「知らせといたほうがいいと思ったんで」スーザンはベッドに腰かけた。「あしたから取材の人が来て、どんな子ですか、なんて聞かれたりするかもしれない」

老女はゆっくりと首を振った。「おとなしい子なのにね」と、スーザンの顔を見る。すごく大きな三焦点レンズの眼鏡をかけていて、どこを見ているにしても、こちらからは目を合わせにくい。老女の目が泳いでいる。「年寄りをないがしろにしたこともない」

「どう答えてくださいとは言えないけど」

「お兄さんが来てくれれば結構じゃないの。あの有名な人？」

「いいえ、そっちじゃないのよ。有名なほうは奥さんと旅行中」

しばらく二人とも黙った。それからドリンクウォーターさんが口を切って、「ザカリーのお父さんは？　知ってるの？」

「メールしたわ」

「いまでも……スウェーデンに？」

スーザンはうなずいた。

ドリンクウォーターさんは小さな机に目をやって、その上の壁を見た。「どうなんだろうね、スウェーデンに暮らすってのは」

「ごめんなさいね、へんな話しちゃって。寝られなくなるかしら」

「あんたこそ、寝られるの？　睡眠薬でもある？」

「そういうの呑まないから」

「ふうん」

スーザンは立ち上がり、ショートの髪に手をやって撫でつけながら、何をするんだっけと思うように部屋を見まわした。

「じゃ、お休み」とドリンクウォーターさんが言った。

スーザンは二階へ下りて、ザックの部屋を軽くノックした。ザックは大型のヘッドホンをつけて、ベッドに寝転がっていた。スーザンは自分の耳に指先をあて、はずしなさいよ、という合図にした。ノートパソコンがベッドに出ている。スーザンは「こわい？」と言った。

ザックがうなずいた。

部屋はほとんど暗くなっている。小さな明かりが一つだけ、雑誌の積み上がった本棚の上に灯っていた。本が何冊か下に落ちたままだ。窓のブラインドが下ろしてあって、黒く塗った壁は――もう何年か前のことだが、スーザンが仕事から帰ったら黒くなっていた壁は――ポスターや写真を飾るということがなかった。

「お父さんから連絡あった？」

「ない」かすれ声が深く沈んでいた。

「メールしてやってって言ったんだけど」

「言わなくていいよ」

「だって、お父さんじゃないの」

「母さんに言われたからメールするなんていうのがいやだ」

しばらく間をおいて、スーザンは「いくらか寝ておいたら」と言った。

翌日、ザックの昼食として、トマトスープの缶詰を開け、チーズサンドイッチを焼いた。ザックはスープのボウルにかがみ込んで、サンドイッチは細い指先につまんで半分ほど食べてから皿を押しのけた。黒い目を上げて母親を見た顔に、ふとスーザンは小さかった息子を思い出した。みっともないほど社会性に欠けるのだとはまだ判明しなかった頃のザック。どんなスポーツも苦手だということが致し方なく不利に働くようになる前のザック。鼻の形が大人びて角張り、眉毛が濃い一本線になるよりも前の、気が小さくて言われることに従うだけだった幼いザック。だが食べるものに好き嫌いが多いことだけは、ちっとも変わらない。

「シャワー浴びておいで」スーザンは言った。「身なりも整えてね」

「どうすれば整う?」

「襟のついたシャツ。ジーンズはだめ」

「ジーンズだめ?」これは反抗しているのではない。不安なのだ。

「ま、いいわ。穴のあいてないジーンズ」

スーザンは電話を手にして警察へかけた。オヘア署長は署内にいたが、つながるまでにスーザンは三度も名前を言わされた。言うべきことは紙に書いてメモしてある。口が乾いて上下の唇がくっついているのを無理やり動かして言葉を押し出した。

そして最後に、メモ書きのノートから目を上げて、「では、いつでも」と言った。「あとはボブさえ来れば」スーザンの目に、ジェリー・オヘアの大きな手が見えるようだった。無表情な顔で電話をつかんでいるのだろう。これまでの年月で、ジェリーは体重にかなりの増量があったようだ。そう何度でもなかったが、スーザンの勤めている川向こうのモールにある眼鏡屋へ来たことがある。妻の眼鏡が調整されている間、ジェリーはおとなしく待っていた。スーザンには挨拶として顔をうなずかせた。とくに愛想がよいとも悪いとも言えない。そんなものだろうとスーザンは思っていた。

「そうだな、スーザン、ちょいと困ったことになったな」電話の声はくたびれた職業上の声だった。「犯人がわかっていて放っとくわけにもいかないんでね。世間を騒がす事件でもある」

「ジェリー、いくら放っとけないとしても、あの、パトカーは来させないで。それだけはやめて」

「といって、おれの立場としては、こうしてしゃべっているのもまずいんだ。昔の知り合いってのが、ちょっとな。ともかく今日中には顔を合わすことになるよ。そういうことだ」

「わかった。ありがと」


ボブは兄の車を快適に走らせていた。身体の下に安定した走行感がある。フロントガラスの景色の中には、アウトレットの看板があって、また湖もあるのだが、ほとんどはコネティカット州の森であって、木々が迫ってきては飛び過ぎていく繰り返しだ。交通の流れがよい。車同士のコミュニティ感覚とでもいうのだろうか、どの車も高速で進む移動体の一角を占めたように疾走する。ボブの心にエイドリアナの姿が浮いた。こわいの、と言っていた。栗色のスエットスーツを着て戸口にもたれかかり、ストリークのあるブロンドの髪が風に揺れた。喉に引っかかるような声で、あんなのは聞いたことがなかったが、そもそも話しかけられたのが初めてなのだった。化粧っ気がないと、ずっと若く見えた。頬骨あたりの色が抜けていた。緑色の瞳のまわりに赤みの差した目には、しっかり開いて問いかけるような表情があった。だが指先を見れば、爪を噛んだ跡が歴然として、それをボブは痛ましいと思った。この人は自分の娘であってもおかしくないのではないか――。ボブは、もう何年も、いたのかもしれない子供の幻影につきまとわれている。以前なら、たとえば通りかかった公園で遊ぶ子供に、そんな影を見た。濃い金髪で（昔のボブがそうだった）いちいち考えるように片足跳びで遊んでいる子。もっと後にはティーンエージャーを見れば――男の子でも女の子でもそうだったが――友だちと笑いあって街路を行く姿に、やはり影を見た。このごろはインターンとして事務所に来る法学生を見ていると、何かの拍子に、これが自分の子であってもよいのだ、と思わされることがある。

近くに家族がいるのかと聞いてみた。

ベンソンハーストに二親がいて、アパートの管理人をしているそうだ。なんだか疎遠になってて、とエイドリアナは首を振った。一応はマンハッタンの弁護士事務所で補佐をしているのだが、こんな気分になってたんじゃ、と耳のあたりでくるりを輪を描いて、どれだけ仕事になることか。そんなことを言う唇が青ざめていた。働けば気が紛れるよ、とボブは言った。びっくりするさ。

こんな気持ちから抜けられるかしら。

ああ、そうだ。とは言ったものの、ボブにはわかっていた。結婚が破綻した直後は、まともな神経ではいられない。大丈夫だよ、とボブは言った。何度も言ってやった。ふるえる犬が地面の匂いを嗅いでいた。何度も聞かれたから何度も言ったのだ。仕事がなくなるかもしれない、と彼女は言った。もうすぐ産休明けになる人がいる。すごく小さな事務所だし。ボブは兄の事務所の名前を出した。大手だから、よく新規の採用がある。心配ない。人生はどうにかなるものだ。ほんとにそう思います？　ああ、そうだよ。

コネティカット州ハートフォードのピンク色がかったビル群を通過した。いままでより速度を落として運転に集中する。交通量が増えてきた。トラックを抜くことがあれば、トラックに抜かされることもある。そのうちに、ようやくマサチューセッツ州に入って、ボブの心の中には、待ってましたとばかりにパムへの思いがよみがえった。愛する妻だった女。知性と好奇心を兼ね備えていながら、自分ではそんなものはないと思い込んでいた。そういうパムにメイン大学のキャンパスを歩いていて出会ったのは、もう三十年以上前のことになる。マサチューセッツ育ちの一人娘だった。その両親はすでに相当の年配になっていて、卒業式の日にボブが挨拶したときには、わけのわからない娘にほとほと困り果てた顔に見えた。いまも母親だけは存命で、この高速道路からも遠くはない療養所で寝たきりになっている。もはや娘の顔もわからないくらいだから、もしボブが行く気になったとしても（過去には行ったこともあるのだが）誰が来たのかわかるまい。若い頃のパムは、しっかりした身体つきをして、張りつめて、とまどって、いつでも笑いだしそうで、次から次へとのめり込む対象を持っていた。どういう不安があってあれだけ突っ走ろうとしたのか、何とも言いようがない。二人でニューヨークへ移ってからのある晩のことを思い出す。ウェストヴィレッジで駐車中の二台の車の間にいたパムが、酔って笑いながら小便をしていた。いざ、ウーマンリブだっ、と拳を突き出す。小便の男女平等！　パムは船乗りのように口が悪くもなった。あれほど惚れた女だが――

するとスターブリッジの地名標示が見えて、ボブの心は祖母の記憶に向かった。よく昔話をする人だった。十世代も前に先祖がイギリスから渡来したのだという。ボブは子供用の椅子に坐って「インディアンが出るお話して」と言った。すると祖母は、ああ、頭の皮をはがれたんだよ、と言った。さらわれた女の子もいてね、カナダへ連れて行かれちゃった。そのお兄ちゃんが何年もかかって、着てる服もぼろぼろになったけど、どうにか助け出して、二人で海岸の町へ帰ったんだ。そういう昔にはね、と祖母は言った。女の人が灰から石鹸をこしらえた。デイジーの根っこは耳が痛いときの薬になった。また、ある日の話では、つかまった泥棒が町を歩かされたと言っていた。もし魚を盗んだとすれば、その魚を手に持って、大きな声で「私は魚を盗みました。ごめんなさい」と言いながら町をぐるっと歩いた。あとから町の役人が太鼓をたたいて追い立てる。

この話を聞いて、ボブは先祖への関心をなくした。そんなことを言いながら町を歩かされるのか。

いやだ。もうおしまい。

そしてニューハンプシャー州が始まった。高速道路のすぐ脇に、州が管理する酒類販売所がある。秋の雲が低く垂れ込めている。州議会は何百人もの議員を擁する昔ながらの大所帯で、いまなお車のナンバーには「自由に生きるか、それとも死ぬか」という州のモットーが書かれている。交通の流れが悪くなった。道路がロータリーにかかって、ホワイト山地へ紅葉見物に行く人が街道から外れていく。ボブも車を止めてコーヒーを買い、スーザンに電話を入れた。「いま、どこ?」と彼女が言う。「もう気が狂いそうだわ。こんなに遅くなるなんて嘘みたいだけど、嘘じゃないのよね」

「ほい。もうすぐ着くよ」

すでに太陽は下り坂にかかっていた。ボブは運転を再開して、ポーツマスを通過した。このあたりの沿岸ではよく見ることだが、この町もだいぶ以前から景観が整えられている。手入れが始まったのは七〇年代後半だったろう。街路に敷石が復活し、古い建物が改修された。昔風の街灯が立って、ロウソクを売る店が増えた。だがボブはかつてのポーツマスを覚えている。海軍の造船所があるだけの、くたびれた町だった。いま思うと、つくづく懐かしくなる。さびれた街路はでこぼこの穴だらけ。とうに閉店したデパートに大きなウインドーがあったが、どうせ夏と冬に切り替わるだけでしかなかったろう。永遠に手を振るマネキンの壊れた手首にハンドバッグが下がっている。幸せそうな目のない男の隣に、目のない女が立っていて、二人の足元にガーデン用のホースが出ている。たしかにマネキンは笑った顔に見えていた。そんな記憶が残るのは、パムと二人で乗ったボストン行きのグレイハウンドバスが、この町で停車したからだ。巻きスカートをはいたパムが、やけに背中をそらせていた。

もう百万年も前のようだ。

「いま現在を生きなさい」と、療法士エレインなら言うだろう。いまボブは可愛げのないスーザンに会いに行こうとして、兄のジミーを頼りたくなった。ボブの内面に、ずっと昔からのボブらしさが戻っていた。

シャーリー・フォールズ警察署のロビーでは、コンクリート製のベンチに坐らされた。ジェリー・オヘア署長は、さっきボブを見て、きのうも会ったような顔でうなずいたが、じつは何年も昔に会ったきりだ。その署長がザックを取調室へ連れて行った。ある署員が紙コップでコーヒーを持ってきたので、ボブとスーザンは礼を言って、そっと手に受け取った。まわりに聞く人もいなくなってから、「ザックに友だちはいるの？」とボブは穏やかに口にした。もう五年はシャーリー・フォールズに帰っていなかったので、しばらくぶりに甥を見てびっくりしたのだった。ひょろっと背が伸びて、うつろな顔に怯えだけが浮いていた。そして、びっくりしたと言えば、このスーザンも変わっていた。痩せぎすになり、癖のあるショートヘアに白いものが多くなった。女らしさが影をひそめた。平凡な顔立ちがすっかり老けて、これでも同い年かと思わざるを得ない（双子なのだから年は同じだ）。

「どうかしら」スーザンは言った。「あの子、ウォルマートで商品棚の補充なんかしてるんで、たまに――めったにないけど――ウェストアネットまで車を飛ばして、同じ職場の人に会いに行く。うちには誰も来ないわ。――ねえ、あっちへ行かせてもらえないの？」

「この州で弁護士の登録をしたわけじゃないから、そういう活動はできない。さっき言っただろう」ボブは首をひねって署内を見まわした。「いつ建ったんだ？」昔のシャーリー・フォールズ警察署は市庁舎に同居していた。公園下に広がった大きな建物だった。ボブが覚えているのは開放感があったということ。入っていくと警官が机に向かっていた。いまは雰囲気が違う。小さなロビーに二箇所の暗い窓がある。どちらかの窓に近づくだけでも、ドアベルのようなものを押して係員を呼ばなくてはいけない。ここにいると犯罪者のような気分になるとボブは思った。

「五年くらい前かも」スーザンは曖昧な答えを返した。「いつだったかな」

「どうして新築したんだろう。どんどん人口が減って、日々に予算が苦しくなってるんだろうに、そんな州が校舎の新設だとか、いろんな箱物行政に走ってるのがわからない」

「どうでもいいわ。ま、正直、あんたがメイン州をどう見ようと、あたしの知ったことじゃないの。それにね、この町について言えば、人口は増えてるのよ――」スーザンは声をひそめた。

「あいつらが来るから――」

ボブはもらったコーヒーを飲んだ。まずかった。だがボブはいまどきの流行とは違って、コーヒーについては――ワインもそうだが――あまりうるさいことを言わない。「この件で何か聞かれたら、ただの悪ふざけと思った、月曜には弁護士が来る、って言っといてくれ。もっと突っ込まれるかもしれないが、よけいなことは言わないほうがいい」ボブは同じことをザカリーにも言っていた。見覚えていたよりもずっと背が伸びて、ひょろひょろと細くて、怯えた顔をしたザカリーは、ぽかんと見つめ返すだけだった。

「動機に心当たりは?」なるべく穏やかに聞いてみた。

「全然」やや遅れてスーザンの返事があった。「それを聞き出してくれるのかと思った」

ボブはぎくりとした。子供の扱いは苦手だ。知っている家の子供がかわいいと思ったことはある。とくにジムの子供などはかわいかった。だが自分に子供がいないと、どこか違う。そんなことを、うまくスーザンに言えるかどうかわからない。「ザックは父親と連絡をとってる?」

「メールしてるわ。ときどきザックは……何というか、ま、楽しそうとは言わないけど、落ち込みが軽くなるみたい。ともかくもスティーヴが何かしら書いてよこすのよ。あたしには黙ってるけどね。あたしとスティーヴは音信不通。あの人が出てってから何もなしだわ」スーザンはいくらか気色ばんだ。「ザックは、がくんと落ち込むこともあるのよ。それもまたスティーヴと関係あるんだろうけど、そんなこと、あたしにわかりゃしないじゃない?」スーザンは指先で鼻をつまんで、すすりあげた。

「まあ、落ち着けって」ボブは紙ナプキンかティッシュでもないかと見まわしたが、何もない。

「たぶんジミーなら言うだろうな。野球には泣くなんてない！」

「え、なに言ってるの？」

「ほら、女が野球をする映画があったろう。あれに出る名ゼリフ」

スーザンは前屈みになって、紙コップをベンチの下に置いた。「いま野球やってるのならいいけどね。いまは息子が逮捕されるところ」

金属製のドアが開いて、ばたんと閉まった。警官が一人、ロビーへ出てきた。背が低く、まだ若い顔にぽつぽつ黒子《ほくろ》がある。「終わりました。これから拘置所へ移しますが、同行することもできますよ。向こうで調書をとって、保釈金の決定を出してもらって、そうなれば帰宅させてもかまいません」

「どうも」という双子の声がそろった。

だいぶ傾いた午後の日が薄らぎ、町が黄昏の薄暗い色を帯びた。パトカーのあとについて走っていると、その後部席にザックの頭がどうにか見えていた。この先には橋があって、そこを渡れば郡の拘置所がある。「どうしたんだろう」とボブは言った。「土曜の午後だってのに、町にさっぱり人が出ていない」

「もう何年もこんなよ」運転するスーザンが前傾した。

横町をのぞいたボブの目に、浅黒い男の姿が見えた。だぶだぶのコートのボタンをあけて、そのポケットに手を突っ込み、のんびりと歩いている。コートの下には、足元まで届きそうな白い長衣を着ていた。角張った布の帽子をかぶっている。「あれ」ボブは言った。

「え?」スーザンがボブに鋭い目を飛ばす。

「ああいうのも、そうなの?」

「ああいうの? いい年して知恵遅れじゃないの。さんざんニューヨークに住んで、黒人《ニグロ》を見たことないの?」

「おい、気を静めてくれよ」

「あら、どうも。静めるなんて、ちっとも思いつかなかったわ」スーザンはパトカーの隣に車を止めた。すでに拘置所の裏手の大きな駐車場に入っている。ザックが手錠をかけられているのが見てとれた。パトカーを降りようとして車体に倒れかかったようだが、すぐ警官に付き添われて建物へ向かった。

「ここにいるぞ」ボブは車のドアを開けてどなった。「ちゃんと守ってやる!」

「ちょっと、やめてよ」スーザンが言った。

「守ってやるぞ」またボブは言った。

ここでも小さなロビーに坐って待った。一度だけ、濃紺の服を着た男が出てきて、いまザックは調書をとられ、指紋を記録されていると説明した。保釈金については責任者に連絡をとったそうだ。ザックが出てくるまでに、しばらく時間がかかる、とも言われた。どれくらいかと聞くと、わからないという答えだった。そんなわけで、まだ待たされている。ATMがあって、自動販売機があって、またしても暗い窓があった。

「ここって監視カメラでもあるのかしら」

「たぶんな」

二人ともコートを着たまま、まっすぐ前を向いて坐っていた。そのうちにボブが静かな口をきいて、「ザックは、棚に品物をならべる以外には、何をやってる?」

「つまり、車で移動しながら路上強盗でもやってるか、ってこと? 児童ポルノにはまってるとか? それならノーだわ。ザックはただ——ザックなのよ」

ボブはコートを押さえながら、もぞもぞと動いた。「スキンヘッドの集団と関わってないかな。白人の優越を唱えるグループみたいな、そんなの」

スーザンはびっくりしたようにボブを見て、その目を細めた。「ない」と言ってから、声をやわらげ、「どこの誰とも現実の関わりはないと思う。ともかく、そういう子じゃないのよ」

「念のため聞いただけさ。たいしたことにはならないだろう。いくらか社会奉仕をさせられるとか、民族は多様だという講座を受けるとか、それくらいはあるかもしれない」

「まだ手錠はかかってるのかしら。あれはひどい」

「そうだね」と言いながら、ボブは優等生みたいな若い隣人が引き立てられていった街路の光景を思い出していた。もう何年も前のことのように感じられた。けさエイドリアナと口をきいたことだって、いまでは信じられないような、とうの昔のことになった。「はずされただろう。ただの手順として、護送するのに使っただけだ」

スーザンはくたびれたような言い方をして、「地元の教会関係で、集会を催そうとする動きがあるの」

「集会? 何の?」ボブは手で脚をさすった。「ほい」

「そのほいっていうの、やめてくれる?」スーザンは苛立ちをにじませた。「なんでそんなこと言うの」

「もう二十年もリーガル・エイドで働いたんでね。そっち方面はユダヤ系の仲間が多いんだ。それで覚えちゃった」

「なんだか、わざとらしいわ。自分がユダヤ系でもないのにさ。白人の典型じゃないの」

「そりゃそうだが」

しばらく黙って坐っていたが、またボブが口を切った。「で、その集会ってのは、いつ？」

「さあ、さっぱり」

ボブは頭を垂れて、目を閉じた。

またしばらく黙ってから、スーザンが「祈ってるの？　死んでるの？」と言った。ボブは目をあけた。「覚えてるかな。ザックと、それからジムの子供たちも連れて、スタブリッジの歴史村へ行った。みんなまだ小さかったな。案内係の女の人が、昔の衣装なんか着ちゃって、たっぷりした帽子かぶって、すっかりその気になっていた。なんていう僕はピューリタンの末裔で自己嫌悪に落ちてるのかな」

「ただの変人で自己嫌悪に落ちてるだけよ」スーザンはもう我慢がきかなくなって、どうにか暗い窓がのぞけないかと首を伸ばした。「どうしてこんなに待たせるんだろ」

たしかに時間がかかっていた。そろそろ三時間は坐っている。ボブは一度だけシガレットを吸いに外へ出た。もう上空が暗くなっていた。ようやく保釈金の責任者が現れた頃には、ボブは濡れた上着をまとうような疲労感にとらわれていた。スーザンが二百ドルと告げられた金額を二十ドル札で支払うと、紙のように蒼白になったザックが出てきた。

帰ろうとしていたら、制服の係官が「外にカメラマンがいますよ」と言った。

「なんでそうなるの」スーザンの声に緊張が走っていた。

「あわてることはない。さ、行こう」ボブはザックを出口に誘導した。「ジム伯父さんなんか、マスコミが来れば喜ぶんだ。きょうはお株を取られたと思うだろうさ」

これを面白がったのか、あるいは緊迫した一日が終わりそうだと思うからか、ともかくザックはボブを見る顔に笑みを浮かべて外へ出た。ひんやりした空気にフラッシュの光が飛んだ。

3

あの南国の風——。飛行機のドアが開いた瞬間に、さあっと吹きつける風があった。荷物が車に積み込まれている間にも、ヘレンはたっぷりと風を浴びている気分だった。走りだした道路沿いの家屋には窓からこぼれそうに花が咲き、ゴルフ場は緑の芝生が整って、着いたホテルの前では噴水が空に向けてやさしく水を噴き上げていた。部屋に入るとレモンを積み上げたボウルがテーブルに置かれていた。「ねえ、ジミー。なんだか新婚旅行みたい」

「それはいい」どこか気のない返事だった。

ヘレンは腕を組み、それぞれの手を肩にあてた（長年にわたる夫婦だけの合図だ）。すると夫が近づいた。

夜中に何度も悪い夢を見た。へんに生々しくて、こわかった。もがくように目を覚まそうとした頃には、朝日が長いカーテンの隙間からじんわり洩れていた。ジムはゴルフへ出かけようとするところで、「まだ寝てていいよ」と言いながらキスをした。また目が覚めたときには、しっかり斬り込んでくる陽光ほどにも明るい幸福感が戻って、これを全身に受け止めながら、ヘレンはさらさらして心地よいシーツに片脚をすべらせ、いまは大学へ行っている三人の子供のことを思い浮かべていた。あとでメールを書こう――。かわいい天使たちへ、いまお父さんはゴルフ中なので、お母さんは日光浴でもして、青い血管の浮いた足首に日を当てるつもりです。やっぱり心配が的中してドロシーはむっつり不機嫌になってます。上のお嬢さんのジェシーが（エミリーは嫌ってたわね、覚えてるでしょう？）悩みの種になってるらしいってお父さんが言ってるの。でも、きのうのディナーの席ではそんな話は避けたんで、わたしもうまく調子を合わせて、子供の自慢なんてしませんでした。でもねえ、いとこのザックの話はしたのよ――それについては、またあとで――ああ、あなたたちに会いたくなるわ、三人みんな――

ドロシーはプールサイドの椅子に寝そべり、長い脚を伸ばして、雑誌を読んでいた。「おはよう」と言ったが、顔は上げない。

ヘレンは太陽をたっぷり浴びる位置に椅子を動かした。「よく眠れた？」その椅子に坐って、麦わらバッグからローションと本を取り出す。「わたしは悪夢の連続」

だいぶ間を置いてから、ドロシーが読んでいたものから目を上げた。「あら、お気の毒」

ヘレンは脚にローションをすり込み、本の位置を決めた。「一応言っておけば、読書グループってのは、途中でやめても気まずいものじゃないのよ」

「そんなこと思ってない」ドロシーは雑誌を読みさしにして、青くきらめくプールの水面をじっと見ていた。何やら考えることでもあるように、「ニューヨークの女って、馬鹿じゃないんだけど、寄り集まると馬鹿になるのよ。そういうの、すごくやだわ」それからヘレンを見やって、

「ごめん」

「謝ることない。言いたいことは言うべきだわ」

ドロシーは唇を噛んで、大きな青い水面に目を戻した。「そう言ってくれるのはうれしいけど」と、やっと口をきく。「経験上、ずばり言ったらいやがられるわね」

ヘレンは様子をうかがった。

「セラピストもそうだわ」ドロシーはまっすぐ前を見たきりだ。「かかりつけのセラピストに、娘のボーイフレンドがかわいそうだって言ったのよ。ほんとにそうなの——何でも言いなりになってるんだもの——そしたらセラピストにまじまじと見られたわ。こんなひどい母親がいるのかっていう顔だった。だけど悩みがあるから相談に来てるのに、そこで本音が言えないんじゃ、いったい何なのよと思った。ニューヨークってところでは、子育てがものすごく競争の激しいスポーツになってる。血まみれの激戦よ」ここでプラスチックコップの水をぐーっと飲んでから、また言った。「今月は何を読むことになってるの?」

ヘレンは読んでいる本を撫でつけるような仕草をした。「ある女の話でね。もともと家政婦で、あっちこっちの家の掃除をするうちに、こっそり見たことが多々あって、それを全部書いて本にしちゃった」太陽の熱を浴びるヘレンが、なおさら顔を火照らせた。著者が見たのは、手錠、鞭、乳首クランプ——そんなのが世の中にあったのかとヘレンが思うようなものだ。

「そんなくだらないもの読んじゃだめよ」ドロシーは言った。「だから言ってるの——女から女へ馬鹿な本が薦められる。現実には広い世界があるっていうのに。ほら、この記事だって、きのうの晩ジムが言ってたことと関係あるんじゃないかしら。妹さんが大変だって言ってたでしょう」ドロシーは長い腕を伸ばして、手近なプラスチック製のテーブルにあった新聞から、ある紙面をヘレンに持たせた。「もっとも、ジムという人は、大変なことは何でも引き受けるみたいだけど」

ヘレンは麦わらバッグの中をかきまわした。「まあ、つまり、こういうことよ」と、バッグから目を上げて、指を一本立てた。「まずジムがメイン州を出た」それから指を二本立てて、「次にボブがメイン州を出た」さらに指は三本になって、「スーザンの夫が、スーザンを残してメイン州を出た」またバッグの中をさがして、リップクリームを出した。「だからジムは責任を感じてるの。すごく責任感が強いから」と言って、リップクリームを口につける。

「というか罪悪感」

ヘレンは考えてみたものの「いいえ」と言った。「責任感」

ドロシーは雑誌のページを繰って、とくに返事はしなかった。そこでヘレンも――しゃべりたい気分は沸々と湧き上がって、何かしら言いたいのは山々だったが――仕方なしに渡された新聞を手にして、課題にされた記事を読み始めた。太陽がますます熱くなって、鼻の下に汗がじっとりした線を引き、何度指でぬぐっても取れなかった。「もう何なのかしら」と、ついに言ってしまった。それだけ穏やかではいられない記事だった。だが、もし読むのをやめたら、広い世界に無関心な薄っぺらい(馬鹿な)女とドロシーに見られそうなので、その先も読むことにした。

ケニアの難民キャンプに関わる記事だった。その難民とは誰か。ソマリ人である。などと知る人がいるかいないか、ともかくヘレンは知らなかった。それを知ってしまった。いまはメイン州シャーリー・フォールズに住んでいる人々の一部は、かつては信じがたい苛酷な環境で何年も暮らしたことがあるのだと知った。ヘレンは目を細めて読み進める。難民の女は薪を集めるのにキャンプから出ることもあるが、盗賊の出没する土地で強姦される恐れもある。そんなことが一度や二度ではすまなかった女もいる。飢えた子供が母親に抱かれて死んでいく。生きている子供も学校へ行くどころではない。そもそも学校がない。男たちは適当に坐り込んで、カートという覚醒作用のある葉を噛んでいる。四人までは持てることになっている妻たちが、わずかな米と、垂らすほどにしかない食用油で、家族を生き延びさせようとする。六週間に一度だけ、そんなものが配給になっている。もちろん記事には写真も出ていて、ひょろっと背の高いアフリカの女が薪やら大きなプラスチックの水差しやらを頭にのせている。破れた防水布がある。泥の小屋がある。病んだ子の顔に蝿がまとわりつく。「ひどいわね」と言うと、ドロシーは雑誌を読む目を上げずにうなずいている。

ひどいことには違いないので、そう思って共感しないといけないような気がするが、どこかに疑問もある。乱れた粗暴な国を逃れて何日も歩き続けた末に、わざわざケニアへ来て、とんでもない苦境に落ちて終わるのか。どこからか援助はあってもよさそうなものだ。というようにヘレンは思った。だが、読みたくて読んでいるわけではないということで、自分は悪い人間であるとも感じる。すてきな（費用もかかる）休暇に来ていて、悪人気分でいたくはない。

ファトゥマは三時間歩いて薪を集める。ほかの女と同行するようにしているが、だからといって安全ではない。安全という言葉は、ここでは人々の口にのぼらない。

するとヘレンは、たたきつけるような熱気に押され、きらめく青い水面に叫びを上げるような日射しを浴びて、あっと思う間もなく、途方もない無関心にとらわれていた。この喪失は——ここに来ていて暖かい気候にもブーゲンビリアにも心が動かず、夫がゴルフから帰るのを待つだけの、どうでもよい朝になるのだとしたら、それだけでも喪失と言ってよかろうが――次の瞬間には苦悶というべきものに近くなり、さらにまた揺り戻して喪失感として定まった。その間にもう被害は出ていた。ヘレンはもぞもぞ動いて足首を交差させた。いま苦しくなりかけた瞬間に、子供たちを失ったように思ったのだ。ほんの短い時間とはいえ、心の乱れが生じていて、いずれは老いて療養ホームにでも入る自分を考えてしまった。すっかり大人になった子供たちがさわやかな親孝行として訪ねてくれて、ヘレンは「早いものねえ」などと、もちろん人生のことを言いながら、相手の顔に思いやりの表情を見ているが、また忙しい暮らしに戻っていく子供らが、どれくらいで訪問時間を切り上げることができるかと計算をすることも見えている。そんな生々しい現実味が頭の中で暴れまわった瞬間に、みんな母親とは離れていたいのだろうと考えた。これまでは思いもしなかったことだ。

ヤシの木の葉がゆらりゆらりと揺れていた。

なに言ってるのよ、ばかねえ、と読書グループの仲間には言われた。あれは息子が――末っ子が――わざわざアリゾナの大学へ行きたがって、ヘレンがやきもきしていた頃だ。雛が巣立てば親鳥は楽よ、ということだ。そうなれば女は元気になるの。おかしくなるのは男ね。男の五十代は危ない。

ヘレンは日射しをさえぎるように目を閉じて、ウェストハートフォードの家に住んでいた時期の子供たちを思い浮かべた。ばしゃばしゃと庭のプールで遊ぶ子の、まだ小さかった手足が水にくぐって、水から出て、濡れた肌が純粋にきれいだった。またティーンエージャーになってからの子供たち。もうパークスロープに住んでいて、近所の歩道を友だちと歩いていた。家族そろってお気に入りのテレビ番組を見る夜は、母親に身を寄せるようにカウチに坐っていたりもした。

彼女は目を開けた。「ドロシー」

ドロシーが顔を向けた。黒いサングラスがこっちを見る。

「子供が恋しくなっちゃった」ヘレンは言った。

ドロシーは雑誌に目を戻して、「そう言える人ばかりじゃないわよ」

4

犬が戸口で待ちわびたように尻尾を振っていた。顎に白い毛があるジャーマンシェパードの雌だ。「よう、ワン公」ボブが犬の頭をなでて中へ入った。家は冷えきっていた。ずっと車内で黙りこくっていたザックが、すぐに階段を上がろうとする。「おい、ザック、ちょっとおじさんと話をしてくれ」

「放っといてやってよ」息子のあとについて上がりながらスーザンが言った。しばらくして下りてきたスーザンは、胸にトナカイの絵柄のあるセーターを着ていた。「食べる気にならないみたい。独房に押し込められたんで、半分死んだように怯えてるわ」

「ともかく話をさせてもらえないかな」ボブはなるべく穏やかな口をきいた。「そのために呼ばれたんだろうから」

「いまは放っておいて。まだ話したくないらしい。いろいろあったんで」スーザンは勝手口をあけて犬を入れてやった。犬は自分が叱られたような顔をしている。スーザンはブリキの皿にドライタイプのドッグフードを盛ってから、居間へ行ってカウチに坐り込んだ。ボブも行く。スーザンは編み物のバッグを取り出す。

というような状況だ。

ボブはどうしてよいのか困った。ジムならどうにかなるのだろう。ジムには子供がいて、ボブにはいない。ジムは先頭に立つが、ボブはそうではない。コートを着たまま腰をおろして、室内を見まわした。壁際に犬の毛が散らかっている。

「飲むものある?」

「炭酸飲料《モクシー》」

「それだけ?」

「それだけ」

またしても戦闘状態だ。いつもそうだった。いまボブはコート姿で捕虜になり、凍えそうに寒くて、飲むというほどのものもない。スーザンはそうと知っていて知らん顔だ。母親譲りで酒は一滴も飲まない。おそらくスーザンから見ればボブはアル中になっている。ボブの意識では、たしかにアル中に近いかもしれないが、そこまでは行かないのであって、この二つの差はきわめて大きい。

食べるものはどうかとスーザンが言った。冷凍のピザがあったはずだ。さもなくばベークトビーンズの缶詰。フランクフルト。

「いや、遠慮する」ここへ来てそんなものを食べようとは思わなかった。

ボブの口に出かかっていたことがある。こういう暮らしは、どう考えたって、人間のすることじゃない。だから、いままで五年間、この家へ来ようという気がしなかった。人間が帰る家というのは、がんばった一日のあとで、一杯飲んで、あたたかいものを食べるところだ。暖房のスイッチを入れて、家族が語り合って、友人に電話する。たとえばジムの家へ行くと、いつも子供たちが階段を駆け上がり、駆け下りていた。ねえ、ママ、緑色のセーター知らない？　エミリーにヘアドライヤーを独り占めするなって言ってよ。パパ、十一時までは外出していいって言ったよね。あのさ、ボブおじさん、と一番おとなしいラリーでさえも笑いながら、すっごく前に聞かされた駄洒落ネタがあったよね、などと言った（スターブリッジ歴史村へ行った日にも、昔の刑台に手足を入れた子供たちが、写真撮って、写真、と言ってせがんだが、ザカリーだけは、足かせの一方に両脚がはまり込みそうな細い身体をして、ネズミのように黙っていた）。

「あの子、収監されるのかしら」スーザンが編み物の手を止めて、いきなり昔に戻ったような顔を向けた。

「いやあ、スージー」ボブは手をポケットから出して、身を乗り出した。「それはないだろう。軽犯罪だからな」

「拘置されたのがすごくこわかったらしいのよ。あんなこわがり方は初めて見たわ。ずっと刑務所だなんてことになったら、それだけで死んじゃうかもしれない」

「チャーリー・ティベッツという弁護士は腕が立つそうだ。ジムが言うんだから大丈夫だろう」

犬が来た。まるでドッグフードを食べたから叱られるとでも思うように、またしても申し訳なさそうな顔をしている。伏せの姿勢になってスーザンの足に鼻面を乗せた。こんなに悲しげな犬は見た覚えがない。ニューヨークですぐ下の部屋に住む犬のことを思い出した。それでニューヨークでのアパート、友人、仕事と考えてみたのだが、ちっとも現実味がなかった。また編み物を始めたスーザンを見ていたあとで「仕事はどうなの？」と言った。スーザンは昔から視力検査を業務としている。それがどんな仕事であるのか聞いたこともない、とボブは思った。

スーザンは編んでいる糸をじわじわと引いた。「あたしたちベビーブームの世代が中高年になるんで、この仕事がなくなることはないわね。いまはソマリア人のお客も来るわ。たいして多くはないけど」

一呼吸おいてボブは言った。「どんな感じ？」

スーザンは引っかけ問題かと疑うような目でボブを見た。「秘密めいてる。あたしにはそう見えるかな。いきなり予約なしで来るわ。警戒心が強いというか。角膜曲率計《ケラトメーター》を知らなくて、魔法でもかけられるみたいに思う女の人もいた」

「ケラトメーターって何だ？」

「普通は知らないわよね。でも魔法じゃないってことはわかりそうなものだわ」スーザンの編み針が速度を増した。「料金の交渉を始めることもある。最初はびっくりしたわよ。ぶっ飛んじゃった。そういう民族性らしいの。何事にも取引をする。クレジットカードは使わない。クレジットなんてものが、あ、そうじゃないか、利息なんてものが考えられないみたいね。だから払うとしたら現金。どうやって手に入れるのかしら」スーザンは首を振ってみせた。「あのね、次から次へと町へ来るのよ。そんなに来られたら予算に困るじゃない。というか全然なかったわ。それでシャーリー・フォールズの町は連邦準備銀行に援助を求めた。いままで無防備だった町としては、よくやったと思うわ。これでリベラル派には大義名分が立ったわね。あんただってリベラルなんだから、わかるでしょ。いつだって何かしら名分があってこそのリベラルだもんね」編み物の手が止まった。目を上げたスーザンの顔には、とまどった子供のような表情がうっすらと浮いて、それだけにまた若返ったように見えた。「ひとつ言わせてもらっていい？」

ボブは眉を上げた。

「あたしが言いたいのは、その、あたしが気づいていて、おかしいと思うのは、ソマリア人の支援をしてるんだと、わざわざ人に見られて喜んでる人がいるってこと。たとえばプレスコットさん。昔はサウスマーケットで靴屋をやってた。いまはどうかな、店じまいしたかもしれない。そのキャロリン・プレスコットが息子の嫁さんと二人で、しょっちゅうソマリアの女の案内をして、冷蔵庫やら洗濯機やら、いろんな鍋のセットやら、買ってやってるのよ。あたしはソマリア人に冷蔵庫を買ってやろうなんて思わない人間だけど、それって異常なのかしらね。お金に余裕があったとしての話だけどさ」スーザンは宙を見る目になってから、編み物を再開した。「いずれにしても、ああいう女たちを買い物に連れ回しておいて、あとで吹聴したりするなんて気が知れない。なんてこと言うから皮肉屋なのよね」スーザンは足首を交差させた。「ついでに言えば、シャーリーン・バーゲロンていう、乳ガンになっちゃった友だちがいるの。子供の面倒見るとか、病院の送り迎えするとか、まわりの人が手を貸してあげたわ。だけど、何年かして旦那さんに離婚されて、そしたらおしまい。すぱっと切れて何もなし。助けてくれる人がいなくなった。これって痛いわよ。あたし自身がそうだったもの。スティーヴに出ていかれたとき、あたし、死ぬほどこわかったわ。このままここに住んでいられるかどうかもわからなかった。冷蔵庫を買ってくれようなんて人いやしないわよ。一回の食事すら恵んでもらえなかった。正直、死にかかったわ。いまのソマリア人なんかより、ずっと孤独だったと思う。あの人たちには家族がいて、子供がじゃれついてるじゃない」

ボブは「そうか、スーザンも大変だったんだな」と言った。

「人間はおかしなものだっていう、それだけのことよ」スーザンは手の甲で鼻をこすった。「以前にはフランス語をしゃべるカナダ系の労働者が町にあふれたことがあった。あのときと同じじゃないかっていう説もある。でも、やっぱり違うのよ。おおっぴらには言われないことだけど、いま来てる連中は、ここに居着きたいわけじゃないの。いずれは帰ろうとしてる。この国になじもうとはしない。いわば腰かけ。そうしておいて批判がましい態度をとる。ここの生活はちゃらちゃら浮ついてくだらないと思ってるんだわ。そういうところが正直言っていやになる。自分たちだけで固まっちゃってるしね」

「うーん、フレンチ・カナディアンだって、だいぶ長いこと固まってたけどな」

「でも違うんだってば」スーザンはくいっと糸を引いた。「いまはもうフランス系カナダ人じゃなくなった。フランス系アメリカ人なのよ。いま来てるソマリア人は、そういう比較をいやがってる。自分たちは全然違う、比較されるものはない、という主義なの」

「イスラム教徒だってことだよ」

「そんなもんかしらね」

シガレットを吸いに出たボブが戻ってみると、スーザンは冷凍庫からフランクフルトを取ろうとしていた。「女の子に陰核切除なんてものをするのよ」と言いながら深鍋に水を入れる。

「ほい、そうきたか」

「何がほいよ。しょうもない。これ一つどう？」

ボブはコートのままでキッチンの椅子に坐った。「こっちでは非合法だな。とうの昔からそうだ。それから言っておくがソマリ人だよ。ソマリア人ではない」

振り向いたスーザンは、フォークを胸の高さに持っていた。「あのね、だからあんたがたリベラルは馬鹿だって言うのよ。言っちゃ悪いけど馬鹿だわ。小さい子がひどく出血するような目に遭ってるの。学校で血が止まらなくなって病院へ連れて行かれたりするんだわ。場合によっては、いったんアフリカへ帰らせるようにお金ためて、あっちで切らせることもあるらしい」

「ザックに腹が減ってるか聞いたらどうかな」ボブは首筋に手をあててさすった。

「これを部屋へ持ってってやるわ」

「さらに言えば、いまどきの言葉遣いでは、ニグロなんて言わないぞ。知恵遅れとも言わない。そういうことは覚えといたほうがいい」

「なに言ってんだか。からかってみただけよ。ぬうっと首を伸ばすんだもの」スーザンは火にかかっている鍋を見た。やや間をおいて、「ジムがいてくれたらいいのに。あ、べつに気を悪くしないでね」

「いや、自分でもそう思う。いてくれたらいいんだが」

スーザンは鍋の湯気で火照ったような顔を向けた。「いつだったか、パッカー裁判の直後だったけど、ショッピングモールにいたら、どこかの夫婦がジムの噂をしてた。検察から弁護に鞍替えしたのは、目立つ事件を担当して金儲けがしたくなったからだ、なんて言ってたわ。うんざりだわね」

「ああ、そんなのは言うやつがおかしいんだ」ボブはさっと手を振った。「法律家に路線変更は付きものだよ。それにジムの場合、ハートフォードの事務所にいた時期には、すでに弁護の業務についていた。弁護ばかりさ。普通の人の弁護、訴追された人の弁護。あの事件だって、たまたま担当したから頑張って結果を出しただけだ。被告が世間の目に有罪と映ったかどうか、そんなことは関係ない」

スーザンは勢い込んで言った。「あたしだってそう思う。実際にジムを知ってた人なら、いまでも好意を持ってくれてるはずよ。ジムがテレビに出るとおもしろがってるじゃない。ジムは評論家ぶったことを言わない人だって見られてる。その通りだわ」

「そうだね。ただ、ほんとはテレビに出るのはいやがってる。事務所に言われて出てるんだ。パッカー裁判の時期にはマスコミに出たがってたと思うが、いまはそうでもなさそうだ。ヘレンは喜んでるけどね。いつテレビに出るかってことを人に言いたがる」

「そう、あの人は、ね」

これで二人がまとまった。どちらもジムが好きなのだ。この機にボブは立ち上がり、何か食べてくると言った。「あのスパゲティ屋は、まだ開いてるかな？」

「ああ、そうね」

外は暗くなっていた。町はずれの夜の暗さには、いつも驚いてしまう。小さな食品雑貨の店まで車を走らせ、ワインを二本買った。メイン州ではこういう店でも酒が買える。ネジ栓のボトルを選んだ。また走りだしたのだが、思ったようには土地勘が働かなくて、うっかり育った家の方角へ行かないように気を遣った。母親が死んでから（何年前になるのか数字を忘れたくらいだが）あの家の前を通過したことさえもない。一時停止の標識があって、そこから右折すると古い墓地が見えた。左側には四階建ての木造アパートがならんでいる。次第に町の中心に近づいて、〈ペックス〉というデパートの跡地を過ぎた。川向こうにモールが開店するまでは、これが主要な店舗だった。ボブが小さい頃は、学校へ着ていく服を、このデパートの子供服売り場で買ったものだ。たまらないほどの自意識に駆られた記憶がある。ズボンの折り返しを決めようとする店員が、下から当てた巻き尺をぐいっと股ぐらまで上げたのだ。赤いタートルネックを買い、ネービーブルーのも買って、母がうなずいていた。いまは建物がそっくり空き家になって、ウインドーを板でふさいでいる。バスステーションだった箇所も過ぎた。そのあたりにはコーヒーショップ、雑誌売り場、パン屋もあったはずだ。すると、いきなり黒人が現れた。街灯の下を歩いている。すらりと背が高く、ゆったりしたシャツを着て、その上にヴェストを着ていたかもしれないが、よくわからない。黒と白の布に房飾りをつけたような襟巻きが肩にかかっていた。「まあ、なかなか」そっと口に出ていた。「ここにも一人」だが、このボブにして——つまり長いことニューヨークに住んで、肌の色も宗教もさまざまな被疑者の弁護をして（ただし法廷のストレスに耐えきれず、わずかな期間だけで上訴の審理を担当するように替わっていたが）、憲法の大きな精神を信じ、すべての人間に生存、自由、幸福追求の権利があると考えるボブ・バージェスにして、房飾りの襟巻きをした長身の男がシャーリー・フォールズの横町へ折れていったあとで、ちらりと脳裏をかすめただけとは言いながら、あまり増えすぎないのなら……と考えていたのだった。

さらに走ると、よく知っている〈アントニオズ〉という店があった。ガソリンスタンドの裏に引っ込んでいるスパゲティ・カフェテリアだ。ここの駐車場に車を止めた。ガラスのドアに、オレンジ色の文字で表示が出ていた。ダッシュボードの時計を見た。土曜日の晩、九時。〈アントニオズ〉は閉まっている。ボブはワインのネジ栓をひねった。いまの感覚をどう言ったらよいのだろう。エロティックというに近いような切ない痛みがじんわりと広がる。恋慕と言ってもよい。心の底で声にもならず息を呑んでいる。とてつもなく美しいものを目の当たりにしたようだ。このシャーリー・フォールズという町の、ゆったりした膝に顔を埋めてしまいたい。

また食料品屋を見つけ、冷凍の貝足フライを一パック買って、スーザンの家に帰った。

アブディカリム・アーメドは歩道から街路の真ん中に寄って歩いた。この暗がりでは、どの戸口に誰がひそんでいるかわからない。いとこが住む建物に近づいたら、またしてもドアの上の電球が消えていた。「おじさん」いくつかの声に呼びかけられ、アパート内の廊下を奥の部屋へ進んだ。室内の壁にペルシャ絨毯が掛けられている。もう何カ月か前だが、入居した際にハウィヤが持ち込んだ。眉間に指先を押しあてたアブディカリムの目には、絨毯の色が揺らぐように見えた。きょう逮捕されたという男が知らない人間だっただけでも困ったことだ。どうせ近所の厄介者だろうという予想だった。朝っぱらから人の家の前の階段に坐り込んでビールを飲んでいるような、太い腕に刺青をして、やかましい音を出すトラックを乗り回し、そのバンパーに「白は力だ、ほかの色は出ていけ、帰れ」と書いたステッカーを貼るようなやつだろうという見込みだったのだ。ところがザカリー・オルソンという犯人は、一応は仕事のある若者で、やはり仕事のある母親とまともな家で暮らしているという。だが、アブディカリムが恐怖心を捨てられず、胃がむかついて頭がぎりぎり痛むように思うのは、事件の夜に見たものがあるからだ。導師《イマーム》の通報でやって来た二人の警官が、黒っぽい制服にガンベルトを巻いた姿でモスク内に立って、落ちている豚の頭を見やって笑ったのだ。それから「では、皆さん」と言って、調書をとり、質問もした。一応は真顔だった。写真を撮った。その場にいた全員が見たわけではないが、近い位置にいたアブディカリムは、祈りの長衣の下でじっとり汗ばんで、警官が笑ったのを見ていた。今夜は長老の人々に言われて、ユダヤ教のゴールドマン師に説明することになり、手振りをまじえながら見たままに語った。あの笑い顔、携帯無線の通話、警官同士の目配せ、忍び笑い。ゴールドマン師は悲しげに首を振った。

部屋の前で、ハウィヤが鼻をこすりながら立っていた。「おなか、すいてる？」と言うので、イフォ・ヌールの家でご馳走になってきたと答えた。「また面倒なことあった？」ハウィヤがそっと口にした。その子供たちが廊下を駆けてくる。ハウィヤは長い指を広げて息子の頭に乗せた。

「いや、あのままだ」

ハウィヤがうなずいてイヤリングが揺れた。子供たちを居間へ連れ戻していく。きょうは昼間のうちずっと子供たちを外へ出さず、先祖の系譜を覚えるように復習させていた。曾祖父、高祖父、その前、もっと前。アメリカ人は家系に無頓着なように見える。ソマリ人は何世代もの歴史を諳んじている。それは子供たちにも継いでほしいとハウィヤは思っていた。とはいえ日がな一日屋内にいさせるのは大変だ。いつまでも大空を見ずにはいられない。すると病院で通訳の仕事をしているオマドが帰ってきて、じゃあ、公園へ行こう、と言った。オマドとハウィヤは早くから出てきた部類なので、ものに動じなくなっている。アトランタの劣悪な界隈でも生きたのだ。住人はドラッグを常用し、自分が住む建物の中でさえ強盗を働いた。それにくらべればシャーリー・フォールズなどは安全な美しい町である。きょうの午後、どうせラマダンで昼間は断食しなければならないし、また澄んだ秋の空気——なぜか鼻がぐずぐずして目がかゆくなった——というせいもあって、なんだかくたびれたと思いながら、落ち葉を追って走る子供たちをながめていた。上空は青というに近かった。

台所を片付けて、床の掃除も済ませてから、またアブディカリムがいる部屋へ行った。この男にはおおいに好感を抱いている。シャーリー・フォールズには一年ほど前に来た人だ。奥さんと子供を先発させていたのだが、いざ自分が来てみれば、もう奥さんのアシャには相手にされなかった。というよりもアシャは子供を連れてミネアポリスへ移ってしまっていた。これは情けない話だ。ハウィヤは、また誰もが、そう思っている。アシャが無鉄砲な行動に出たのはアメリカという国のせいだとアブディカリムは思っているようだが、その点ではハウィヤは別のことを考える。夫よりもずっと年下のアシャは、好き勝手なことをするように生まれついていた。そういう人はいるものだ。また不幸なことは重なって、アブディカリムの息子のうち一人だけ残った子を産んだのがアシャだった。ほかの妻に生まれた子で生き残ったのは娘ばかりだ。アブディカリムは、よくある例とはいえ、いろいろなものを失った人なのだ。

その男がベッドに坐っていた。左右の手を拳にしてベッドにめり込ませている。ハウィヤはドアの柱に寄りかかった。「さっきマーガレット・エスタヴァーから電話があったわ。あまり心配するなって言われた」

「うん、そうだ」アブディカリムは言うだけ無駄というような手つきをした。「あの人の話を聞くと、いかれた若者《ウィイル・ワァル》のしわざなんだな」

「アヤナは月曜日に子供を学校に行かせないって言ってる」ハウィヤはささやき声のように言って、くしゃみをした。「オマドが学校にいれば安心だろうって言ったら、先生が目を離したとたんに蹴られたりぶたれたりするところが安心なもんですか、だって」

アブディカリムはうなずいた。イフォ・ヌールの家でも学校の話が出ていた。モスクに豚の頭が放り込まれたとあって、教職員が警戒を強めるという約束があったようだ。「約束だけはあるんだな」アブディカリムは立ち上がる。「じゃあ、おやすみ。電球は直したほうがいいね」

「あした新しいのを買ってくる。車でウォルマートへ行く」ハウィヤは冗談めかして笑った。「いかれた店員が復帰してないといいけど」歩きだした後ろ姿のイヤリングが揺れた。

アブディカリムは眉間を指先で揉んだ。今夜、イフォ・ヌールの家で、ゴールドマン師が長老たちを前にして、イスラム本来の平和主義を発揮してもらえまいか、と言っていた。これは屈辱的だとも言える。そんなことはあたりまえなのだ。ゴールドマン師は、あなたがたが町に暮らす権利を、多くの町民は支持する、とも言った。ラマダンの期間が明けたら、町を挙げてそういう意思を見せるそうだ。だが長老たちは大がかりな意思表示はいらないと言った。大勢の人を集めるのはよくない。それでも心の広いゴールドマン師は、町の健康のためになると言った。町の健康！ そんな言葉の一つずつが棒でたたく音のように響いた。おまえたちの村ではない、と言っている。おまえたちの町ではない、国ではない。

アブディカリムはベッドの横に立って、こみ上げる怒りにかたく目を閉じた。上の娘が四人の子を連れて、出迎えてくれる人もないナッシュヴィル空港に降り立ったとき、このアメリカという国のゴールドマン師のような人はどこにいたのか。エスカレーターという動く階段を知らず、足がすくんで見ているだけだった親子は、指さして笑う人々に押しのけられるだけではなかったか。アームーンが隣人に掃除機をもらったまではよいが、使い方がわからず放っておいたら、ソマリ人は恩知らずだと噂を立てられた。そんなときゴールドマン師はどこにいた。小さなカリラがバーガーキングへ行って、ケチャップの出る機械を手を洗う機械だと思い込んだときに、ゴールドマン師やエスタヴァー牧師のような人はどこにいた。カリラの母親が娘のしでかしたことに怒って娘をひっぱたいたとき、つかつかと寄ってきた女が、アメリカでは子供をたたいたりしないと言った。そんなとき師《ラビ》はどこにいた。ああいう現場での思いがわかることはないだろう。

もう一つ、安全な家に帰って奥さんが心配げに迎えてくれるラビには、わかるはずのないことがある。ずっしりとベッドに腰かけるアブディカリムの心に湧き上がるのは恐怖ではない。今夜、ソマリ風のパンを口に入れたときの鬱屈した記憶がよみがえり、むくむくと広がっているのだ。ものを食うということに野卑な快感があった。難民キャンプでは飢餓感が途絶えることなく、まるで妻にした女のようにぴたりと寄り添って離れないのだったが、ここまで移住してきた現在でさえも、なお獣のように食いものを欲していることを思うと、つくづく自分が痛ましくなる。浅ましいと思う。食って、排泄して、眠る——という自然の欲求が自然に行なわれるとしたら、それだけで贅沢なことだ。そんなものはとうの昔に奪われた。

模様を織りだしたベッドカバーに指先をあてながら、「神よ、許したまえ《アスタグファララー》」とつぶやいた。故国に生じた暴力は、真のイスラムの生き方をはずれた民族の過ちである、と感じたからだ。そして目を閉じ、きょう最後の「アッラーに感謝を《アルハムドゥリラー》」を唱えた。すべての善はアラーに生ずる。悪が生じるのは、心に発した邪《よこしま》な小枝に花を咲かせる人間のせいだ。しかし、どうしてそうなるのか。悪とは腫瘍のように防げないのか。この問いに、いつもアブディカリムは行き着いた。そして答えはいつも、わからない、なのだった。

最初の夜、ボブはコートも脱がず、全部着たままでカウチに寝た。それほどに寒かった。夜明けの光が窓のブラインドにこぼれる頃になって、ようやく浅い眠りについた。するとスーザンの大きな声がして目が覚めた。「そうよ、行くんでしょ、仕事に。あんたがしでかしたんじゃないの。こんな馬鹿なことするから、そのために二百ドル使って、あんたを出してやったんだわ。さっさと稼ぎに行きなさいよ」ぼそぼそと応じるザックの声も聞こえて、裏口のドアが閉まって、ほどなく車が出ていった。

スーザンが部屋に来て、新聞を放り投げてよこした。ばさっとカウチの前に落ちる。「やってくれたわ」

ボブは新聞を見下ろした。第一面に大きくザックの写真が載って、拘置所を出る顔がにたりと笑っているようだ。「笑いごとではない」という見出しがついていた。

「ほい」ボブは身体を起こそうとしてもがいた。

「あたし、仕事に出るわよ」と言ったスーザンは、もうキッチンへ行っている。戸棚のドアがばんばん閉められた。それから裏口が閉まって、スーザンの車が走りだした。

ボブは坐った姿勢で、目だけを動かして室内を見た。閉じたブラインドが固ゆで卵のような色をしている。壁紙も似たような色だが、ほっそりした青い鳥の群れが長い嘴を伸ばして降下する連続模様がついていた。また木製ハッチが置いてあって、その最上段には《リーダーズ・ダイジェスト》の簡約本がならんでいた。部屋の片隅にウィングチェアがあるのだが、アーム部分のくたびれた布張りに裂け目が走っている。どうすれば快適かという計算をしない部屋だ。まったく安まるどころではなかった。

階段に何やら動く気配がして、ボブに緊張が走った。だが見えたのはピンク色をしたテリークロスのスリッパだ。それから痩せた老女の大きな眼鏡がボブに向いていた。「そんなもの着て坐ってるの？」

「なにしろ冷えるんで」ボブは言った。

ドリンクウォーターさんは階段を最後まで下りて、手すりにつかまって立ち止まった。部屋を見まわすと、「この家はいつも冷えきってるね」

ボブはどう答えようか迷ってから、「もし寒かったら、スーザンに言ってください」

すると老女が動きだして、ウィングチェアへ行った。骨の浮いた指を曲げて大きな眼鏡を押し上げる。「あんまり文句は言いたくないのよ。スーザンだって、お金に余裕があるわけじゃなし。眼医者に勧めてたって、もう何年か給料は据え置かれてる。燃料代は馬鹿にならない」老女は手を上げて振るように回した。「なんともはや」

ボブは新聞を拾ってカウチに置いた。ザックの写真がにっと笑って見上げてくる新聞を、ボブは裏返しにした。

「ニュースに出ちゃったわね」ドリンクウォーターさんが言う。

ボブはうなずいた。「二人とも仕事に出かけました」

「そうなのよ。そう思って新聞を取りに下りてきたの。いつも日曜日には読ませてもらってる」

ボブは手を伸ばして、老女に新聞を持たせてやった。すると老女は新聞を膝にのせたまま、立とうとしなかった。「ええと、あの、スーザンはよく息子にどなったりします?」

ドリンクウォーターさんが部屋を見まわすので、とくに話す気はないのかとボブは思ったが、

「以前にはね。あたしが越してきた頃は」という返事があった。組んだ脚の足首がぷらんぷらん揺れている。そのスリッパがいかにも大きい。「旦那に出ていかれた直後だったんだね」ゆっくりと首を振った。「息子が悪いことしたわけじゃなかった。あたしはそう思う。さびしい子だよね」

「昔からそうでしたよ。ザックってやつは、こわれやすいというか──あの、情緒的にね。未発達なだけというか、そんなような」

「まあねえ、子供っていうのは、シアーズのカタログに出てる家族みたいになってくれると思っちゃうけど」足首の揺れが激しくなった。「そんなにうまくいくものじゃないんだ。でも、たしかにザックの場合は、普通よりも孤独だわ。だって泣いてるもの」

「泣いてる?」

「たまに部屋から聞こえる。豚の頭の一件よりも前からね。こんなこと言ってると、おしゃべり婆あみたいな感じだけども、あんたはおじさんだっていうんでね。いつもは人のことに首を突っ込まないようにしてるのよ」

「スーザンにも聞こえてるんですよね?」

「さあ、どうかしら」

犬が来て、長い鼻先をボブの膝にすり寄せた。ざらついた頭の毛をなでてやってから、とんと

んと床をたたいて伏せの姿勢をとらせた。「ザックに友だちは？」

「連れてきたことはないね」

「スーザンの話だと、豚の頭を投げ込んだのも単独の行動だった」

「でしょうね」ドリンクウォーターさんは大きな眼鏡を押し上げた。「だけど、内心ではやってみたかった人もいるでしょうよ。あの人らは、ま、ソマリア人ね、ここでは歓迎されてるとも言えないから。あたしはどうとも思ってないけども、あんな格好だから」と、ドリンクウォーターさんは顔の前に手のひらを広げてみせた。「目だけのぞいてるみたいでさ」また室内を見まわし、「ほんとかどうか、人の話では――戸棚に生きた鶏を入れてるとか。なんともはや、おかしなことだ」

ボブは立ち上がった。コートのポケットの中で携帯電話をさぐっている。「じゃ、外で一服吸ってきますんで、ちょっと失礼」

「はい、どうぞ」

黄色い葉が頭上に広がるノルウェーメープルの木の下で、ボブはシガレットに火をつけて、携帯の画面に目をこらした。

5

部屋に戻ったジムが、日焼けの肌に汗を光らせ、上々のゴルフだったと言いながら実演していた。「なんたって手首だな」わずかに膝を折り、肘を曲げて、持っているつもりのクラブを振った。「ほらな、ヘレン。手首の使い方が、こんな感じだ」

ヘレンは相槌を打った。

「すごかったぜ。あのバカ医者だって納得せざるを得なかった。テキサスから来たっていうやつだ。くだらねえチビなんだが、テキサス茶《ティー》と言ったら通じないんで、教えてやったよ」と指先をヘレンに向けながら、「死刑に使うものだと言ってやった。いまはもう、ポテトチップを揚げるより簡単な電気椅子、なんてものも使わなくなって、チオペンタールナトリウム、臭化パンクロニウム、塩化カリウムを注射するんだ。あのバカ、黙っちまいやがって、にやっと笑うだけだった」ジムは手で額の汗をぬぐって、またスイングの格好をした。その向こうでパティオのガラス扉がしっかり閉まっていなかった。ヘレンは夫の前を通過し、レモンを積み上げたボウルのあるテーブルも通過して、ドアを閉めに行った。「な、いいだろ!」ジムの話が止まらない。今度は顔をゴルフシャツで拭いて、「死刑なんてのは、いかに文明社会が非人間性に蝕まれているかという指標の最たるもので、もし存続させたいのなら、せめてテキサスティーの差し上げ方をよくするように、ネアンデルタール人なみの執行官を再教育したらどうかと言ったんだ。前回の執行だって、筋肉にぶちゅっと打って、ごろんと転がしただけだろう――。あのバカはどんなやつだと思う？　皮膚科の医者だってさ。顔やら尻やら、いかれた皮の始末をするんだな。じゃあ、シャワーを浴びてくる」

「ねえ、ボブから電話があったわよ」

ジムは浴室へ行きかけた足を止めて、くるりと振り向いた。

「ザックが仕事に戻ったそうよ。二百ドルで保釈されたの。スーザンも仕事を再開した。ザックの罪状認否までは、まだ何週間かあるんだって。チャーリー・ティベッツならそれくらいの道はつけられるってボブは言ってる、らしいんだけど、そこらへんはよくわからなかった」ヘレンは衣装用の引き出しを開けた。子供たちに送るつもりで買った土産物をジムに見てもらいたかった。

「それなりにメイン州のやり方ってものがあるからな」ジムは言った。「罪状認否のカレンダーができてるはずだ。ザックも出廷するんだろう？」

「どうなのかしら。そうじゃないのかも」

「ボブの口ぶりはどんなだった？」

「ボブらしい感じ」

「らしいとはどういうことだ？」

この声音を聞いて、ヘレンは引き出しを閉めて、夫に向き直った。「どういうことってどういうこと？　どんなだったかって聞くから、ボブらしいって言ったんじゃない。ボブらしかったわ」

「あのなあ、そう言われるとちょっと苛つくんだ。しょうもない現場がどうなってるか知りたいと思ってるところへ、ボブらしいと聞いたって、なんの役にも立たないだろう。そのボブらしいとはどういうことなんだ？　たとえば調子に乗ってたとか、深刻そうだったとか」

「わたしを尋問しないでよ。あなたはコースへ出てゴルフしてた人じゃないの。わたしは小うるさいドロシーと顔つき合わせて、ケニアの難民キャンプのことを読めって迫られて、おもしろくも何ともなかったわ。ゴルフとは大違い。そのあとは携帯が鳴って――ほら、ボブからの電話用に子供たちがセットしたベートーベンが、じゃじゃじゃじゃーんと鳴って、ああボブだわって思って、ずっと坐って話してたのよ。ボブはあなたの邪魔をするまいと思ってるから、わたしが電話を受ける係にされて、あなたの秘書になったみたいに話を聞いてたんじゃないの」

ジムはベッドに腰かけて敷物に目を落とした。この表情だ、とヘレンは思った。もうずっと何年も夫婦になっているが、めったにジムが腹を立てることはなくて、それは妻への敬意の表れだと思うから、ヘレンはありがたく受け止めているけれども、こんな顔になって、妻の愚行にも平静でいようとする努力を見せられると、さすがに愉快ではない。

冗談めかして返そうと思った。「まあ、いいわ。はっきり言えば、あんまり乗りがよくなかったかな」と言いながら、これでは笑えないと思った。「的外れというか」

ジムは敷物を見つめていたが、そのうちに「あいつ、おれに掛け直してくれって言わなかった？」

「言わなかった」

ジムが妻に顔を向けた。「それを聞きたかったんだ」とだけ言うと、立ち上がり、浴室へ行こうとした。「シャワー浴びるよ。小うるさいドロシーを押しつけて悪かったな。おれもドロシーは好かない」

「ほんと？　だったら、どうして旅の道連れになってるの？」

「あれでも共同経営者の女房だ」浴室のドアが閉まって、まもなく水のはねる音がした。


戸外のディナーで、海の落日をながめて坐った。ヘレンは白いリネンブラウスに黒のカプリパンツという服装で、フラットシューズをはいていた。アランがにっこり笑って「今夜は女性陣がきれいに見えるね。あすの予定はどうなってるの？」と言った。隣り合った席からドロシーの腕をさすっている。その手に染みが多かった。ほぼ禿げ上がった頭にもぽつぽつと染みが目立つ。

ヘレンが言った。「あすは、男の人がゴルフしている間に、女二人は朝食としてレモン・ドロップへ行ってみようと思ってます」

「いいね」アランがうなずいた。

ヘレンは指先をイヤリングに当てながら、女でいるのがいやになると思ったが、いや、そうでもない、と思い直した。ウィスキーサワーに口をつける。「ちょっと飲んでみる？」とジムに言った。

ジムは首を振った。テーブルに視線が落ちて、心ここにあらずと見える。

「あら、禁酒中かしら」ドロシーが言った。

「もともとジムは飲まないのよ。知ってると思ったけど」ヘレンが言った。

「自分を見失いたくない?」とドロシーが言うので、ヘレンはちくりと刺されるような怒りを感じた。するとドロシーが「あれ見て」と指をさすものがあった。すぐ近くにハチドリがいて、長い嘴で花を突ついているのだった。「かわいい」ドロシーは椅子のアームをつかんで前のめりに乗り出した。ヘレンはテーブルの下でジムに膝を押さえられるのを感じて、わずかに唇をすぼめ、ちゅっとキスするような形にした。そのあとは四人がのんびりと食事を進めて、銀器が静かな音をたてた。二杯目のウィスキーサワーを飲んだヘレンは、テーブルに乗って踊ったという逸話まで披露した。あれはウォリー・パッカー裁判が終わってから、さるボウリング場でのことだった。ヘレンはストライクを連発した。まったく信じられないことだ。それから、ついビールを飲みすぎた勢いでテーブルに乗っていたのだった。

「あらまあ、それは見たかった」ドロシーが言った。

アランはぼんやりと愉快そうな目になって、やけに長いことヘレンを見ていた。そして手を伸ばし、ヘレンの手に軽くふれた。「ジムは運のいいやつだ」

「そうだよ」ジムが言った。

6

　ボブには長い一日だった。ジムから折り返しの電話があるのを待って、果てもなく空しい日になった。普通なら何かすることがあっただろう。それは自分でもわかっていた。たとえば食料の買い出しに行って、スーザンとザックが帰るまでに食事の支度をしてもよかった。あるいは車で海岸に出て波を見ていてもよかったし、山へ歩きに行ってもよかった。しかしボブは――シガレットを吸いに何度か裏のベランダへ出ただけで――この家の居間に坐ったきり、《リーダーズ・ダイジェスト》の簡約本を拾い読みして、一冊だけ置いてあった女性雑誌をぱらぱら見るだけだった。いままで女の雑誌なるものを読んだことがなかったが、読んだら悲しくなった。書いてあることと言えば、長年連れ添った夫とのセックスの高め方（セクシーな下着で驚かす）、仕事のついでに痩せる法、太腿を引き締めるエクササイズ、といった類でしかない。

　スーザンが帰ってきて「あら、いたの」と言った。「あんな朝刊を出されちゃったっていうのに」

「そりゃ、いるよ。手を貸しに来たんだから」ボブは雑誌を置いた。

「だからね、ここにいるとは思わなかったと言ったの」スーザンは犬を外へ出してやって、上着を脱いだ。

「あすの朝、チャーリー・ティベッツに会わないと」

「それなら電話があったわ。午後までは来られないんだって。予定に遅れがあったらしい」

「わかった。じゃあ、午後に会うよ」

ザックが入ってきたので、ボブは立ち上がった。「よう、ザカリー。おじさんに話をしてくれ。きょうの話から聞こうか」

ザックは、血の気の引いた顔で、おびえきっていた。丸刈りの頭に耳だけが目立って、やけに弱々しいのだが、その顔が全体に角張ってきたところは、もう大人の年齢なのだと思わせる。

「じゃあ、あとで――」すぐに自室へ上がってしまうので、またスーザンが食べるものを持っていった。ボブはキッチンから動かず、コーヒーカップでワインを飲み、冷凍ピザを電子レンジであたためて食べた。すっかり忘れていたが、メイン州では夕食がきわめて早いことがある。まだ五時半だ。それからずっと、スーザンと二人で黙ってテレビを見る夜になった。スーザンはリモコンを手から離さず、ニュースを流している局を避けてチャンネルを切り替えていた。結局、電話はかからなかった。八時になってスーザンは寝た。ボブは裏のベランダへ出て一服吸ってから、またワインを飲んで二本目のボトルをあけてしまった。ちっとも眠くない。睡眠薬を一錠、また一錠と服用した。またしてもコートのままカウチでごろ寝の夜だった。そしてまた、ひどい夜になった。

戸棚を開け閉めする音に目が覚めた。朝の光がブラインドの下からくっきりと射し込んでくる。

薬で眠ってから早く起こされると、こんな不快感がある。それに伴って、ふと思いつくことがあった。前日に怒っていたスーザンの声は、昔の母親にそっくりなのだ。小さな子供をかかえた母は、かっかと怒っていることがあった（だが怒りの矛先がボブに向けられることはなく、たとえば飼っていた犬や、カウンターから落ちて割れたピーナツバターの瓶が標的になっていたが、たいていの場合はスーザンが叱られ役になったもので、立っている姿勢が悪い、シャツのアイロン掛けがいいかげんだ、部屋の片付けをしていない、などと言われていた）。

「スーザン――」なんだか舌が回らない気がする。

そのスーザンが部屋の入口へ来た。「もうザックは仕事に出かけたわ。あたしもシャワーを浴びたらすぐに出る」

ボブは敬礼の真似をして、立ち上がり、車のキーをさがした。

しばらく病気で引きこもっていたあとのように、慎重な運転をした。フロントガラスの向こうで、世界がずっと遠のいたように見える。コンビニを併設したガソリンスタンドへ行った。店内へ入ったとたんに、あれこれの商品が――くすんだ色のサングラス、電池、鍵、キャンディー、といったような品揃えが視野に飛び込んできて、とっさに何が何だかわからない不安を全身に浴びていた。カウンターで店番をしていた若い女は、浅黒い肌と大きな黒い目をしていた。ぼんやりしたボブの心で見ると、この町にはめずらしいというか、インド人が来たのかと思わなくもなかったが、はっきりした印象ではなかった。シャーリー・フォールズという町では、コンビニの店員といえば、いつも白人で、まず体重オーバーと決まっている。どうせそんなものだろうと思い込んでいたが、ここだけニューヨークの点景が挿入されたようになった。つまり、どんな店員がいてもおかしくない。それにしても黒い目の若い女は、いらっしゃいませという気配もなく、ただボブを見ているだけなので、ボブのほうが来てはいけないところへ来たような気になった。馬鹿みたいに店内をうろついて店員の警戒心をひしひしと感じるだけに、万引きなど金輪際したことのないボブが、ついに初めての万引き行為におよんだかのような錯覚もあった。「あの、コーヒーある?」と言うと、黙って指をさされた。発泡スチロールのカップを満たし、粉のついたドーナツのパックを見つくろうと、きのうの新聞がフロアに落ちているのに気づいた。にやついた甥の顔が見上げてくる。ボブは小さなうめき声を洩らした。保冷庫の前を通ったらワインがならんでいたので、立ち止まって手を伸ばした。まわりのボトルとぶつかる音をたてながら、一本取り出して小脇に抱えた。きょうは午後からチャーリー・ティベッツと会うはずだが、そのあとは長居をしたくない。だが念のためということもある。もしスーザンの家に足留めという事態になっても、ワインがあると思えばそれだけ気が楽だ。このボトルを、コーヒー、ドーナツとともにカウンターに置き、シガレットも欲しいのだがと言った。若い店員は目を合わせようとしない。シガレットをカウンターに置いたときも、全部でいくらなのか言ったときも、ボブを見なかった。無言で平たい紙袋を押し出すので、これに自分で入れろということなのだろうとボブは思った。

車の座席に坐った。コーヒーで口があたたまる。ドーナツについていた白い粉が上着に落ちて、払いのけようとしたら白い筋模様をなすりつけてしまった。ギアの横のホルダーにカップを置いて、バックで出ようとしたら、何かの音がすると思った。小さな時間のエアポケットのようなものがゆっくりと流れて、これは人間の叫びだと気づいた。急停止でエンジンを切る。がくんと揺れて止まった。

ドアを開けるのももどかしい。このまま開かないのではないかと思うほど手間どってから、ようやく外に出た。

赤い長衣を着て、透かし織りの頭巾のようなスカーフで顔まで隠れそうな女が、車のうしろに立っていた。ボブにどなっているのだが、その言語がさっぱりわからない。大きく手を振り上げ、振り下ろしてから、片手を突き出して、どんと車をたたいた。ボブが寄っていくと、また手をばたつかせる。こういうことが、ボブから見ると、ゆっくりと音もなく進行しているように感じた。女の背後にもう一人の女がいる。似たような服装だが、いくぶん地味な色彩で、その口が動いてボブに叫び散らしているらしい。大きな黄色い歯が目立っていた。

「大丈夫か?」これはボブが大声で言ったことだ。二人の女も声を張り上げていた。ボブは急に息苦しくなったような感覚に見舞われ、両手を胸の前で動かして、そうと知らせようとした。コンビニの店番だった女も出てきていて、最初の女の手をとって話しかけたが、ボブにはわからない言語を操っている。ようやくボブも店員はソマリ人だったのだと合点した。その店員がボブに向き直って言った。「この人を轢こうとしたね? なんてやつだ、あっち行け」

「そんなことしてないよ」ボブは言った。「ぶつかったの?」やっと息をしながら、「病院なら——」と方角を示した。

女たちは早口の外国語めいた音声で何やら話し合った。

店員が言った。「病院は行かない。あっち行け」

「そうはいかない」ボブは困り果てている。「とにかく警察へ行って事情を知らせないと」

店員は声を荒らげた。「なんで? 警察はそっちの仲間だろ?」

「もし人にぶつけたのなら——」

「ぶつけてない。ぶつけようとした。あっち行け」

「だけど事故なんだから。その人の名前は？」ボブは車の中にメモできるものがないかと思ってさがしたが、また車から降りてみれば、長い服と大きなスカーフの女二人は、もう道を駆けだしていた。

店員はコンビニの店内に戻っていた。「行っちゃえ」とガラス扉の向こうから叫ぶ。

「見えなかったんだ」ボブは肩を持ち上げ、手のひらも上向きにした。

がちゃんと戸締まりがなされた。「行っちゃえ！」

のろのろ走ってスーザンの家へ帰った。シャワーの音がしていた。二階から下りてきたスーザンは、バスローブ姿になってタオルで髪を拭いていた。ボブは息苦しい気分が抜けずに、じろりと目を向けてくるスーザンを見ながら、「あのう、やっぱりジムを呼ぼう」と言った。

7

ヘレンはコーヒーカップを手にして、ホテルの部屋の専用パティオに坐っていた。噴水の水音がせり上がってくる。どこのパティオにもスイカズラの蔓が這っていた。ヘレンは小さな陽だまりに裸足の爪先を伸ばして、ぐりぐり動かした。レモン・ドロップでの朝食という案は撤回された。さっきアランから電話があって、けさのドロシーは自室で休養したいと言っている、気を悪くしないでくれ、とのことだった。もちろんヘレンが気を悪くすることはない。かえってありがたいと思いながら、朝食はルームサービスにしてもらって、フルーツとヨーグルトとロールパンを食べた。ジムは九ホールで上がる、たいして時間はかからない、と言っていたから、そのあとは水入らずだ。甘い気分が体内にぎゅっと疼きだしていた。

「どうもありがとう」と係の男に言った。もう朝食のトレーを片付けてもよいと連絡したら、いい感じの応対をされたのだ。麦わらのバッグを持ってロビーへ下り、ギフトショップに足を止めてゴシップ雑誌を買った。以前には、こんな雑誌を娘たちと読んだりもしたものだ。カウチにくっついて坐り、映画スターの着ているロングドレスを見た。「あ、これ、すてき！」とエミリーが指をさすと、マーゴットが溜息をつくように「だって、こっちのほうが、すっごーくいいわよ」と言った。いまヘレンはもう一冊、女性雑誌を買った。表紙に「子供が巣立ったあとの楽しみ」という記事の見出しがあったからだ。売り場の女にも「どうもありがとう」と言って、花咲く木々とロックガーデンのある小道を散策しながら海岸へ出た。日射しの中で足を伸ばすつもりなのだ。

たがいの目を見る、と記事は推奨していた。中高年の男女には、そういうことが大事だという。セクシーなメールを書く、相手を誉めるとよい、気むずかしい態度には伝染性がある。ヘレンはサングラスをした目を閉じて、ウォリー・パッカー裁判があった日々に思いを馳せた。いままで人に言ったことはないけれども、あの何カ月かの経験で、ファーストレディの気持ちがわかるようになったと内心では思っている。いつシャッターを切られてもいいように心の準備をする。イメージを作ろうとする。そういうことがわかった。その役割を、もののみごとに果たしたのでもある。ウェストハートフォードの町で、それまで付き合いのあった人々に冷ややかな態度をとられることもあったけれど、ヘレンは気にしなかった。ジムがウォリーの弁護をすること、その弁護を受ける権利がウォリーにあることを、心の底から信じて疑わなかった。どういう写真を撮られても――夫婦がレストランで、空港で、あるいはタクシーから降りようとして撮られても――ぴたりとイメージが決まっていたと思う。テーラードスーツ、カクテルドレス、カジュアルなラックス、いずれも自分らしい趣味で着こなしていた。うっかりすると下手な見世物になりそうなところだが、この落ち着いたバージェス夫妻が品格を落とすことはなかった。そのことは当時から感じていていて、いま思い出しても間違いないと思う。

それに楽しかったこと！　ヘレンは足首を曲げて伸ばした。子供たちが寝たあとの深夜にジムとの語らいがあった。その日の法廷の様子を振り返り、どう思うかとジムが聞くから、ヘレンが答えた。夫婦はまったくパートナーで、結託していたとも言える。あんな裁判があったのでは生活のストレスになるだろうと言われたものだが、ジムもヘレンも吹き出して笑わないように、心の内を隠すように気を遣っていた。ストレスなんてとんでもない。正反対だ。ヘレンは伸びをして目を開けた。ジムにとっては唯一無二の女なのだ。この三十年、そういうことを何度ジムがささやいて言っただろう。ヘレンは持ち物をまとめて部屋へ帰る道をたどった。クロケットの芝生があって、その隣には小さな岩山を伝い落ちる滝ができていた。ある男女が――女は白いロングスカートに空色のブラウスで――クロケットをしていた。ぽこんと打つ音が響いてボールが緑の草地を転がる。熱帯の花が咲きこぼれ、また青く広がる空があって、のんびり動く遊客にささやきかけるようだった。さあ、楽しんで。楽しんで、楽しんで。だからヘレンは、ありがとう、そうするわ、と思っていた。

部屋へ入るより先に、夫の声が聞こえた。「この役立たず。頭おかしいんじゃないのか、ボブ！」これを何度も何度も言っている。「役立たず。そこまで無能なのか。異常じゃないのか！」ヘレンはドアにキーをすべり込ませて、「ジム、やめてよ」と言った。

ベッドの横に立つジムが、真っ赤な顔をヘレンに向けた。手を思いきり振り下ろすので、もっと近づいていたらヘレンがひっぱたかれたかもしれない。「おまえは無能だ。役立たずだ。異常をきたしてる」青いゴルフシャツに汗がまだらな染みをつけている。顔からも汗がたくたく落ちていた。そしてまた電話にどなりつける。

ヘレンはレモンを盛ったボウルに向き合って坐った。いきなり口の中がからからに乾いていた。夫が電話をベッドにたたきつけるのを見てしまった。その夫がまだわめき散らしている。「あの役立たずめ。何なんだ、あの馬鹿は！」ある記憶の断片がヘレンの心をよぎった。ボブが言っていた隣人のこと。同じように何度も妻を罵ったという。おまえ、あったま来るんだ、というようなことを何度も言ったのではなかったか。そのうちに手錠つきで連行されていったらしいが、それと似たような男の妻だったというのか。

おかしな静けさがヘレンに落ちかかった。すぐ目の前にレモンのボウルがある、と思うのだが、そう思うことが心の中まで届いていかない。すると心が、どうしてくれって言うんだ、と問い返す。だからヘレンは、いいから静かにしていて、と心に向けて言っている。

ジムは手のひらに握り拳をたたきつけていた。ヘレンが身じろぎもせずに見ている前で、ぐるぐる歩きまわるだけだった。ようやく口をきいて、「何がどうなったか教えようか？」

ヘレンは言った。「もうあんな声を出さないで。それだけでいいわ。今度ああなったら、わたしだけ出ていって、飛行機に乗って、ニューヨークへ帰る」

ジムはベッドに坐り込んで、シャツの裾で顔をぬぐった。きっちり引き締めた声を出して、ボブの車がソマリ人の女を轢きそうになったという事情を話した。ザックの笑ったような顔を地元新聞に載せられたことも、まだザックとまともに話ができていないことも言った。もう車に乗りたくないとボブは決めているらしい。メイン州に車を置いて飛行機でニューヨークへ帰るという。じゃあ、その車はどうなるんだ、とジムが言ったら、どうかな、とにかく運転はしない、もうハンドルを握らない、とボブは答えた。今夜、飛行機で帰るから、あとはチャーリー・ティベッツにまかせたい、ということだ。「ボブは――」とジムは静かに言いきった。「普通の神経じゃない。異常だ」

「そう」ヘレンは言った。「四歳でトラウマを負った人なのよ。いまハンドルを握りたくないという気持ちを、わかってあげられないあなたの感覚が、わたしには不思議でたまらないわ」また一方で「それにしてもソマリア人にぶつけるなんてのが、まったく嘘みたいに間の抜けた話ね」

「ソマリ人」

「え？」

「ソマリ人だ。ソマリア人ではない」

ヘレンは前に乗り出した。「こういう話の最中に、そういう訂正を入れるの？」

「いや、だからね」ジムは一瞬だけ目を閉じて、また開けた。いいかげんにしてくれという合図にも見えた。「ボブはすべてぶち壊したんだ。いまから行って手を貸してやるにしたって、ちゃんとした名称を知っておいたほうがいい」

「わたしまで行くわけじゃないわ」

「行ってほしいな」

ヘレンは、さっき見たクロケットの男女が、とんでもなく羨ましくなった。白いロングスカートがふわりと風に揺れていた。ほんの数時間前には、ヘレンだってこの部屋でジムを待って、帰ってきたらどんな顔をしてくれるかと――

ジムは顔を合わせてこなかった。窓を向いている。その横顔の青い目に、光がきらりと当たった。だらしない顔のようにも思えた。「ウォリー・パッカー裁判で、おれが無罪判決を勝ちとったとき、ボブが何て言ったと思う？」ジムは一瞬だけヘレンを見て、また窓の外へ顔を向けた。「やつめ、こんなことを言った。ジム、すごいじゃないか、すごい仕事をやってのけた。でも、あの男の運命を、あいつ自身から取り上げたね——」

陽光が部屋全体に淀んでいた。ヘレンはレモンのボウルを見て、メイドがテーブルの上に扇形にならべていった雑誌を見た。夫はというと、ベッドに浅く腰かけて前屈みになり、ゴルフシャツが汗まみれでよれよれになっていた。ヘレンは手を伸ばして声をかけようとした。ねえ、あなた、ゆっくり休みましょう、まだ大丈夫、しばらくここに泊まってのんびりしていましょうよ——。だが向き直ったジムの顔は、もし町ですれ違ってもジムとは思えないのではないかというような、いつもとは違う表情にねじれていた。

ジムが立ち上がった。「あいつが、そういうことを言ったんだよ」ジムらしくもない哀訴するような顔が、ヘレンを見つめた。さらにジムは腕を組んで、どちらの手も肩まで届かせた。夫婦だけにわかる昔からのサインだ。それなのにヘレンは、どうしようもなかったのか、そういう気にならなかったのか（自分でもわからなかったが）夫のほうへ立っていこうとはしなかった。

8

まったく、ぐうの音も出ない。たしかに役立たずだ。ボブはスーザン宅のカウチにへたり込んでいた。スーザンは「昔から役に立ったためしがないわ」と言い残して車で出ていった。この家の犬がやって来て、長い鼻面をボブの膝の裏へ突っ込む。「いいんだよ」と言ってやると、犬はボブの足元に伏せた。腕時計を見れば、もう午前中も半ばを過ぎている。そろりそろりと裏のポーチへ出て、階段に坐り、また煙をくゆらした。貧乏揺すりが止まらない。いきなり風が立って、黄色くなったノルウェーメープルの葉を地面に落とし、ポーチへ吹き寄せる。ボブは動こうとする葉っぱにシガレットを押しつけて火を消し、揺れる足を出して踏みつけてから、もう一本に火をつけた。すると家の前で減速した自動車が乗り入れてきた。

小型で、新しくはなく、車高が低い。運転している女は上背がありそうで、ドアを開けてから、ひょいと勢いをつけて立っていた。年格好はボブと似たようなもので、鼻からずり落ちそうな眼鏡をかけている。全体に濃いめだが濃淡のあるブロンドの髪を無造作にまとめてクリップで留めていた。たっぷりしたコートは、ツイードめいた黒と白だ。メイン州の人に会うと、こんな懐かしさを覚えることがボブにはある。

「こんちは」鼻の上方へ眼鏡を押し上げながら、女は近づいた。「マーガレット・エスタヴァーです。ザカリーのおじさんですよね？　あ、いえ、そのままで」と言うなり、ボブとならんで階段に坐ってきたのは意外だった。

ボブはシガレットを消して、手を差し出した。これに女も応じたが、横並びで坐っているので握手としては変則だ。「スーザンのお友だちですか？」ボブは言った。

「そうありたいわね。ユニテリアン派の牧師をしてます。マーガレット・エスタヴァー」と名前の念押しがなされた。

「スーザンなら仕事に出てますが」

まずまず嘘ではなかろう、という顔でマーガレット・エスタヴァーがうなずいた。「いずれにしても喜んで会ってもらえるかどうか、ともかく一度は来てみようかと思いましたので――。スーザン、取り乱してません？」

「そりゃ、まあ」ボブはまたシガレットに手を伸ばしていた。「いいですか、これ――」

彼女は手を揺らして、「わたしも以前は吸ってましたから」

ボブは一本火をつけると、膝を曲げて引き寄せ、肘で押さえた。貧乏揺すりを見せたくない。彼女とは逆方向へ煙を吐いた。

「けさ、はっきりと感じたんです」マーガレット・エスタヴァーが言った。「ザカリーとその母親もまた放っておいてはいけない」

ボブは細い目になって彼女を見た。なんだか生き生きとした女の顔だ。「じつは、まあ、僕がドジを踏んで、よけいに話がこんがらかっちゃいました。わざと轢こうとしたんだとソマリ人の女性に思われてます」

「聞いてますよ」

「そうですか？　もう？」またしても恐怖心が吹き荒れる。「わざとじゃありませんよ。ほんとです」

「そうでしょうね」

「警察にも通報しましたよ。対応した警官は高校時代に知ってたやつで、いや、ジェリー・オヘアじゃありません。そっちも同じ高校でしたけど、ちょうど署に詰めていて電話をとったのはトム・レヴェスクってやつです」（そう、あいつはソマリ人なんて変質者みたいなもんだとまで言った。「いまの発言はナシだぜ」とも言った。「わけわからねえんだ。いまのもナシ」）

マーガレット・エスタヴァーは足を前に出して、足首で交差させた。木のサンダルのような靴を履いている。これが紺色で、ソックスは深緑だった。この映像が、話を聞いているボブの目にじんわりと定着した。「ぶつけたとは聞いてませんね。ぶつけようとしたと言ってました。といって訴えようというわけじゃないので、これでおしまい。想像はつくでしょうが、ここへ来てるソマリ人は司法当局に不信感を持ってます。いまが微妙な時期だという意識も強いですしね」

ボブは脚の揺れが止まらなかった。シガレットを口に寄せようとする手までが震えている。

マーガレットの声がまだ何か言っていた。「このところスーザンは一人でザカリーを育ててきたそうですね。わたしも女手一つで育てられましたんで、楽じゃないってことはわかってます。それから――ソマリ人の女も、父親抜きの子育てになってることが多いんですよ。ただ、傾向としては子だくさんで、母親には姉妹や叔母のような存在がそろってます。スーザンはかなり孤独みたいですね」

「ええ」

マーガレットがうなずいた。

「集会があるんだとか」

ふたたびマーガレットがうなずく。「ラマダン明けの週にでも、公園で、寛容な受け入れを求めるデモがあるでしょう。メイン州はアメリカ全体でも白人が優位の州である、ということはご存じですよね」マーガレットは小さく息をつくと、膝を立てて抱きかかえた。若い人のような仕草だが、自然な動きに思われて、ボブには意外の感があった。その女の顔がちらりとボブを向く。

「見当はつくでしょうけど、多様性という面では少々遅れている州です」いくらかメイン州の訛りを響かせる声だ。軽く突き放したような調子はボブにも覚えがある。

「ザカリーだって、怪物じゃありませんよ。さびしい子供です。それだけは間違いない。あの、お子さんは？」

「いえ」

ああいうのはレズだろ。女の牧師なんてのはそうだ。耳の奥でジムの声が響いた。

「僕にも子供はいません」ボブはシガレットを消した。「いたらいいと思ったことはありますよ」

「わたしもです。いつだって、そんなことを考えてました」

おかしくないか。ジムの皮肉な声がする。

マーガレットは気力を高めるように言った。「デモとはいえ、スーザンやザカリーへの攻撃だとは思わないでほしいと言ってください。じつは地元の宗教人にも、ごちゃごちゃにしてる向きがあるようで心配なんですが、これは反対集会なんてつもりじゃないんです。たとえば暴力反対とか、宗教上の非寛容への反対とか、それはそれで正しいとしても、弾劾するのは法律の役目です。宗教人は精神を高めないと。もちろん主張はします。でも要は精神です。べたな意見かしら?」

べたな

「そうとも思いませんが」ボブは言った。

マーガレット・エスタヴァーが立ち上がり、その雑然とした髪と大きなコートを目にしたボブは、水があふれる、というような言葉を思いついた。自分でも立ち上がる。彼女は背があるが、ならべばボブのほうが上だ。彼女がポケットに手を入れて前屈みになると、ストリークのある濃いブロンドの髪の根元に白いものが交じっているのがボブには見えた。彼女が名刺をよこした。

「まじめな話、いつでも電話ください」

ボブは裏の階段にだいぶ長いこと立っていた。それから家に入って、冷え冷えした居間に坐った。ザックが泣いていたとドリンクウォーターさんに聞いたのを思いだした。スーザンがどなっていたということを思った。ほんとうならボブが逃げ帰ってはいけないのだ。しかしボブの中に暗黒がずるずると蔓延した。おまえは役立たずの異常者だ。

電話に出た男に、シャーリー・フォールズからポートランド空港までタクシーですか、すごい料金になりますよ、と言われて、それでもかまわないとボブは答えた。「できるだけ早く。裏口へ。そこで待ってるから」

第二部

1

　セントラルパークは静かな秋の色に染まっていた。芝生はくすんだ緑色、レッドオークには銅の色が入って、菩提樹はやさしい黄色になろうとして、シュガーメープルはオレンジ色がかった葉を落としだしている。というわけで一枚飛んでは一枚落ちるという風景になっているのだが、見上げる空はくっきりと青が濃くて、まだまだ空気が冷たいわけでもないから、こんな夕方近くでも〈ボートハウス〉の窓は開いていて、縞模様のオーニングを湖水に張り出していた。パム・カールソンはバーに席をとって、漕ぎ出ている数少ないボートをながめていた。まわりの動きがすべてスローモーションのような気がする。バーテンでさえも悠然と仕事をこなして、グラスを洗い、マティーニをシェークして、濡れた手を黒いエプロンにすべらせていた。

　その店が、あっという間に立て込んだ。入口から客が流れてくる。ビジネスマンは上着を脱いで、女たちは髪をうしろへ払う。観光客ならきょろきょろ落ち着かない顔になって、水のボトルを網ポケットにおさめたバックパックをかかえている。まるで一日ずっと山歩きをしていたようだ。同伴の妻が地図とカメラを手にしていて、どこでどうわからなくなったかと論じ合う。

「あの、ここに夫が来ますので」パムはドイツ人の夫婦に言った。隣にある背の高い椅子を動かされそうになったのだ。その椅子にハンドバッグを置いてしまう。「すみません」と一応は言った。もう長いことニューヨークに暮らしたので、いろいろ身についたこともある。たとえば二重駐車をする、時間外だというタクシー運転手をどやしつける、返品不可となっている商品を返品する、郵便局で割り込もうとする人に「ならんでますよ」と平気で言う。つまりニューヨークに住むということは、とバッグの中で時計代わりの携帯をさぐりながらパムは思った。古来の名将が心得ていたことの正しさを、もののみごとに例証している。勝負を分けるのは、その気になれる気の強さだ。「ジャック・ダニエルズをオンザロックで、レモン添えて」とバーテンに言い、カウンターに置いたままになっているワイングラスの隣あたりを、とんとん指でたたいた。「いま夫が来るのよ。ありがと」

ボブはいつでも遅刻する。

いま夫になっている本物は、まだしばらく帰ってこないだろう。息子どもはサッカーの練習中だ。いずれにしても彼女がボブと会うことを何とも思っていない。子供らは「ボブおじさん」と言ったりする。

パムは週に二日は医療相談の業務をする。ここへは勤め先の病院から直接来たので、ほんとうは手を洗っておきたいのだが、うっかり立ったらドイツ人夫婦に席をとられてしまいそうだ。ジャニス・バーンスティーンという友人が——とうの昔に医学部中退という経歴の持ち主だが——仕事が終わったらすぐに手を洗いなさいと言っていた。病院なんてバクテリアの培養皿みたいなものだという。まったくだ、とパムも思った。よく消毒剤をつけるけれども（それで肌荒れにもなるのだが）大量の黴菌が手ぐすね引いて待っているのだと思うと、やはり気になってならなかった。ジャニスに言わせると、やたらに心配性になるよりは、もう少し自分をコントロールしなさいよ、ということになる。そのほうが気楽だし、へんに心配顔をしてばかりだと人に助けてもらいたがっているように見えてクールではない。だからパムは、いまさらクールだ何だという年じゃないわよ、と言ってみるものの、やはり気にならないこともない。それもまた一つの理由で、全然クールではないボビーと会っているのが心地よい。あの人は心の中に自分ではクールなつもりのマンションを建てて住んでいる――そんなようなものだとパムは思っていた。

豚の頭って、何なんだろ。

パムは坐っていても落ち着かず、ワインに口をつけた。隣に置かれたウィスキーを見てから「ダブルにしておいてくれる？」と言う。電話のボブは陰鬱な声を出していた。バーテンがウィスキーを取り下げて作り直した。「あとで全部まとめてお勘定して」とパムは言った。

もう何年も前のこと――まだボブと夫婦だった昔には――パムは熱帯病を専門とする寄生虫学者の助手をしていた。研究所の電子顕微鏡をのぞいて住血吸虫の細胞を見る毎日だった。そして彼女は芸術家が色彩を愛するように事実を愛し、また科学が追い求める精確さに静かなる興奮を覚えていたので、研究所ですごす日々がうれしくてならなかった。最近、シャーリー・フォールズで発生した事件がどうこうとテレビで言っているのが聞こえて、画面を見たらモスクを出てくる導師《イマーム》の姿があった。モスクとはいえ、さびれきった商店街の店先に間借りしたようなものだ。そうしたら、さまざまな思いが洪水のように押し寄せた。よく知っていた町への、ほとんど体外離脱経験のような懐かしさ、というのもあったのだが、それと同時に――すぐ追いついてきたように——ソマリ人を気遣う感覚が出た。さっそく調べてみると、たしかにソマリア南部から来た難民の尿からはビルハルツ住血吸虫の虫卵が検出されたらしい。だが、それより問題なのは――パムには驚くことでもなく――マラリアだった。アメリカへ渡航する許可が出るまでには、マラリア原虫血症の対策としてスルファドキシン・ピリメタミン合剤を投与されているはずだ。また腸管寄生虫に対してはアルベンダゾールをもらっているだろう。また何よりもパムが気にしたのは、ソマリ・バンツー、つまり何世紀か前にタンザニアやモザンビークから奴隷として連れてこられた歴史があって、肌色が濃く、ソマリア全体の中では差別される立場らしいマイノリティは、住血吸虫症の罹患率が目立って高く、パムが国際移住機関の資料で見たかぎりでは、トラウマや鬱病を抱えて精神疾患が重症である率も高い。ある種の迷信にとらわれているという指摘もなされていた。病状の出た皮膚を焼く、下痢になった幼児の乳歯を抜く、といった事例があるらしい。

そんなことを読みながら持っていた違和感が、じんわりと思い出されてきた。いまの自分の生活はこれでよいのか、ということ。もちろん理屈にはならない。でも研究所の匂いが懐かしい。アセトン、パラフィン、アルコール、ホルムアルデヒド。しゅっと火のつくブンゼンバーナー、ガラス製のスライドやピペット、研究員の張りつめた緊張感。でも、いまの彼女には双子の男の子がいる。白い肌をして、きれいに歯が整って、火傷のあとなんか一つもない。もう研究所は過去のことだ。それなのにソマリ難民が寄生虫および心理の問題をさまざまに抱えていると知ったら、いまはなくなった生活にホームシックのような恋しさを感じた。どんなものであれ、これでいいのかと思うことのない生活だった。

いまの生活は、タウンハウスと、二人の息子、その私立学校、そして夫のテッド。この夫は大手製薬会社のニュージャージー支店長なので、通勤の方向が逆になっている。パムは病院で非常勤の仕事がある。人付き合いが多い暮らしなので、クリーニング屋からの配達がひっきりなしに続くことにもなる。そんな生活にあって、パムはホームシックにかかっている。何に対して？それは口に出して言えたものではないし、そう思うだけで恥ずかしくなる。パムはまたワインを飲んで、うしろを振り返った。〈ボートハウス〉のバーへ来ようとして、懐かしきボブがロビーを抜けてくる。大きなセントバーナード犬のようだ。首にウィスキーの木樽をつけていてもおかしくないような、秋の葉をかき分けて人捜しをしてもよさそうな――ボビーとはそんな男だ。

「大きな声じゃ言えないけど」ようやく離れていったドイツ人夫婦の話だが、と顔で知らせながらパムは言った。「二度までも世界大戦を始めておいて、まだ図々しく攻めてくるのかしら」

「それを言っちゃおかしいぜ」ボブは、ゆっくり回して揺するウィスキーを見ながら、さらりと応じた。「アメリカだって、いくらでも戦争を始めてるよ。いまだに図々しいけど」

「たしかに。で、きのうの晩、戻ったばかりなんでしょ？」彼女は、聞いてるわよ、というように首を伸ばして、その心はシャーリー・フォールズに飛んでいた。もう何年も戻っていない町だ。その話を聞きながら「もう、ボビーったら」と悲しげに繰り返すことになった。

パムは聞くだけ聞いてから、すっと背筋を伸ばして坐り直した。「何てことなの」と言うと、またバーテンを振り向かせて、もう一杯ね、と頼んだ。「まあ、いいわ。それで、まず一つ、バカなことを聞かせて。その動機は何だったの？」

「これはいい質問だ」ボブはうなずいた。「そっちの事情を僕は知らない。これだけ事が大きくなって本人がたまげてる。正直なところ僕にはわからない」

パムは髪を耳のうしろに撫でつけた。「あ、そう。じゃあ二つ目。その子は医者にかかるべきだわ。部屋で泣いてるんでしょう？　それはもう医者の出番だわ。それから三つ目。ジムがひどすぎる。いいかげんにしやがれって感じよ」いまの夫テッドは、パムが激しい言葉遣いをするのをいやがる。こうして言い放った言葉は、テニスボールをひっぱたいたように口から出ていった。

「何がジムよ、ちゃんちゃらおかしいわ。ウォリー裁判ですっかり舞い上がっちゃったんでしょ。あたしは前からいけすかないやつだと思ってた」

「もっともだ」ボブがこんなことを言わせる相手はパムしかいない。やはりパムは身内というか、一番古い友人というか、特別な存在になっている。「いま、バーテンに指を弾かなかった？」

「ちょっと動かしただけ。落ち着いてよ。で、その集会とやらには行ってみるの？」

「どうしようかな。ザックのことは気になる。拘置所で独房に入れられてすくみ上がったんだとスーザンは言ってるが、そのスーザンだって拘置所の中を知ってるわけじゃない。僕なんか入れられたら死んじゃうかもしれない。それにザックを一目見れば、なおさら無防備なやつだってことはわかる」ボブは顔を上げてウィスキーをあおった。

パムは指先をカウンターにあてた。「ちょっと待って。実刑で収監されることもありなの？」

ボブは手のひらを上に向け、「わからない。メイン州の司法長官事務所で公民権をあつかってる女が、どうも厄介だな。いくらか調べたんだが、名前をダイアン・ダッジといって、二年ばかり前から現職らしい。その道ではご立派な経歴があるようだ。やる気満々でもあるんだろう。この女史が公民権の侵害として立件して、それでザックが有罪となって、何かしらの条件をつけそこなったら、長くて一年は食らい込むかもしれない。そういうことだってあり得る、という話だよ。連邦がどう出るか出ないかもわからない。まったく困ったもんだ」

「ジムだったら、その女史を知ってるんじゃないの？　司法長官事務所なら知り合いもいるでしょうに」

「まあね、長官を知ってるよ。ディック・ハートリーだ。ダイアン・ダッジは年齢からして時期は重なってないだろう。兄貴が帰ったら聞いてみるが」

「ジムは出世コースだったんでしょう」

「トップまで行きそうだった」ボブはグラスを揺すって氷が音を立てた。「それからお袋が死んで、もう兄貴はメイン州を出たくてたまらなくなった」

「そうだったわね。おかしな話」パムはワイングラスを押し出して、バーテンがつぎ直した。

「いまからジムが乗り込んでって、うまいことディック・ハートリーをあやつるなんてことはできないよ。そういう選択肢はない」

　パムはハンドバッグの中をかき回していた。「でしょうね。だけど、もし糸を引くとしたら、ジムしかいないでしょ。引かれてるほうが、そうと気づかないくらいに」

　ボブはウィスキーをあけてグラスを押し出し、バーテンが新しいグラスと替えた。「そっちの子供たちは？」

　パムが目を上げた。その表情がやわらいでいる。「かわいいのよ。どうせあと一年もすれば母親なんか大嫌いになって、ニキビだらけの顔を見せるんでしょうけど、いまのところはめちゃくちゃかわいいわ」

　これでも遠慮しながら言っているのだとボブにはわかっていた。かつてのボブとパムは子供を授かろうとして疲れ果ててしまった。ずっと何年も医者にかかろうとはしなかった（そんなことをしたら夫婦は終わりだとわかっていたかのように）。また曖昧な言葉でごまかしながら、妊娠とは自然に生ずるべきであって、そうなるものでもあろうと何となく合意していた。ところが、あるとき突然にパムが——月々に不安を募らせていたパムが、こんな考え方は旧式だと言いだした。「うまくいかない理由ってものがあるんだわ」と泣いた。「——たぶん、あたしのせい」ボブは妻と違って文系人間なので、言われるままに受け取った。こういうことについては女の身体のほうが複雑なのだろうとしか思わなかった。大雑把な見当として、パムが病院で検査を受けることを考えた。卵管をきれいにして、そのほか大掃除のようなことをするのだろうと、まるで卵巣とはぴかぴかに磨いて補修がきくものだというように思ったのだ。

だが、原因はボブにあった。

そうと知ったら——いまも尾を引いているが——はたと合点がいって愕然とした。小さい頃に、よく母が言っていた。「もし夫婦に子ができないんだったら、ちゃんと神様が心得て、できないようになってるのよ。アニー・ディを見てごらんな。善意で引き取ってもらえたけど、あの子は頭がおかしいだろ」と、ここで眉をひそめながら「あのご夫婦は親になるようにはできてなかったんだ」これを聞いたパムは、とんでもない、と叫んだ。ボブには子を産ませる能力がないと判明して、そのことを受け入れようとしていた数カ月に、何度も繰り返して叫んだ。たしかにお母さんは賢い人だったわ。だけどね、教養には欠けていた。そんなの魔術みたいな迷信よ。とんでもない。アニー・ディって子は、もともとおかしいからおかしいの。

こんなことがあって何事もなしではすまない。

養子をもらうという考えにパムが応じようとせず――「アニー・ディの二の舞をやらかそうっていうのかしら」――ボブは苦悩した。人工授精にも応じないので、苦悩は深まった。締めつけられるような状況の中で、ついに結婚という織物の生地がほつれていった。パムにはテッドとの出会いがあって――というのはパムが出ていってから二年後で、その二年間には、つまらない男とつまらないデートをしたと泣きながら電話をかけてきたことも再三だったが、ようやく強い気持ちになって、心の張り裂けそうな不安も抱えながら、「もう一度、やり直したいの」とパムが言うので、今度こそ本気になっているのだとボブは思った。

いまパムは指先に髪をからめている。「あなたは、セアラとはどうなったの？　いまでも付き合ってるとか？　すっかり別れちゃった？　しばらく中断中？」

「別れた」ボブはウィスキーを飲んで、あたりを見まわした。「大丈夫だと思う。便りはないが」

「あたし、嫌われてたみたい」

ボブは、まあ、いいじゃないか、というように小さく肩を動かした。ボブがパム（およびテッドと子供たち）と付き合いを保っているということで、セアラは――自身の前夫がひどい男だったせいもあり――最初のうちはおもしろがって、開かれた態度などと評していたのだが、そのうちにパムを毛嫌いするようになった。ボブがパムとは何週間も音沙汰なしでいたとしても、セアラは突っかかって言った。「あの人、本当にわかってもらいたいと思うと電話するんでしょう。まったく新しい生活を求めてボブと別れたくせに、いまだにボブを頼って、わかってもらえる相手だと思ってるのよ」

「たしかに、よく知っているし、知られてもいる」

結局は、最後通告がつきつけられた。パムという存在が消えないかぎりは、セアラとの結婚はあり得ないという。そして議論して、話し合って、いつまでも悩んで――ついにボブは踏ん切れなかった。

ヘレンには「ボブ、どうかしてない？」と言われた。「もしセアラが好きなら、パムと口をくのはよせばいい。ねえ、ジム、言ってやってよ、おかしいんじゃないかって」

だがジムは意外なことを言った。「でもなあ、パムってのは、ボブにとっては家族なんだよ」

パムが肘でボブを突ついた。「どうしたのよ。どうなっちゃったの」

「とげとげしい」ボブの目はバーに詰めかける人々を見渡した。「セアラはとげとげしくなった。それでおしまい」

「あたし、トニっていう友だちにね、あなたの話をしたのよ。ディナーに行ってもいいってさ」

パムはバッグから出していた名刺をカウンターにぴたりと置いた。

ボブは細い目になって、眼鏡を取り出した。「小文字のiの点を、にこにこマークみたいに打ってる。ふざけたんだよね」この名刺をパムに押し戻す。

「まあ、いいけど」彼女は名刺をバッグの中へ落とした。

「くっつけようとしてくれる友だちは結構いるんで、ご心配なく」

「デートするのも大変よね」とパムが言うので、ボブは肩をすくめて、そういうこと、と言った。

店を出た頃には、冬の闇が濃くなっていた。公園を突っ切って五番街へ出ようとしていたら、一度、二度と、パムの足がもつれそうになった。ワインを三杯飲んでいた。履いている靴はローヒールで、先が尖っている、とボブは見ていた。この前に会ったときよりも痩せたようだ。「こないだディナーパーティーへ行ってね、予定より早く着いちゃったんだけど」とパムは言いながら、ボブの腕につかまって、何かしら靴から払いのけている。「まだ来てなかった夫婦の噂話が始まったの。あんまり趣味がよくないとか、ね。美術品を見る目がないっていう話だったかな、たしかそんなようなこと言ってた。そういうの聞いてると、やけに心配になっちゃった。あたしだって、出しゃばりだの下品だのと言われてるんじゃないかしら」

ボブはつい吹き出して笑ってしまった。「おい、パム、だから何なんだよ」

彼女が目を合わせてきて、いきなり深いところから笑いだした。ずっと昔から知っているパムらしい笑いだ。「そうよね、どうってことありゃしないわね」

「パム・カールソンていう人は頭脳明晰で、えらい寄生虫学者の研究所にいたこともあるという噂だって出るかもしれない」

「なに言ってんだか。寄生虫の学者なんてのが世の中にいるのかって感じじゃないかな。そんなもんだわ。ああ寄生虫と言えば、なんていう話になったりしてね、うちの母はインドへ行ってから、そのせいで二年も患った、とか何とか。アホくさ」彼女は立ち止まってボブを見た。「アジア人て、平気でぶつかってくると思わない？　対人関係の距離感がないみたい。やんなっちゃう」

ボブは彼女の肘に手を添えた。「この次のディナーパーティーで、そういう話をしてごらんよ。いまタクシーを止める」

「地下鉄の駅までいっしょに歩くわ。あ、だったら乗ってもいいけど」すでに彼が一台呼び止めていて、ドアを開け、彼女を乗せてやろうとした。「じゃあね、ボビー、楽しかったわ」「みんなによろしく」ボブは街路に立って手を振り、交通の流れに乗っていくタクシーを見送った。夜の町にネオンの灯がにぎやかだ。彼女が振り返って、後部窓から手を振った。ボブもタクシーが見えなくなるまで手を振っていた。

メイン州から帰った日には、アパートの下の階でドアが開いていたので、ボブは足を止めてエイドリアナと優等生めいた男が破局にいたった部屋をのぞいた。ちょうど家主が水道栓を直しに来ていて、ちょこっと顔だけで挨拶されたが、すでに見えただけでも——カーテンをはずされた部屋に、カウチも、ラグも、そのほか人が暮らせば身のまわりにあるものが一切合財なくなって——いかにも虚しいと思われた。居間の中央に綿ぼこりが寄せられていた。窓に見える夕暮れの光も、突き放したように素っ気ないものだった。がらんとした部屋の壁が、うんざりして語るようだ。——ここに家庭があると思ったんだろ。こんなもんだよ。もとからこんなだった。

今夜もボブが階段を上がっていると、ここのドアが半開きになっていた。がらんとした空き家であることを、いまさら隠したところで始まらないとでもいうようだ。家主が来ているわけでもなさそうで、ボブは静かにドアを閉めて通りすぎ、自分の部屋へ上がった。電話機が点滅していた。スーザンの声が「頼むから電話して」と言った。

ボブはジュースグラスにワインをついで、カウチに沈み込んだ。

署長のジェリー・オヘアが思いもよらないことをしたという。スーザンにも予想外で、個人感情として口惜しかった。この日の朝、シャーリー・フォールズの市庁舎で、警察が記者会見を開いたのだ。FBIの捜査員もならんでいた。「あのバカ署長」と電話のスーザンが言った。「すっかり舞い上がっちゃって、ただのデブ親父がでかい面で得意そうに――」だがスーザンは、もともとボブと話そうとしたのではなかった。そのことは通話の冒頭から明かしている。海外にいるジムの携帯へどう掛けたらいいのかわからなかったし、泊まっているホテルの名前も知らないのだった。

その二つをボブは教えてやった。

スーザンはかまわず話を続けた。「テレビを消しちゃおうと思ったけど、身体が凍りついたみたいで動けなかった。これでもう朝刊に出ちゃうわ。もちろんジェリーってやつにはソマリア人がどうなろうと知ったこっちゃないのよ。それなのにごちゃごちゃうるさいこと言ってるの。事態は深刻であり、看過しがたいものであります、とか何とかで、そういう警察の対応がソマリア人社会に安心感をもたらすことを望んでるって感じなんだわ。もう、何なんだろ。そしたら、ある記者が質問して、タイヤを切るとか窓ガラスを引っ掻くとか、ソマリア人へのいやがらせ犯罪があるようですが、それについてはどうお考えですかって言うから、またジェリーがえらそうな口きいて、そのあたりは実際に被害届が出てこないと対応できません――。ということは、やってらんない気分はジェリーだって見え見えなのよ。だけど、この事件がやたらに大きくなって手に負えないから、しょうがなくてやってるってことよね」

「なあ、ザックに言って承諾させてくれよ。チャーリー・ティベッツとじかに話をしたい。あした僕からティベッツに電話するよ」ボブの脳裏には、あの寒々しい家で取り乱しているスーザンが浮かんだ。そう思えば悲しくなるが、いまのところ距離がある。だが、まもなく、遠いとは言っていられなくなるだろう。スーザンとザック、そしてシャーリー・フォールズという町の混濁した暗さが、このアパートにまで忍び込んできそうなのだ。がらんとした下の部屋が、ボブの帰りを待ちかまえていたのとも似ている。あらためて住人の不在を見せつけて、永続するものはない、頼れるものはない、と思い知らせようとしたのだ。「どうにかなるよ」とスーザンに言ってから、ボブは電話を切った。

あとで窓辺に坐っていて、向かいの建物の様子が見えた。あの若い女は気楽な自室で下着のままうろついている。白いキッチンの夫婦は仲良く皿洗いだ。都会のおかげで救われている人間が、この世界にはいくらでもいるのだろう。ボブもそうだ。どんな暗闇が寄せてきても、ここかしこの窓に灯火が見える。どの光もやさしく肩に手を乗せて語りかけてくるようだ。ボブ・バージェス、何がどうあろうと、おまえは一人ではない。

2

あの笑い声だ。敷物の上に転がった豚の頭を見つけて、警官同士が軽い気持ちで笑った。それがアブディカリムの耳について目に浮かぶ。夜中に目を覚ますこともある。二人の制服警官の残像が消えないのだ。とくに背の低いほうは小さな目をした間抜け面で、おもしろがったような声を出した。そして、まっすぐに立って見まわしながら凄味をきかせて、「英語がわかるのは誰だ。誰もいないと困ったことになるぞ」と、こちらが悪いことをしたような口ぶりだった。そのことがアブディカリムの脳裏を執拗に通りすぎる。われわれは何も悪いことをしていない！　いまグラサム街の角で営むカフェのテーブルに向かって坐り、そんなことを口の中でつぶやいた。通りすがりの女たちに目を向けられる。子供らは親の手につかまって、安心できる距離まで行ってから小さな顔を振り返らせる。太い腕に刺青をしたトラックの運転手が、わざとタイヤをきしませたようにカフェの前を通過する。女子高生が内緒話に笑い合って道を渡り、大きな声で人の名前を言う。そんなことを気にかけるアブディカリムではないのだが、あの警官の笑いは気になって仕方ない。たった一つのブロックを隔てたモスクで――いや、モスクとはいえ、雨漏りの染みがついた薄暗い（しかし自分たちだけの神聖な）部屋で——まるで子供あつかいを受けた。いじめっ子をどうにかしてくださいと言う小学生のようなものだった。

けさのアブディカリムは朝の祈りをすませてから、明け方の薄明かりの中を歩いてカフェへ来た。いまなおモスク内には不安感が残っていた。この数日、さんざん洗浄を繰り返したが、その洗剤の臭い自体が不安を漂わせているようだ。おちおち祈ってはいられずに、男たちはそそくさと入口の警備に立った。犯人の若い男は何事もなかったように、またウォルマートの勤務に復帰したようだ。そんな情報が出回ったので、あらためて安眠を妨げられている。警察署長の記者会見というのがあって、それもまた疑心を誘うものだった。きのう、このカフェにも取材の記者が来た。「会見の場にソマリ人は一人もいませんでしたね。なぜでしょう？」

なぜも何も、そんな予定があるとは知らされていなかった。

アブディカリムはカウンターを拭いて、フロアの掃除をした。道路向かいのビルの隙間に黄色い太陽が昇った。ラマダンの断食があるので、カフェの客として来るのはアーメド・フセインくらいなものだろう。この近所の製紙工場で働いている男だが、糖尿病によって例外あつかいであり、昼間でも茶を飲んでヤギ肉シチューを口にすることを許されている。このカフェの奥、つまりビーズを垂らして仕切った内側では、ちょっとした場所をとって、スカーフ、イヤリング、スパイス、茶、ナッツ、イチジク、ナツメヤシを売っている。昼間は女たちがそろって店に来て、日没《マグリブ》の祈りのための品物を買っていくだろう。アブディカリムはバスマティ米のパッケージの埃を落とした。こういうパッケージをならべておけば、カウンターがさびしく見えることもなかろう。それからカフェへ戻って、窓辺の椅子に坐っていたら、ポケットの中で携帯が振動した。

「また、おまえか」ソマリランドにいる妹からだ。

「そうよ。アブディ、まだそっちにいるの？　かえって危なそうじゃないの。こっちじゃ豚の頭を投げる人なんかいないわ」

「といって店を背負って歩きだすわけにもいかんからな」と気安い口調になった。

「ザカリー・オルソンてやつ、拘置所を出ちゃったんでしょ。野放し！　いまにもカフェにだって来るかもしれないじゃない」

そう言われると、ぎくりとしないこともないが、あえて静かに言った。「噂が伝わるのは早いな。まあ、考えとくよ」

それから一時間ほど、窓際に坐ってグラサム街をながめていた。冬の夜空のような黒い肌をしたバンツーの男が二人、いま窓の外を通ったが、店をのぞこうとはしなかった。アブディカリムは立ち上がって、店の奥へ行き、スカーフ、ベッドシーツ、タオルなどに手を触れた。昨夜はまた長老の会議があった。またカフェの入口近くへ出ながら、会議の声が耳に残ってぐるぐる巻いているようだと思った。

「——釈放されたじゃないか。どこにいると思う。また職場に復帰して、母親の家に戻ったそうだ」

「あとは父親か」

「父親はいないらしい」

「釈放されたときに付き添った男がいるぞ。大きなやつだ。アヤナを轢こうとしたやつ。朝っぱらからワインを買ったあとで轢きそうになった」

「図書館で、どこかの女同士の話を小耳にはさんだら、過剰反応とか言っていた。豚の頭を投げるなんて心ないことをするものだが、でもそれだけのことじゃないの、だそうだ」

「わけのわからんやつらは放っとけ。モガディシュで機関銃に追われて逃げたことがないから言えるんだ」

「おう！　アトランタもひどかったぞ。一ドル欲しさに平気で人を殺す」

「だがエスタヴァー牧師は、ザカリー・オルソンは違うと言っていた。さびしい子供なんだとか――」

「その話なら聞いたよ」

いまアブディカリムに頭痛がやって来た。店の入口に立って、歩道、向かいのビル、と目を走らせてみる。この町に住み慣れることはできるのだろうか。ほとんど色のない町だ。秋の公園の樹木を別にすれば、街路はくすんだ単色で、空き家になった店舗の何もないウインドーばかりが目立っている。アル・バラカートのオープンマーケットには色があった。絹地やらグンティーノ衣装やらが鮮やかな色彩を放っていた。ショウガ、ガーリック、クミンの匂いがあった。

またモガディシュに帰るのかということを考えると、心臓の鼓動に合わせて棒の先で突かれるような気がした。あれから平和が戻ったという可能性もなくはない。今年になってからも大いに希望があった。ソマリア暫定連邦政府なるものが、いかに不安定でも、あることはある。首都モガディシュはイスラム法廷会議の支配下で平和になるのかもしれない。だが噂が飛びかうばかりで、何を信じたらいいのかわからない。イスラム法廷の排除をねらって、アメリカがエチオピアにソマリア侵攻を促しているという説もある。そんなことはないだろうと思うが、そうであってもおかしくはないとも思える。つい二週間ほど前に、エチオピア軍がブルハカバを奪取したというニュースがあった。しかし町を攻めたのは政府軍だったというニュースもある。そんなことが、またそれまでの一切が、アブディカリムの中で重くなっている。その重さは月が替わるごとに増えるようで、どうしたらよいのか――ここを去るか居残るか――なかなか結論を出せずにいた。若い人は柔軟にやっていけることもあるらしい。自分の長女だって、アメリカへ来たときは餓死寸前で、まったく英語を話せなかったのだが、このごろナッシュヴィルから掛かってくる電話の声は、ずいぶんと弾んでいるようだ。ああいう元気の素が出てくることは、もうこの年ではないだろう。

ないと言えば、もう英語を覚える元気もない。ということなので、わからないことだらけで生きている。先月も郵便局へ行って身振り手振りで白い箱を一つ指さしたら、青いシャツの女に何度も同じことを言われて、それがわからないのだが、まわりの人はみなわかっていたようで、そのうちに男の局員が来て、さっと腕を交差させて下に向け「オシマイ」と言った。もう受け付けてくれないのかと思って、そのまま帰ってしまった。あとで知ったら、あれは箱の在庫がないと言っていたらしい。売れる状態でないのなら、値札のついた箱を棚にならべておくのがおかしい。これまたわからないとしか言えない。難民キャンプでも危ないことはあったのだが、ここへ来ると別の危険があるのだとわかってきた。どっちを向いてもわからないことばかりの世界では――わかってもらえず、自分でもわからないと――空気に不安感が高まって、心身の内側を削られるような気がする。自分がどうしたいのか、どう考えて、どう感じるのかも不確かになる。

携帯の振動にぎくりとした。「はい？」ナハディン・アーメドからだ。アヤナの兄である。

「もう聞いたかな？　モンタナの白人優位主義グループが、こっちのデモの話を聞きつけて、ウェブサイトに何やら書いてるらしい」

「導師《イマーム》は何と言ってる？」

「警察へ行ってデモの中止を訴えた。だが警察は聞く耳持たずだ。警察もデモに浮き立ってる」

アブディカリムは暖房の電源を抜いて、カフェは店じまいで戸締まりをすると、急ぎ足でアパートへ帰った。誰もいない。子供らは学校で、ハウィヤは社会奉仕グループの支援という仕事があり、オマドは病院で通訳をしている。アブディカリムは午前中ずっと自室にこもっていた。モスクでの祈りができればよいのにと思いながら、いつものように窓のシェードをおろしていたのだった。ベッドで横になっていると、自分の内部も、この部屋も、すっかり暗くなっていた。

朝の空は曇り続きだけれども、出勤時のスーザンはサングラスをかけて車を運転するようになっていた。ザカリーの写真が新聞に出た直後のこと、モールへ行く高架道路の信号で止まったら、昔から顔見知りの女が隣の車線で止まった。スーザンは間違いないと思ったが、その女は気づかぬふりで、信号が変わるまでラジオをいじっていた。スーザンは冗談ではなく身体の水分が抜け落ちるような気がした。あの日――スティーヴが家に帰るなり、もう別れて出ていくと言った日と、どこか似たような感覚になっていた。

いま交差点で停止して、サングラスの目でじっと前を見ていたら、チャーリー・ティベッツの家の裏庭で寝ていたという明け方の夢の記憶がよみがえって、もう一つ出し抜けに思いついたことがあった。ザックが生まれてからの数週間、じつは産婦人科の医者に、秘密の、束の間の、恋心を抱いたことがあったのだ。あの医者はオイスター・ポイントという地区の大きな家に住んで、専業主婦の奥さんと四人の子供がいた。たしかメイン州の人ではなくて、毎年、クリスマスの日曜礼拝に一家がするりと着席するところなど、まるで異国の鳥の群れが来たように、すごく麗しいものに見えた。ザカリーをチャイルドシートに坐らせて、あの家の前をゆっくりと通過することがあった。それほどに分娩を担当した医師への思いは深かった。

いまはもう思い出したところで全然とまどうことはない。遠い昔のような気がする。実際そうなのだ。あの医師も老人になったろう。ああいう行動が自分のものだったことが不思議だ。もっと若かったら、これからチャーリー・ティベッツの家の前を通ったりするのかもしれないが、そんな甘ったるい汁気はとうに抜けてしまった。そのくせ夜中に見る夢ではティベッツ宅の裏の芝生でキャンプをしていたりもする。それなりに意味が通らなくもないだろう。なるべく近くにいたいという願望だ。息子のために、ということはスーザンのために、戦ってくれている人である。こういう感覚は初めてのことで、あらためてジムはえらいものだと思ったりする。ウォリー・パッカーだってジムという男に惚れたのではなかろうか。これだけの年月がたって、まだ二人に連絡があるのかどうか、そこまでは知らない。

「ないだろう」勤め先から電話をしたら、ボブがそう言った。いま店には客がいない。

「でもジムだって、たまには懐かしくなったりしないかしら」

「そういうもんじゃないと思うよ」とボブが言うので、見下されたような気分が波になって広がるのを感じた。自分とザックがただの仕事材料だとは思いたくなかった。

「ジムからちっとも電話が来ないのよ」

「ああ、ゴルフ三昧で動きがとれないんだろうな。観光地でのジムの姿を見せてやりたいよ。一度だけ僕とパムもお供したことがあるんだ。アルバ島へ行ったんだが、いやはや、ヘレンは一人で坐って肌を紫外線にさらしてた。ジムはミラーサングラスをして歩きまわり、プールサイドでクールに決めてるんだよ。お盛んな人だね。そういうことさ。大丈夫だよ、ティベッツはたいしたものだ。きのう話したんだが、報道の規制と保釈条件の変更を求めると言っていて――」

「それなら聞いたわ」と言ったものの、ぐさりと刺されたように埋屈にもならない口惜しさを覚えた。「ねえ、ボビー、たしか控訴審に移る前は、第一審の法廷で弁護士だったのよね。お客になる被告人を好きになれた?」

「好きに? そりゃまあ、そういうこともあったが、たいていはいやなやつだった。どうせ有罪なんだし――」

「え、何よその、どうせっていうのは」

「まあ、何かしらで有罪になる。だんだん上がってくるうちにはね、最初の告発内容とは違ったりしてさ。だから、なるべく軽くすませるように、というのが仕事になるんだな」

「レイプ犯なんか弁護したことある?」

ボブがすぐには答えなかったので、こんなことは何度も聞かれているのだろうとスーザンは思った。たとえばニューヨークのカクテルパーティーで(とはいえニューヨークのカクテルパーティーがどんなものか知らないので、いいかげんな見当で映画みたいなことを考えたのだが)ほっそりした美人が突っかかるように問いかける、というような。するとで電話のボブは「あるよ」と言った。

「有罪だった?」

「真相は聞かなかったが、判決は有罪だった。仕方ないね」

「仕方ない?」スーザンはわけもなく目に涙があふれた。もうずっと何年も生理前はこんな気分になる。アホくさ。

「まともな裁判を受けたんだから」ボブは我慢をきかせているような口ぶりだ。別れる前のスティーヴもこんな感じだった。

スーザンは慌てふためいて店の中を見まわした。足が地に着かない。ザックが罪人になる。まともな裁判とやらで一年も刑務所行きかもしれない。すべて終わるまでには費用もかさむだろう。そうなったところで誰も何とも思うまい。ボビーだけはいくらか別かもしれないが――

ボブが言っている。「法廷で争うってのは、鉄の内臓が要る仕事だよ。控訴審だったら、まだしも……まあ、その、ジムの内臓は鉄製だったと言おうかな」

「わかった、そろそろ切るわ」

ソマリ人の女が集団で店に来ていた。長い衣服をまとい、顔だけを出している。とっさにスーザンは全員が一つの群れであると思った。外国人部隊の襲撃だ。黒っぽい赤や紺色が緑の頭巾をかぶって、一点だけ鮮やかなピーチ色がある。腕は見えない。手の先も見えない。しかし、ぼんやりした全体の中に、むにゃむにゃ言っている声が分化して、短小な老女らしき姿が群れを離れてコーナーの椅子に坐ったので、スーザンの目にも状況が見えてきた。この中では年若の女、つまり身長があって、明るい顔をして、(スーザンから見ると)ほとんどアメリカ人のような驚くほどの美人で、黒い目をした頬骨の高い女が、眼鏡を差し出している。フレームの継ぎ目が壊れていて、これを直してほしいと下手な英語で言っているのだった。

この背の高い娘の隣に立っていたのが、肌色が濃いめで、ずんぐり大柄な体型を長い服に包んだ女である。ぴくりとも動かない顔に油断がなく、表情が読めなかった。ビニール袋をいくつか持っていて、どうやら中身は洗剤のようなものと思われた。

スーザンは眼鏡を手にとり、「ここでお買い上げですか？」という質問を若い女に向けた。凄まじいばかりの美しさに押される。この長身の美女がずんぐりした女に向き直り、ささっと言葉をかわした。

「え？」この女がかぶるピーチのスカーフは人の目を奪う。

「ここで買った眼鏡ですか？」そうではないのだとスーザンが見ればわかる。こんなのはドラッグストアで売っているような品物だ。

「そう、そう」若い女は直してほしいという要求を繰り返した。

「いいですよ」スーザンは小さなネジをはずそうとして、いつものようには手先が動かなかった。

「ちょっと待って」と言って奥の部屋へ引っ込んだ。ほんとうは店員が客だけを残してはいけない。だが戻ってみれば、女の一団はさっきのまま何もしていなかった。若い女だけは若さの勢いがあって、レジ横のスタンドにならべたフレームに手を出して見ていた。スーザンは眼鏡をカウンターにのせて押し出した。ずんぐりした女がざわざわと動いたので思わず目をやったスーザンは、ゆったりした衣服の下で腕が引かれ、手さぐりになっているところに赤ん坊の足が一本見えたので、ぎょっと驚いてしまった。女は前屈みになって、いったん洗剤の袋を下に置いて、また持ち直した。その腰の反対側もふくらんでいることの正体が知れた。子供を二人くくりつけて立っていたのだった。おとなしい子だ。母親と似たように黙ったままだ。

「お掛けになってみます？」スーザンは言った。長身の美女はフレームに手を出していながらも、スタンドからはずそうとしない。ほかの女たちはスーザンに目を合わせない。この店にいるのだが、遠くにいるのでもある。

「直しましたよ」スーザンの声だけが、へんに大きく響いた。「サービスです」

若い女は衣服の下に手を入れた。スーザンは――いままでの不安が、この一瞬を待ちかまえて出てきたように――拳銃が取り出されて、銃口がこっちを向くのではないかと思いついた。出てきたのは小さなバッグだ。「あ、いえ」スーザンは首を振る。「ただですよ」

「オーケー？」ぱっちりした目がスーザンの顔をちらちらと見た。

「オーケー」スーザンは両手を上げた。

若い女が直った眼鏡をバッグにすべり込ませる。「オーケー、オーケー。サンキュー」

女の一団が何やら言い合って、またざわざわと動きが出た。スーザンの耳には、きびきびした硬い言葉に聞こえた。母親の服に包まれた赤ん坊がもぞもぞ動いて、老女もゆっくりと立ち上がった。出ていこうとするのを見ながら、老女というほどに老いてはいないのかとスーザンは思った。どうしてわかったのかわからないのだが、あれは深く染みついた疲労の色が、人に生気をもたらすものをすべて押し流してしまった顔のようだ。スーザンをちらりとも見ずにゆっくり去っていく女の顔には、もはや抜きがたい無気力しか残っていなかった。

スーザンは店の入口まで出て、モールを歩み去る一団を見送った。居合わせたティーンエージャーの少女が二人、通りすぎる女たちに目を見張ったようなので、スーザンはどきっとして、からかってはいけないよ、と思った。それでいて同時に、あの全身を布に包んだ女たちは絶対的に異質であるとも思えて、心の中ですくみ上がったような息を洩らした。あの人たちがシャーリー・フォールズなんていう町の名前さえ知らなかったことにできればよいのにと願った。このまま町に居着くのかもしれないと思うと恐ろしくなった。

3

ニューヨークの素晴らしいところは——それなりに元手はかかるが——もし食事の支度がいやで、フォークを一本さがすのも皿を一枚洗うのも面倒だと思うなら、その面倒なことをしなくてもよいことだ。もし一人暮らしをしていて、一人でさびしいのがいやなら、それもまたどうにかなる。ボブは〈九丁目バー&グリル〉を行きつけの店にして、よく歩いていったものだ。スツールに腰かけて、ビールを飲んで、チーズバーガーを食べて、バーテンを話し相手にするか、赤毛の男に話しかける。この男は前年に自転車の事故で妻を亡くしていて、ボブと話をしながら涙ぐむこともあれば笑い合うこともある。また、さっと手を振ることもあって、そうであれば今夜は一人にしてくれという合図であることをボブは承知していた。そのあたりの事情は常連客にはじんわりと浸透している。誰だって知られたいと思うことしか人には知らせない。その分量は多くない。ここで話題になることは、政界のスキャンダルか、スポーツか、たまには——ちらつかせる程度にだけ——心の底にある本音。その奥さんの奇妙な自転車事故についてボブは詳しく聞かされていたのだが、それを語った赤毛の男の名前さえも知らない。もう何カ月もボブはセアラを連れてきていないということも、わかっているだろうが口には出されない。この店は、店の方針どおりに機能する。つまり、ここに来れば安全だ。

今夜、バーは立て込んでいたが、空いているスツールがあることをバーテンが顔で知らせるので、ボブは二人の客の間に割り込ませてもらった。いつもの赤毛男はだいぶ離れた席にいて、どちらからも見える大鏡の中で挨拶代わりにうなずいて見せた。店の隅にある大型テレビが音を消してニュースを流している。ビールがグラスにそそがれるのを待っていたボブがひょいと見ると、ジェリー・オヘアの顔が出ていたのでぎくりとした。大きな無表情の顔が、にやりと笑ったザカリーの顔写真とならんでいる。画面の下を流れた字幕が速すぎてしっかりと読めたわけではないが、「望んでいる」「単発の事件」といった文字がわかった。また「見通し」「白人優位主義グループ」という語も出た。

「おかしな世の中になった」ボブの隣にいる老人が言った。やはりテレビに顔が向いている。

「みんなそろって、いかれてるよ」

「おい、ばかたれ」と呼ぶ声があって、ボブが振り返ると、兄夫婦がいた。いま来たばかりのようで、ヘレンは窓際の小さいテーブルにつこうとしている。照明を落とした店の中でも、二人が日に焼けて帰ったことはわかった。ボブはスツールを下りてテーブル席へ向かった。

「いまのテレビ、見た？」と指をさす。「どうだった？　いつ帰ったの？　楽しかった？」

「ええ、ボビー、すてきだったわよ」ヘレンはメニューを開いている。「この店、何がいいの？」

「ここは何でもいいよ」

「魚でも？」

「うん、大丈夫」

「やっぱりバーガーは普通のがいいわね」ヘレンはメニューを閉じて、ぶるっと震え、手をこすり合わせた。「帰ってから寒くてたまらないの」

ボブは適当な椅子を寄せて坐った。「いま女房をディナーに連れ出そうとしてるんだ」

「それはいい」ジムが言った。「ま、そう長居はしないからね」

季節はずれの日焼けがおかしなものだ、とボブは思った。「ザックがテレビに出てた」

「ああ、困ったもんだ」ジムが肩を動かす。「それにしてもチャーリー・ティベッツってやつは、たいした遣り手だな。うまいことやったじゃないか」ジムはメニューを開けて、ちらちら目を走らせてから閉じた。「オヘアのくだらない会見のあと、すかさずチャーリーが乗り込んでって、報道規制と保釈条件の変更を要求した。まず今回の被疑者は過度に激しい訴追をされていると述べてから、こういう軽罪のために記者会見を行なうこと自体が異例だと釘を刺した。だが次に吐いたのが名ゼリフだったな。保釈の条件としてザックはいかなるソマリ人にも近づかないことが定められている。しかしながら、とチャーリーが判事に言ったんだ。覚えてるか、ヘレン。いい啖呵を切ったもんだが、あれは名ゼリフだ。すべてのソマリ人は、服装、外見、行動において区別がつくという、あまりにも素朴な思い込みが、保釈の裁定においてなされたのであります、というんだ。すごいじゃないか。――うちの車はどうやって戻ってくるんだ？」

「ねえ、ジム、今夜はもういいじゃないの。ボブのお邪魔をしないように、わたしたちも楽しませてもらいましょう。そういう話は後日ってことで」ヘレンはウエーターに向けて「ピノ・ノワール、いただくわ」と言った。

「ザックはどうなんだろう」ボブは言った。「スーザンからは何度か電話があったんだが、こっちから聞いてもはぐらかされるみたいだ」

「ザックのことはわからん。ともかく罪状認否には出なくてよさそうだ。それも十一月三日まで開かれない。チャーリーが無罪を申し立てたんで、また高裁でやり直しだ。陪審裁判も要求したな。あいつは使える」

「そうだね、僕も話をしたことはある」ボブはいくらか間をおいてから、また言った。「ザックは部屋で一人になって泣くらしい」

「あら、まあ」ヘレンが言った。

「どうして知ってる？」ジムが言った。

「三階のおばあちゃんが言ってた。間借り人だよ。泣いてる声を聞いたってさ」

ジムの表情が変わった。目を小さくしたようだ。

「ほんとのことはわからないけどね」とボブは言った。「ちょっと変わってる人みたいだし」

「そうよ、わからないわよ」ヘレンが言った。「ジム、あなたは何にする？」

「じゃあ、車は僕が取りに行く」ボブは言った。「飛行機で行って、乗って帰ってくる。いつまでにすればいい？」

「早いに越したことはない。時間がとれ次第――どうせいつでも行けるんだろ。リーガル・エイドは組合が強くてありがたいな。五週間の休暇があったか。そもそも頑張って働いてるやつなんかいないだろう」

「そうでもないさ。しっかりした人がいるよ」ボブは静かに答えている。

「バーテンが手を振ってるぞ。あっちにビールがあるんだよな」ジムの声は、もう行け、というように聞こえた。

ボブはカウンターに戻った。もう今夜はめちゃくちゃのようだ。たしかにばかたれなんだろうと思う。ヘレンでさえ怒っているらしい。わざわざメイン州へ行って、あたふた大慌てするだけで、借りた車を置き去りにした。ふとエレインのことを思い出した。やさしくて貫禄のある療法士。イチジクの木がある診察室で、辛抱強く説明を聞かせてくれた。ボブがトラウマに関わる出来事への反応を繰り返してしまうこと、また幼い自分がわけもわからずにしでかした行為を責められたくてマゾ的な傾向を持つことを、わからせてくれたのだった。大鏡に映る赤毛の男がボブを見ていて、目が合うと黙って顔をうなずかせた。わずかな一瞬でボブも暗黙の了解を得ていた。ここにもう一人、罪悪感にとらわれた男がいる。この赤毛男は妻に自転車を買ってやって、ちょっと乗ってごらんよと言った朝に事故があったのだ。ボブもうなずき返してビールを飲んだ。

パムはアッパーイーストサイドの美容サロンで、坐った姿勢から韓国系の女の頭を見下ろしていた。いつも足の手入れをしてもらうときに思うのだが、道具の消毒は大丈夫なのだろうか。爪に黴の菌でももぐり込んだら容易にとれるものではない。いつものミアという女の子がきょうは休みだとかで、この女がパムの足の指の汚れ落としをしているのだが、まったく英語が通じない。さっきから身振り手振りの会話になっている。パムはつい大きな声を出して、「きれい？ いいの？」と言いながら、金属製の道具箱を指さしていた。そんなことがあってから、ようやく力を抜いて物思いに沈んだ。このところ何日も考えていることがある。バージェス家と関わりを持っていた過去の生活のことだ。

最初はスーザンを好きになれなかった。おたがい若くて子供みたいなものだった。すでに大学へ行ったというパムの友人の息子たちと、たいして変わらなかったろう。またスーザンはボブを軽んずる態度をむき出しにしていて、それがパムには気に入らなかった。パムの人生では、みんなが仲良く生きていられたらよいと思っていた時期のことだ（とくにパム自身が誰にもよく思われていたかった）。オロノという町のメイン大学のキャンパスで、誰もが声を掛け合っていた時期でもある。建物をめぐり木陰を抜けて歩く通路で、たとえ知らない相手でも、すれ違えば挨拶をしたものだ。ただボブはよく知られていた。ボブが人なつっこいという理由もあったが、兄のジムが有名だったせいもある。とうにジムは卒業していたが、かつては自治会の会長であり、この大学からハーバードのロースクールへ進学した数少ない一人であり、しかも全額支給の奨学金を受けていたということで、おおいに名声を博していた。バージェス兄弟の存在感は、学生が本を抱えて歩く木陰の道のオークや楓の木のように、大学ではあたりまえのことだった（楡の木もわずかに残っていたが、だいぶ衰えて梢から葉が枯れそうになっていた）。そういうボブが飄々として気さくであり、この人と付き合っていれば何よりも安心だとパムには思えた。大学生活を送ることへの意欲が湧いてきて――いや、ともかく生きようとする情熱のようなものが自分の中にむくむくと広がった。そうやって元気になっていたのに、スーザンの馬鹿にしたような態度に水を差された。たとえば学生会館へ入ろうとして、こちらに気づいたとしても気づかぬ振りで、わざと別の入口へ回ったりする。まだ当時は痩せ型だったスーザンが、きれいな顔をぷいっとそむけていた。あるいはフォーグラー図書館で、スーザンは平気でボブの前を通過して、ちらりとも目を向けない。「やあ、スーズ」とボブは声をかけるのだが、まったく何もなく知らん顔！パムは啞然とした。それでもボブはこだわっていないようだった。「昔からあんな感じだよ」

だがシャーリー・フォールズのバージェス家に行って週末や祝日を過ごすようになり、あとで義理の母となるバーバラに、たぶん歓迎しているつもりなのだろうと思える接し方をされてから（たいていは他人を小馬鹿にした冗談を言っておいて、硬質きわまりない顔つきながら、パムには仲間あつかいしていることを目で知らせる、ということがあってから）だんだんスーザンが気の毒になってきた。これは驚きの体験だった。人間を見るということはプリズムを見るようなものなのだと初めて知ったのかもしれない。それまではスーザンの前面だけを見ていたので、背後から母親が白い光のように浴びせかける冷笑があったことを見逃していた。冗談ということになっているものを、まともに突きつけられるのがスーザンだった。優等生としてリストアップされるのがボブで、そうならないのがスーザンで、母親が「あら、ボビー、そうでしょうね。あんたは昔から出来がいいもの」と言っているそばで、黙って食卓の用意をしているのがスーザンだった。髪を真ん中分けにして「フラワーチャイルドのヒッピーみたいな馬鹿らしさ」と言われていたのがスーザンで、まだ腰回りが細身だった時分から、どんな女だって缶《キャン》入りのショートニングみたいになるんだ、尻《キャン》に脂肪だ、と言われていたのがスーザンだ。

　パム自身は、母親に馬鹿にされた覚えはない。ただ、あの母は親としての務めがわかっていなくて、パムに対して距離を置くようなところがあった。パムは町の図書館でいつまでも一人で本を読んでいたり、外の世界の生活を垣間見せる雑誌広告をながめていたりする子だったのに、それでも子供というのは手のかかる大変なものだと思っているようだった。父親はおとなしいだけの目立たない人で、娘が育っていく上でのあたりまえの難関さえも、それに付き添って進ませてやろうという親らしい素質には、パムの母親以上に欠けていた。パムがバージェス家で休日を過ごすことが多くなったのは、そんな不毛な家庭環境から逃げ出したということだ。町の中心から遠くはない、あの丘の上の小さな黄色い家にいたかった。パムが育った家とくらべても手狭だったが、それより気になったのは、ラグがすり減って、皿がひび割れて、バスルームのタイルが欠けていたことだ。ボーイフレンドの家は貧乏なのだと、あらためて思った。パムの父親は小さいながらも文房具の店を営んで、母はピアノを教えていた。マサチューセッツ西部の家は、ともかくも清潔さを保っていたのだし、田園地帯に隣接していたので、まわりは広々としていた。だからパムは自分の家がどうこうと考えたことはない。だがバージェス家はどうなのだ。床のリノリウムは変色して隅っこがめくれ上がり、ゆがんだ窓枠には冬になると新聞紙が突っ込まれ、一箇所だけのトイレは錆色の染みがこびりついて、シャワーカーテンはピンクだったのか赤だったのかわからないくらいに色が褪せていた。こうなるとパムは実家のある町で知っていた唯一の、きわめつけの貧乏家族のことを思い出した。錆びついた廃車が芝地に置きっぱなしで、きたならしい子供たちが学校へ来た。そう思ってパムはぎくりとした。このバージェス家の男、自分が好きになった若者は、いったいどんな人間なのだ。ああいう子供と同じなのか。大学のキャンパスでは、ほかの学生とちっとも変わらず、いつもジーンズをはいて――あの当時の学生は、毎日取り替えもせず同じジーンズでもあたりまえで――寮の部屋は雑然として、そのわりに彼の持ち物は少なかったが――でも、男子寮の部屋なんて、雑然と殺風景が同居したようなものだろう。キャンパスでのボブは、ほかの男子よりも大らかな存在感があった。まさかボブおよびボブと双子だというういけすかないスーザンが、こういう家庭の出だとは思いもよらなかった。

だが、そんな気持ちは長続きしなかった。ボブという人は、部屋に入ってくるだけで、その部屋にボブらしさをもたらすのだ。だから、その家は——たちどころに——居心地のよい家になった。耳にやさしいボブの声が聞こえる夜もあった。そっと母親に語りかけているようだ。この母と息子は遅くまで話をしていることが多かった。何度も「ジム」という名前が出た。家の中にジムが居続けていたようだ。大学のキャンパスから「ジム」が消えていなかったのと同じである。

もしジムと顔を合わせたら、いつもジムがどうこうって話を聞かされてたんです、と言うつもりだった。そして、ある十一月の金曜日の午後、もう外は暗くなった頃合いに、ジムがキッチンのテーブルについて坐っていた。この家には大きすぎる人のようで、どっかりと椅子に坐って腕を組んでいた。パムは「こんちは」とだけ言った。ジムは立ってパムと握手をしながら、もう一方の手ではボブの胸をとんと押して、「よう、元気か、ばかたれ」と言った。ボブは「お帰り、ハーバードの秀才」と返していた。

この兄に惹かれるものを感じなくてよかった、というのがパムの第一印象だ。ジムに憧れる女の子はたくさんいたかもしれないが、パムの好みからすると、いわゆるいい男でありすぎた。髪の色が濃くて顎の輪郭が完璧だ。でも硬い。こわい人なのだろうとパムは思ったのだが、誰もそうと見てはいないらしい。ジムがボブをからかうとしても(バーバラが娘のスーザンをやり込めたように手厳しいのだが)ボブは笑って受け止めていた。あの最初の晩にも、ジムは言った。「子供の頃はね、こいつは(とボブのことだという顔をして)ほんとに頭に来るやつだったんだ。

いやんなるぜ。いまでもそうだけどな」

　ボブはおもしろがったように肩をすくめた。

「どんなふうに頭に来るんです？」

「たとえば、おれが何を食っても、こいつは同じものを食いたがる。お昼は何にするって聞かれて、じゃあトマトスープって言うんだが、おれが野菜スープだったと知ると、じゃあトマトスープはやめた、って言う。着るものもそうだな。同じものを着たがった。どこかへ行こうとすると、ついて来たがった」

「あら、それはひどい」とパムが言ったのは皮肉まじりだが、分厚い風防ガラスに小石が飛んだようなもので、ジムにはまったく通じなかった。

　ロースクール時代のジムは、よく母親の顔を見に帰ってきた。三人とも母思いなのだとパムは思った。スーザンとボブはどちらも学校の食堂でアルバイトをしていたが、ほかの人と勤務時間を交換しては、シャーリー・フォールズ方面へ行く車でヒッチハイクをした。パム自身は実家へ帰ることが絶えて久しかったので気が咎めないこともなかったが、ボブが（またスーザンも）帰省しようとするときは、自分でもバージェス家へ行っていた。まだ当時のスーザンはスティーヴと出会っておらず、ジムもヘレンと知り合ってはいなかったので、いまにして思えば、パムはボブの恋人というだけではなくて、ほとんど兄弟の仲間入りをしていた。ここで家族になったような日々だった。スーザンのとげとげしい態度もやわらいだ。みんながキッチンのテーブルでスクラブルをしたり、居間でくっつき合っておしゃべりをしたり、たまには四人でボウリングに行くこともあって、帰ってくれればボブがジムに勝ちそうになったという話をバーバラに聞かせた。

「結局は違ったけどな」とジムは言った。「そんな番狂わせは後にも先にもない」

ある凍えるように寒かった土曜日に、パムとスーザンはそれぞれの長い髪にアイロンをかけた。小さな家のガラス張りのポーチで、アイロン台に髪をのせて慎重に作業をした。そうと知ったバーバラが、あんたたち、この家を火事で丸焼けにしたかもしれないよと、すごい剣幕でどなった。

バージェス家の人々は食べるものについては知識も関心も乏しいようだったが（いつもの食事として、ばらばらの挽肉を突っ込んでから溶けていないオレンジチーズをのせたハンバーガー、缶詰スープで間に合わせたツナのキャセロール、スパイスがなくて塩味さえもつけていないローストチキン、というのがあったくらいだが）焼いたものを好むらしいとわかったので、パムはバナナブレッドやシュガークッキーを焼いた。たまにはスーザンも小さなキッチンで手伝いに立つことがあった。そして焼いたものは何でもぱくぱく平らげられた。まるで甘いものに飢えて育った三人の子がいるようで、パムはちょっと感動した。バーバラは甘さのある人ではなかったが、芯は案外まともで、それを三人の子供が受け継いでいるようだとも思った。

ジムは法学の授業の話をして、乗り出して聞くボビーが質問を発した。ジムは当初から刑法に関心があったようで、ボブとの話の中には「証拠規則」「伝聞例外」「裁判の手続的側面」「刑罰の社会的役割」といった言葉が出ていた。パムは自分が理科系だと思い定めていて、社会というのは一つの大きな有機体であり、何億万もの細胞が生きようとして全体が動いていると見ていた。だが刑法犯罪も一種の突然変異としてはおもしろそうだったので、ためしに議論の仲間入りをすることもあった。ジムは上から見下ろすような態度をとらなかった。その点ではボブやスーザンと話すときとは違っていて、パムにだけは手厳しさを控えていたのが不思議だった。傲慢、熱意、という二つの性質が奇妙に組み合わさっていたのがジムだ。ずっとあとになってウォリー・パッカー裁判でジムが有名になった頃、ある記事でハーバード時代の同級生が語ったことが引用されていた。ジム・バージェスは「一人だけ離れている感じで、よくわからない男だった」という。それでパムはなるほどと思った。以前にはわからなかったことが見えてきた。ハーバードでのジムは、ついに部外者だったのだ。シャーリー・フォールズへ帰ったのは、そうせざるを得ない何かがあったからだ。ジムが母親思いだったということもあろうが、それればかりではなくて地元の言葉や、欠けた皿、建て付けの悪い寝室のドアが懐かしかったのだろう。ガールフレンドがどうこうという浮ついた話をジムから聞くことはなかった。仕事の口がありそうだという話を聞いたことはある。学業成績は完璧で、また実技も鋭く磨き上げたので、マンハッタンの地区検事事務所に就職できそうだという。そこで経験を積んでメイン州に帰ればいいとジムは考えていた。

「あ痛っ」とパムは言った。ふくらはぎを揉んでいた韓国系の女が、すまなそうな目を上げて、何やらわからない言葉を言った。「いいのよ」パムは急いで手を振って、「ちょっと強すぎたけど」つい昔を思い出して、ぶるっと震えが来た。いまの自分には目をつむってしまいたい。倦怠としか言えそうにないものが、ふわりと透明シートのように押し寄せるのだ。シャーリー・フォールズが奇跡の町のように思えたのは、ただ単にパムが若くて恋を得たからだったろうか。ああいう憧れ、心の高まりは、もうないのだろうか。年をとって経験を重ねると、人間はおとなしくなってしまうだけなのか。

パムが大人になろうとして胸をときめかせた場所が、すなわちシャーリー・フォールズなのだった。大学という世界には多くの人や考えや事実との出会いがあったように——もともと事実を好む性分だったパムなのだが——シャーリー・フォールズには異郷の町としての魔法があって、そこへ行けばパムは頭がくらくらする思いをしながら、大人になる弾みをつけられていた。何気ない日常の中に、そういうことがあった。たとえば（ボブが雨樋の掃除をさせられている間に）一人でアネット通りへ行ったこと。家族経営のベーカリーでテーブル席についてコーヒーを飲んでいると、この店の小太りな女たちがみごとな気配りで適当に放っておいてくれる。窓のカーテンはひだが重なるようにまとめて引かれ、空気には甘いシナモンの香りがついて、街路を行くスーツ姿の男たちは裁判所なりオフィスなりへ向かっている。いい服を着て出かける女たちは、どこへ行くのか知らないが、まじめな用事があるような顔をしている。パム自身は子供の頃に図書館で見た雑誌の広告の女のようだったかもしれない。忙しい生活のさなかに一人だけ、にこやかな笑顔になってコーヒーを飲んでいた。

ボブが勉強中だったり、昔の高校の駐車場へ行ってジムとバスケットボールでもしていたりすると、パムは町はずれの丘へ上がることもあった。見渡す町に教会の尖塔があり、グラサム工場がならぶ川がある。橋の下の水が泡立っている。丘を下りようとして歩きながら、レンガ造りの通りの商店街へ行ってしまうこともあった。すでに〈ペックス〉は閉店していたが、まだ町には二つのデパートがあったから、店内をぶらついて、ラックにハンガーをすべらせながらドレスに手を出していると、ひそかに興奮を覚えもした。化粧品のカウンターでは、ぷしゅっと香水を振りかけてみた。あとでバーバラが「あらま、フランスっぽい匂いだ」と言うので、「ええ、デパートでお散歩してたので」と答えた。

「だろうと思った」

バーバラと同盟関係に入るのは楽なものだった。血縁の娘ではないだけに、スーザンよりも有利だったのだ。たとえば〈ブルー・グース〉のような店へ行っても文句を言われなかった。ビールが一杯三十セントで、ジュークボックスががんがん鳴っていた。テーブルに震動が伝わったくらいだ。ウォリー・パッカーとそのバンドが深みのある曲を歌っていた。「この重い荷をどけてくれ、この愛の重み……」パムは音楽に身体を揺らしてボブに寄り添い、その膝に手を置いていた。

試験が終わったり、誕生日だったり、パムとボブがそろって優等生リストに載ったり、というようなお祝いに、みんなで〈アントニオズ〉へ行くことがあった。アネット通りから入ったスパゲティ・カフェテリアで、スパゲティを特盛りの大皿で出していた。なぜかチビという名前になっているでっぷり太った店主が注文をとった。この男が胃のバイパス手術で死んだときは、パムはつくづく悲しかった。みんなで悲しんだものだ。

夏の間、パムはバージェス家に住みついて、それをバーバラも了解していた。パムはウエートレスのアルバイトをして、またボブは製紙工場で働き、スーザンは病院の事務助手をした。かつてジムとボブが育った部屋をパムとスーザンが使い、空いたスーザンの部屋にボブが入った。ジムは帰ってくればカウチに寝てしまった。バーバラは「うちの中がにぎやかでいい」と言った。一人っ子だったパムにとっては、バージェス家で過ごした平日、週末、夏休みは、あとで考えると言いようのない大事な意味があって、それ以後のボブとの結婚生活を蝕むという結果になったのかもしれなかった。ボブを兄のように見るしかなくなっていたのだろう。彼女はボブの過去を受け止めた。ほかの誰の口からも聞けないことだ。そしてボブが母親バーバラに可愛がられていたということが、パムにも幸いした。可愛いボブが選んだ娘なのだから、パムも可愛がられたのだ。しかしバーバラにとって夫を失う原因となったのがボブであるとしたならば、その息子に怒りをぶつけるのではなく、あえて愛情をぶつけることで怒りをごまかそうとしたとも言えるのではないか。そんなふうにパムは思ったのだが、いずれにせよボブの過去と現在はパムの過去と現在にもなり、ボブを取り巻くすべてのことをパムは愛することにした。スーザンはボブに対するわだかまりを完全に解いてはいないようだったが、パムとはまずまず仲良くなれていた。

バージェス家の人々には――とくにバージェス兄弟には――年に一度のお祭りがあって、パムもついて行ったものである。「モクシーの日」に派手なオレンジ色の服を着た老若男女がパレード見物に繰り出すのだ。このモクシーこそメイン州とは切っても切れない飲料になっている。聖ジョーゼフ教会の掲示板には、「イエスはわれらを救う者、モクシーはわれらが飲むもの」という文字が見られた。だが苦味があるので、パムは飲む気がしなかった。バージェス家の人々でさえバーバラしか飲んでいなかった。それでもパレードの山車が来れば拍手する。地元の娘に「ミス・モクシー」の冠をかぶせて乗せる車だった。往々にして、こういう娘は何年か後に新聞に出ることになった。夫に殴られるか、麻薬中毒の強盗に襲われるか、けちな犯罪に手を出してつかまるか、ろくな行く末にならないのだった。でもパレードの日にはシャーリー・フォールズの市街を進んで、たすき掛けのリボンを風になびかせ、手を振っていた。バージェス兄弟が、つまりジムでさえも、真剣に手をたたいて歓呼し、スーザンがやれやれという仕草を見せた。ああいうミスに応募してはいけないと、とうの昔から母親に言われていたようだ。

七月にはフランス系住民のお祭りがあった。これをボブは好んでいて、だからパムも好んだ。四日間、公園で夜のコンサートがあり、みんなが踊った。いい年をしたおばあちゃんや、くたびれた元工員の連れ合いも、フランス風のバンド演奏に身体を揺すっていた。これにはバーバラは来なかった。その夫は工場の監督をしていたというのに、自分はフレンチ・カナディアンの工員とは関係ないと思っていた。もともと歌って踊っての騒ぎには興味がない。だが子供たちは出かけていって、ジムなどは労働者のストや組合の組織化の話に耳を傾けていた。祭りの夜に歩きまわり、多くの人と語らったのだ。いまでもパムは覚えている。ジムは小首を傾げたような姿勢で話を聞き、相手の肩に腕をまわして、ぽんぽんと挨拶代わりにたたいて、政治家志望らしいところを見せていた。

どうやら足の爪に塗らせる色を間違えたようだ。いま足を見下ろして、パムはそう思った。秋だというのに、どうしてメロンの色にしたのだろう。韓国系の女が目を上げた。小さなブラシが足の指の上に浮いている。「結構だわ」パムは言った。「ありがと」

バーバラ・バージェスが死んでから二十年になる。足の爪先が気色の悪い（「フランスっぽい」）色に変わるのを見ながら、いまさらのようにパムは思った。ジムが有名になるのを見ることもなく、ボブに子種がなくて離婚するのも知らず、スーザンが離婚して普通ではない息子を抱えることも知らずに、バーバラは死んだ。まあ、それを言うなら、かつてジムがマンハッタンの地区検事事務所にいた頃にバーバラが一度だけ来たことのある都会で、パムが足の爪先をオレンジ色に塗らせていることも知らずに死んだのだ。バーバラはニューヨークという町が大嫌いだった！　思い出しながらパムの唇が動いていた。すでにボビーと二人でアパート暮らしをしていたが、訪ねてきたバーバラは、ほとんどアパートから出ようとしなかった。パムはヘレンを冗談の種にして、話をつないだ。当時ヘレンはジムと結婚して間もなく、義母となったバーバラに気に入られようと頑張って、メトロポリタン美術館、ブロードウエーのマチネー、ヴィレッジのおもしろいカフェに誘い出そうとしていた。「あの人の、どこがいいのかね？」ベッドに寝そべって天井ファンを見ているバーバラが言った。

「普通なところ」パムも同じように天井を見ていた。

「あれで普通？」

「コネティカットでは普通、だと思う」

「白いローファーを履いてるのも？」

「ベージュだったわ」

その翌年に、ジムとヘレンの夫婦がメイン州に移ったので、バーバラもヘレンとうまく付き合わざるを得なくなったが、この長男夫婦が住んだのは一時間ほどの距離があるポートランドだったから、さほどに困ることはなかった。ジムは司法長官事務所の次席として、刑事事件を管轄した。まもなく峻厳かつ常識的という評判を得て、マスコミとの対応もうまくこなした。家族にだけは政界入りの意向を明かしている。まず州の議員になって、司法長官になって、いずれは知事になるというのだった。ジムならうまくいくと誰もが思った。

それから三年、バーバラが病んだ。病気のせいで心がやさしくなったバーバラは、「あんたはいい子でいてくれた。みんな、いい子だ」とスーザンに言った。スーザンは何週間か声もなく泣くことになった。ジムは病室へ行って帰って、ずっと顔を上げられなかった。ボブは呆然として、子供みたいな顔になっていることが多かった。そんなあれこれを思い出していたら、パムは鼻を拭かないわけにいかなくなった。さっぱりわからないのは、バーバラの死後一カ月で、ジム夫婦が生まれたばかりの子供を連れて州外へ出たことだ。ウェストハートフォードのご立派な家へ引っ越していった。ジムは、もうメイン州を見たくない、とボブに言った。

「あら、ありがと」パムは言った。韓国系の女が顔に期待感を浮かべて、ティッシュを差し出している。「ありがと。助かるわ」すると女はちょこんとお辞儀して、細長いコットンをパムの爪先にあてがった。

パークスロープの並木道にたっぷりと葉が吹き寄せられて、かさかさと鳴る落ち葉をおもしろがる小さな子供たちが、腕に抱えるように拾い上げては、風に乗せて飛ばそうとする。付き添いの母親は気長に見ているだけなのだが、こうして急に止まったり曲がったりしてちょろちょろされると、こっちが歩きにくくてかなわない、とヘレン・バージェスは思っていた。銀行で列にならんでも、つい溜息が出てしまい、直前の人に「やっぱり窓口係を増やさなきゃだめよね」と言ったりする。スーパーの「お急ぎ専用」レジにならんでいても、前の客が買った品物を目で数え、よほどに気をつけないと口に出して言いそうになる。「十四品も買ってるじゃないの。この列は十個までって書いてあるのに」

こんな自分がいやになる。こんな人ではなかったはずだと思って、心の中を逆回しにたどって行き着いたのが、セントキッツ島から戻った翌日のこと。一人になって寝室で荷ほどきをしていたら、いきなり黒のフラットシューズを放り投げていた。「何よ、ばか！」と言った。白いリネン地のブラウスをつかんで、あやうく引き裂くところだった。それからベッドに坐って泣いた。靴を投げつけたり、たとえ間接的にでも誰かを罵ったりする人になりたくなかった。怒ったらみっともないと思うので、子供たちには、決して人を恨んではいけない、諍《いさか》いのあるままに一日を終えてはいけない、と教えていた。ジムは怒りっぽいけれど、ヘレンにはあまり怒られたような覚えがない。怒りの矛先はほかへ向いていて、そういうジムを静まらせるのがヘレンの役割だった。うまく役割をこなしたとも思う。だが、あのホテルの部屋で見せられた怒りには、ヘレンも落ち込んでしまった。たったいま自分が罵った相手はスーザンなのだと思い当たる。そして、おかしな息子ザックも。またボビーもそう。あの人たちのおかげで、せっかくの休暇旅行を奪われた。夫婦水入らずの時間を奪われた。だからヘレンの精神は乱れていて、さらに一つ気がかりなことが――なかなか薄らいでくれない。夫のことを、すごくいやな人だ、と思った瞬間の記憶が、――いや、そうとしか思えないことが――出てきている。この自分も夫から見てすごくいやな人ではなかったか。老けた、口やかましい、という二つの様相が出ていて、どちらにしてもぞっとする。でも、ほんとうのヘレンはそんな人ではないのだから、そこが間違っていると思う。

ヘレンだって、幸福な結婚には幸福なセックスライフが伴うということを、心の中ではちゃんとわかっている（二人だけの秘密、というようなもの）。それでいて、もちろん大っぴらに話題にしたりはしないとしても、たとえば家政婦が乳首クランプを見つけたとか何とかの本を読めば、そんなことが心の襞にもぐり込んで不安の種を増やしていく。彼女とジムはたがいの身体を持ち寄るだけで事が足りた。ヘレンはそう思っているが、しかし他人がどう思っているのかはわからない。もう何年も前、まだウェストハートフォードに住んでいて、娘たちを幼稚園に通わせていた頃に、やはり女の子を連れてくる男がいた。その男が睨《ね》めつけるような暗い眼を向けてくる。口をききたい相手ではなかった。ヘレンが自分でも内部にあると感じるものを見抜かれているような気がした。荒々しい性愛嗜好が、奥深い沼地のように広がっていたはずなのだ。ただ、あくまで遠くにある沼地として、このヘレンが自分から近づくことはなかった。また、いまさら沼地に到達したところで何がどうなるものでもない。そういう年齢になっている。これまでの人生でよかったと思っているのだから、へんなものを発見してもばかばかしいだけだ。

しかし、セントキッツ島でのジムの態度を見ていたら——一人だけ勝手に、ゴルフ三昧、エクササイズ通いなのだから、なんだか（というか、つくづく）おかしいと思った。そして、いま自宅で坐り込んでいると、もう空っぽになった巣のことをヘレンだけが気に病んで、その巣の端っこに腰かけているようだ。

こんな気持ちがいつまでも消えないのが不思議だ。日一日とたっていって、子供たちに買ったお土産を発送し——アリゾナにいる息子にはTシャツと帽子にして、日射しの強い土地に行ったんだから、ちゃんと帽子をかぶってなさいと書き添えたし、シカゴにいるエミリーにはセーターで、ミシガンにいるマーゴットにはイヤリングを送って——たまっていた請求書の支払いをして、また冬服を引っ張り出して整理していても、バージェス家への憤りがふくらんだ。あんたがたに盗られたものがあると思っていた。そうよ、盗ったじゃないの。

「わけがわからないわ」ある晩、ジムに言った。メイン州で宗教上の寛容を訴える集会があるので、そこで演説を頼まれるかもしれないという話を聞いたところだった。「そんなことしてどうなるの」

「どうなるのとはどういうことだ。おれにやる気があるかどうかってのが問題だろ。やってやろうっていうからには、どうにかなるという見込みがあるんだよ」ジムは膝にナプキンをあてずにグレープフルーツを食べた。気を悪くしたらしいとヘレンは思った。

「ありがと、アナ」食卓にラムチョップが置かれるところだ。「これでよさそうね。出ていくときに照明をいくらか落としてくれる？」小柄で愛くるしい顔のアナがうなずいて、調光パネルにタッチしてから部屋を出た。

「そんな馬鹿みたいな話は初耳だわ。誰の発案かしら。どうして黙ってたの？」

「おれもきょう知ったんだ。誰が言いだしたのかは知らない。そういうアイデアが出てきたんだな」

「自然に出るものじゃないでしょうに」

「それが、まあ、出るんだよ。チャーリーに言わせると、シャーリー・フォールズではおれの名前がよく出るんだそうだ。なかなか評判がいいらしいぜ。で、今度の集会とやらの発起人も考えたんだ。もしおれが顔を出して――もちろんザックのことなんか黙っていて――わが町シャーリー・フォールズを誇りに思うなんてことを言ったら、おおいに会場の雰囲気がよくなるんじゃないか」

「あなたの嫌いな町なのに」

ジムはさらりと受けた。「きみの嫌いな町だ」これにヘレンが返事をしなかったので、ジムは「甥が困ってるんだよ」とも言った。

「自分で蒔いた種だわ」

ジムはトウモロコシでも食べるように、両手でラムチョップを支えた。食べながら妻を見ている。彼女は目をそらし、窓ガラスに映った夫を見た。夕食時には外は暗い。

「こう言っちゃ悪いけど」ヘレンは話を続けた。「自分のせいじゃないの。あなたもボブもザックを冤罪の政治犯みたいに扱ってるわ。そのへんがわからない。ちゃんと責任をとらせることにしたらいけないのかしら」

ジムはラムチョップを下に置いて、もう一度「甥なんだよ」と言った。

「だから行くの？」

「この話は、またあとにしよう」

「いまにしてよ」

「あのな、ヘレン」ジムはナプキンで口をぬぐった。「州の司法長官事務所は公民権侵害で立件することを考えてるんだ」

「わかってるわよ。ちゃんと耳は聞こえてる。言われたことを聞いてないとでも思った？　ボブの話だって聞いた。このところ、それぱかり言ってたじゃないの。毎晩電話が鳴ったわよね。――ああ困った、保釈条件の変更が認められない、報道規制の要求が却下された、どのみち手続きの問題だ、心配ない、そう、ザックは出廷することになる、スポーツジャケットでも着せてやれ、とか何とか、そんなような」

「ヘリー」ジムは妻の手にぽんと手を重ねた。「そりゃそうだよ。まったくそうだ。ザックに責任がある。でも、あれは十九の子供で、友だちらしきものがいなくて、夜になると泣いてるんだ。神経のぴりぴりした母親がいる。もし何かしてやれるんなら、どうにか火を消して、ほとぼりが冷めるように――」

「あなた自身の良心が咎めてるからだ、ってドロシーは言ってた」

「ドロシーか」ジムは二つ目のラムチョップに手を出して、むしゃむしゃ音を立てて食べた。これがジムの貧しい育ちを示すものだと昔から思っているヘレンは（この癖が大嫌いで）、こういう食べ方をするときのジムは苛立っていることが多いのだとも見ていた。ジムは「ドロシーは、すごく痩せて、すごく金持ちで、すごく不幸な女だ」と言った。

「そうよ」とヘレンは認めておいて、「でも罪悪感と責任感ていうのは大違いだと思わない？」

「思う」

「ほんとに？　違うってことに無関心みたいだわ」

「おれの関心は、きみが幸福であることだ。馬鹿な妹と、わけのわからない弟が、せっかくの休暇旅行をぶち壊してくれた。こんなはずではなかったと思うよ。だが、もし来いと言われたら行くだけの理由はあって、それはつまりチャーリーの判断から察するに、メイン州司法長官の補佐をやってるダイアン何とかいう公民権担当の女が、この事件を追及しようとしてるからだ。あの盆暗《ぼんくら》のディック・ハートリーは、その女の上司なんだから、当然、後押しをするだろう。となれば集会へ出てって演説くらいするだろう。あいつと昔の思い出話でもしたら、うまいこと懐柔するチャンスかもしれないじゃないか。ひょっとしたら月曜の朝にはあいつがダイアン女史をオフィスへ呼んで、もう手を引け、って言うかもしれない。そうなったら連邦検事だって、じゃあ構わねえから放っとけ、もう軽罪ってことでいい、なんて言う可能性が高くなる」

「週末に、映画でも見に行かない？」ヘレンは言った。

「悪くないね」

このあたりから始まったようだ。ヘレンは自分の話し声がいやになった。不快感が底に流れている。だから自分らしい自分に戻ろうとする。そのたびに——今夜のように——こんなのは単発的なことだ、ほかの何かと関わるわけではない、と思っていたかった。

4

ザックの出廷を翌日に控えて――その法廷ではチャーリーが保釈条件の変更と報道規制をあらためて要求するはずだが――スーザンはショッピングモールの大駐車場の端っこで車の中に坐っていた。これが昼休みだ。けさ作ってジップ袋に入れたツナサンドイッチが膝の上にのっている。助手席に置いた携帯に何度も目を走らせてから、やっと手に取って数字を押した。「どういうご用件ですか?」女の声で返事があった。この声は初めてかもしれない。

スーザンはわずかに車の窓を開けた。「ちょっとお話ししたいと思って。以前からお世話になってる者です」

「いまカルテを出しますね。オルソンさん、前回いらしたのは?」

「ああ、いえ、そうじゃなくて」スーザンは言った。「予約の申し込みじゃないんです」

「緊急ですか?」受付係は言った。

「あの、何かしら眠れるようなお薬でもいただきたくて」スーザンはぎゅっと目をつむり、握った手を頭に押しあてた。すでに心の中ではメガホンで叫んだような気がしている。ザカリー・オルソンの母親は睡眠薬を欲しがっていると町中に触れたようなものなのだ。ずっと前から薬に頼ってたのかも、と噂になるだろう。息子が何してるかもわからないはずだ……。

「でしたら先生と相談してください。来週の木曜日、午前中でいかがですか?」

スーザンはボブの職場へ電話を入れた。するとボブは「ああ、スージー、そういうの嫌だよねえ」と言った。「ほかの医者へ電話したら? 喉が痛くて熱があって死んじゃいそうだって言えば、すぐに診てくれるだろう。高めの体温を言ってごらんよ。大人の発熱はよくないからね。医者に会ってから、ほんとのことを言えばいい」

「嘘つくってこと?」

「実利優先と言いたいだけなんだが」

結局、この一日が終わって、スーザンは鎮静剤と睡眠薬を一壜ずつ手にしていた。薬局の店員に実情を知られたくないので、二つの町を走り回って買ってきた。だが、いざ服用しようと思ったら、これから沈んでいくのだろう暗黒の睡眠が死の世界のような気がして、またボビーに電話してしまった。

ボブは話を聞いてくれた。「じゃあ、いま電話しながら呑んだらいい。寝つけるまでしゃべっててやるよ。ザックはどこにいる?」

「部屋にいるわ。さっきお休みって言ってきた」

「それならいい。大丈夫だよ。あした、ザックは黙ってればいいんだ。必要に応じてチャーリーの指示どおりに言えばいい。五分もすれば出て来られるだろう。じゃあリラックスして。お話で寝かしつけてやるから。ええと、これはジムに聞いたんだが、何だと思う? 僕と一緒に集会へ行くんだってさ。一席打《ぶ》つらしいよ。まあ、政治家だか宣教師だかわかんないような口をきくんだろうが——なんて冗談だよ。主イエスのもとへ来たれなんてジムが言うわけないだろ。でもさあ、ディック・ハートリーの次がジムの出番なんだよね。まずディックのつまんない話でみんな寝ちゃうだろう。たぶん睡眠薬と思って買っといたらいいような話だね。それでもジムは、いやあ、すばらしい、なんて言って相手を喜ばすんだろうな。もちろん一応は立ててやるだけで、どうせディッキーの影が薄くなるのは仕方ないね。ジムの演説なら知事よりも上だろう。あ、知事も来るんだって知ってた？　ジムが話しだしたら誰もかなわないよ。それでザックの無事を確かめたら、僕らは車に乗ってニューヨークへ帰る。もう薬は呑んだ？　水をコップに半分くらい飲んで、ようく下まで落とすんだよ。そう、コップに半分は飲まないとね。

あ、それから、シャーリー・フォールズの市庁舎が——これって語呂がいいね、シャーリー・フォールズのシチョーシャが——あんまり報道されたくないって雰囲気になってるらしいよ。ジムに聞いて、チャーリーにも聞いたんだが、だいぶ異論が出てきたようだ。警察、市当局、それから教会関係——。いや、つまり、心配することはないよ、と言いたかったんだけどね。まあ、スーズの言うとおりで、これってリベラル派にはいい口実になってるよな——とくにメイン州あたりではそうなんだろうと思う。柔軟体操みたいなもんでさ、息を吸って、息を吐いて、われわれは正しい、ものすごく正しい——。スージー、どうなった？　いくらか眠いか？」

「全然」

「ようし、心配ない。今度は歌って寝かせてやろうか？」

「あんた、酔ってるの？」

「いや自覚はない。じゃ、お話にしようか？」

というわけでスーザンはジムが四年生だったときの話を聞きながら眠りについた。下級生に道路を渡らせる係をしていたジムは、雪を丸めて投げたのがいけないというので、この役目からはずされた。だが他の誘導係が解雇反対のストをしたので、やむなく校長もジムを復帰させた。このときジムは組合運動の強みに目覚めたという――。

5

数日後、ヘレンは裏庭で落ち葉を掃いていた。「睡眠薬を呑むだけなのに、ヘロインでもやってるような騒ぎだわ。どうかしてるんじゃないの」

「ピューリタンなんだね」ボブは坐っている鉄製のベンチで姿勢を変えた。

「おかしいのよ」ヘレンは手を止めて、熊手を枯れ葉の山に放り出した。

ボブはジムに目をやった。ジムは腕組みをして裏口を出たところに立っている。すぐ横にある大きなバーベキューグリルは、黒い防水カバーをかけてジッパーで閉じられていた。この夏に買った新品のグリルを、ボブは小型のボートくらいに大きいと思っていた。頭上のウッドデッキの陰になっている。このデッキから庭へ下りる階段にも木の葉が積もっていた。その最下段に剪定用の鋏が立てかけてある。ボブが坐っているあたりだけは、レンガ敷きの通路があり、小鳥の水浴び場をしつらえた周囲に丸い区画をとっていて、散髪したばかりの人のように小ざっぱりと見えたのだが、まだ庭の全体にはプラムの木から落ちた葉が散っていて、葉っぱの山に放り出された熊手が歯を上に向けている。どこかの裏庭から子供の声が聞こえた。ボールで遊んでいるようだ。土曜日の午後である。

「たしかに、まあ、おかしいよね」ようやくボブが言った。「先祖伝来なんだな。やっぱり昔のピューリタンてのは、どこかおかしかったんだよ。おかしいからイングランドを出てきた。ひどい歴史があるじゃないか。わかってやってよ」

「わたしの先祖は違うもの」ヘレンは積もった落ち葉を見やった。「わたしは四分の一がドイツで、四分の二がイングランド——といってもピューリタンじゃないわよ——あとの四分の一がオーストリア」

ボブはうなずいた。「モーツァルト、ベートーベン、おおいに結構だよね。ところが、われらピューリタンは音楽や演劇のような、感覚を刺激するものを是としなかった。ジミー、覚えてるかな。アルマ叔母さんがよくそんなことを言ってたよね。おばあちゃんもそうだった。その代わり歴史が大好きだった。僕は違うな。そう、僕は、何と言うか、われらの歴史には深い無関心がある」

「おまえ、まだ院生寮へ帰らないのか?」ジムは裏口のドアに手をかけた。

「ちょっと、やめてよ」ヘレンが言った。

「もうすぐ帰る。奥様についでいただいたウィスキーを飲んでから」ボブは一気にグラスをあけた。喉から胸まで、じんじんと刺激があった。「きょうはお祝いだと思ってたんだけどな。ザックが出廷を果たし、チャーリーが保釈条件と報道規制で成果を挙げたということで」

「おまえ、スーザンを歌で寝かしつけたんだって?」ジムがまた腕組みをした。「おまえたち、いがみ合ってるんだろ」

「話をして寝かせてやった。だから、まあ、なおさら素晴らしいということだね。まずい人にいいことがあると、すごくいいんだ。いい人にでもそうかな。どんな人でも、かな」ボブは立って、コートをはおった。

「来てくれてありがとう」ジムが棒読みのように言った。「来週、オフィスのほうへ来てくれ。集会の対策を練ろう。ずるずる延期になってるが、そろそろ開催のようだからな。そろそろと言えば、もう一つあるぞ。車を返してもらいたいね」

「千度も謝ったよ。それに名演説の原稿のために、いい資料をそろえてやったじゃないか」

「わたしは行かないわよ」ヘレンが言った。「ジムは行けって言うけど、行かない」

その声にボブが顔を向けると、ヘレンは園芸用の手袋をはずそうとしていた。これを落ち葉の山に放り出して、髪をかき上げる。髪の毛に葉っぱが一枚ついていた。キルトのジャケットのボタンをかけていなくて、手を左右の腰にあてるとジャケットが大きく開いた。

「自分が行っても仕方ないという気でいるんだ」ジムは言った。

「そういうこと」ヘレンは二人をすり抜けて屋内へ行った。「この件はバージェス兄弟におまかせしようかと思って」

6

署長のジェリー・オヘアも睡眠薬を呑もうとしていた。枕元のボトルを開けて、一錠口に放り込んで、喉に落とした。だが寝られないのは不安だからではない。エネルギーが横溢しているのだ。この日は午後から市庁舎で会合があった。出席したのは、市長、司法長官事務所の女、市会議員、聖職者、それからイスラム教の導師《イマーム》。事件直後の記者会見に呼ばれなかったとしてソマリ人が不満を持ったようなので、今回は忘れずに導師も入れておいた。こんな話を、もうベッドに入ってしまった妻に語っている。午後の会合では、警察は任務をわきまえている、すなわちコミュニティの安全を確保すると豪語した（その場にいたリック・ハドルストンやダイアン・ダッジのような、やたらにリベラルな連中のお株を奪ったかもしれないが、と意味ありげな顔で妻にうなずいている）。人種差別の暴力はコミュニティがしかるべく対応すれば押さえ込めるという研究結果があるのだと言った。発生した事件を放置したのでは、人種犯罪に走りたがる市民にお墨付きをあたえるようなものだ。また所轄の警官にはザカリー・オルソンの写真を持たせていて、もし同人がグラサム街のモスクの二マイル以内に現れたら、すぐわかるようになっている、とも言っておいた。

この会合は三時間近くも続いて、かなりの緊張が室内を走り抜けていた。リック・ハドルストン（つまり「人種による名誉毀損に反対する会」というのを立ち上げる資金力があったので、そういうものの会長におさまっている男）は、案の定というべきか、報道されていない事件を一つ残らず語らないと気がすまなくなっていて——それをジェリーが止めにかかって「いや、放置したらとは言いましたが、報道されているかどうかの問題ではないのです」と言ったのだけれども——リックは栓も蓋もできないように止まらなくなって、ソマリ人の店のウインドーが割られた、車のタイヤが切られた、駐車場で女性に差別発言が投げられた、学校でも言葉や行動によるいじめがあった、などと息巻いていた。これに対してジェリーは言った。「ここで空論を振りまわしても仕方ないので、あえて申しますが、ソマリ人社会の内部にも分裂があるのです。そのような問題発言の中には、いわゆるソマリ人からバンツー系のソマリ人に向けて、あるいは別の氏族に向けて発せられた場合があります」するとリック・ハドルストンが暴発した。イェール大卒の小うるさい正義派リック・ハドルストンは（とジェリーは妻に言った）偏見に基づく犯罪を撲滅しようと躍起になっている。それというのも、じつは裏の理由があって、ものすごく可愛らしい奥さんがいて、小うるさく可愛らしい娘が三人いるというのに、おそらくリック自身が隠れホモであるからだ。暴発したリックは、これまでソマリ人社会を充分に保護しなかったとして、ジェリーの怠慢を責めた。そういうことだから、と顔を赤くして、会議テーブルに水がこぼれるほどにグラスをたたきつけて力説する。そういうことだから、今度の一件が、地元でも、全米でも、また（まるでジェリーが新聞を読まずニュースも見ない愚鈍な人間だというように）なんと国際的にも、マスコミの注目を集めてしまったのだと言った。

ある市議が唖然としたような目つきをした。ダイアン・ダッジは、まったく色気のない顔で、この発言にうなずいただけだった。リックはおのれの性分をいかんともしがたく、さっとハンカチを取り出すと、こぼした水を丹念に拭き取っていた。どうせあんなテーブルは、じいさんの棺桶くらいに古い合板製だ（とジェリーは妻にウィンクした）。市議のダン・バーゲロンは、こんなに知れ渡ってしまったのはワシントンに本部があるイスラム評議会のせいだ、ちょっとでもいいからメディアに出て名前を売ろうとしてるやつらだ、と吐き捨てるように言った。

その間ずっと、導師《イマーム》はじっと坐っているだけだった。

「デモが暴力沙汰になる心配はないの？　白人優位主義とか何とか」ジェリーの妻は言った。いまベッドにいて、つんと臭いのするクリームを足の親指の炎症に塗っている。

「ただの噂だ。わざわざモンタナからやって来て、こんな町で叫ぼうとするやつはいない。どうせならミネアポリスへ行こうとするだろう。四万からの移民が流れ込んでるっていうからな」ジェリーはぷんぷんと体臭を放つシャツのボタンをはずしていた。バスルームへ行って、このシャツを洗濯物の籠へ突っ込む。

「バージェス兄弟も来るんだって？」妻が言った。

寝室へ戻ってパジャマを着たジェリーが、「ああ、ジミーが演説することになってる。どうってことはないだろう。あんまり自慢話でもされると困るけどな」

「へーえ、ちょっとした見物かもね」妻はふうっと息をついて、本を手に取り、枕に寄りかかっていった。

7

ジムのオフィスは、マンハッタンのミッドタウンにある。このビルのセキュリティ対策として、ボブは受付で運転免許の提示を求められた。仮のIDカードができるまで、その場でじっと待つしかない。ロビーの受付からジムのオフィスへ連絡が行って、許可が下りて、それからボブが進んでいける、ということで少々の時間がかかった。回転式のゲートがならんでいるので、その横に立っている制服の警備員にカードを見せると、警備員がカードを操作盤にかざして、赤に点滅していたライトが緑に変わる。十四階へ上がって、大きなガラスの壁があり、中にいる若い男がにこりともせずにボタンを押すと、ガラス壁の一部がぱかっと開いてドアになった。今度は若い女がやって来て、ジムのオフィスまで案内してくれる。

「ちょっと遊びに来るっていう気にはなれないね」若い女が下がっていって、いまボブはヘレンと子供たちの写真の前に立っている。

「そのためにやってるんだ」ジムは読んでいた書類を押しやり、眼鏡をはずした。「歯医者はどうだった？　まだ口に締まりがないな」

「麻酔を増やしてもらった。子供の頃は麻酔なんか使ってくれなかったからね」ジムの机に近いところで、ボブは椅子にごく浅く腰かけていた。背中のナップサックがふくらんでいる。「きょうはがりがり削られて、全身にぞぞっと震えが走ったよ。だが、いや待てよ、もう大人なんだと思って、もう少し麻酔をお願いしますと言った」

「すごいもんだ」ジムはネクタイをまっすぐに直して、首を伸ばした。

「うん、すごかった。ああなればわかると思う」

「わからなくて結構。さて、あと二週間だな。早いところ策を練ろう。忙しいんだ」

「スーザンは、おれたちが家に泊まるかどうか知りたがってる」

ジムは机の引き出しを開けた。「カウチでごろ寝はごめんだな。しかも冷蔵庫なみの温度設定になってて、上の階には昼間からナイトガウンでうろつく婆さんがいる家で、犬の毛がくっついたカウチに寝るなんてのは願い下げだ。おまえは勝手にしていいぞ。このごろスーザンとは仲がいいじゃないか。たっぷり酒もあるだろうしな。のんびりできるだろう」ジムは引き出しを閉めて、さっきまで読んでいた書類に手を出して、眼鏡をかけた。

ボブは室内をぐるりと見まわした。「皮肉は弱者の武器だなんて言うまでもないよね」

ジムは書類に落としていた目を動かして、その先に弟をとらえた。「ボビー・バージェス」ゆっくりと言う口元に薄笑いがある。「深慮の王だな」

ボブは背中のナップサックをおろした。「いつもより意地が悪いの？　それとも、ずっとこんなもんだったかな。まじめな話――」ボブは立ち上がり、オフィスの壁沿いに細長く続く低いカウチに移動した。「ひどくなってる。ヘレンだって気づいてるとは思うが、どうかな」

ジムはペンを下に置いた。椅子のアームを押さえて、うしろへ傾き、窓の外を見る。顔の表情からは硬さがとれていた。「ヘレンか――」ほうっと息をついて、机に乗り出し、肘をついた。「わざわざ出かけて関わり合いになるのはおかしいと言ってる。だが、つらつら考えるに、行けば行ったなりに意味はあるだろう」ジムはボブに目を合わせ、急に真顔になった。「あっちでは、まあ、いまでもおれの名前は知られてる。まずまず評判はいいだろう。メイン州とはすっかりご無沙汰になってるが、だからこそ、いま帰って、こう言うんだ。さて、皆さん、この州は高齢化が進み、収入は減少し、企業が出ていこうとして、いや、ほとんど出ていってしまいました。社会というものは何か新しいことがあってこそ活発に息づくのであります。このシャーリー・フォールズの町は、新しさを歓迎する姿勢として見事な実績を残してきました。このまま頑張っていきましょう――

な、ボブ、あっちでは移民が必要だという実情があるんだ。メイン州は若者の人口が減り続けてる。おれたちがいい例だよ。それが悲しいというのも実情だ。ザックが面倒くさいことになる前から、おれは《シャーリー・フォールズ・ジャーナル》の電子版を読んでた。メイン州は死にかかってるよ。延命治療で生きてるようなものだ。若い者は大学生になって出ていったきり帰らない。そりゃそうだろ。帰ったところで何もないんだからな。もちろん残ってる者にも何もない。じゃあ、白人の高齢層は、誰の世話になればいい？　どこからか新しい事業が来るか？」

ボブは細長いカウチに深く坐った。消防車のサイレンが聞こえる。はるか下の街路からクラクションの音もわずかに伝わってくる。「まだメインに愛着があったとはね」

「メインは嫌いだ」

消防車のサイレンが大きくなって、薄らいでいった。ボブはオフィスを見まわした。長い葉をすっすっと伸ばした鉢植えが、小さな噴水のように見える。青と緑の絵の具をぐりぐり塗りたくった油絵がある。それから、あらためてジムの顔を見た。「その電子版は毎日読んでるの？　いつから？」

「もう長いよ。訃報なんか感動ものだ」

「うわ、本気かい」

「本気もいいところだ。で、さっきの質問への答えだが、おれは川端にできた新しいホテルに泊まる。おまえもスーザンの家に泊まらないなら、自分で部屋をとれよ。不眠症のやつと同室するのはいやだからな」

ボブは隣のビルのテラスに目をやった。植えられた樹木の葉が黄金色で、もう裸になった枝もある。「ザックを連れてきてやりたいね。ビルの屋上に木が生えてるなんて見たことがあるだろうか」

「どうとでもしてやれ。まともに話もできなかったんだろうに」

「ともかく一回会ってみてよ。あいつは、何というか、作戦中に行方不明みたいな、そんな感じになってる」

「ああ、楽しみなことだ」ジムは言った。「もちろん皮肉だが」

ボブはうなずいて、膝の上で手を組んだままにしていた。

ジムは椅子の背にもたれて、「全米で最大のソマリ人社会があるのはミネアポリスだ。コミュニティカレッジのバスルームなんて、イスラム教徒が祈りの前に足を洗おうとして大変らしい。

だから足洗い専用の流しを設置してる。それで憤慨する白人がいるのは当然だろうが、全体としてミネソタの連中はよくやってるようだ。そういうことだからソマリ人も行きたがるんだろうな。おもしろいことだ」

「そう言えばそうだが――。マーガレット・エスタヴァーと何度か電話で話した。あの人は一生懸命になってる」

「話したのか？」ジムには意外だったようだ。

「よさそうな人だよ。なごみ系かな。なんたって話を聞いてると――」

「そのなんたってってのはやめてくれないかな。それを言うと」ジムは乗り出して、手を振った。「品が落ちるというか、田舎くさい」

ボブは顔が火照るのを感じた。しばらく我慢したあとで、じっと手を見ながら静かに言い直した。「――ともかく話を聞いてると、あっちで最大の問題はソマリ人がほとんど英語を話さないってことらしい。たまたま英語のわかる何人かが市側との連絡役にならざるを得ない。だから交渉に出てくるのが長老だとは言いきれない。本来は長老がものごとを決める文化なんだけどね。それと、もう一つ。たいていのソマリ人にとっては、どの氏族の出身かということがものすごく大事なんだが、そういう多数派のソマリ人とは大きく違うバンツー系のソマリ人がいて、これまたシャーリー・フォールズに来始めている。もともとソマリアでも見下される存在だったというわけで、みんな仲良しのお友だちという状況ではないんだな」

「ほう、謹聴謹聴」

「また、たしかに――」ボブは話を続けた。「メイン州は移民を必要としている。ただ、ソマリ人の場合は――ちなみに、これは再度の移民というべきで、最初の到着地から移動しているから、連邦政府による当初の支援を失っているけれども――アルコール、豚肉、その他ゼラチンを含有する食品を避けるという戒律があるので、これが就職の上で制約になっている。どうやらタバコもだめらしい。僕はスーザンの家の近所でシガレットとワインを買った。そのときの店員は――スカーフをかぶっていなくて、すぐにはわからなかったんだが、やっぱりソマリ人だったんで、まるでウンコに手を出せと言われたみたいにいやがって、僕が自分で入れるように袋だけ押しつけてきたよ。また、いくらか英語がわかるまでは、まず仕事はないだろう。ほとんど文字がわからない状態だからね。なにしろ一九七二年になって、ようやく文字言語ができたっていうくらいなんだ。嘘みたいだろ？　たとえ難民キャンプに何年かいたところで――まあ、そういうことになるんだが、キャンプで学校教育を受けるなんてことは、絶対にないとは言わなくても、きわめて困難だ」

「いいかげんにしてくれ。つまらなくて死にそうだ。聞きかじりで、しゃべり散らしてる。シャーリー・フォールズには、もともと仕事なんてありゃしないだろう。一般論としては仕事のあるほうへ流れるよな」

「だから安全を求めて流れたと思うんだ。これでも演説にそなえての情報提供さ。つまらないかどうか知らないが、もし演説するつもりなら、とんでもない目に遭ってきた人々だってことは知っておくべきだ。ソマリアでひどい目に遭って、キャンプでさんざん待たされた。それだけは覚えといてよ」

「それだけか？」

「いいかげんにしろと言われたからね」

「じゃあ、いいかげんにするな」ジムは無性に腹立たしいのを抑えたいように、天井をにらんだ。

「ただ、情報の出所は確かだろうな。このごろ演説なんてしてないんで、すってんころりんで恥をかくような事態は避けたい。知ってるかどうか知らないが、おれは失敗して平気なタイプじゃないんだ」

ボブはうなずいた。「だったら、いくつか言っておくよ。シャーリー・フォールズではソマリ人に自動車の優待券が出てるという噂があるが、それは間違い。ソマリ人は福祉予算を食いつぶすだけだという説は、ある面で正しい。ソマリ人はまともに目を合わせるのは失礼だと考える。これが誤解されて――スーザンが典型例なんだが――傲慢だとか何を考えてるかわからないとか受け取る人が出てくる。ソマリ人は物々交換をしようとして嫌われる。地元住民から考えれば、もっと感謝の気持ちがあってもよさそうなのに、そうは見えない。学校でトラブルがあるのは言うまでもない。また体育の時間。女の子は着替えをいやがるし、そもそもショートパンツなんて穿いてはいけないことになっている。そのへんの対応策は、あれこれの委員会で協議中」

ジムはお手上げのポーズをとった。「いま口で言われてもわからんから書いてくれ。メールならいつでもいい。何かしら癒やしになることを考えておくよ。きょうはここまでだ。仕事があるんでね」

「仕事というと?」ボブはぐるりと見まわしてから腰を上げた。「この仕事がいやになってるって言わなかったっけ。いつだったかな。去年か？　覚えてないけど」ボブはナップサックを肩にかついだ。「もう四年ばかり法廷の内部を見ていないって言ったろう。大きな仕事は示談で終わってばかりだって。あんまりいいことだとは思えないよ、ジミー」

ジムは手にしている書類をじっくりと見た。「どうして一々つまんないことを知ってるつもりになれるんだ」

ドアのほうへ歩きかけていたボブが振り向いた。「いつだったか聞かされたことを言ったまでだよ。法廷で発揮するべき才能があるんだから、そのように使ったらいい。僕が知ってることなんてのは――」

「何もない」ジムは机にペンをぱたりと置いた。「いつまでも院生の寮にいる気分で、大人の家のことは知らんだろう。私立学校の授業料、幼稚園から始まって少なくとも大学まで行かせること、家政婦や庭師のことだって、ずっと女房に――いや、おまえみたいな頭の空っぽのやつにはわかるまいな。じゃ、おれは仕事中だ。もう帰れ」

ボブはふと迷ったが、片手を挙げて、「じゃあ帰るよ。ほら、帰るからね」

8

すでにシャーリー・フォールズでは日が短くなって、太陽が中天に達することもなかった。小さな町の上空がすっぽり雲に覆われると、さっき昼食をとったと思えばもう夕闇が迫っていて、暗くなればすぐ真っ暗になっていた。ほとんどの住民は生まれたときから住んでいるので、この時季の暗さには慣れっこになっているが、だからといって暗さが好ましいとは思わない。商店や郵便局前の立ち話では、暗くなりましたね、というほかに、そろそろ休暇の季節だということも語られる。これを楽しみにする人もいるが、そうでない人が案外多い。燃料の値段が上がる。何かと物入りになる。

ソマリ人については、ぴたりと口を閉ざす人がいた。荒れた冬、ガソリン価格、ひねくれた子供と同じで、ひたすら我慢するしかないものだ。しかし黙っている人ばかりではない。ある女性が新聞に投書して掲載された。「どうしてソマリ人に来てほしくないのか、ようやくわかったように思います。それは言葉の違いです。あの音調が好きになれません。私はメイン州のアクセントを愛しています。たしかに田舎風の訛りかもしれませんが、そういう郷土の言葉も消されていくのでしょうか。この州がどう変わるかと思うとおそろしくなります」（これをジムはメールでボブに転送して、差別主義の白人女、土着言語に執念、という件名にした）。あるいはまた、シャーリー・フォールズがすっかり沈滞してしまったいまでは、色とりどりの衣装を着たソマリの女を町で見かけるのは結構ではないかと言い合う向きもあった。先だって図書館で小さい女の子を見たが、すっぽりとブルカをまとって、めちゃくちゃ可愛らしいものだった。そりゃ、まったく——

ところが市の指導層には、冗談を言っている場合ではないという意識があった。すでに何年か頭の痛い問題があったのだ。ソマリ人の女が毎日のように市役所へ来る。しかし英語がわからず、住宅や公的支援に関する申請用紙に書き込めず、子供の生年月日を伝えることすらできない（「太陽の季節に生まれた」などということが、ようやく手配した通訳の口から聞けるだけなので、適当に推測した生年の一月一日生まれとして処理される子供が続出した）。成人向けの英語講習が用意されたが、当初は出席率が思わしくなく、やる気のなさそうな女たちが受講している隣の部屋で、その子供らが遊んでいた。ソーシャルワーカーはソマリ人の言葉を覚えようと頑張った（オハヨウゴザイマス、ゴキゲンイカガデスカ）。どんな民族で、何が必要なのか、よく知ろうとする努力がなされた。だが、そうなっていたところへ豚の頭事件があって、これが全州に、全国に、また海外にまで報じられたのだから、大波に堤防を越されたような感覚が出た。シャーリー・フォールズは不寛容な町だという評判が立ってしまった。恐怖にとらわれて心が狭い。だが実態は違うのだ。

これまで宗教界は全力を挙げて取り組んだとは言えなかったが、ついにマーガレット・エスタヴァーや、ユダヤ教のゴールドマン師、カトリックの司祭三名、会衆派の牧師一名を中心に、もはや重大な危機であるという認識に達していた。そして行動した。さらに市長、実務責任者、市会議員、そして警察の指揮をとるジェリー・オヘアのような面々が、それぞれの立場で、深刻な事態が差し迫ったことを理解していた。いつでも何度でも会合が開かれ、〈寛容のための市民集会〉が討議された。いよいよ実行への気運が高まって、市長が二週間後の開催を宣言するにいたった。十一月初旬の土曜日に、平和を愛する人々がローズヴェルト公園に参集するということだ。すると——恐れていたことが現実になった。〈民衆の世界教会〉と称する白人優位主義団体が、同じ日に集会をすることの許可を申請したのである。そのことをスーザンはチャーリー・ティベッツから聞いて、ささやくような声を受話器に入れた。「そんな、あの子、殺されちゃうわ」だがチャーリーは（くたびれたような声になって）誰もザカリーを殺そうとはしませんよと言った。その団体に殺意があるとは考えられない。連中から見ればザックはヒーローだ。「よけい悪いわ」スーザンは叫んだ。「市が許可を出さなければいいんじゃないの？　だめとは言えないの？」

ここはアメリカなのだ。集会の権利というものがある。また許可を出しておけば、それだけ規制がしやすくなって、市側にも都合がよい。シヴィックセンターでの集会を許可するということだ。この会場は町はずれにあって、公園からは離れている。またチャーリーは、すでに焦点はザックではないと言った。ザックは軽犯罪で訴追された。それだけだ。ほとぼりが冷めるのを待てばよい。

しかし、冷めるどころではなかった。メイン州の怒れるリベラル派の見解が新聞に載らない日はなく、また保守派の論調としても、やや慎重な言い方にはなっていたが、この地の住人となることのできた者は誰であっても、仕事や研修の機会を得て、納税者となることが期待されると書いていた。するとまた投書が載って、すでに働いているソマリ人は税金を払っている、宗教の自由は国の土台になっている、云々と述べた。集会の予定に白人優位主義団体が競合することが知れると、ますます目的意識が高まって、全面的な押せ押せムードになっていた。

公民権教育の専門チームが学校に派遣された。集会の意義について、合衆国憲法について説明があった。ソマリ問題の歴史を教える努力がなされた。市内の各教会に協力が求められて、二つある原理主義の教会は応じなかったが、そのほかはすべて協力した。次第に気分が熱くなった。メイン州の生き方や考え方を人にとやかく言わせたくない、シャーリー・フォールズが偏狭な差別主義の町だと思われたらかなわない——。大学、公共団体、老人会なども関わって、かつてのフレンチ・カナディアン、もっと前のアイルランド系を考えても、ソマリ系の移民だって同じように住んだらいいじゃないかと、みんなが口をそろえるようだった。

しかし、インターネットの書き込みを見れば、様相はがらりと変わっていた。モニター画面に出てくるサイトをスクロールしながら、ジェリー・オヘアは汗をにじませた。こんなことを言うやつがいたのかと思う。ホロコーストは歴史に残る美しい光景だ、シャーリー・フォールズに焼却炉を設置してソマリ人を案内してあげよう、などと書いている。この世界のことを、おれは全然わかっていなかった、と思わされる。ジェリー自身はベトナムへ行かされた年代よりも下だが、行ったという人を何人も知っていて、その結果も見ている。川沿いにソマリ人と隣り合わせて住んでいる人も少なくない。精神が不安定で、なかなか定職に就けないようだ。しかしベトナムに行かなかったとはいえ、ジェリー・オヘアが悲惨なことを知らないわけではない。夜間に犬小屋に閉じ込められる子供がいた。親が子供の手をストーブに押しつけて火傷させた例もあった。あるいは怒り狂った夫が妻の髪の毛をつかんで抜いてしまった。ゲイのホームレスが火をつけられてから川に放り込まれる事件も二、三年前にあった。そういう見たくないことを見てきたが、いまネットで目にすることはいままでとは違った。根っから染みついた優越感をむき出しにして平気なのだ。ある投稿によれば「非白人はネズミと同じようにさっさと駆除すればよい」のだった。ジェリーは見たことのすべてを妻に語りはしなかった。「卑怯なやつらだ」とだけ言った。「匿名でいられるのがインターネットのまずいところだな」最近のジェリーは毎晩睡眠薬を服用する。

もちろん任務はわかっている。在任中にこうなってしまった。まずは市民の安全を確保せねばならず、そのためには想定外のことがあってはならない。州警察にも応援を依頼して、他市の警察にも助力を求めた。プラスチックの盾、警棒を倉庫から取り出し、群衆整理の訓練を重ねている。

さて、ある朝のこと、帰宅したザカリー・オルソンが裏口から入って、泣き声になった。「ママ」と、これから仕事に出かけようとしていたスーザンに言う。「おれ、首になった。店に入ったら、もう来なくていいって言われた」前屈みで母親に抱きつき、まるで死刑宣告でも受けたような有様だ。

スーザンから電話を受けて、ジムは言った。「解雇の理由は言われないだろうな。物慣れた雇い主なら言わなくてすむとわかってる。すぐにボブと二人でそっちに行くよ」

9

十一月になって風が立った。びゅうびゅう吹いて、ニューヨークの空気が肌寒くなったが、まだ冷え込むほどではない。ヘレンは裏庭の手入れをして、チューリップやクロッカスの球根を植えた。このごろは何につけ苛々する気分がおさまらず、ぐしょ濡れのクッションのような憂鬱がどこにでもついて回る。よく午後には表階段へ出て、落葉の掃除をしながら、近所の人が通りかかれば話しかけている。きちんとしたゲイの男がいる。また堂々とした長身のアジア系らしい医者。市に勤めていて、いかにもブロンドでございという髪をした無愛想な女。何軒か先に住んでいて第一子の生まれそうな若夫婦。そして、もちろん「わかってるデボラ」と「わかってないデブラ」。そういう人が通るたびにヘレンは必ず声をかけることにした。それで気持ちが落ち着く。昔だったら子供たちが学校から帰ってきた時刻なのだ。ラリーに持たせた鍵が、格子つきの門を開ける音がしていた。

あと一年もしないうちに、アジア系の医者は心臓発作が命取りになって、ゲイの男は片親をなくし、若夫婦には子が生まれて家賃の安い地区へ越していくのだが、この時点ではそこまでいっていない。ヘレンの生活に来るべき変化も、まだ発生していなかったので（いや、ヘレン自身はもう変わったというつもりでいて、ラリーが大学生になって家を離れたときには子供たちが生まれて以来の大変化の渦中にあると思ったのだが）、このときはまだ表階段を掃いて、立ち話をして、中へ入って、手伝いのアナに早く帰ってもいいわよと言ってしまえば、ジムが帰ってくるまで一人でのんびりできる時間だった。こんな午後もまた、いずれは思い出になる。子供たちが小さかった日々を思い出すのと同じことだ。あの当時はクリスマスイヴに居間で一人になったわずかな時間に、電球やプレゼントを飾ったツリーをながめては、平穏な暮らしを喜んで涙が出そうになっていた。いつしかそんなクリスマスが失せていて、もう子供たちは小さくなくて、たぶんエミリーなど今年は帰ってこないかもしれない。きっとボーイフレンドの家族のほうへ行く――ああ、もう、あんなクリスマスがなくなったと思うと驚くしかない。

でも、ここが自分の家で、ジムがいる。アナを帰したあとで家の中を歩いた。居間は昔ながらの照明器具が現役だ。二階の客間に午後の日が射すと、マホガニーの部材に光が映える。寝室からフレンチドアを抜けるとデッキがある。手すりに這わせたビタースイートが実をつけて、ぱかっと割れた外殻から赤いナッツのような実が顔を出している。葉を落としたあとの蔓もまた、きれいな茶色を楽しめる。あとになってから思い出すと、この秋のジムは、夕方に玄関から帰ってきて、いつも以上に大らかな態度を見せたがることがあった。いきなり腕を広げてヘレンを抱きしめ、「ヘリー、ありがたいよ、愛してる」と言ったりもした。たしかに、すっかり音のしなくなった家庭では、これが気休めになってくれたし、すっきりした自分に戻れるような気もした。しかし、どうかすると、いままでのジムにはなかったはずの、安心を欲しがる気配が出ていると思うことがあった。ヘリー、ずっと一緒だよな。どうなっても愛してくれるよな……。

「なに言ってるの」と返事をしたものの、こんなジムを見るとつくづく疎ましくなることがあり、そういう自分に啞然とした。やさしい妻とはやさしいものだ。ずっとそういうものとして暮らしてきた。ジムは何度でも繰り返して――まるでヘレンが圏外にいて知らなかったかのように――ウォリー・パッカー裁判のことを語って聞かせた。ジムの生涯でも大変な山場だった。「あのときは地区検事をやり込めて楽勝したんだ。こてんぱんにやっつけた。あっという間もなかったろう」こんな過去の思い出話は、あまり愉快とは言えなかったが、もう何だかよくわからない。日の短くなる季節に、がらんとした大きな家にいて、何が何だかわからなくなっている。

ある朝、食事をしながら、「わたし、仕事するべきだと思う」と言ってみた。

「へえ、いいじゃないか」と言うジムに、もうちょっと驚いてくれてもいいのにとヘレンは思った。

「それほど簡単じゃないのよ」

「どうして?」

「わたしが会計士をしていた百年前の昔には――そんなような昔には――世の中はコンピューター化されていなかった。いま出てったら迷子になりそう」

「講習でも受けに行けばいい」

ヘレンはコーヒーを飲んで、下に置いた。キッチンを見まわす。「ご出勤の前に公園で散歩でもいかが? わたしたち、そういうことしてないもの」

歩いていると心が軽くなって、ヘレンはジムと手をつないだ。空いているほうの手は、朝から犬を走らせに来た近隣の住民に振っている。向こうからも手を振って、挨拶が返ることもある。ヘレンは人当たりがいいからな、とジムは前から言っていた。会う人に喜ばれるみたいだ。そんなことを言われて、昔の友人たちとの会を思い出した。週に一回、水曜の午後にヴィクトリア・カミングズという女の家に集まって、キッチンでワインを飲んでおしゃべりした。あら、ヘレンが来た、と拍手が起こったりもした。ほら、みんな、ヘレンが来たわよ！　二時間ばかり話に花を咲かせて、キッチン閣議《キャビネット》と称していた。あれから結婚が破綻したヴィクトリアは、もう閣議を主宰しなくなっている。うちのキッチンで閣議を再開すればいいわと言ってやろう。ヘレンは家に帰ったら電話しようと思いついた。もっと早く思いつけばよかった。一人ずつ電話して、それでよいのだ。女は女の付き合いで明るくなれる。エクササイズのクラスにいる変わった老女も呼んであげよう。あの人は出会った初日に、まずマットに寝そべってからね、とヘレンに言った。それから神に祈るつもりで、さあ、起きるんだって念じるのよ――。いま公園の起伏の上に茶色っぽい草地が広がり、もっと深い茶色の木々がならんでいる。通りすぎようとする池の水面はガラスのようだ。公園の外側にビルのてっぺんだけが見えていて、こうして見るといつもとは違う。時代を帯びた良さがある。「なんだかヨーロッパにいるみたい」とヘレンは言った。「そんな感じよね。春になったらヨーロッパへ行かない？　二人で」

ジムはぼんやりとうなずいた。

「やっぱり週末のこと気になる？」これは妻らしい言い方になった。

「いや。大丈夫だろう」

家に帰ると――その直前にヘレンは、ブロンドすぎる女がブリーフケースを持って出ていくのとすれ違って挨拶したのだったが——ちょうど電話が鳴っていた。ジムが平坦な話し声で応じているのが聞こえた。電話を切ってからのジムは「くそ、くそ、くそっ」と荒っぽい声を出した。ヘレンは居間で立ち止まって、その次を聞こうとした。「あのバカ息子が失業したと言って、スーザンがあたふたしてる。そりゃ首にもなるだろうさ。どっかの新聞記者か何かがうろちょろして、ウォルマートも放っとけなかったんだろう。まったく、行く気がなくなるよ」

「いまからでも断れるんじゃないの」

「そうはいかない。所轄とは仲良くしとかないと」

「だって、もうあっちに住んでるわけじゃないんだし」

ジミーは返事をしなくなった。

その横をすり抜けてヘレンは階段を上がった。「ま、いいわ。いいと思うようにしてよ」そうは言ったが、また不安が出た。何かが奪われていくような気がする。階段から下へ呼びかけた。

「ねえ、愛してるって言って」

「愛してる」

「もう一度。気持ちを込めて」階段の手すりから見下ろして言った。

ジミーは最下段に坐って、頭をかかえていた。「愛してるよ」

10

　バージェス兄弟は日暮れの高速道路に車を飛ばしていた。なだらかな日暮れだ。行く手に繰り出される路面の両側で、森がだんだん暗くなっていくのだが、空は暮れなずんでやわらかな青い色を残していた。そのうちに、沈みかけの太陽が薄紫と黄色を大きく放って、空に上塗りをする。水平線がぴしっと割れて、その細い一線だけが夜の天界をのぞかせる。薄雲はしばらくピンク色に染まっていたが、じんわり闇が濃くなって、ほぼ黒一色に置き換わった。

　兄弟は、空港に着いてレンタカーで走りだしてから、ほとんど口をきいていなかった。運転席にはジムがいる。この長い日没の時間帯に、どちらも押し黙っているのだった。ボブはうれしくてたまらなくなっていた。うれしいのは予想外なので、なおさら格別にうれしくなる。窓の外をながめた。常緑樹が黒い影になって続いて、ところどころに花崗岩の岩が見える。こんな風景は忘れていたが——いま思い出した。この世界はなつかしい友だ。まわりの暗闇が腕になって抱きしめてくるような気がする。兄が何か言って、その言葉をボブは聞いたのだが、そのくせ軽い気持ちで「いま何て言った？」と言っていた。

「とんでもなく気が滅入るよな、と言った」

ボブはいくらか様子を見てから、「ザカリーがしでかしたこと？」

「まあ、それもあるが」ジムはうんざりしたような声を出した。「いま言ったのは……この土地のことだ。わびしい」

ボブはしばらく窓の外を見つめていた。やっと口を開いて「スーザンの家に着いたら気も晴れるさ。居心地がいいから」

ジムが顔を向けた。「冗談だろ？」

「ああ、いけない。つい忘れちゃう」ボブは言った。「うちで皮肉を言っていいのは兄貴だけだった。たしかにスーザンの家は気が滅入るよ。夕食が終わる頃には首吊りでもしたくなるかも」

うれしい気分から急に転落して、もう目が回りそうだった。実際にくらくらする。暗い車内で目を閉じて、また目を開けたら、ジムは片手運転になって、じっと前方の黒い道路を見つめていた。

ドアを開けたのはザックだった。大人びた太い声を出して、「ボブおじさん、お帰りなさい」と、両腕を前に出しかけたのだが、すぐ腰の横へおろしてしまった。だがボブのほうから甥を引き寄せて、こいつめ痩せてるなと思いながらも、意外な体温を感じていた。「よう、また会えたな、ザカリー・オルソン。こちらの伯父上もお出ましだぞ」

ザックは、なかなかジムに近づこうとはしなかった。深い茶色の目を向けて、そっと口にする。「ドジなことしちゃった」

「ドジをしないやつなんて、そんなのいるかい？　しばらくだったな」ジムは少年の背中をたたいた。

ザックは「伯父さんは、しないよね」と、まじめな顔で言った。

「そうか。そりゃそうだ」ジムは言った。「おい、スーザン、温度を上げてくれないか。一時間でいいから」

「やっと来たと思ったら、それを言うの？」スーザンは冗談まじりの声で返した。ジムと双方から肩を前に出すように軽く抱き合っている。ボブにはちょっとだけ頭を下げたので、ボブも同じようにした。

それから、この四人がスーザン宅のキッチンに坐って、マカロニとチーズの食事をした。ボブはうまいうまいと言って、勝手にお代わりしていた。ここは一杯飲みたいところだと痛切に思って、ダッフェルバッグに入れたワインのボトルを頭に浮かべていたのだが、そのバッグは車の中に置いてきた。「なあ、ザック、今夜はホテルに来て泊まることにしろよ。あした、おれたちは集会に出てるが、おまえはホテルにいればいい」

ザックは母親の顔を見て、スーザンがうなずいた。「おれ、ホテルに泊まったことないんだ」

「あるわよ。覚えてないだけでしょ」

ボブは「隣り合って二部屋とってある」と言った。「おれと相部屋しよう。何なら一晩中テレビ見ててもいいさ。ジム伯父さんには、あすに備えて、ちゃんと寝てもらわないとな」

「これうまいじゃないか、スーザン」ジムが皿を押し戻した。「上々だ」三人とも気を遣い合っている。母親が死んで以来、兄妹がそろって食事をしたのは初めてだ。たがいに様子見とも言える。

「あした、天気はいいらしいわね。どしゃ降りならいいと思ってたのに」

「おれもだ」ジムが言った。

「ホテルに泊まったって、いつだろう」ザカリーが言った。

「スターブリッジ村。あんたが小さい頃、いとこがそろって、みんなで行ったの」スーザンはグラスの水を飲んだ。「おもしろかったじゃないの。あんたも楽しそうで」

「じゃ、行こうか」ボブはホテルのバーが閉まる前に着きたかった。いまはワインではなくてウィスキーを飲みたい気分だ。「上に着るものを持って来いよ。歯ブラシも要るかな」

戸口に立ったザックの顔に不安が広がった。母親がつっと背伸びして、息子の頬にキスしてやった。

「じゃ、こいつは預かったよ」とジムが言った。「心配ない。ホテルの部屋に着いたら電話する」

河畔のホテルにチェックインしたが、フロント係はどこの誰が来たとも思わなかったようだ。どちらの部屋にもクイーンサイズのベッドが二台置かれて、川沿いに建ちならぶ昔のレンガ工場の風景を版画にしたものが、壁にずらずら掛かっていた。ジムは旅行カバンを肩から揺すり落としながら、リモコンに手を伸ばしてテレビをつけた。「さあて、ザカリー、くだらんテレビでも見ようか」ジムはコートをクロゼットに掛けて、ベッドに転がった。

ザックはもう一つのベッドに浅く腰かけ、手をコートのポケットに突っ込んでいた。いくらか黙っていてから、「親父にガールフレンドがいるらしい」と言いだした。「スウェーデン人だって」

ボブはジムに目を走らせ、ジムは「へえ、それで?」と言った。手枕でベッドに寝そべっている。その頭の上に、兄弟の父親が現場監督をしていた工場が版画になって掛かっていた。ジムはテレビの画面を見ながら、くるくるチャンネルを切り替えた。

「その人に会ったことある?」ボブは電話の横の椅子に沈み込んだ。フロントへ電話するつもりなのだ。ウィスキーを二つルームサービスで頼みたい。ミニバーに置いてないとはどういうことか。

「会うって、どうやって?」ザックの太い声に真剣味がある。「スウェーデンにいるんだよ」

「そうだな」ボブは受話器をとった。

「やめたほうがいい」ジムはテレビを見たきりだ。

「何を?」

「いま電話で酒を注文しようとしてるんだよな。わざわざこの部屋を目立たせるまでもない」

ボブはずるりと顔を撫でた。「そのガールフレンドのことを、お母さんは知ってるのか?」

ザックが肩をすくめた。「どうかな。僕は言わないけど」

「だよなあ。わざわざ言うまでもない、か」

「どんな人?」ジムが言った。ギアチェンジでもするようにリモコンを動かしている。

「看護師だよ」

ジムはチャンネルを切り替える。「そうか、いいじゃないか。もうコートを脱げよ。ここに泊まるんだから」

ザックはぐりぐり動いてコートを脱ぐと、壁とベッドの間に放り出した。「あっちにいたんだって」

「掛けておけ」ジムはリモコンをクロゼットに向けて指示を出した。「あっちって、どっちだ？」

「ソマリア」

「まさか」ボブが言った。「マジかよ」

「おれ、話つくってないよ」ザックはコートを掛けてから、またベッドに腰かけて、じっと手を見た。

「ソマリアなんて、いつ行ったんだ？」ジムは肘をついて、ザックを見た。

「ずっと前。あっちは飢えてたって」

「いまだって飢えてる。で、そんなところで何してたんだ？」

ザックは肩をすくめ、「どうなんだろ。病院で働いてたらしい。そしたらパキ……ポルトガル……あれ、何だっけ、Pで始まる国」

「パキスタン」

「そう、それ。そっちから食料品や何かの警備に応援が来たんだけど、サラミ人に殺されちゃって」

ジムが起き直った。「おい、あのなあ。よりによっておまえがサラミ人て言うなよ。それくらい頭に入れられないのか？　どうにかしてくれよ。頼むぜ」

「よせよ」ボブが口を出した。ザックは顔を赤くして、膝の上で絡ませる指先に目を落としている。「あのな、ザック、このジム伯父さんという人は、いやなやつなのかどうか本当のことはわかんないんだけども、そういうキャラを押し出してるんだよ。おまえだけにじゃないぜ、誰にでもなんだからな。じゃあ、おれは下へ行って飲むものでもさがすとするが、一緒に来るか?」

「バカか、おまえ」ジムが言った。「ちゃんと打ち合わせしただろう。ザックは部屋から出ないようにする。おまえだって、持ってきた酒があるんだろう。それを出して飲んでろよ」

「で、慈善として行ったんだろうか。親父さんのガールフレンドって人はさ」ボブはザックとならんで腰かけ、その肩をつかまえた。「いい人なんだろうと思うぜ。おまえのお袋だって人はいいんだけどな」

ザックがわずかに寄ってきたようなので、ボブは腕をまわしている時間を少しだけ長くしてやった。ザックは言う。「引きあげるしかなかったんだって。スウェーデンへ帰るしかなかった。看護師はみんな帰ったらしい。兵隊が病院に運び込まれると、キンタマとか目ん玉とかえぐり取られていて……サラミ……ソマ……ソマリアの女たちが大きなナイフを持ち出して兵隊を切り刻んじゃったこともあって、親父のガールフレンドとか、ほかの看護師とか、すっかりビビっちゃって、だから帰ったんだって」

「それを親父に聞いたのか?」ジムはボブに目を走らせた。

ザックがうなずく。

「じゃあ、親父さんとは話すことがあるんだ」

「メールが来るから、一応は話してるってことかな」

「そうさ」ボブが立って、ポケットの小銭をじゃらつかせた。「その話、いつ聞いた?」

ザックが肩をすくめる。「ちょっと前だね。移民が来始めた頃かな。少しおかしい連中だって、メールに書いてあった」

「おい、待てよ、ザック」ジムはテレビを切った。起き上がってザックの前に立つ。「父親からのメールがあって、ソマリ人移民に注意しろって言われたんだな？　少しおかしい連中だと？」

ザックは膝に視線を落としたままだ。「注意しろっていうのとも違うような――」

「はっきり言うんだ」

ザックがちらりと目を上げた。その頬が赤く染まっているのがボブにもわかった。「注意しろとは言わなくて、ただ――」ふたたび視線が落ちて、肩だけが動いた。「だから、あの、少しおかしいかもしれないって」

「父親との連絡はどれくらいある？」ジムは腕を組んだ。

「どうだろう」

「おい、どれくらいかっていうだけの話だぞ」

ボブが静かに言った。「いいじゃないか、ジム。いまは証人尋問じゃないんだから」

するとザックが、「たくさんメールが来るときもある。忘れたみたいになるときもある」

ジムは向きを変えて、しばらく部屋の中をうろついた。「――ということは、もし豚の頭をモスクに投げ込んだら、父親への印象がよくなると思ったか」

「どう思ったのかわからない」ザックは手で目をこすった。「いい印象にもならなかった」

「そうか、それだけでも聞けたのはよかった。おまえの親父は薄っぺらいやつだって言おうとしていた」

ボブは言った。「それはないだろう。ザックには父親だ。そういう言い方はやめてくれ」

ジムが言う。「いいか、ザカリー、おまえが玉をえぐられるようなことはない。あの連中は、そういうことがいやで逃げてきたんだ。悪いやつらが来たわけじゃない」またベッドに坐って、テレビをつけた。「おまえは安全だ。いいな？」

ボブはダッフェルバッグをかきまわして、ワインのボトルを出した。「そういうことだよ、ザック」

「母さんに言う？　僕がメールで聞いたようなこと」

ジムはくたびれたように言った。「つまり、おまえの動機が何だったかってことか？　そうと知ったら、どうなるかな」

「どなられる」

「そうさな」ジムはやっと口にした。「まあ、何たって母親だから、知らせないわけにもいかんか」

「でも、ガールフレンドってのは黙っててよ。そこんとこは言わないでくれる？」

「ああ、わかった」ボブが言った。「そこんとこは知らせなくていい」

「じゃあ、とりあえず、この話は終わりだ」ジムが言った。「あすという日があるからな」ボブがワインを開けようとしているので、そっちを見やりながら、「親父も飲むのか？」

「どうかな。前は飲んでなかった」

「そうか。だらしないおじさんの遺伝子が、おまえには伝わってないことを祈ろう」ジムはまたチャンネルを切り替えていた。

ホテルのグラスにワインをそそぎ込むボブが、ザックに言った。「な、ザカリー、だから言っただろう。ご立派な伯父さんのほうは、いやなやつだろうか、どうかな。それは理髪師だけが知る」

「え、待って」ザックはボブを見て、ジムを見て、何度か目を行ったり来たりさせてから、ジムに言った。「髪の毛、染めてるの？」

ジムがちらりと目を投げて、「いや。こいつが言ってるのは昔のコマーシャルのもじりだ。おまえは覚えちゃいないだろうが、そういうのがあった」

「ひぇ。男が染めるのってダサいもんね」ザックはベッドに寝転がって、腕を枕にしたのがジムそっくりの形になった。


翌朝、ボブは下へ降りて、シリアルとコーヒーを仕入れてきた。ジムはマーガレット・エスタヴァーから送られた書類を見ている。〈寛容のための市民連合〉を発信元として、ボブ宛てに来ていたものだ。「おい、あのな、国が貧困層に責任を持つべきだと考えるアメリカ人は二十九パーセントにすぎない、ってさ」

「らしいね。びっくりだろ？」

「で、人生の成功は自分にはコントロールできない力で決まると考えるのが三十二パーセント。それがドイツでは六十八パーセントになる」ここでジムは読みさしにした。

一瞬遅れてザックが静かに言った。「わかんないんだけど、それっていいことなの、悪いことなの？」

「アメリカ的なことだ」ジムは言った。「そのシリアル、食ってしまえ」

「じゃあ、いいことだね」
「とにかく、忘れるなよ、携帯にかかる通話だけに出ること。わかってる番号だけに出るんだ」
ジムは立ち上がった。「さて、コートを着ろよ、だらしないおじさん」

十一月の太陽が――高くは昇らず低い角度で町に射す太陽が――街路やら、まだ青みのある芝地やらにすべり込み、家の前の階段で潰れかけたハロウィーンのカボチャに降りかかって、木の幹や、裸になった枝に輝き、また澄んだ空気を抜けていって古い舗道の雲母片を光らせる。

かなり離れたところに車を駐めて歩きだしたボブは、角を曲がって驚いた。公園に向かう人が舗道をぞろぞろ歩いている。「どこから出て来たんだろ」とジムに言ったが、この兄は返事をしなかった。顔が緊張している。だが、まわりの大勢の顔に緊張はないようだ。いま目につくのは、まじめな善意というべきものである。集会のロゴを描いたプラカードを持つ人もいる。棒人間が手をつないでいる絵柄だ。「そういうのは公園に持ち込めませんよ」と誰かが言って、「わかってます」という朗らかな答えがあった。もう一つ角を曲がると、いよいよ公園が広がっていた。大混雑とまではいかないが、相当な人出になっていて、ほとんどは野外ステージの周辺に集まっていた。周辺の街路にはテレビの中継車が来ているし、プラカードを掲げる人も多い。公園の外周にはオレンジ色のテープをめぐらして、数フィートごとに警官が立っている。あちこちに目配りして警戒は怠らないが、青い制服の警備陣にはどこか余裕めいた気配があった。パイン通りの公園入口に、仮設の警備本部ができている。テーブルを寄せ集めて、金属探知器の用意もあった。バージェス兄弟も腕を突き出して検査を受け、入場を認められた。

ダウンヴェストにジーンズという服装の人々が立ちならんでいる。髪が白くなり、腰が太めになった老人は、いささか動きが鈍いようだ。ソマリ人は子供用の遊び場付近にかたまっていた。男が着るものは西洋風だ、とボブは思った。コートの下にスモックのようなシャツも見える。だがソマリの女は——多くは頰が張って、細面の人もいて——地面につきそうな長い衣服をまとっている。すっぽりと頭にかぶる布は、ボブが子供の頃にこのあたりを歩いていた尼僧の姿を思わせもした。しかし、実際に似ているのかというと、そうでもない。いま目にするスカーフは、ひらひら揺れて、色彩も明るい。オレンジ、紫、黄色と、いままでにない草花が公園にやって来たかのようなのだ。「人の心は、何かしら取っかかりになるものを求めるよね」ボブは言った。「なじみのあるもの。ああいう感じ、とか何とか言っていられるような——。でも、これは違うな。フランス系のお祭りやモクシーの日みたいな、見覚えのある感じではない」

「黙ってろ」ジムが静かに言った。

ステージで語っている女がいた。マイクロホンの声がちょうど話を締めくくるところで、人々が拍手で応じた。この場の空気は、祝祭めいていながら、また厳粛でもある。ボブは何歩か下がって、ジムはステージに寄っていった。メモを見ずに話そうとしている。ジムの演説はいつもそうだ。ステージから下りようとする女はマーガレット・エスタヴァーだ。その姿が人々に紛れて消えた。ボブは会場の参加者を見渡した。きょうという日ほど白人とは似たり寄ったりの人々だと思ったことはない。みんな同じようだ。肌が白くて、屈託のない顔をして、ソマリ人にくらべると特徴がないのが特徴になっている。そういう町の人々に、いまソマリ人が交ざろうとしている。女の長衣が人の群れを縫っていく。子供連れのソマリ人もいる。男の子はアメリカの子供と変わらない。普通のズボンをはいて、だぶだぶのジャケットの下にTシャツが見える。あらためてボブは、変わったな、と感じた。これだけの人がこの場所に集まっていて、音楽、ダンス、屋台の店といった子供時代の記憶にあるものがない。そして、ここに来ていながらパムがいない。若々しい体つきで、若々しい笑いを響かせたパムが、いまではニューヨークで痩せ細って、ニューヨーカーになる息子たちを育てている。（パム！）

「ボブ・バージェスじゃないの」いつの間にか背後にマーガレット・エスタヴァーが来ていた。「あら、ちっとも構わないのよ」一足遅くて聞き逃してしまったと謝るボブに、彼女は言った。「すばらしい進行だわ。期待を上回ってる」きょうのマーガレットは光を放っていた。スーザン宅の裏階段でならんで坐った日には感じなかったことだ。「シヴィックセンターの反対デモには、十三人しか行かなかったらしいわ。十三人よ」眼鏡の奥の目がグレー系の青だ。「こっちは推計四千人。すてきじゃないの」

ええ、まったく、とボブは答えた。

彼女に寄ってくる人は多いのだが、そのすべてに握手と挨拶がかわされていた。ジムを好人物にしたようなものかな、とボブは思った。メイン州で政界入りを考えていた頃のジムにもこういうところがあった。するとマーガレットの名前を呼ぶ人がいて、そっちへうなずいた彼女が「いま行くわ」と言い、ボブに手を振ってから、握った手を頰に当てて「あとで電話して」と伝えた。ボブはステージに向き直った。

ジムはまだ登壇していなかった。むさ苦しい感じの大きな男と立ち話のようだが、あれは州司法長官ディック・ハートリーではないかとボブは思った。ジムは腕組みをして、下向きの顔をうなずかせながら、しゃべるディックに耳を傾けていた（「言わせとけばいい」とジムはよく言っていた。「勝手にしゃべらせておけば、そいつが自分の首に輪っかを掛けることになるんだ」）。ジムは目を上げて、ディックに笑いかけ、ぽんと肩をたたいてから、また俯き加減で聞き役になるポーズをとった。二人の男が何度か笑い合ったようだ。また肩をたたいたりしていたが、そのうちにディック・ハートリーが紹介されて、ステージへ上がっていった。あまり見映えがよくはない。たとえて言うなら、ずっと痩せ型だった男が五十半ばで肥え太り、たっぷり肉のついた図体を扱いかねているような、不格好な登場になっていた。そして演説の原稿を読み上げて、目にかかる髪の毛を何度も払いのけているのだから――実際にはどうなのかわからないが――あまり場慣れしていないという感は免れなかった。

しっかり聞くつもりでいたボブも、つい気がそぞろになった。マーガレット・エスタヴァーの顔が心に浮かんだと思ったら、なぜかエイドリアナの顔に代わっていた。夫のことで警察に通報した翌朝の、やつれて目だけが引きつっていた顔を思い出した。だが正直なところ、こうして子供の頃から知っている公園に立っていると、自分がニューヨークで暮らしている現実があるのだとは、にわかに信じられなかった。あの向かいの建物の白いキッチンに見えるカップルは実在するのか。部屋の中で大胆に歩きまわる若い女はどうなのか。いや、夜になって窓の外をながめて暮らした自分自身だってどうなのだ。そういう自画像は悲しいが、ブルックリンの部屋の窓から外を見ていたときには、悲しいとは思っていなかった。あれが人生だったのだ。それなのに、いまはこの公園が生々しい現実になっている。なんとなく見覚えのあるような、薄い肌色をして、たいして無理もせず、急ぎもしない人々が、現実であるように思う。マーガレット・エスタヴァー、その動き方……。そして、ちらっと考えたのが、ソマリ人はどうなのかということだ。いまボブが感じるような違和感を、絶えることなく抱いているのかもしれない。どの暮らしが現実であるのか。

「ジミー・バージェスだわ」落ち着いた女の声が聞こえた。白髪で背の低い人が、フリースのヴェストを着て、夫と思しき男性とならんで立っている。やはり背の低い男で、ぽっこり腹が出て、これまたフリースのヴェストを着ていた。「来てくれたんだわね」女はステージに目を向けながら、夫に顔を寄せていって、たったいま思いついたように「来ないわけにいかなかったんじゃないの」とも言った。ボブはそっと離れた。

シガレットが欲しいところだと思いつつ、ジムがステージへ上がるのを見守った。ディック・ハートリーから紹介されるようで、ジムが軽く会釈している。この距離で見ていても、ジムは際立って自然体で動いている。ボブはかかとに体重を乗せて揺らぎながら、手をポケットに突っ込んでいた。ジミーのああいうところは何なのだろう。よくわからないが、なぜか強力な個性になっている。

不安を見せないということか、とボブは思った。そうなった前例はない。誰だって不安はいやだ、何よりもいやなものだが、などと考えていたら兄のスピーチが始まった。(「おはようございます」と切り出して、少し間をあける。「この町に住んだことのある人間としてやってまいりました。自分の家族を、また国を、大事にしたい人間でもあります」ふたたび間をあけて、そっと静かに「コミュニティを大事にするのでもあります」)奇しくもローズヴェルト公園と名のつく場所に立っていて、とボブは思った。つまり、唯一恐れるべきは不安になることだと言って国に勇気をあたえた人物の名前がついた公園に立っていて、いままで不安に肩をたたかれたことがなく、これからもなさそうに見える人間として、ジミーに存在感が出ている。(「子供の頃は、この公園で遊んだものであります。いまも遊んでいる子供たちがいますね。ああやって遊んでいたのでした。あっちの丘に上がることもあって、そこから線路や小さな駅をながめました。あの駅には、いまから一世紀前の昔ですが、何百という人々が着いたのです。働きたい、暮らしたい、安全に祈りたい。そう思う人々が来ました。そのように住みついた人々の力があって、この町が大きく栄えたのです」)

ああいうのは嘘でごまかせるものではない。目の配り、その場への入り方、ステージに上がる足取り、そんなものに自ずと出るのだ。(「男でも女でも子供でも、同じ人間が、苦痛、屈辱を味わっているとしたら、それを座視するのは、なおさら苦しめ辱めることにしかなりません。コミュニティに来たばかりであれば弱い立場にあることは当然でしょう。その人たちが傷ついているとしたら、知らん顔で放っておくことはできません」)この兄を見ているボブは、もう公園をびっしりと埋めている人々が、身じろぎもせず、私語をかわすこともなく、ただジムの話を聞いているのだと意識しながら、そして、この人々はジムが差し掛けようとする大きなショールのようなものに包み込まれているのだとも思いながら、いま自分が感じているものが羨望であるとはわかっていなかった。すごくいやな気分だとしか思っていない。せっかくマーガレット・エスタヴァーに会って、その高揚した姿に希望を感じ、その行為、感情を好ましいと思っていたのに、いまはまた相も変わらぬ憂鬱が再発して、すっかり自分がいやになる。図体だけ大きくて、だらしなく、無節操だ。ジムとは正反対になっている。

しかし――。ボブの心は愛にあふれて開花した。ほら見ろ、すごい兄貴だ！　一流の運動選手のようではないか。生まれながらに動きがよくて、地面よりも二インチくらい浮いているようで、どうしてそうなるのかわからない。（「きょうという日には、何千という人が公園に来るでしょう。ここに集って、真実と信じることを、はっきり口にするのです。すなわち、アメリカ合衆国は法律によって動く国であって、人の勝手によるのではありません。われわれは、安全を求めて来たる人には、その安全を提供いたしましょう」）

　ボブは母親をなつかしく思い出した。よく厚手の赤いセーターを着ていた。その母が、小さかったボブのベッドに腰かけて、お話をして寝かせてくれた。常夜灯を買ってもらったこともある。当時としては贅沢品だった。ふっくらした電球が低い位置のコンセントに差し込まれた。「こわがり」とジムに言われて、もう要らないと母に言った。「じゃあ、ドアを少し開けとこうね」と母は言った。こわがり。「どっちかがベッドから落ちるかもしれないじゃないの」落ちたのはボブだった。落ちて、目を覚まして、泣いた。こわい夢を見ていた。母がいないところでジミーにからかわれた。ボブは反撃したいと思わなくもなかったが、心のどこかでは兄に馬鹿にされても仕方ないと思っていた。いまローズヴェルト公園で能弁に語る兄を見ながら、やはり自分の仕方なさを感じる。ああいうことをしでかした人間なのだ。心優しき療法士のエレインは、いいかげんに伸びたイチジクの木がある診察室で、坂の上に子供三人だけを車内に残すというのがまずかったのではないかと言ってくれた。でもボブは、ちがう、ちがう、ちがうと激しく首を振った。あの責任を父に押しつけることは、事故そのものよりもなお耐えがたい！　たしかにボブは幼い子供だった。それはわかる。故意はなかった。未必の故意さえもなかった。そんな子供に、法律は罪を問わない。

だが、ボブがやってのけたには違いない。

「ごめん」入院したときの母に、ボブは言った。何度も何度もそう言った。すると母は首を振って、「あんたたちは、いつだっていい子だったよ」と言った。

ボブは集まった人々を見渡した。公園の外周に配備された警官も、まわりに目を光らせつつ、耳はジムの話に行っているようだ。やや離れた遊び場を見ると、ソマリの子供たちが手を上げてくるくる踊り回っている。そんなすべてに太陽が降りそそぐ。公園の外に目をやれば、四つの尖塔をそなえた聖堂があって、その向こうに川がある。ここから見る川は、両岸の土手にはさまれて、くねくねした細い線が光っているようなものだった。

兄のスピーチへの喝采は、いつまでも途切れなかった。公園に鳴り響いて、まだ続いて、やや下火になって盛り返し、大きくふくらんでいた。ジムはステージを下り、周囲の人に挨拶して、あらためてディック・ハートリーと握手をかわし、次に登壇する知事とも握手をした。その間ずっと拍手喝采が終わらない。だがジムは長居は無用と思っているらしい。ボブの位置からでも、そのように見えた。うまいこと切り上げて、ここは抜け出そうと足を運んでいる。いつだって出口ランプを下りようとしてる、とスーザンがジムを評して言ったことがある。

ボブも歩きだして兄と合流した。

街路を足早に進んでいたら、野球帽をかぶった若い男が笑いながら寄ってきた。ジムは「どうも」とうなずいたが、歩く速度は落とさなかった。

しかし若い男がついてくる。「やつらは寄生虫だ。おれたちを追い出すつもりで来てる。きょうは目立たなかったかもしれないが、そんなことさせちゃいけないんだ」

ジムはすたすた歩いている。男はしつこい。「ユダヤ人も、黒人も、はびこってるじゃないか。あいつら、世界を食いものにする寄生虫だ」

「いいかげんにしろ」ジムは歩速を変えない。

まだ子供のようなやつだ。せいぜい二十二、とボブは思った。その男が、兄弟を喜ばすことでも言ったような顔をして、じいっと見つめてくる。いいかげんにしろと言われたのがわかっていないようだ。「寄生虫だと」ボブが言った。びくんと怒りが身体を走っている。おれの女房は寄生虫の研究者だったが、おまえみたいなのを研究してたってことかな。八年生から先の勉強をしたことがあるのか」

「かっかするな」ジムは歩き続ける。「行くぞ」

「おれたちは神の民だ。止まらない。何てったって止まらないんだ」

「おまえこそ――」ボブは言った。「神の腹の中に巣くう原虫みたいなものだ。雌雄の分化もしていない」ジムのあとについて歩きながら、振り向きざまに言っている。「ヤギの胃袋にでも入ってろ」

ジムは厳しい声で、「落ち着け。放っとけばいい」

すると若い男が駆け足になって追いつき、ボブに言った。「おまえ、ただのデブだな。そっちは――」とジムのほうへ顎をしゃくって、「危ないやつだ。悪魔の手先だ」

ジムがぴたりと足を止めて、男が勢いあまって衝突した。その腕をジムがねじり上げて、「いま弟に何と言った。ただのデブ？　このクソガキが」

若者は恐怖にぶち当たったような顔をした。手を振りほどこうとするのだが、ジムはつかんだ手を締めつける。ジムの唇が白くなり、目が小さくなったようだ。こんなに怒りの力があったとは驚くべきことだ。この兄に慣れているはずのボブでさえ、ぎくりとしていた。ジムは若者に顔を近づけ、静かに言った。「おれの弟に、ただのデブと言ったな？」若者がつっと後ろを見るので、ジムはますます締めつけて、「加勢に来るやつなんかいやしない。もう一度聞くぞ。ただのデブと言ったな？」

「ああ」

「謝れ」

若者の目に涙が盛り上がった。「腕が折れる。マジで折れそうだってば」

「ジミー」ボブがぼそりと口に出した。

「謝れと言ってるだろうが。首の骨を折ったっていいんだぜ。痛いとも思わないうちに折ってやるから安心しろ。あっさり逝ってしまえ」

「悪かった」

すぐにジムは手を放した。バージェス兄弟は歩きだし、車に乗って走り去った。いまの男が腕をさすりながら公園へ戻っていくのが窓越しに見えた。「気にするな」ジムが言った。「何かしら少しはある。もう終わった。いずれにしても人間を寄生虫呼ばわりするもんじゃない」

どっと歓呼する声が公園から聞こえた。知事が何を言ったのやら、ともかく会場に受けたようだ。きょうの予定が終わりに近い。ジムも仕事を果たした。「よかったよ」とボブが言ったところで、ちょうど川を渡っていた。

ジムはバックミラーを気にしながら、ポケットから携帯を取り出して、ぱかっと開けた。「ヘリー、いま終わった。ああ、どうにかかな。ホテルに着いたら、ゆっくり掛け直す。うん、そっちも。それじゃ」携帯を閉じてポケットにしまう。それからボブに「さっきのやつ、帽子に88と書いてあったろう。あれはハイル・ヒトラーだな。HHだ。Hはアルファベットの八番目」

「どうしてそんなこと知ってるんだ？」

「どうして知らないんだ？」


シャーリー・フォールズの歴史に残るだろうという日が夜を迎えた。四千もの人々が平和な行進で公園に集い、濃い肌色の住民が町にとどまる権利を擁護したのだった。もうプラスチック製の盾はしまい込まれた。心を一つにしたような連帯感がある。だからといってお祝い気分にならないのはニューイングランド北部らしいところだが、大きな出来事だったのは確かで、これをなかったことにはできない。アブディカリムは行くつもりではなかったが、ハウィヤの息子らが親に言いつかって呼びに来た。そして公園へ行って目にしたものに戸惑った。大勢の人が笑いかけてくるのだった。しっかり目を合わせて、にっこり笑う。そんなことに慣れないアブディカリムにしてみれば、親しみの度を超しているように思う。だが、この土地へ来てから相応の時間がたったので、アメリカ人とはそういうものだとわかっている。大きな子供だ。そういう大きな子供たちが公園にいて、じつに優しい態度を見せた。会場を出たあとになっても、しばらくの間、人々の笑顔が目に浮かんでいた。

その晩、アブディカリムのカフェに、男たちがやって来た。きょうの集会が何だったのか、みな首をひねっている。重要なことだったのはわかる。あんな多数の一般市民が、わざわざ新移民のために危ないことをしてくれるとは、まったく予想外の驚きでもあった。どういうことだったのか、いずれ時が来ればわかるだろう。「それにしても、びっくりだな」と、ついアブディカリムは言っていた。イフォ・ヌールが肩をすくめて、時が来ればわかるだけだ、と繰り返した。それから話題は故国のことに移った（いつだって話したいのはそのことだ）。アメリカはイスラム法廷の打倒を画す地方豪族を支援しているのではないかという噂が持ち出された。武装勢力による道路封鎖、タイヤを燃やして始まる暴動の話も出た。アブディカリムは聞いていて心が沈んだ。きょうの公園にいた人々は明るい顔をしていた。あの明るさはアブディカリムの心にある毎日の嘆きとは、まったく関わりがないのである。できることなら故国へ帰りたい。そう思ってばかりいる。だが故国は民が正気を失って、もはや帰るところではなくなった。ワシントンの下院では、さる議員がソマリアは「失敗国家」だと公言した。アブディカリムのカフェに来る男たちは、苦い思いを噛みしめて、そんな話をした。さまざまな感情がありすぎて、人の心におさまりきれない、とアブディカリムは思う。議員の発言による屈辱、銃撃と略奪と秩序紊乱《びんらん》に明け暮れる故国への怒り、きょう公園で笑顔になっていた人々――そしてアメリカはというと嘘だらけの国ではないか。嘘つきがリーダーになっている国。〈平和を回復する同盟〉なんて茶番だな、笑わせるぜ、と男たちは言った。

　この連中が帰っていって、あとに残ったアブディカリムは店の掃除をした。すると携帯が振動して、聞こえてきた明るい声に思わず顔がほころんだ。ナッシュヴィルにいる娘からだ。ローズヴェルト公園の集会がテレビで報道されたそうで、よかったじゃない、すごくよかった、と言っている。また息子たちがサッカーをしているとか、いまはもう完璧に近い英語を話すとか、そんなことを聞かされるアブディカリムの心臓は、疾走と故障を繰り返すエンジンのようになっていた。完璧な英語ということは、アメリカ人になりきって目立たなくなるということだが、そうだから強くなるのでもある。「ひどい目に遭ってないか?」と言うと、大丈夫だと娘は言った。上の子はハイスクールへ行って、立派な成績をとっている。学校の先生がびっくりしているそうだ。「通知表のコピーを送るわね。あした、携帯に画像を送ろうか。いい男っぷりよ。自慢の孫になれると思う」それから長いこと、アブディカリムは坐ったきりになっていた。ようやく暗い道を歩いて帰ったが、横になったら公園の人々が目にちらついた。冬のコート、フリースのヴェストを着て、あけっぴろげに、愛想のよい顔を向けてきた。夜中に目が覚めたときは、頭が混乱してわけがわからなかった。心をくいくいと引っ張られるような気がした。何かしら遠い昔に知っていたもののようだ。目覚めてから気がついた。あれは初めての子だったバアシを夢に見ていたのだ。まじめな子だった。若くして死んだ息子は、短かった生涯に、そう何度もひっぱたいて躾けなくても、ちゃんと人への敬意をわきまえていた。夢の中のバアシは困ったような目をして父親を見ていた。

ボブとジムは、ふたたび我慢をきかせてスーザン宅の夕食まで付き合った。スーザンは冷凍のラザーニャを電子レンジにかけた。ザックはホットドッグをフォークに刺して、棒のついたキャンディーでもなめるように食べていた。犬が毛だらけのベッドで寝ていた。ジムはボブへの合図として首を振り、しばらくザックと父親のことは黙っているように伝えた。チャーリー・ティベッツから電話がかかったので、ジムは別室で応じている。キッチンへ戻って坐り直してから、「ようし、町の噂では、おれの受けは良かったらしい。ああして出てったことに好感を持たれてる」と言った。フォークを手にして、一応は皿の上で動かす。「雰囲気は上々だ。白人の罪悪感が解かれるなら誰だって気分はいいさ」それからザックにうなずいて、「おまえの勘違いの行動は、また順当なところに落ち着くだろう。一番下の軽犯罪だ。チャーリーがうまくやってくれる。いよいよ裁判となるのは何カ月か先だ。どうとでも引き延ばし工作はできるからな。いま町の雰囲気はいいんだ。事件を突っつきたい気分じゃない。しばらくこんな感じだろう」

スーザンがふーっと息をついた。「そう思いたいわね」

「ダイアン・ダッジとかいう女検事も、公民権の侵害なんていう線では押さなくなるだろうと思う。押したがるとしても、ディック・ハートリーの同意がいることで、そのディックは同意しやしないだろう。きょうの感じでわかった。あいつはもっさりした大男で、おれのほうが好感度は高かった。わざわざ現状よりも事を荒立てたりはするまい。こう言うと、えらそうに聞こえるかもしれないが」

「ちょっとね」ボブはコーヒーカップにワインをついだ。

「刑務所、行きたくない」ザックがぼそぼそと言う。

「大丈夫だ」ジムは皿を押し戻した。「またホテルに泊まるんなら、出かける支度をしろ。あしたの朝、おれとボブは長距離運転で帰る」

ホテルの部屋へ引きあげてから、ジムはザックに言った。「拘置されて、保釈の責任者が来るまで、どんな具合だった?」

ザックは、この週末にボブが見るかぎり、だいぶ正常になっていたようなのだが、いくらか呆然とした目になって、「あの、どんなと言っても……おれ、ずっと坐って――」

「ちゃんと言ってみろ」

「たいして広くなかった。クロゼットくらいかな。そういう独房が、白っぽくて、金物っぽくて。坐ったところも金物で、すぐそばに看守が何人かいて、ちらちらこっち見てた。一度だけ、母はどこですかって聞いたら、外で待ってるって言われて、それっきり口をきいてくれなくなって、というか僕も黙ってたけど」

「こわい感じはした？」

ザックはうなずいた。こわさが再発したような顔だ。

「取り扱いはどうかな、意地が悪いとか、脅しをかけるとか？」

ザックは肩をすくめた。「ただ、こわかっただけ。めっちゃこわかった。あんな場所がこの町にあるとも知らなかった」

「拘置所なんてそんなもんだ。どこにでもある。ほかに入れられてたやつはいたか？」

「男の声で、きたならしく罵ってるのが聞こえた。頭おかしいんじゃないかと思った。見えなかったけどね。うるせえって看守がどなりつけてた」

「そいつを痛めつけたりは？」

「どうだろ。見えなかったから」

「おまえは何かされたか？」

「いや」

「ほんとか？」ジムの声には頼りになる凄味が出ていた。集会のあとで、おかしな若いやつに絡まれたときのような響きだとボブには聞こえた。ザックの顔に驚きが浮いたのもわかった。なついていきたくなるような本能の動きがちらりと見えたのだ。たとえ人殺しをしてでも守ってくれそうな感じがする。これは誰もが望む父親像なのかもしれない、とボブは思った。

ボブは立ち上がり、部屋の中を大回りして歩いた。いま感じることに耐えきれないのだが、そのの感じが自分でもつかみきれない。やや時間をおいてから立ち止まってザックに言った。「ジム伯父さんがどうにかしてくれるよ。そういう人なんだ」

ザックは二人を見くらべていたが、「ボブおじさんだって、そうだよね」と口にした。

「ああ、ザック、おまえってメンシュだな、まったく」ボブは手を出して甥っ子の頭をなでた。

「おれなんか、おまえの母さんを怒らせに来たようなもんだったぜ」

「母さんは怒ってばっかりだから気にしないでよ。なんたって、独房から出されて、おじさんが母さんとならんで立ってるのを見たら、なんていうか、あんなにうれしいことなかったよ——。で、メンシュって何なの？」

「いいやつってことだ」

するとジムが言った。「ボブを見てうれしくなって、にかっと笑った顔をした。その写真を新聞に出された、と」

「いいじゃないか、ジム。もう終わったことだ」

「テレビ見ていい？」ザックは言った。

ジムはリモコンを投げてやった。「やっぱり仕事はしないとだめだぞ。どういう仕事をしたいか考えてほしいね。それから何かの勉強をするように頑張れ。コミュニティカレッジの講座でも受けろよ。目標に向かうのが大事だ。そうすればうまくいく。おまえも社会の一員なんだから、社会のためになるように生きろ」

ザックは下を向いた。ボブが言った。「ゆっくり時間をかけて仕事さがしをすればいい。生活の立て直しだな。とりあえず今夜はのんびりしてろよ。ホテルにいるんだからバカンス気分だ。窓の外は海岸というつもり。ほんとはぷんぷん臭う川だけどな」

「いまはもう臭ったりしないぞ。わからんやつだな、知恵遅れか」ジムはコートを掛けている。

「浄化したんだ。わからなかったか？　七〇年代そのままみたいなやつだ」

「あれ、そんなに時代の先端を行くんなら、いまどき知恵遅れなんて言わないくらい知ってるだろうに。おれが前回来たときに、スーザンも言ってたっけ。ちゃんと初等教育を終えて二十一世紀に到達したのは、おれだけだったのか」

「このやろ」

ザックはテレビを見ながら寝てしまった。やわらかな鼾の音が、開いているドアから聞こえる。その隣室でジムとボブは二つのベッドに腰かけて向かい合った。「スーザンには、ほっと一安心させといてやろう。頃合いを見計らって、息子のしたことを解説すればいい。チャーリー・ティベッツとも話したんだが、ともかく彼の方針としては、ザックに犯意はなかったという線で行くそうだ。あの部屋がモスクとして使われていたこと、また豚肉がイスラム教徒の心情を害することを知らなかったとすれば、犯意を問えない」

「それでうまくいくんだろうか。とくに豚が問題だと知らなかったなら、鶏の頭でも投げとけば手軽だったんじゃないか?」

「おまえ、そんなこと言ってるから、被告の弁護が務まらないんだ。どんな事件もだめだろうな」ジムは立ち上がり、キーと電話を化粧ダンスの上に置いた。「ザックが肉屋の友だちを訪ねたとき、たまたま調達できたのが豚の頭だったんだ。ほかの頭がなかった。いいから、もうチャーリーにまかせておけ。な、ボブ、じれったくなるぜ。おまえが法廷へ出るたびに、バカみたいにビビってたのも無理はないな。控訴審の専門に鞍替えしてよかったよ。ベビーフードなら消化できるってことだ」

ボブは逆らいもせず、ワインのボトルをさがした。「で、いま困ってることは?」と静かに言う。「きょうの出来は上々だったよね」少しだけ残っていたワインを、グラスにあけてしまった。「困るとすれば、おまえかな。困ったやつだ。もうチャーリー・ティベッツにまかせておけばいい。おれが決めたことだ。よけいな口出しはするな」

「ティベッツがだめだなんて言ってないよ。どういう弁護をするのか納得したかっただけだ」ふと部屋の中が静まった。ぴいんと張りつめた静寂を乱すのがいやで、ボブはグラスを上げる手を止めた。

「おれは二度とこっちへ来たくない」ようやくジムが言った。ベッドに坐り直して、ラグに目を落とす。

「じゃあ、来なければいい」ボブはワインをあおった。まもなく話を続けて、「さっき、一時間ほど前には、こんな立派な人がいるかと思ったんだが、まあ、やっぱり、難しい人なんだね。最近、パムに会ったんだが、パッカー裁判のことを言ってたよ。あれ以来、兄貴は人間が悪くなったのか、もとからそうだったということか」

ジムが目を上げた。「パムがそんなことを？」小さく笑ったように口が動く。「あのパメラがな。ふらふら動きたがる金持ちの」と言って、にたりと笑う顔になった。肘を両方とも膝につけて、手首をぶらんと出している。「人間はどう変わっていくものか、それがおもしろいところだな。あのパムが、自分にないものを欲しがるばかりになるとは、まるで見当がつかなかった。しかし、いまから考えると、素質はあったのかもしれない。個性ってのは、いつの間にか出てるらしいからな。パムもそうだったろう。子供の頃の暮らしが気に入らなくて、おまえと同じような暮らしを欲しがった。それからニューヨークへ出て、まわりを見れば子持ちだらけで、自分でも欲しくなった。そうこうするうちにも今度は金が欲しくなった。なにしろニューヨークだからな」

ボブはゆっくりと首を振った。「それはちょっと違うんじゃないかな。パムは昔から子供を欲しがってた。僕だってそうだ。兄貴だってパムを気に入ってたんじゃないか」

「そりゃそうだ。よく不思議に思ってたよ。どうして顕微鏡で寄生虫を見ておもしろがっていられるのか。そしたら、ある日、思いついたよ。パム自身が寄生したんだ。いや、悪い意味ではない」

「悪い意味ではない？」

ジムは面倒くさそうに手を振った。「まあ、考えてもみろ。悪いことだったとは言わないが、現実に、おまえたちが二人とも子供みたいな年だった頃から、いわば彼女は居候だったじゃないか。家庭が必要となったら、うちへ住みついた。いい夫が必要なら、おまえに食いついた。子供のパパになれる男が必要になって、パーク街の暮らしに取りついた。欲しいものは手に入れる女だってことだ。そう誰にもできることじゃない」

「そんな、何てこと言ってるんだ。兄貴だって金持ちの女と結婚しただろうに」

ジムはこれに答えず、「別れたあとでパムから聞いたことあるかな。おれと会ってるんだが」

「よせよ」

ジムは肩をすくめた。「パムについては、おまえが知らないようなことも、結構知ってるんでね」

「よせと言ってるだろう」

「ずいぶん酔ってたっけ。飲み過ぎだった。おまえたちは二人ともそうだ。ま、会ったと言っても何事もなかったんだから安心しろ。仕事帰りにミッドタウンで出くわしたんだ。もう何年前になるかな。それでハーバード・クラブへ飲みに行った。何たって、ずっと昔から家族同様だったんだから、ちょっと飲ませてやってもいいかと思ってさ。しばらく飲んでたら、うっかり白状する気になったんだろうな、おれに男の魅力があったなんて言いだすんだ。なんだか言い寄られたみたいになってな、あれは品格を欠いていたと思うね」

「もう、黙れ！」ボブは立とうとした拍子に、坐っていた椅子がうしろへ傾き、大きな図体もろともにひっくり返っていた。どたんと大きな音が響いて、ワインが首筋に流れていき、その感覚だけが奇妙にはっきりしていた。首の片側に液体の流れが生じ、片足だけ宙に浮いている。電灯が一つついた。

ザックの声が部屋の入口から聞こえた。「二人で何やってんの？」

「いや、何でもない」ボブの心臓がどきどき鳴っていた。

「ちょいと悪ふざけだ。子供に戻ったみたいに」ジムは手を出してボブを助け起こす。「ふざけっこ。兄弟っていいもんだな」

「どなってる声が聞こえたけど」

「夢でも見たんだろう」ジムはザックの肩に手を置いて、隣の部屋へ向かわせた。「ホテルで寝ると、悪い夢を見ることがあるんだよ」

翌朝、シャーリー・フォールズから走り去る車の中で、ジムは口数が多くなっていた。「ほら、あれ」もうすぐ幹線道路へ出ようとするあたりで、ボブが言われた方角を見ると、プレハブの建物があって、大きな駐車場に黄色いバスが何台も駐まっていた。「カトリック教会はどんどん人が減ってる。ずっと前から減り続けてるが、ああいう原理主義の教会は勢いづいてる。教会へ行けない老人をバスに乗せて駆り集めるんだ。まったくイエスが好きでたまんないんだな」

ボブは答えなかった。きのうの晩どれだけ酔っていたのか考えようとしている。酔っているとは思わなかったが、実際にどうだったか自信がない。聞いたはずのことを、ほんとうに聞いたのかわからない。また、けさのスーザンのことを何度も思い浮かべている。ポーチに立って、走り出す車に手を振っていた。ザックは下を向いて、家の中へ行ってしまった。その姿もずっとボブの脳裏に浮かんでいる。

「どうしてそんなことを知ってるかと思うだろう」ジムは話を続けた。「いま幹線道路に合流する。「そういうことは《シャーリー・フォールズ・ジャーナル》電子版を読んでれば、ちゃあんとわかるようになってる。ま、それはいいとして、けさスーザンが犬を連れ出したときに、ザックは父親の気を引こうとして事件を起こした可能性があると言っておいたよ。スティーヴに女ができたって話はしなかったが、ザックに来たメールにはソマリ人について微妙にネガティブなことが書かれていたとは言った。そうしたらスーザンが何て言ったと思う？　たった一言、ふん、だってさ」

「そうなの？」ボブは窓の外へ目をやった。しばらくしてから「ザックが心配だな」と言った。「独房にいて失禁したんだってスーザンが言ってた。だから、あの日は夕食に下りてこようとしなかったんだろう。ひどい屈辱だからね。きのうの夜、独房のことを聞かれても、そこまでは言えなかったみたいだ」

「そんなこと、いつスーザンに聞いたんだ？　おれには言わなかったぞ」

「けさ、キッチンで。兄貴は電話中で、ザックは自分の持ちものを二階へ持ってった」

「まあ、おれとしては、できるだけのことをしたよ」ジムはようやく口にした。「何から何まで、つくづく気が滅入る一家だな。いまはただニューヨークへ帰りたい」

「そう、帰るんだろうね。パムのことを言ってたように、やっぱり欲しいものを手に入れるんだ」

「ああ、つまんないことを言った。忘れてくれ」

「そうはいかないよ。言い寄ったとか何とかいうのは、ほんとなのか？」

ジムは歯の間から息を吐いた。「いや、わからん。パムはおかしくなってた」

「わからん？　わかってるようなこと言ったくせに」

「だからさ、つまんないこと言っちゃったと思ってるよ。──ま、その、話を大きくしたというか、な」

そのあとは二人とも黙った。くすんだ十一月の空の下で、ひたすら車を走らせる。沿道の木々は、すっかり裸になって痩せていた。松の木でさえ痩せ細って悄気《しよげ》ているように見える。トラックとならんで走ることがあり、またシガレットに吸いつく人を乗せたポンコツ寸前の車とも並走した。茶色に枯れた草地を過ぎた。陸橋の下を通過すると、上の道路の名前が書いてあった。アングルウッド・ロード、スリーロッド・ロード、サコ・パス……。橋を渡ってニューハンプシャー州へ入った。さらにマサチューセッツ州へ。ウスター郊外で渋滞して、ついにジムが「何だ、これ」と言った。「どうなってんだ」

「あれか」ボブは対向車線の救急車に顔を向けた。もう一台、そしてパトカーが二台。それでジムは黙った。事故の現場を通過するときは二人とも顔をそむけていた。こういうことで兄弟は結びついている。ずっと昔からそうだ。妻になった女たちは、暗黙のうちに呑み込んでいた。ジムの子供たちもわかっている。敬意みたいなもの、とボブはエレインの診察室で言ったことがある。エレインも心得たようにうなずいていた。

ウスターの町を通り抜ける直前に、ジムが言った。「きのうの晩、おれは普通じゃなかった」

「そうだね」ボブが見るサイドミラーに、大きなレンガ造りの工場が遠のいていった。

「あっちへ行くと、おれは頭がぐちゃぐちゃになる。おまえは、あんまりひどくないだろう。お袋にかわいがられてたからな。べつに拗《す》ねてるわけじゃないぜ。事実として言ってるだけだ」

ボブは少し考えた。「お袋だって兄貴のことを嫌ってはいなかった」

「ああ、嫌われてはいなかった」

「好きだったんじゃないかな」

「ああ、好かれてた」

「ジミーは、いつでもヒーローみたいなもんだったからね。何でも得意でさ。母親を悲しませたためしがない。あれなら息子としてかわいかったろうよ。でもスージーは、あんまり好かれてなかったな。そりゃ娘だからかわいいには違いないが、どこかしっくり行かなかった」

「まあな」ジムは太い息を洩らした。「スージーもかわいそうなものだ。おれだって、しっくりとは行かなかった」

ボブは、スーザン宅の寒々しさを思い返した。あの不安げな犬、スーザンの平凡な顔立ち――。

「ほい」と口に出た。

「そろそろ吸いたくなってないか」ジムが言った。「次の食事タイムまで待ってくれたらありがたいな。ヘレンが臭いに敏感で、ずっと言い続けるんだ。もし待てなかったら、せめて窓を開けてくれ」

「待つよ」ジムがひょっこりと親切なことを言うので、つられてボブの舌がなめらかになった。「前回行ったとき、スーザンに怒られちゃったよ。ほい、って言っちゃだめだそうだ。ユダヤ人みたいな口癖だというんでね。面倒くさいから言い返しもしなかったが、ユダヤ人は悲しみを知る人々だね。ちゃんとわかってるんだ。いい言葉もあるよ。ツーリス。おれたちにも苦痛はあるけどな。ま、何と言っても、おれにはある」

ジムは言った。「スージーだって昔はきれいだったぞ。そうだろう？　しかし女と生まれてメイン州に居続けるのは危ないことなんだ。化粧品のせいかも、とヘレンは言ってた。スキンクリーム。そういうものを使ったら贅沢だとメインの女は思ってるというのがヘレンの見方でね。だから四十歳になる頃には、顔が男みたいになるというんだが、あながち嘘ではないかもな」

「お袋は、スーザンに自分がきれいだと感じる余地をあたえなかった。いやまあ、おれは親になったことはないが、兄貴は子持ちだ。どうだろうね、母親だったら、わが子を好きになってやれないものかな。まあ、きれいになったわねえ、なんてことを、たまには言ってやったらよさそうなものだが」

ジムはさっと手を振った。「スージーが女だったっていうことだろう。女の子だから割を食ったんだ」

「ヘレンは娘たちと仲がいいだろうに」

「そりゃ、ヘレンはそうだ。ヘレンだからな。いまの世代は違うってこともある。わかんないかな——わかんないだろうな。いまの世代は、友だち親子っていうのか、いや、だから不健康なのかもしれないが、そうでないのかもしれなくて、よくわからん。でも、そういうことになってるんだよ。もう子供にあんなことはしない、お友だちみたいになるんだってことでさ。まあ、正直、ヘレンはえらいと思うよ。だけどお袋とスーザンは、いまとは違ったよな。じゃ、次の出口で降りて、何か食おう」

コネティカット州まで来れば、もうニューヨークの郊外のような気になった。シャーリー・フォールズは、はるか後方へ去っている。「ザックに電話してみようか」ボブは携帯を取り出した。

「そう、だな」ジムは気乗り薄のようだ。

ボブは携帯をポケットにしまった。電話をかけるだけの気力が出なかった。しばらく運転を代わろうかと言ったら、ジムは首を振って、いや大丈夫だ、と言った。これは予想どおりだ。ジムに運転をまかされたことはない。ジムが免許をとったばかりの頃は、ボブは後部席にしか乗せてもらえなかった。そんなことを思い出したが、言わずにおいた。シャーリー・フォールズに関わることはすべて遠くに去っている。もう届かない。そして届かないままにするのがよい。

マンハッタンに着いたら、もう暗くなっていた。都会の灯が車窓に広がる。イースト・リヴァーの橋の照明が壮麗な夜景を見せている。ロングアイランド・シティに赤いペプシの大看板が輝く。ブルックリン橋への進入路で速度を落とすあたりで、市営ビルの尖塔が見えて、高速道路にくっつくように高層アパートがひしめいていた。ほとんどの窓に明かりが灯っている。ボブはホームシックのような懐かしさを覚えた。このあたりが自分の町ではなくなって、遠い昔に住んだことのある場所のように思えたのだ。橋を越えてアトランティック・アヴェニューへ進んだら、よく知っているはずなのに外国のようでもある土地に分け入っている感覚が生じた。そんなことを一度に感じたら、わけがわからなくなって、子供になったような気がした。くたびれて愚図っている子供だ。ジムといっしょに帰れたらよいのにと思った。

「ほら着いたぞ、ばかたれ」と言った兄が、ボブのアパートの前で車を止めた。手をハンドルに掛けたまま、四本の指だけを持ち上げて別れの挨拶にする。ボブは後ろの荷物を取って、車を降りた。リサイクル用のゴミ箱に寄せて、大きな四角い段ボールが何枚も出ていた。引越の大箱を潰したものだ。階段を上がっていくと、このあいだまで空き家になっていた部屋のドアの下に、横一線の光が見えた。今夜は若い夫婦の声が流れ出て、赤ん坊の泣き声も聞こえた。

第三部

1

ザカリーが生まれてから十九年、スーザンは予想とは大違いに育つ子の親がするお決まりのことに明け暮れた。つまり、ひたすら良いほうに考えた。こんなことは期待するだけみじめだと思いつつ、そのうちきっと普通の子になってくれるという考えを捨てなかった。いずれザックも自分らしさを見つけて落ち着くだろう。友だちもできて、外の世界へ出ていける。どうする、どうしない、ということがわかってくる……。眠れぬ夜に、スーザンの心の中で、さまざまな変奏が鳴っていた。だが、その心には、いつも疑念というリズムが、暗く、容赦なく刻まれていた。ザックは一人ぼっちで、おとなしくて、何につけ引っ込み思案で、勉強は落第すれすれだ。テストの結果だけなら知能指数は平均より上で、学習障害も見られない。ところが、ふだんのザックを総合すると、どうしても正常値には届かない。やはり母親のせいなのだと思うことが耐えられないだけに、スーザンの心に響く失敗のメロディには、ますますクレッシェンドがかかっていた。

自分のせいでないわけがない。

大学時代のスーザンは、発達心理学、とくに愛着の理論と呼ばれる授業に興味を惹かれた。子供にとって父親への愛着も大事だが、何と言っても母親への愛着が重要だ。そうなると母親は子供を映す鏡だということにもなる。じつはスーザンは女の子が欲しいと(女の子が三人で、その次に男の子が生まれてジムのようになればよいと)思っていた。スーザン自身の母親は、とくに息子たちをかわいがっていた。そのことは赤いものを見れば赤だと思うくらいに明らかだった。だから自分に娘が生まれたら、けちけちせずに、たっぷりかわいがってやろうと思った。家の中に楽しい話し声があふれて、スーザンには禁止されていたお化粧もさせてやって、男の子と電話してもよいことにして、パジャマパーティーにも行かせて、店で売っている服を着せてやる。

初めての子は流産した。「人には黙ってればよかったのに」と母は言った。だが腹が目立ったのはどうしようもない。中盤になったら言わないわけにいかなかった。「女の子でしたよ」医者に聞いたら教えてくれた。その晩、スティーヴが彼女を抱きしめて言った。「この次は男の子がいいね」

おもちゃが棚にならんでいるのではあるまいし、一つが落ちてこわれたから別のを持って帰るというものではない。娘を一人なくしたのだ！　このとき肌身を焦がされるように生々しく思い知った。悲しみは一人で抱えるものらしい。ドアを抜けて案内された先に大きな秘密クラブがあったというような気がした。こんなのがあったのかと思うが、流産した女だけが知る場所だ。世間で取り沙汰されることはない。何とも思われていない。クラブ内の女は、たいてい黙ってすれ違う。クラブ外の人間は、「また今度産めるわよ」と言う。

生まれたばかりのザカリーを手渡して抱かせた看護師は、スーザンがうれし泣きをしていると思ったに違いない。ほんとうはザカリーを見て泣いたのだ。痩せこけて、じっとり濡れて、きたならしくて、目を閉じていた。女の子ではない。娘として生まれなかったことで、この子を許せなくなる、という未来を思ってスーザンは慌てふためいた。胸の上に抱いた子は、ちっとも乳を吸おうとしなかった。三日目に、看護師が冷たいフェイスタオルを赤ん坊の顔にあてた。いくらか刺激になると思ったのだろうが、赤ん坊は目を開けただけで、くしゃくしゃの小さな悲しい顔になった。「もういいです」とスーザンは言った。「やめてください」そして張りつめた乳房が乳腺炎になった。ひどく熱いシャワーを浴びながら乳を搾り出すようにと言われた。しわくちゃの痩せた赤ん坊は、いつまでも吸いつく気配を見せなくて、体重を落としていた。「どうして吸ってくれないの?」スーザンは泣きわめいた。どこからも答えが出てこない。人工乳のボトルが用意されて、これにザックは吸いついた。

「へんな顔だな」スティーヴが言った。

めったに泣かない子だった。スーザンが夜中にのぞいてみると、赤ん坊が目を開けているのでびっくりするということが何度もあった。その頭をなでてやりながら、「なに考えてるの?」と小さく口にした。それから生後六週間で、母親を見つめた赤ん坊が、じっと我慢するような、つまらなそうな笑みを返した。

ある日、スーザンは母のバーバラに向けて、「この子、正常だと思う?」と、つい口にしてしまった。

「あんまり、思えないね」母はザックの小さな手を引いてやっていた。よちよち歩き始めた十三カ月のザックが、ソファとコーヒーテーブルの間を行ったり来たりしている。「どんな子なんだかわかんないけど」母はザックを見ながら言った。「かわいいじゃないの」

それはそうだ。おとなしいザックが、じっと母親を見つめる。なくした娘のことを忘れたわけではないが——絶対にないのだが——あの娘への愛情が、いまザックへの愛情に合流するように思えた。幼稚園へ行くようになったザックは、いきなり泣きだして止まらなくなることがあった。「これじゃ行かせられないわ」スーザンは言った。「ふだん泣かない子なのに。ということは幼稚園がおかしいんじゃないの」

「そんなこと言ってたら、何にもできない子になっちゃうよ」スティーヴは言った。「慣れさせなくちゃ」

だが一ヵ月後に、幼稚園から退園を求められた。泣いてばかりで支障が出ているという。スーザンは川向こうに別の幼稚園をさがした。今度はザックは泣かなかったが、ほかの子と遊べるようにはならなかった。スーザンが戸口で見ていると、ザックは先生に手をとられて、ある男の子と遊ぶように仕向けられた。だが、その子に押されたはずみに、痩せたザックは棒のように倒れていた。

小学校へ行く頃には、いじめられっ子になっていた。中学ではたたきのめされた。高校の時期に父親が去っていった。スティーヴが出ていくまでには夫婦が大声で言い合ったのだから、ザックが聞かなかったはずはない。「自転車に乗れない。泳げもしない。まったくの腰抜けで、こうなったのは母親のせいだ！」スティーヴは真っ赤な顔になって自説を曲げなかった。そうなのだろうとスーザンも思った。スティーヴの育ち方が違っていれば、その父親が出ていくこともなかったろうと思った。やっぱり自分がいけなかった。そんな失敗の感覚が、彼女を人から遠ざけた。閉じこもった狭い世界にはザックだけがいた。母と息子が、どうしてこうなったと思いながら、たがいに負い目を感じていた。母は息子にどなりつけることがあって（自分で思っているよりも何度もあって）そのたびごとに、あとで悔やんで、悲しくて、いたたまれなかった。

「よかったよ」伯父さんたちとホテルに泊まってどうだったかと聞かれて、彼は言った。やさしかったかという質問には、「うん、ばっちり」と答えている。何をしていたのかと言われれば、「おしゃべりして、テレビ見た」どんな話をしたのかというと、明るく肩をすくめて、「いろいろ」と言った。だが二人がいなくなってからは、ザックの気分が沈んだようにスーザンは思った。「電話してみようか。無事にニューヨークへ着いたかどうか」と言ったのだが、ザックは返事をしなかった。

ジムに電話すると、くたびれた声が聞こえて、ザックと話したい様子ではなかった。ボブもまた、くたびれた声を出したが、ザックに代わってくれとは言った。スーザンは居間へ移動し、ザックを一人でしゃべらせてやった。「いいよ」という息子の声が聞こえた。「うん、そう」しばらく沈黙。「どうかな。わかった。おじさんも」

スーザンは「何て言ってた？」と聞かずにはいられなかった。

「暇にならないように何かしろって」

「そう、その通りだわ」

ザックが父親の気を引きたくて豚の頭を投げ込んだのではないかというジムの説は、この際、話題にしたくなかった。いまの傷つきやすいザックを見れば、叱りつけることもできない。スティーヴには腹が立つが（いつもそうだったが）そんなこともザックには言わない。じゃあ、心当たりに電話して、ボランティアの仕事でもないか聞いてあげるわよ、とだけ言った。ボブおじさんが言うように、何かしているほうがいい。

スーザンもできるだけ考えた。まず図書館（いや、だめだ、いつもソマリ人がわんさと行ってる、とチャーリー・ティベッツに言われた）。老人向けの食事の宅配（この方面のボランティアは足りている）。フードバンクで食糧配給（ここにもソマリ人が来る）。というわけで、毎晩、仕事から帰ったスーザンは、きょうは何をしたのかとザックに言い、何もしてないという答えが返った。だったら料理講座にでも行って、うちの夕食をつくってよ、とも言った。「え、マジ？」と言った息子の顔に不安の色が広がるので、「まさか、冗談よ」ということになってしまった。

「ジム伯父さんも講座を受けろって話はしたけど、料理じゃなかった」

「あら、そんなこと言ったの？」それでスーザンはコミュニティカレッジの案内書を手に入れた。

「あんた、コンピューターは好きでしょ。これなんかどう」しかしチャーリー・ティベッツが、そういうところにもソマリ人はいるんじゃないかと言った。一学期くらい待てば、審理の片《かた》が付いて、ザックも行動の制約を受けなくなるだろう。というわけで、二人にとっては、生きることは待つことになった。

感謝祭の日に、スーザンは七面鳥を料理して、ドリンクウォーターさんも来て食べた。この老女にはカリフォルニアに二人の娘がいるらしい。スーザンは会ったことがなかった。クリスマスの一カ月前になって、ガソリンスタンドで小さなクリスマスツリーを買った。これをザックと二人で居間へ運び込んだら、ドリンクウォーターさんが一番上に飾るエンジェルを持って下りてきた。この老女を間借り人として置いて以来、そうするのが習慣のようになっていたが、スーザンは内心ではあまり好ましく思っていなかった。もとは老女の母親のものだったそうで、中入れの綿でふくらんだ天使の顔が、すっかり古ぼけてよれよれになって、青い刺繍の涙を流していた。「ほんとに、ありがたいわ」ドリンクウォーターさんは言った。「これをツリーに飾らせてもらえるなんてねえ。昔は夫がいやがって、使わずじまいだったのよ」老女はピンク色のレーヨンのガウンの上に男物のカーディガンを引っ掛け、テリークロスのスリッパを履き、ストッキングを膝に丸めてウィングチェアに坐っていた。ついでに別のことも言う。「今年のクリスマスイヴは、セントピーターズ教会の真夜中のミサに行きたいと思ってる。ただ、こんな年とった女一人で、しかも夜遅くに、あの界隈へ行くのはこわくって」

ろくに聞いていなかったスーザンは、いまの言葉を記憶の逆回しでたどろうとした。「あれ、真夜中のミサ？　大聖堂？」

「ええ、そうよ」

「あたしは行ったことない」ようやくスーザンは口にした。

「ないの？　あらまあ」

「カトリックじゃないから。川向こうの会衆派の教会へは行ってた。結婚式も挙げたわ。しばらく行ってないけども」これは夫のスティーヴが出ていってから、という意味だ。ドリンクウォーターさんがうなずいた。

「あたしも挙式はそこだったよ」老女は言う。「かわいらしい教会だね」

スーザンは何と言おうか迷った。「それなのに、どうしてセントピーターズへ？　そんなこと聞いてもよければ」

ドリンクウォーターさんはツリーを見つめて、手首の裏で鼻の眼鏡を押し上げた。「子供の頃の教会でね。毎週、兄弟姉妹がそろって行ったのよ。堅信礼も受けた」ここでスーザンに目を向けたのだが、スーザンから見ると大きな眼鏡の奥で老女の目がどうなっているのかわからなかった。「結婚する前はジェネット・パラディーという名前で、カールが好きになったからジーン・ドリンクウォーターになった。カールの母親はね、あたしが完全にカトリック教会から離れないと、絶対に許さないって言った。だから離れたわ。全然気にしなかった。カールが好きだったから。うちの両親は式に出ようとはしなかった。だから、教会の通路は一人で歩いたの。あの当時はめずらしかったね。あなたは誰と歩いた？」

「兄だったわ。ジムと」

ドリンクウォーターさんがうなずいた。「ずっと何年も、あの教会のことは忘れたようになってたけど、このごろ、へんに懐かしくってさ。年をとるとそんなものらしいね。つい若い頃のことを思い出してるのよ」

スーザンは、ツリーの下のほうにあった赤い飾りを、もっと上の枝に移していた。「もし行きたいんなら、連れてってあげようか」

だが、クリスマスイヴになって、ドリンクウォーターさんは十時にはぐっすり眠り込んでいた。クリスマスの当日、時間がゆっくりと過ぎていった。ここから新年までが果てしなく長い。それさえ終われば、日照の短い寒い日が遠ざかり、一月にはいくらか寒さが緩んでいる。溶けだした雪に太陽がきらめいて、木の幹にぽたぽた水が垂れて光る。どうかすると世界が揺り戻して、凍った過去にしがみつこうとすることもあるが、やはり着実に日は伸びていく。チャーリー・ティベッツから電話があって、うまくいっていると言われた。検察側が手間取っているということは、この調子なら実際に裁判となる頃には、たいした事件ではなくなっているだろう。たとえばザックが反省して行動をあらためると約束すれば、それだけで一件落着、ということになっても不思議ではない。州司法長官事務所はずっと沈黙を保っていて、連邦のほうも動きを見せない。もうこっちのものだ、とチャーリーは言った。ほとぼりが冷めるのを待つだけだ。

「あんた、裁判のこと心配？」その晩、テレビを見ながら、スーザンは言った。

ザカリーが、うん、と首をうなずかせた。

「きっと平気よ」

ところが、それから二週間後、メイン州の司法長官事務所が、ザカリー・オルソンを被疑者として公民権侵害を立件した。

2

ジムとヘレンが住むブラウンストーン造りの家では、居間から先に日が暮れる。一番下の階にある居間は、窓の下枠が舗道とほぼ同じ高さになっている。窓と道路との間には小さな前庭があって、小ぶりな柘植や楓がしゃれた姿を見せている。ほっそりした枝が窓ガラスに擦れそうだ。ヘレンは、冬場には、なるべく早めに窓の雨戸を閉めることにしていた。古めかしいマホガニー製の雨戸は、壁につくりつけた戸袋からせり出すようになっている。これを閉めるのは何年も前からヘレンの儀式になっていて、この家を寝かしつけてやるような気分なのだった。だが、きょうの午後は、ちっとも楽しくならない。今夜の予定に小さな不安を抱えているのだ。アランおよびドロシー夫妻と、オペラを見に行くことになっているのだが、今年は休暇の季節にも、この二人とは全然会っていなかった。このところは気が紛れていた。感謝祭にもクリスマスにも、子供たちがいて家の中がにぎやかになっていた（エミリーは結局ボーイフレンドの家には行かないことになった）。そういう何週間かは、いろいろ準備をしたり、人が来たり、何やかや忙しかった。脱ぎ捨てられるブーツ、スカーフ、食べ散らかすベーグル、高校時代の友だち、たたまないといけない洗濯物、女の子のマニキュア。夜になれば、そう、この部屋で、また家族がくっつき合って、映画を見た。これぞ至福の時。だが、その底流には静かなパニックの音が鳴っていた。みんなもうこの家に暮らすことはないのだ。そして、やっぱりいなくなった。家の中が静まり返って、こわいくらいだ。変わるということの空恐ろしさが宙に漂っていた。

雨戸を最後まで閉めて、ふと見下ろすと、婚約指輪の大粒のダイヤがなくなっていた。とっさに事態が呑み込めなかった。心の働きが追いつかない。プラチナの爪をじっと見ていた。つんと突き出した爪に何もついていない。顔がかっかと熱くなる。窓枠を見て、雨戸を開けて、閉め直して、そのへんに落ちてないかと床を見て、着ている服のポケットを全部見る。ジムに電話した。会議中だ。ボブに電話したら、あすまでに面倒な趣意書を書きたいので自宅に閉じこもっていたと言いながら、ともかく来てくれることになった。「うわあ」ヘレンの手をとって、こりゃひどいという目になった。「いやになっちゃうよね。鏡を見たら前歯が一本とれてたみたいな感じだ」

「あら、ボブ、そうなのよ。わかってくれてる」言い得て妙というものだ。

ボブがカウチのクッションをひっくり返していると、ものすごい剣幕のジムが帰ってきたので、ヘレンとボブは捜索を中断せざるを得なかった。「あのディック・ハートリーと、ダイアン・ダッジ！　どうしようもねえバカがそろい踏みしやがって、何てやつらだ、何て州だ。あんな低能な州には反吐が出る」というような言い方によって、この日に公民権侵害の提訴がなされたことが、ボブとヘレンにも伝わった。

二階の寝室の隣で、ジムの書斎の電話が、取り乱したスーザンの声をスピーカーで流した。

「さすがにチャーリーもびっくりなのよ。どうしてこんなことされるんだろ。だってもう三カ月になるじゃないの。いままで何やってたのか」

「あいつらが無能なだけだろう」ジムが言った。どなっているというに近い。どちらの手もリクライニングチェアのアームをつかんでいる。ボブとヘレンもこの場に来て坐っていた。「ディック・ハートリーの頭が悪すぎるんだ。ダイアンとかいう似たような薄のろの部下を動かすのに時間がかかったってことだな」

「それはともかく、なんでこうなるのかわかんないのよ」スーザンは声を震わせた。

「いい格好したいんだろうさ」ジムがぐいっと乗り出して、椅子がきしんだような音を立てた。

「おそらくダイアン・ダッジは州司法長官の後釜をねらってるな。知事か下院議員の選挙に打って出るのかもしれない。リベラル派の闘士ってことで経歴に箔をつけたいんだろう」ここで一瞬だけ目を閉じてから、「あのバカ女が、下衆な根性出しやがって」

「ちょっと、ジム、やめてよ」ヘレンもいくらか乗り出した。まるで指輪を手でかばうような仕草になっている。「スーザン、聞こえる？　チャーリー・ティベッツがうまく計らってくれるわ」ヘレンは椅子にもたれ、また乗り出し、「わたしよ、ヘレン」

その顔がじっとり汗ばんで熱そうだ。こんなヘレンを見たことがあるだろうか、とボブは思った。目から払いのけようとする髪の毛さえも、ぺったりと平らになって意気阻喪しているようなのだ。「大丈夫だよ、時間はたっぷりある」遅刻の心配をしているのだろうと思ってボブは言った。さっき行方不明のダイヤをさがしてクッションを取りのけながら、アングリン夫妻とオペラ見物なのだという話を聞いていた。

ヘレンは声をひそめて、「だけど、こんな電話がスーザンから掛かってきたら、今夜はもうジムが怒り狂って、それどころじゃないわ。それに――わたしだって、これ見たら気分が悪くなって」と指輪を回した。

「おい、静かにしろ」ジムが後ろへ手を振った。「な、スーザン、いま連邦はどうなってるんだ？」

スーザンは震える声で知っていることを言った。まだ捜査を終えたわけではない、とチャーリーには匂わせたらしい。また州当局が動きを見せたということで、ソマリ人社会が連邦にも働きかけを強めているという情報もチャーリーは得ている。というようなことだが、正直なところスーザンは全部わかっているとは言いがたい。ともかく火曜日から一週間後に出廷だそうで、ザックもスーツを着ていくのがよいとチャーリーは言った。しかし、ザックはそんなものを持っていないので、どうしたものかと思っている。

「いいか、スーザン」ジムは噛んで含めるように言った。「どうするものかと言うとだな、息子をシアーズへ連れてって、スーツを一着買ってやれ。いいか、おまえが大人らしくでんと構えて、しっかり対処するんだ」ジムは手を伸ばして、スピーカーの音声を切って受話器をとった。「わかった、わかった、悪かったよ。じゃあ、切るぞ。これから電話するところがあるんだ」ジムは袖口を突き出して、時計を見た。「まだオフィスにいるかもしれないな」

「ジム、どうしようっていうの？」ヘレンが立ち上がった。

「ま、いいから、指輪のことは気にするな。修理に出せばいい」そう言ってヘレンの顔を見る。

「まだオペラにも充分間に合うだろう」

「でも、あのダイヤは一つしかないオリジナルで」ヘレンの目の中で涙が揺れた。

ジムは机の上の電話の数字をたたいていた。いくぶんか間を置いて、「ジム・バージェスですが」と言う。「ええ、取り次いでいただけますか――。あ、もしもし、ダイアン。こちらはジム・バージェスと言います。お会いしたことはないと思いますが、あ、どうも。そちらはもう雪だそうで――ええ、もちろん雪のことで電話したのではありません。はい、そっちの件です」

「やってらんないわ」ヘレンはぼそりと言った。「シャワーでも浴びてくる」

「わかります。それはそうです。くだらない子供じみたいたずらだとも思います。とうてい誉められたものではありませんね――」ジムは電話に向けて中指を立ててみせた。「そう、誉められたものではない、と申しました。はい、そのようですね、モスクにいた小さな子が卒倒したと聞いてます。そういうことはザカリーもわかってます。ひどいことをしたもんです。そう、弁護士はティベッツ氏ですよ。費用は私が出してますが。いまはザカリーの代理人としてではなく、伯父として電話させてもらってます。あ、いえ、ちょっとよろしいですか、これは軽犯罪の案件ですよ。こちらでも調べましたが、やはり刑法に照らして裁かれるものだそうですね。公民権の法令では目的が違います――」ジムはボブに顔を向け、口の動きだけで「しょうもねえ女だ」と言った。「ダッジさんは、政界へ進出のお考えですか？　どうも政治の匂いがいたしますのでね。ああ、いえ、脅しだなんてとんでもない。それはないでしょう。人格を問おうとしている？　いえ、ただお話をうかがってるだけです。もし豚の頭を投げ込んだのがソマリ人の若者だったら、いま同じことをされてますか？　私が言いたいのはそれですよ。あるいはザカリーが性同一性障害で両性愛だった場合でも、ここまでなさることはないでしょう。ところが、間の悪いやつで、たまたま白人なものだから、徹底して弾劾されている。ご承知の上ですよね？　もう三カ月になりますよ。これは拷問のおつもりですかな？　ほう、そうですか」

ジムは電話を切った。腹立ちまぎれに鉛筆を机にこんこん叩きつけている。その鉛筆を両手に持って、半分に折ってしまった。「また誰か行かないとまずいぞ」くるっと椅子を回して、ボブに向き合った。「で、おれは行かない」シャワーの音が廊下を伝ってくる。「ところで、おまえ、なんで来たんだっけ」

「ヘレンから電話があったんだ。ダイヤさがしに来てくれないかって」

ジムは室内を見渡した。その目の先が、書棚、育っていく子供たちの写真、と通過する。ゆらゆらと首を振って、ボブに目を戻した。「たかが指輪だぞ」溜息まじりに言う。

「そう、たかが指輪でも動転するんだよね」

ジムは立ち上がった。「こんなことディック・ハートリーが知らないはずがない。こっちが下手に出ればいい気になりやがって、うちの甥におかしな真似を——おれが向こうへ出てったのは、ばからしいリベラルのファシズムを起こしてほしくないからだ」

「ザックの応援と思って出ていって、やるだけやってだめだった。そういうこと」

また坐り込んだジムは、膝の上に肘をついて前傾した。そっと静かに口に出す。「もし言ってよいのなら、そうと言葉にしてよいのなら、もし向こうにわからせてやることができるなら——どれだけメインという州が憎たらしいか」

「わからせたと思うよ。もういいだろう。じゃ、審理には僕が行く。どうせ有休がたっぷり余ってる。兄貴は奥さんとオペラでも見て、指輪を新調してやるといいよ」ボブは首筋に手をやった。

三分の二は逃げそこなった、と思っている。彼とスーザンは――スーザンには息子のザックも合算して――一家の父親が死んだ日から運命にとらわれた。どうにかしようとは思った。母親も子供のために頑張ってくれた。だが、うまく逃げおおせたのはジムだけだ。

すり抜けて通ろうとしたら、兄に手首をつかまれた。この唐突な動きに、ボブも足を止めた。

「どうかした？」

ジムの顔は窓に向いている。「いや、何でもない」そろりと手を離した。

廊下の先でシャワーの音が止まった。バスルームのドアが開いたようで、ヘレンの声も聞こえた。「ジミー？　今夜ずっとご機嫌ななめでいるつもり？　せっかく『ロミオとジュリエット』なんだから、ぷりぷりした旦那と、つんつんしたドロシーに挟まれて見たくないわよ」どうにか冗談にしたいらしい。

ジムが声を投げた。「ああ、わかった、いい子にしてるよ」それからボブに声をひそめて、「何とまあ『ロミオとジュリエット』だとさ。拷問に耐えるようだな」

ボブはゆったりした動作で肩を上げ下げして、「どっかの島でアメリカがやってることにくらべれば、奥さんとメトロポリタン・オペラへ行くのが拷問だとは言えないね。何事も程度問題だってことはわかってるけど」と言ってから、まずかったかと思ってジムからの反撃に身構えた。

だが、立ち上がったジムは、「そうだな」と言うだけだった。「たしかに、そういうことだ。国が国なら、州も州だ。じゃあ、またな。指輪さがしに付き合ってくれてよかったよ」

兄の家を出て歩く路上で、飼い主に漫然と引かれた犬どもが舗道に鼻をきかせているのを避けて通りながら、ボブの心はどんどん深く沈み込んで、刑法事件の法廷で弁護士をしていた日々を思い返していた。事実関係として動かしようのない事件でも、どうにか陪審団の自信をなくさせるような、いわば血管を詰まらせる気泡のように論理の流れを詰まらせる疑惑の泡を送りつけてやろう、などと考えたものだった。そしていま、そんな疑惑の気泡がボブの体内を押し通ろうとしている。これはシャーリー・フォールズでジムに送られてからふくらみ続けていて、さっきザカリーの新たなる危機の話を聞いたばかりだというのに、ボブは舗道の通行人を抜けながら頭の中では別れた妻のことしか考えていなかった。ニューヨークまで帰ってくる車の中で、ジムは多くを語ろうとせず、それでボブは気が休まらないのだったが、さりとて強いて問いただそうともしなかった。パムを寄生虫呼ばわりしたのは理不尽だ。だが彼女には欲しいものがあって、その欲しいものを手に入れたと考えることは理不尽ではない。ただ、もしジムに近づいていって、「うっかり白状する気になった」と言われるような出来事があったのだとしたら、それはどういうことだったのか。

犬を一匹避けて歩こうとして、その犬を飼い主が引っ張った。おそろしいもので、結婚が終わったということが、自分を解体したのではないかと思う。音がなくなって――つまり、ずっとパムの声がしゃべったり、笑ったり、きついことを言ったり、いきなり涙を流したり、というような一切のことがなくなって、シャワーの音も聞こえないし、引き出しの開け閉めもなく、またボブの声もなくなって――というのは家に帰ってから、その日の出来事を語るようなことがなく、ただ一人で黙っているのだから――そういう静けさがボブにはたまらなくこたえた。だが、あの結婚がどう終わったのか、肝心なところが心の中でぼやけたままだ。ちょっとでも思い出しそうになると、心が拒否反応を起こして取り合わない。結婚の終わりというのは、いやなものだ。どのように終わろうと、いやなものはいやだ（あの下の階のエイドリアナだって、どこへ行ったのか知らないが、哀れなものだ）。

　去年セアラに言われたことを思い出す。「長いこと夫婦だった人が別れるなら、第三者が関わっていないわけがない。きっと奥さん浮気してたんじゃないの」それはない、とボブは即答したのだった（いまとなっては、そうだったとしてどうなんだと思う）。だがジムに聞いたパムの行動は、どうにも気になってならない。ボブは年末は忙しいと称してパムのクリスマスパーティーへは行かずに、〈九丁目バー＆グリル〉へ行っていた。以前はパムの子供たちにプレゼントを持っていったものだ。今年もそうすればよかったのだろうが、しなかった。そしてボブは、いま自分の考えがばらけているという自意識もあって、ずっと昔の、いつまでも愛すべき療法士エレインのことを思い出した。――それで第一の気がかりは何なの？　――彼女は僕が思ったような人間ではなかった。――じゃあ、どんな人だと思った？

　わからない。

　彼は角を曲がって、〈九丁目バー＆グリル〉に足を入れた。すでにカウンターに陣取っている常連がいた。赤毛の男に顔で挨拶されたとたんに、ボブの携帯が鳴った。「ああ、スージー。あ、ちょっと待って」彼はウィスキーをストレートで注文し、また電話に向けてしゃべった。「まあね、厳しいとは思うけど。審理には僕が行くよ。そう、チャーリーに予行演習でもやってもらうかな。そんなもんだよ。インチキなんかじゃない。大丈夫だって」しばらく目を閉じて相手の言うことを聞いた。そして同じことを言う。「そりゃそうだけど、大丈夫だってば」

ヘレンは、ドロシーに会ってから、やはり小うるさい人だと思って閉口した。リンカーン・センターへ来る途中のいやな予感が的中したようだ。セントキッツ島から帰って以来、ドロシーから電話もろくに来なかったと思い出し、あの夫妻がもう付き合いを望んでいないということでしかあるまいと考えたのだ。そうじゃないだろうとジムは言った。あのアングリン夫妻は娘のことで困っている。一家そろって心理療法を受けているが、金がかかるばかりで効果がないとアランは言い、ドロシーは毎回泣きに行くようなものらしい。

そんなことを思いながらドロシーに挨拶して、いつもの席に坐った。もう何年もシーズンチケットで確保しているボックス席だ。ここから見下ろす位置のオーケストラが、心地よく不ぞろいな音合わせを始めている。弦がチューニングして、トリルで走る音もする。まだ入ってくる客もいる。豪華な空間だと思う。まもなく大きなシャンデリアがせり上がっていくだろう。重々しい緞帳は、舞台に接する下端にビロードの房飾りが付いて、ゆらゆら華麗に折れ重なっている。音を吸収あるいは反響させるパネルが高く高く伸びていく。ヘレンにはおなじみの眺めで、いつ見ても楽しかった。しかし今夜だけは、まるでビロードの棺桶に入れられたという思いが、ちらちらと心をかすめていた。オペラが延々と続くようだが、途中で帰ることもできないとも思う。ほんとうの音楽好きはそんなことをしないのだとヘレン自身が言ってきた。

ドロシーに目を向けると、週に一度は泣きに行くとは思われないような顔をしていた。完璧に澄んだ目の色で、完璧に化粧をして、いつものように濃い色の髪を首筋にまとめている。ヘレンが「きょう婚約指輪のダイヤがどこかへ行っちゃって、ものすごく落ち込んでるの」と言ったら、小首を傾げただけだった。幕間の休憩時間に、アリゾナ大学へ行ったラリーのことを聞かれたので、うまくやってるらしいわと答えた。アリエルとかいうガールフレンドができたようで、それ自体はいいとして——まだ顔を合わせたわけではないけれども——息子にふさわしい人なのかどうかわからないとも言った。

それを聞いていたドロシーが——笑いもせず、うなずきもせず——じろりと見つめてきた顔は、じゃあ、雌のカンガルーとでもくっつければいいじゃないのよ、あたしは知ったこっちゃない、と言っているようで、ふたたび始まった音楽を聴きながらヘレンは心が痛くなっていた。友人同士とは常に化かし合っているもので、だから社会は存続する、ということだ。そのドロシーも舞台に視線を戻し、じっと動かなくなった。ヘレンは脚を組んだが、黒のパンティストッキングが上のほうでよじれているような気がした。トイレにいたら予告の鐘が鳴ったので、あわてて引っ張り上げたせいだろう。いまだに女性トイレの行列は二倍の長さになるのだから、いったいフェミニズム運動とは何だったのか。

ジムがアランに言っている。「あれはいい。すごいじゃないか」
「ジュリエットのこと?」ヘレンは言った。「あれがいいの? 全然いいと思わない」
「うちの事務所に来た補佐員の話だ」
「ふうん」ヘレンはごまかしたような返事をしてから、「あ、そうだ、言ってたわね」

そして幕が上がったのだが、またオペラは果てしなく続いて、いったいロミオとジュリエットはいつになったら死んでいくのかと思った。ずんぐりしたロミオが薄い青のタイツをはいて、どう見ても女の気を引くような男ぶりではないが、ジュリエットもまた三十五歳より下ということはあり得ず、たっぷり突き出た胸のうちを切々と歌っていた。もぞもぞと腰の落ち着かないヘレンは、もういいから小道具のナイフを胸に突き立てちゃってよ、と思った。

ようやく拍手が鳴り終わる頃になって、アランがジムの前に乗り出し、「ヘレン、あいかわらず素敵な人だな。しばらく会えなくて残念だった。おかげですっかり時間を持てあましちゃったよ。ジムから聞いたかな」

「それはお気の毒に。ほんとにしばらくだわ」

アランが手を出してきてヘレンの手をつかんだ。うれしそうな手の感触に、一瞬ときめいてしまったことに、ヘレンは衝撃を覚えていた。

3

　裁判所の審理は、州高裁の増築部分で行なわれた。ボブは時代のついた旧式の法廷になじんでいたから、てかてかのウッドパネルを貼った部屋には、これはプレハブ建材ではないかという感想を抱いた。ガレージを改装したから集まってくれ、と言われたような気がする。窓の外を見れば、どんより低い雲が川の上にかかっていた。入室する人の動きがあって、あまり美人とは言いがたい横長の眼鏡をかけた若い女が、原告席に書類フォルダーをどっさり置くと、窓辺に立って外を見た。ベージュのワンピースに緑のブレザーを合わせて、ベージュでローヒールのエナメル靴を履いている。この顔は新聞で見覚えのある司法長官補佐のダイアン・ダッジだろうと思いながら、ふとボブは気の毒に思っていた。たいして華はないのだが、ちょっとお洒落をしてしまいました、という感がある。ニューヨークの女だったら、こんな冬の装いは、いや、季節がどうあれ、こんな装いをすることはないのだろうが、この人はニューヨーカーではない。その彼女が窓辺でくるりと振り向いて、ぎゅっと口を結んで席に戻った。

　この朝のスーザンは、ネービーブルーの装いで、コートは着たままでいた。取材を認められた二人の記者のほかにカメラマンも二人いて、カメラおよび分厚いコートとともに前列に陣取っていた。ザックは、シアーズで買ってもらったスーツ姿で、刈りたての短い髪になって、パスタのような顔色で立っていた。いまはもう誰もが立って、背中の丸い判事の登場を迎える。一段高い席に着いた判事は、いかめしい声を発して、審理の趣旨を読み上げた。ザカリー・オルソンは、合衆国憲法修正第一条、宗教の自由に関する権利を侵害した容疑によって告訴される――

いよいよ開始だ。

ダイアン・ダッジが立ち上がり、背中に手をまわして組んだ。まったく意外にも若い女の子のような声を出して、事件の夜に出動した警官に証言をさせようとする。行ったり来たり学芸会の女子高生のように動いた。いつも誉められている子のように、細身の体型に運ばれる個性には無敵の自信がたっぷりと染みついている。警官は平坦な口調で答えていた。恐れ入っている様子ではない。

次に証言したのはアブディカリム・アーメドだった。カーゴパンツ、襟のある青地のシャツ、スニーカーという格好をしている。アフリカというより地中海の人間のようだとボブは思ったが、やはり見かけとしては外国人風で、しゃべりだせば訛りがひどく、英語を話しているというのに通訳が必要になっていた。いきなり豚の頭が入口から飛び込んできた状況を述べて、小さい男の子が気絶し、敷物はイスラム法によって七度の洗浄をせざるを得なかった、買い換えるだけの金はない、とも言った。ほとんど無表情な語り口に、警戒と倦怠がにじんでいる。だがザックには目を向けた。ボブにも、チャーリーにも、目が行った。大きな黒い目をしている。不ぞろいの歯が黄ばんでいた。

モハメド・フセインからも同様の証言があった。いくらか聞きやすい英語で、勢いもある。すぐにモスクの戸口へ走ったが誰の姿も見なかったと言った。

それで、フセインさんは、こわいと思いましたか？　ダイアン・ダッジは自分の喉首に手をあてがった。

「すごくこわかった」

危険が迫っていると思いましたか？

「はい。すごく思った。まだ安心できない。つらいです。ほかの人にはわからない」

判事は、チャーリーから出た異議を認めず、フセインに話を続けさせた。ダダーブの町や「強盗団《シフタ》」のことが語られる。シフタは夜襲をかけて、強奪、強姦を繰り返す。殺人もある。モスクに投げ込まれた豚の頭を見て、そんなケニアやソマリアにいた頃の恐怖感を思い出した。どういう日常の行動をするにも、いつ不意打ちで殺されるかわからない危険があった。

ボブは手で顔を覆いたくなった。ひどい話だが、この子も見てやってくれ、と言いたかった。こいつは難民キャンプなんて知らない。だが小さい頃には死ぬほどのいじめに遭って、シャーリー・フォールズという町の遊び場でたたきのめされた。武装した強盗はいなくても、いじめっ子は強盗団と同じだった。こいつは要領の悪い間抜けでしかない。それがわからないのか――

もちろんソマリの男たちだって悲しいものだ。とりわけ最初の男。証言を終えて着席してから、うつむいたきり周囲を見ようとしなかった。その横顔に疲労の色が濃い。働きたいと思ってもトラウマがあって働けない男が多いのだ、ということを彼はマーガレット・エスタヴァーから聞いていた。住んでいる地区には麻薬の売人や中毒者がうようよしている。このシャーリー・フォールズという町にいて、恐喝、暴行、強盗の被害を受け、女たちは猛犬に怯えている。そんなことを言うマーガレットだが、一方でスーザンとザックにも何かしてあげたいと言っていた。いまボブが首を伸ばして見まわすと、たしかに彼女がいた。法廷の後ろのほうで立ち見している。ほんの少し、わかるかわからないか程度にうなずいて見せたのが、ずっと昔から知っている人のように思われた。

ザックが証言台に立った。

チャーリーが事の顚末を言わせている間に、ダイアン・ダッジは休みなくメモをとっていた。ザックの話はウェストアネットの食肉加工工場へ行ったところから始まる。そこの息子がザックと同じウォルマートの店で働いていたので、ちょっと遊びに行ってみた——。あ、いえ、もう友だちってほどじゃないんだけど、そのときは来てもいいぜって言われたんで。いえ、狂牛病の規制条例なんて聞いたこともなかったです。脊椎のある動物は処理方法が決まってるとか、とりのけた頭はコヨーテや熊を誘う餌にするとか、全然知らなかったです。その工場でどんな動物を扱ってるのかも知りませんでした。豚の頭を拾ったのは、たまたま工場にあったからで、ただ何となくって言うか、いえ買ったんじゃなくて、そいつが持ってっていいって言ったんで、うちへ持って帰って冷凍庫に入れて、こういうのはハロウィーンか何かに使えるかと思いました。あとでモスクへ持ってったのは、つまんないジョークのつもりでした。あの、モスクとは知らなかったです。ソマリの人が出たり入ったりしてるとしか思わなくて、そのうちに手がすべって転がっちゃって、ほんとに申し訳ないと思ってます。

ザックは神妙な顔をしていた。すべて練習どおりの話をしながら、哀れな若者の顔になっている。チャーリーは、では結構です、と言って着席した。

ダイアン・ダッジが立った。額にうっすらと汗を光らせ、眼鏡を鼻の上へ押し上げると、あの高い声で問いかけた。では、オルソンさん、こういうことですね。ある日、あなたは豚の頭を手に入れようと思い立つ。加工場へ行ったら、うまく一つ見つかって、持ち帰ろうと思った。そして、いま本法廷において宣誓をした上で、ただ何となくそうしたと言っている。

ザカリーは怯えた顔になった。さかんに唇を舐めながら「ただ落ちてたって言うか」と答えている。

判事が、水を飲んでもいいのですよ、と言った。

「あ、あの。いいえ」

よろしいのですか。

「えと、じゃあ、お願いします」

コップの水を持たされて、少し口をつけてから、どこへ置こうかと迷っているようだった。もちろん証言台に置けばよいだけのことだ。ボブは横目でスーザンを見やった。じっと息子を見て坐っている。

すでに友人ではない人物の加工場へ、豚の頭を手に入れるつもりで行ったのですね。

「いいえ、違います。そんなんじゃないです」ザックの手が震えて水がこぼれた。それでまた慌てふためいて、ズボンを見下ろしている。チャーリー・ティベッツが立っていって、グラスを受け取り、右手側に置いてやってから、自席に戻った。判事はわずかに首をうなずかせ、進行を促した。

あなたは羊や小羊ではなく、牛やヤギでもなく、豚の頭を手に入れた。そうですね？

「豚の頭しかなかったから。あの、狂牛病のことがあって、ほかのは――」

イエスかノーで答えてください。あなたは豚の頭を手に入れた。そうですね？

「イエス」

ただ何となく手に入れた、ということですね？

「はい、そうです」

なるほど。そんなふうに考える、と。

チャーリーが立った。――被告を不当に追いつめています。

ダイアン・ダッジはゆっくりと一回転してから言った。それを自宅の冷凍庫に入れたのですね。

「はい。地下室の」

お母さんはご存じだったのでしょうか？

チャーリーが立った。――異議あり。推論を言わせようとしています。

このあたりについてザックは答えなくてもよくなった。つまり、もう何年も母親が冷凍庫を使っていないことを言わずにすんだ。スーザンの夫が祖先の地スウェーデンに去って以来、ということだ。それからのスーザンは、がりがりに痩せた息子に食事をさせるだけで、地下室の冷凍庫を活用するまでもなくなった。メイン州ニュースウェーデンから来た若い夫との新婚時代とは話が違う。いまとなっては、この男は息子に電話をすることもなさそうで、たまにメールをよこすのが関の山だ。ボブは手をぺったりと膝に乗せて、大きく指を伸ばしていた。冷ややかなスーザンが、似たように寒々しい風土に育った冷ややかな男と結婚した。それで生まれた未熟なザックが、いま証言をさせられている。「だんだん溶けだしてきたんで、手がすべって。わざと悪いことしたんじゃありません」

では、豚の頭は勝手にモスクに転がっていったので、あなたにはそういう認識がなかったと、そのように言っているのですね。そう考えてほしいのだと、わたくしにも、この法廷にも言っています。ある晩、グラサム街を歩いていたのですね。ああ、そうだ、きょうは冷凍の豚の頭を持って歩こう、と思った？

チャーリーが立った。裁判長、この質問は——

判事がうなずき、手を挙げて制した。

ダイアン・ダッジはザックに言った。そのように言っているのですね？

ザックはわけのわからない顔になった。「すみません。もう一度言ってもらえますか？」

あなたはソマリ人が集まる場所だと知りながら、モスクだとは思わなかった。祈りの場だとは思わず、また豚の頭がモスクの中へ入って被害をもたらすとも思わなかった、と言うのですね？

「入口に近づいたのがいけなかったと思います。誰にも悪いことをするつもりはなかったんです。そんなんじゃありません」

そのように思ってほしいのですね。裁判官にもそのように期待している。アブディカリム・アーメドや、モハメド・フセインにも、そう思わせたい。そう言って彼女はうしろの席にいる面々に向けて、大きく手を振った。その瞬間、緑のブレザーがはだけて、貧弱な胸元にベージュのワンピースがちらついた。

チャーリーが立った。裁判長——

検察側は質問を変えてください。

そう信じてほしいのですね？

ザックは困った顔でチャーリーに目を走らせ、チャーリーはそっと小さくうなずいてやった。

オルソンさんは、質問に答えてください。

「誰にも迷惑をかけるつもりじゃありませんでした」

さて、もちろん、ご存じでしたね？　これがラマダンの時期にあたっていて、イスラムの信仰においては最も神聖な期間であることくらいは、知っていましたよね？

チャーリーが立った。——異議あり、ことさら追いつめています。

質問を変えてください。

では、あなたの手から豚の頭がすべって、そのまま転がってモスクに入っていったというときに、それがラマダンの期間内だったことを承知していましたか？　ダイアン・ダッジは眼鏡を鼻に押し上げ、またもや手を背中にまわして組んだ。

「いえ、ラマダンが何かも知りませんでした」

それだけ何も知らないということは、イスラム教徒には豚肉が不浄であることも知らなかった？

「あの、質問がよくわからなくて、すみません」

こんな調子が続いて、ようやく彼女が引き下がり、またチャーリーからの質問ができるようになった。さっきと同様、おだやかな聞き方をしている。では、ザカリー、あの事件当時には、ラマダンについて聞いたことはあったのかな？

「いえ、ありません」

ラマダンとは何なのか、初めて聞いたのは？

「あとで新聞を読んでからです。それまでは知りませんでした」

知ったときには、どう思いました？

異議あり。いまの質問は事実とは関係ありません。

質問への答えが事実に関わるのです。もし被告への容疑となっているものが――

オルソンさんは、質問に答えてかまいません。

チャーリーが質問を繰り返した。ラマダンだったことを知って、どう思いましたか？

「まずいと思いました。わざとひどいことをするつもりではなかったので」

ここで判事が、弁護側は次の質問に移ってください、すでに扱った事柄です、と言った。

では、狂牛病対策の観点から、脊椎動物については解体処理に関する特例が定められていますが、そういうことには気づいていませんでしたか？

「全然知りませんでした。豚の脊椎がどうなってるとか、そんなの知らなかったです」

異議ありっ。ダイアン・ダッジがほとんど金切り声で叫んで、判事もうなずいた。

さて、その豚の頭を手に入れて、どうしようと思いましたか？

「ハロウィーンで、おもしろい使い道があるかもと。玄関前の階段に置くとか」

裁判長！　単なる繰り返しです。何度も言えば嘘が真になるのでしょうか。立ち上がったダイアン・ダッジの顔には、ありありと嘲笑が浮いていた。もしボブが裁判官だったら、法廷侮辱罪を問うたかもしれない。それほどに彼女は嘲笑う態度をむき出しにしていた。

だが判事はこの異議を認めた。ようやくザックが証言台を離れてよいことになって、チャーリーの隣に着席したときには、頬が真っ赤に染まっていた。

判事が裁定を考えている間は、休憩時間になった。ボブのほかに、スーザン、ザカリー、チャーリーに目をやって、また小さなうなずきが返された。またボブはマーガレット・エスタヴァーとリー・ティベッツ弁護士という四人で、小さな別室に腰を落ち着けた。しばらく押し黙っていたが、スーザンが口を開いて、いま何か欲しいものがあるかとザックに言った。ザカリーは視線を落として首を振る。そのうちに係官がドアをたたくので、また法廷に戻った。

ザカリー・オルソンは起立するように、と判事が言った。立ち上がったザックは、完熟トマトのような赤い頬になって、その顔に汗がたらたらと流れた。判事は公民権侵害で有罪と言った。宗教の自由を認めた憲法修正第一条に違反する脅迫行為である。今後、弁護士と面会する必要を除いて、モスクから二マイル以内に近づくことを禁じ、またソマリ人社会とは一切の関係を持ってはならない。この禁止命令に違反した場合は、五千ドルの罰金と一年以内の服役に処す。ここまで述べてきた判事は、眼鏡をはずし、表情の読めない目になって（それだけに冷酷とも言える目で）ザックを見た。「オルソンさん、現在、そのような命令がメイン州に二百ほど出ています。これに違反した者が六人いますが、いずれも収監されているのですよ」判事は顔を突き出し、一本の指をザックに向けた。「ま、この次に法廷で会うようなことがあるとしたら、歯ブラシを持っていらっしゃい。それだけあれば充分だ。では休廷」

ザックは母親の姿をさがして振り返った。その怯えた目の色は、ボブにも波を打って伝わるようで、いつまでも忘れられないものになった。

そして忘れられないと言えば、アブディカリムの心にもずっと残ることになる。

廊下に出ると、やや離れてマーガレット・エスタヴァーが立っていた。ボブはザックの肩に手を置いて、「じゃ、またあとで。先に帰っていてくれ」

シャーリー・フォールズの街を抜けていく車の中で、ようやくボブが口を開いた。「どういう証言をさせるまでもなく、初めから結論は決まってたんだな。そう思うでしょう。あのダイアン・ダッジがいじめを仕掛けただけだ」

「でしょうね」いま車は川沿いに走って、右手側に古い工場跡を見ている。がらんとした駐車場の上空が、うっすらと灰色になった。

「おもしろがっていた。ああいう趣味なんだな」とボブは言ったが、マーガレットの反応がないので、ちらっと目をやると、彼女は心配げな顔を見せた。さらにボブは「ザックって間の悪いやつだとも思うでしょう」と言った。ソーダの空き缶二つとくしゃくしゃの紙袋を避けて足を動かす。車の中が散らかってるのよ、ごめんなさいね、と言われていた。

「あの子、見てるとかわいそうで」マーガレットはハンドルを切って、コミュニティカレッジの前を通過した。「チャーリーに聞いたかしら。ジムのこと」

「ジム？　兄貴が、どうかした？」

「まずかったみたいなのよ。よかれと思って、わざわざ来たんだろうけど。ああいう演説をされたら、ディック・ハートリーが馬鹿みたいに見えちゃって。それにまあ——ジムがさっさと引きあげたのが、よけいまずかった」

「ジムはいつもそうだけど」

「でもねえ」マーガレットは溜息まじりに言った。「メイン州ではそうはいかないのよ」いいかげんに引っつめた髪がはらはらと落ちかかって、顔が半分隠れたようになっている。「ジムのあとが知事だったでしょう。そこで帰ったんだから、失敬な、ってことになってね。ま、そういう噂を耳にしたのよ。これから知事の演説があるってときに、すっと消えちゃったから」マーガレットは赤信号で車を止めた。「で、やっぱり」と声をひそめて、「知事の演説なんてたいしたことなかったけどさ」

「ジムとくらべたら誰だって分が悪いよ。そうなっちゃうんだな、ジムは」

「なるほどね。ともかく、いま言おうとしてるのは、こっちの州都が面倒くさいことになっちゃったっていう話よ。司法長官事務所に知ってる人がいるんだけど、あれから何週間もディック・ハートリーが頭から湯気を立ててたんだって。それで、この件は偏見の側面から立証できるという見込みをつけてから、ダイアンにゴーサインを出したのよ。またジムからも電話しちゃったんでしょう？　それでダイアンがなおさらいきり立った。そんなこんなで、きょうみたいなことになったの」

ボブは窓の外を見た。小さな住宅が次々に行き過ぎる。クリスマスリースを戸口に飾ったままの家が多い。「そういう論評記事でも出たのかな。ジムは《シャーリー・フォールズ・ジャーナル》を電子版で読んでるが」

「いえ、こんなこと外部には出ないでしょうね。それと現実問題として——ほら、モハメドやアブディカリムの証言を見たでしょ。ああいうことするのは当人たちにも苦しいのよ。言うまでもないわよね。ただ、きょうの決定を受けて連邦検察が動きださないともかぎらない。ソマリ人社会にも、そっちへ押そうとする人がいるから」

「何てこった《ジーザス》」ボブは低くうめいた。それから静かな声で「ごめん」

「何が？」

「ジーザスと言ってしまった」

「おー、ゴッド、まじめなのねえ」マーガレットがびっくり仰天の顔を向けた。またハンドルを切って、町へ戻る道を行く。「警察のジェリー・オヘアは、あんまり司法長官事務所に先走ってもらいたくなかったみたい。きょうの結果は不本意でしょうね。昔からスーザンを知ってたんでしょう。気分的には、もういい、ってところよね。でもねえ――」マーガレットはひょこっと肩をすくめて、「人種による名誉毀損に反対する会のリック・ハドルストンみたいな人もいるのよねえ。追及の手を緩めるなっていう口だわ。あたしだって、正直なところ、これがザカリーじゃなかったら、緩めるなって言いたいけども」

「でもザカリーなんだ」この人をずっと前から知っているという感覚を、ボブは禁じ得なかった。

「そうなのよ」と言ったマーガレットが、いくらか間を置いて、溜息まじりに「ほいい」とも言った。

「いまほいいって言った？」

「ええ。元の夫にユダヤ人がいたんで、いくつか口癖がうつっちゃった。なかなかの表現力だったわ」

高校の前を通過した。運動場が雪におおわれている。「がんばれホーネッツ、打倒ドラゴンズ」という看板が出ていた。「元の夫って、何人もいたの？」

「二人。一人目はボストンで大学時代に知り合った。それがユダヤ人のほう。いまでも仲はいいのよ。たいした人だわ。その後、メイン州に帰って、こっちの人と再婚した。すぐ終わったけどね。五十歳にして離婚歴が二つなんて、信用される人物像じゃないかも」

「そうかな。そうは思わないが。もし映画スターだったら、二つなんて、まだまだこれからってところだろ」

「あたしはスターじゃないもの」彼女はスーザン宅の門内へ車を入れた。その笑顔が、すっきりして、いたずらっぽくて、ふと悲しげでもある。「会えてよかったわ、ボブ・バージェス。あたしで役に立つことがあったら、遠慮なく電話して」


まったく予想外のことに、スーザンとザックが、ボブの帰りを待っていたような顔で、キッチンに坐っていた。「たぶん飲むものでも持ってきてるんじゃないかと思って」ネービーブルーに装ったスーザンは、いつもより大人の貫禄が出ていた。

「ダッフェルバッグにあるよ。さがしてみた？　空港から来る途中でウィスキーとワインを仕入れた」

「やっぱりね。そうだろうと思ったけど、人の持ちものに勝手に手を突っ込んだりしないわよ。ワインを少々いただける？　ザカリーも飲んでみようかなだって」

ボブは水のグラスにワインをついだ。「そうか、ウィスキーの気分ではないんだな。きょうは厳しい一日だったしな」

「ウィスキーって、悪酔いしそうだ」ザックは言った。「一回、気持ち悪くなった」

「いつよ?」スーザンが言った。「いつそんなことあったの?」

「八年生のとき。父さんと母さんにいいって言われて、タフトさんちのパーティーへ行った夜だ。みんなバカみたいに飲んでさ、森の中で。おれ、ウィスキーなんてビールみたいなもんだろうと思って、がーっと飲んじゃって、あとで吐いた」

「あんた、まあ」スーザンがテーブル上に手を出して、息子の手をさすった。

ザカリーはグラスに目を落とした。「カメラマンがシャッターを切るたびに、銃で撃たれたような気がした。カシャッ。いやだった。それで水をこぼしちゃった」ここでボブに目を向けて、「おれ、すごいドジだったかな」

「そんなことない。あの女は質が悪すぎる。もういいじゃないか。終わったよ」

すでに太陽は低い位置にあって、キッチンの窓からすべり込む薄い光が、束の間だけテーブルに落ちかかり、床へも落ちた。スーザンと甥っ子がいて、ワインを飲んでいる。これも悪くない——

「で、ボブおじさんは、あの女牧師というか何というか、ともかくあの人に惚れちゃったの?」

「惚れた?」

「うん。そんなように見えたりするんで」ザックは、どうなんだろ、と言いたげな顔をした。

「年とってからでも惚れるなんてことあるのかな」

「あることはあるだろうが、おれがマーガレット・エスタヴァーに、なんてことはないね」

「嘘だろ」ザカリーはにやりと笑う。「ま、いいよ」またワインを口にした。「とにかく帰りたいと思ってた。あっちにいる間は、ああ帰りたいと思ってばかりだった」
「もう帰ってるじゃない」スーザンは言った。

4

土曜日の夜。つまり今夜のような夜がある。人当たりのよい夫とエレベーターを降りたパムが、どこかの玄関ロビーへ入っていく。大きな電球の光、夢幻の影が、ずっと先の室内まで続いている。ろくに知らない人の頬にキスをして、差し出されるトレーからシャンペングラスを取って、さらに進めばダークオリーヴかディープレッドの壁に照明つきで掛かる絵があって、長いテーブルにはクリスタルがきらめく。ずっと下に見える街路が堂々と地平線まで伸びていって、遠ざかる赤い尾灯が交歓するように溶け合う。室内に目を戻せば、黒いドレスの胸に金や銀のネックレスを垂らした女たちがいて、ぴたりと足に合った見事な靴を履いている——。そんなときパムは、そして今夜もまた、考える。こういうものが欲しかった。

何のつもりなのか自分でもなんだかよくわからない。ただ、ふんわりと心地よくのしかかってくる感覚として、これでよいのだと思っている。ほんとうは別の暮らしをしたいのだという針で刺されるような物思いは、とうの昔に、さっぱりと吹っ切れた。いまは気持ちが落ち着いて、何事にも超然としていられそうだ。この瞬間が、押しも押されもしないもののように、しっかりと彼女の前に広がっている。過去にあったどんなものでも——子供の頃に農道でさんざん自転車に乗ったことも、通い慣れた町の図書館に居坐っていたことも、ぎしぎしとフロアがきしんだ大学の寮も、あの小さなバージェスの家も、これから大人としての暮らしをするのだと心騒いだシャーリー・フォールズの町でさえも、またボブと暮らしたグレニッチヴィレッジのアパートがどれだけ気に入っていて、いつも街がにぎやかで、コメディクラブ、ジャズクラブへ出かけたのだったとしても——こういうことを自分でも欲しいと思うようになって、ここでこうして手に入れている現在を予想させはしなかった。こんな素敵な場に来ている。うなずいて話しかけてくる人々が、これを何事もなさそうに、さらりと受け止めているのがすごい。この家の主人が、ベトナムで買ったというボウルの話をしている。八年前に夫婦で旅をしたそうだ。「まあ、どうでした？」パムは言った。「ベトナムって、どうなんでしょう？」

「そりゃ、いいところよ」男の妻が言った。するりとパムに近づいて、その場の面々を仲間に引き入れるように見まわす。「よかったわ。死ぬほど好きになった。正直に言うとね、わたし、最初は行きたくないって言ったのよ」

「だって、ぞっとしない？」と言った女に、パムは何度か会ったことがある。名の通ったジャーナリストの奥さんで、飲むにつれて南部訛りが強まる人だ。今夜の服装は、高い襟がついてボタン式の白いブラウスだが、いまどきのスタイルとは思われず、遠い昔に仕込まれた南部の淑女たる上品ぶりを維持したいだけのようだった。堅苦しい過去と別れがたくなっているらしい女が気の毒に思えた。

「それがね、きれいなのよ。きれいな国だわ」この家の奥さんが言った。「嘘みたいに思うでしょうけど——でも嘘じゃなくて、あんなひどいことがあったとは思えないの」

　ダイニングルームへ移動し、どの席につくのかと案内されて——ほかの人と入り交じるのがルールなので、夫とは遠くに離され（長いテーブルの反対側の夫に指先を動かして合図したが）ずっと以前、ボブとニューヨークへ出ようかという話をしたときに、「パムなんてニューヨークに殺されちゃうよ」と言ったのがジム・バージェスだったことを思い出した。それだけはジムを許す気になれない。変わるということに対して、どれだけパムが貪欲で、適応性があって、また常に欲求があったのか、ジムはまったく見逃していた。もちろん当時のニューヨークはいまとは全然違っていたし、彼女もボブも貧しかった。だがパムはどれだけ落胆することがあっても、たいていは意志の力が勝っていて、あの最初のアパート、つまり浴槽で皿洗いをしたくらいに手狭だったアパートには当初の魅力を感じなくなって、おっかない地下鉄に乗ることになってからでも、あえて乗ればよいではないかと思ったのだ。駅に着く直前のききーっという音だって、こんなのは平気だと思うことにした。

　隣に坐った男が、ディックと名乗った。「ディック」と言ってからパムは、何か意味ありげに聞こえてしまっただろうかと思った。「どうも、初めまして」と言ったら、男はことさら丁寧に顔をうなずかせて、ご機嫌いかがと言った。パムはご機嫌と言えばご機嫌で、これから酔いが回るだろうという間際にいた。昔ほどには食べなくなったし、もう年も年だということで、代謝に影響しないわけがないから、若い頃よりは飲める量が減っている。そんなことをディックに言いたくなったのだから、なるほど酔いが回りそうなのだと自分でも気がついて、ことによるともう酔っているのかもしれないので、にっこりと笑みを返すだけにしておいた。すると男は、今度もまた丁寧だが、わざとらしく装うことはなくなって、お仕事はされているのですかと言った。だから非常勤の話をして、昔は研究所にいたこともあると答えた。あんまり科学者には見えないかもしれなくて、そのように人に言われたこともあって、でも科学者らしいというのがどういうことなのかわからないけれども、たしかに科学者らしいとは思えなくて、ただ科学者らしく見えないとしたら、じつは科学者ではないからで、もともと科学者の助手をしていて、その人は寄生虫学の先生で――

ディックは精神分析の医者だった。気さくに眉を上げる表情を見せて、ナプキンを膝に置く。パムは「じゃあ、ぜひ分析してくださいよ」と言った。「遠慮なくやっちゃってください。ちっとも構いませんから」

もう一度、夫に向けて手を振った。夫は長いテーブルの端のほうで、きっちりとボタンを掛けた白いブラウスを着ている何とかいう名前の南部の夫人と隣り合っている。パムの隣では、ディックが分析とは人間そのものというより人間の欲望を分析するのだと言っている。マーケティング会社の嘱託医でもあるそうで、「そうなんですか？」とパムは言った。もし今夜ではなかったら、またしても「別の暮らしをしたい」という考えに突き進んだかもしれない。あるいは、このディックという男に、ほんとうにヒポクラテスの誓いを立てたのか、人々に消費させるために医術を用いているのかと問いただしたかもしれない。だが今夜はすてきな夜なのだから、ある種の観点は遠ざけておいてもよい。細胞が怒りに沸き立つことはそう何度もあるわけでないし、また今夜がそのようでなくてもよいのだ。ディックがどういう人生を歩もうと知ったことではないと思い直して、この男が反対側の隣人と話しだした頃合いに、パムはテーブルを見まわし、この場にいる何人かについて、どんなセックスライフになっているのか（いないのか）想像をたくましくした。ほっぺたの垂れ下がった男から、ずっしり重そうな腰つきの女に、さりげなく色目が遣われたように思ったのだ。女もじっと見つめる目を返していた。見かけがどうあろうとも、人間は裸になってくっつきたい欲望を抜けないということに心が騒ぐ。生物の本能がなせる業とは言いながら、その用途はすでに終えている。子供を産むような年齢の女とは思えない……。そう、たしかにパムは、つかまえにくいサラダを食べている最中に、もう酒量の限度を超していた。

「え、何ですって？」彼女はフォークを置いた。やや離れた席から、メイン州の小さな町のモスクに豚の頭が転がり込んだという話し声が聞こえたのだ。

それを言ったのはパムの知らない男だったが、もう一度いまの話を聞かせてくれた。「ああ、その事件ね」パムはフォークを手にした。ここでザカリーを知っているなどと言うつもりはないけれど、わが身が危ないような気もして、後頭部がかーっと熱くなった。

「思いきったことをしたもんだよ」と男は言った。「公民権侵害で審理だとか、新聞に出ていた」

「メイン州ならキャンプで行ったことがある」ディックの声が、まるで耳元で言われたように、やけに間近く響いた。

「公民権侵害で？」パムは言った。「有罪だったの？」

「らしいね」

「ということは、収監される？」あの子は部屋にこもって泣く、とボブが言っていたのを思いだした。不安が全身に走る。クリスマスのパーティーにボブは来なかった――。「いま何月でしたっけ」

この家の奥さんが笑った。「そういうときもあるわよね、パメラ。今年が何年だったか忘れちゃうこともある。いまは二月よ」

「禁止命令に違反しなければ、実際に収監されることはない」と男が言った。「要するに、モスクに近づくな、ソマリ人社会と関わるな、っていうだけだ。州としては警告を発したつもりだろう」

「メイン州ってのは、おかしなところだ」別の誰かが思ったことを口にした。「どういう方針なんだかわかりゃしない」

「あのね」と、たるんだ顔の男をじっと見つめていた重そうな腰の女が言いだした。大きな白いナプキンでご丁寧に口をぬぐうので、みんな仕方なしに文句も言わずに待っていた。「その若い人がずいぶん思いきったことをしたっていうのは、その通りなんだけども、いまは国全体がおっかなびっくりになってるのよ」握った両手をそっとテーブルに置いて、右に左に目を向ける。「けさだってね、市長公邸の川沿いを歩いてたら、ニューヨーク市のヘリコプターや警備艇がぐるぐる動きまわってるから、どうしたんだろ、またテロ攻撃でもあるのかしらなんて思っちゃった」

「ああ、時間の問題だね」と言う人がいた。

「そうさ。だから何も考えずに、生きたいように生きてればいい」何とかいう名前の南部の女の隣にいる人が、腹立たしげに言った。

「危機にどう反応するかというのが、人間のおもしろいところだ」ディックは言った。

だが、もうパムは身を引いている気分だった。今宵の華麗なるばかばかしさについていけなくなっている。ザカリーが暗く存在して――ああ、ザカリー、痩せこけて、黒い目をして、つい哀れに思ってしまう子だ！――あのザカリーがこの部屋に存在して、もちろん他人に感じられるはずもないが、これでもパムは叔母にあたる。それなのに知らん顔を通そうとしている。夫が何かを言いだす心配はないだろう。そっちに目を走らせれば、いま夫は隣の人としゃべっているだけ。これだけの人がいて、パムはたった一人になっている。目の前にパージェス家の人々が広がる。「ああ」と思わず口に出しそうになった。生まれたばかりのザックを見に行った日を思い出している。こんな変な赤ん坊がいるものかと思った。うまく母乳が飲めないとか何とかいうことで、スーザンがすっかり惨めな立場に置かれていた。しばらくしてパムとボビーも足が遠のいた。あんまり気分が暗くなるからとパムは言い、それにボビーさえも同意した。ヘレンだって同じように考えた。いまパムの目の前でサラダの皿が片づけられ、マッシュルームリゾットの皿に置き換わった。「ありがとう」と言った。いつも給仕には礼を言うことにしている。もうずいぶん昔になるが、二度目の結婚でこういう生活に入ったばかりの頃、あるパーティーでドアを開けてくれた人と握手をして、「パム・カールソンです」と名乗ったら、ふと怪訝な顔をされ、コートをお預かりいたしましょうかと言われた。友人のジャニスに、いまのは執事よ、と教えられた。そんな話をボブにしたこともある。いつもながら素晴らしい人で、ちょこっと肩をすくめて受け止めてくれた。

「いま驚くべき本を読んでる。書いたのはソマリ人の女」と言っている人がいた。パムは「だったら読んでみたいわ」と言った。自分の声を聞いたら、ザカリーを心の中から追い出せそうになった。でも、それでまた悲しくもなった――ワイングラスに手をかざして、もう要らないと伝える――以前の暮らし、二十年にもおよんだバージェス家との生活、あんなに長かった暮らしがあっさり消えてなくなるわけがない！（それがあり得ると思っていた）ザックだけではない。ボブ。あの開けっぴろげな顔。青い目と、そのまわりに刻まれる笑い皺。きっと死ぬまでボブは帰るべき家のようなものだろう――そうと気づかなかったのが、とんでもないことだった！このとき彼女は現在の夫のほうを見ていない。こんなときに見ても見なくても変わりはない。ほかの誰とくらべて近しいというようなこともなくて、みんな同じように意味も現実味も薄れて、無関係の気楽さですするする遠のいていく。あとに残るのはザカリーとボブ、それにジムとヘレン、あの一家の、芯まで強力な磁石のような存在感だけ。バージェス兄弟、バージェス家！いまパムの心には、一家を挙げてスターブリッジ村へ行ったときの、まだ子供だったザックの思い出が広がった。いとこたちが、こうしよう、ああしようと誘いかけるのだが、小さかった黒髪のザックは楽しむということを知らぬげで、この子は自閉症ではないかとパムには思えていたのだが、というに診断に連れていかれていいるだろうとも思っていた。パム自身はスターブリッジ村へ行ったこの日には、いずれボブとは別れるだろうというつもりで、そのことをボブは知らずに、親戚の子供らをスナックバーへ引率しながらパムの手を握っていた、というような記憶に心が痛む――。彼女は顔の向きを変えた。テーブルの端のほうで、さっきテロの脅威を鼻で笑っていた男が言っている。「女の大統領候補なんてのが出たって、投票しようとは思わないね。この国にはまだ無理だ。個人的にも無理だが」

すると、何とかいう名前の南部女が真っ赤な顔になって、いきなり思いもよらない発言をした。

「ばか言ってんじゃねえよ、ばーか！」フォークを皿にたたきつける。ものすごい沈黙が室内にのしかかった。

帰りのタクシーに乗ってから、パムは「おもしろかったわねぇ」と言った。あすは朝一番に友人のジャニスに電話しようと思っている。「あの女の旦那さん、いたたまれなかったんじゃないの。ま、どうでもいいけどね、すごかったわ！」ここで手をたたいてから、さらに言った。「今年のクリスマスパーティーに、ボブは来なかった。ということは何かあったんじゃないの」だが、もう悲しくて言っているのではなかった。さっき食卓でとりつかれた重苦しい切なさ、バージェス家の子供たちへの懐かしさ、昔の生活を掛け替えのないものと思う感覚は、腹筋の引きつった痛みがおさまるように、もうどこかへ消えていた。痛みが消えるのはすばらしいことだ。パムはタクシーの窓から外を見て、夫の手を握った。

ランチタイムのミッドタウンは人があふれる。歩く人が舗道からこぼれ出し、渋滞の横断歩道に出ていく。レストランで商談をしようとする人もいるだろう。だが、きょうは格別の緊張感がある。朝方に世界最大の銀行が住宅ローンの焦げ付きに関する最初の報告を出した。しかも優に百億ドルを超えるという。それでどういうことになるのか、まだ人々は知らなかった。さまざまな意見が飛びかったのは確かで、年末には車の中で寝泊まりする人が出るのではないかと書くブロガーもいた。

ドロシー・アングリンに車上生活の恐れはなかった。金はある。もし資産の三分の二を失っても、いまの暮らしぶりを変える必要は皆無だろう。六番街に近い五十七丁目のお洒落なカフェに席をとって、学校の美術教育プログラムを支援する資金集めで知り合った友人と語りながら、最近の常として心は別のところへ飛んでいた。いま話題にしているプログラムではなく、この国が直面するかもしれない経済情勢のことでもなく、娘のことを考えていたのだ。ふんふんと顔をうなずかせ、聞いている体裁だけは繕っていたが、ひょいと見ると、あるテーブルにジム・バージェスがいた。同席しているのは、今度来た弁護士補佐だという女だろう。ドロシーは目の前の友人には何も言わず、ただ二人の様子をうかがった。あの若い女には見覚えがある。事務所へ行った日に、口をきいたことがあった。長い髪で、ほっそりした腰つきの、おとなしそうな子だと思った。奥まった席にいるので、二人ともドロシーに気づいてはいないだろう(と思った)。女は笑ってしまう顔を隠したいように、大きな布のナプキンを持ち上げた。テーブルの横のクーラーに、ワインが一本、鎮座している。

ジムが前に乗り出し、また坐り直した。腕を組んで、相手の答えを待つように小首を傾げる。また女がナプキンを口元にあてる。羽を広げたクジャクというか、尻を嗅ぎあう犬同士というか(ヘレン、とドロシーは思った。ヘレン、ヘレン、ヘレン。何にも知らないおバカなヘレン。だが、こんなことを心底考えたわけではない。そんな言葉が心をよぎったというだけだ)。その二人が立ち上がり、テーブルから離れようとして、ジムは女の背中に手を添えた。ドロシーはメニューを顔の前にかざして、ふたたび下げたときには、二人の姿が路上にあって、笑いながらのんびり歩いていった。どうやら大丈夫、見られなかった。

古典的なドラマ。娘みたいな年の女だ。

向かい合う友人の話を聞く素振りで、そんなことを考えていた。この友人にも娘がいて、やはり高校時代には扱いに困ったようだが、いまではアマーストでまともな学生になっている。だから、お宅の娘さんも大丈夫よ、という話のようなのだが、それよりはいま見たことを考えずにはいられなかった。あとでヘレンに電話して、さりげなく言ってやってもよい。さっきジムを見かけたわ、補佐の人とうまくいってるみたいでよかったわね……。いや、電話するのはやめておこう。

「どうってことない」そろそろ寝ようかというときにアランが言った。「あの二人は、共同作業になってる案件があって、うまくやってるよ。エイドリアナは金に余裕はないはずだ。ふだんはプラスチックの弁当箱を持ってきてデスクで食ってる。ジムのやつ、たまには食事でもおごって、いつもの労をねぎらったってところか」

「だって五十七丁目の最高級の店でワインをボトルで飲んでたのよ。ジムは休暇で旅行したってお酒は飲まない人でしょうに——。あれを事務所の付けにしてないといいわね」

アランは汚れ物の靴下を拾い上げて、洗濯籠へ持っていった。「このごろジムは苦労してるんだ。甥が面倒になってからずっと悩んでるよ。見てるとわかる」

「どうわかるの？」

「そりゃ、これだけ長い付き合いだからな。あいつは、のんびりしていても、戦闘モードに入っても、口は達者なんだ。あの口が開けば、どかすか言葉が出てくる。だが、何か気に病むことがあると、ぴたっと静かになる。このところ何ヵ月か、静かなものだ」

「あら、きょうは静かな日じゃなかったのね」

5

アブディカリムはできるだけ寝るまいとしていた。夜に寝ると夢を見る。大きな重石にのしかかられたようにベッドで動けなくなってしまう。いつも夢は同じだった。トラックがゆっくりと、それから急に近づいて、モガディシュにあった店の前でタイヤをきしませるので、息子のバアシが困った顔で父を見る。トラックの荷台には若い連中が乗っている。息子ほどの年にいかない子供もいる。荷台から飛び降りるやつらの、若い脚、細い腕の動きが見える。銃のストラップを肩に掛け、銃身を手に持って構える。音もなく（なにしろ夢だ）店のカウンターを、棚を、たたき壊して、不意打ちの大混乱が生じる。地獄の大波を頭からかぶったようだ。ついに凶変に見舞われた。ここへは来ないと思ってしまったのはなぜだろう。

もう幾夜幾晩、かれこれ十五年ほども、夜になればこのことばかりが頭に浮かんだ。最後に行き着く考えは同じだ。もっと早くにモガディシュを出ればよかった。心にある二つの世界を一つにまとめてしまえばよかった。すでにシアド・バーレは逃亡していたが、反政府勢力も分裂し、アブディカリムの心もまた二つに割れた。心が二つになっては、ものが見えなくなる。一方の心は言った。アブディカリムよ、この都は凶暴だ、妻と娘らを逃がせ。だから彼はそのようにした。するとと心の中にある別の世界が言った。おれは残って店を守る、息子とともにそうする。

息子は背が高く、黒い目をして、怯えた顔を父に向けていた。その向こうに街路が見えた。壁がひっくり返され、土埃と煙が舞って、息子が倒れた。腕と脚を別方向に引っ張られたようだった――。銃を撃つのはよくない。今生にも来世にもおよぶ悪事だ。しかし荒みきった若い連中には、たいしたことではないのだろう。そいつらが突入してくる。棚もテーブルも吹っ飛ぶ。アメリカ製の大きな銃が振りまわされる。どういうわけか――わけもなく――一人だけ残ったやつが何度も銃床を息子にたたきつけた。そっちへ這っていこうとするアブディカリムは、夢の中では絶対にたどり着けない。

叫びを聞いてハウィヤが駆けつけてくる。何やらアブディカリムにささやいて、茶を淹れてくれる。「いいのよ、おじさん」と言われる。夜中に叫んでハウィヤを起こしてしまうと、いつもアブディカリムが謝るからだ。

「あの若いやつ」と、ある晩のアブディカリムは言った。「ザカリー・オルソン。あいつには心を切られるようだ」

ハウィヤがうなずいた。「ちゃんと罰を受けるわよ。そろそろ連邦検察も乗り出すんでしょう。エスタヴァー牧師もそう思ってる」

アブディカリムは暗いままの部屋で首を振った。汗が顔から首筋へしたたる。「いや、心を切られるんだ。おまえは見ていないだろうが、新聞で見たようなやつではなかったぞ。あいつは、こわがってるだけの……」と言いかけて語尾をやわらげ、「子供だ」

「ここは法律のある国だから」ハウィヤが宥めるように言った。「こわがるのは法律を破ったからでしょうに」

アブディカリムはまだ首を振っている。「よくないぞ」と、ささやくように言う。「法律があろうがなかろうが、恐怖のもとを生み出すのはよくない」

「だから罰せられるのよ」彼女は辛抱強く言った。彼は茶を受け取って口をつけ、もういいよ、寝てなさい、と言った。だが自分では寝つけなくなって、じっとりした身体を横たえているだけだった。いつもの思いが心の中にある。息子が倒れた場所に戻りたい。人生で最悪の瞬間だったが、その瞬間に戻りたいと心の奥底から思うのだ。あの濡れた髪に、腕に、この手を添えてやりたい。あれほどに愛しいと思う人間はいなかった。恐怖の真っ只中にあっても、いや、それだからかもしれないが、壊れた息子を抱きしめることは、空が青いということと同じように、まったく素直な現象だった。息子の最期となった場に倒れ伏して、あれ以来どれだけの土や瓦礫が置き換わったのか知らないが、ともかくあの場に顔を埋めたい。こうして眠れぬ夜には、それだけが望みだと思っている。バアシ、わが子よ。

暗闇に寝そべって、このシャーリー・フォールズの町に来て初めて図書館から借りたDVDのことを考えた。『アメリカ史の瞬間』という題がついていたが、アブディカリムが何週間か繰り返して見たのは、たった一つの瞬間、すなわち大統領暗殺の場面だった。ピンクのスーツを着た夫人が、車の後方に身を乗り出し、吹き飛んでいく夫の一部をつかまえようとするように見えたからだ。この有名な未亡人について語られること、つまり金と衣装にしか気の向かない女だという ことを、アブディカリムは信じなかった。ちゃんと記録に残っているではないか。あの夫人の一生の思いになったことを、アブディカリムも生涯忘れない。すでに夫人は(いまのアブディカリムの年齢くらいまでは生きて)亡くなったが、いまでも彼はこっそり友人だったように思っている。

翌朝、祈りのあとでモスクからグラサム街の店へは行かず、パイン街を歩いてユニテリアン教会へ向かった。マーガレット・エスタヴァーに会っておきたかった。

それから一カ月たって、二月の末になった。シャーリー・フォールズにまだ雪は残っていたが、太陽の位置はだいぶ高くなって、日によっては何時間か、建物の壁をあたためる黄金色の光のもとで雪がゆるみ、たくたく溶けだして、きらめいて、ショッピングモールの駐車場の端っこにちょろちょろと水の流れができていた。スーザンが一日の仕事を終えて、大きな駐車場を突っ切って歩いていると、まだ空気に春の光がとどまっている日も増えている。そんな午後に、車に乗ろうとしたら携帯が鳴った。スーザンは世間なみに携帯慣れしていないので、鳴るたびにびっくりする癖が抜けない。こんなクラッカーみたいに薄っぺらいものに話しかけるのかと思ってしまう。急いでバッグから取り出したら、チャーリー・ティベッツの声が聞こえて、この週末にも連邦がヘイトクライムとして訴追すると言った。これまで故意性がどうかという点で慎重になっていたが、ついに立件する判断に傾いた、というような内部情報をチャーリーが得たのだった。くたびれた声で「あきらめはしないが、まずいことになった」と言う。

スーザンはサングラスをかけ、うしろからクラクションを鳴らされるくらいの低速で駐車場を出た。松林を横に見て走り、交差点へ出て、病院、教会、古い木造住宅を通過して、自宅に帰り着いた。

ザックはキッチンにいた。「料理はできないけど、電子レンジは使えるからね。冷凍のラザニアを買っといたよ。僕にはマカロニとチーズ。あとアップルソースもあるから、ちょっとは料理みたいだろ」食卓を用意したということで、得意げな顔になっている。

「ザカリー」彼女はコートを掛けて、そのままクロゼットの前で立ち止まり、涙を流した。手袋のまま涙をぬぐう。息子が食べ終えたと見てから、やっとチャーリーの電話のことを伝えた。するとザカリーは大きく目を見開いて、その目が壁に、流しに、また母親の顔へと移動した。犬がくうんと鳴きだした。

「ママ」

「大丈夫よ、どうにかなる」

ザックは口を半開きにして、ゆっくり首を振ってみせた。

「だって、ほら、また伯父さんたちが来てくれる。それだけ応援があるんだし、このあいだもうまくいったじゃないの」

ザックはまだ首を振っている。「ネットで検索したんだよ。わかんないだろうけど」へばりつきそうな口の中が一気に干上がったらしい。それが音になってスーザンにも聞こえるようだった。

「半端じゃないんだ」と言って立ち上がる。

「どうしたの」スーザンは抑え気味に言った。「わかんないって何が」

「ヘイトクライムが、連邦レベルで訴追されたらどうなるか」

「どうなるのよ」テーブルの下で犬を押しのけてしまった。ふんふん鳴らす鼻先をスーザンの膝あたりにくっつける犬に、どなりつけたいくらいの気分なのだ。「ま、いいから坐って、聞かせてよ」

だがザカリーは立ったままだ。「たとえば、十年前の事件で、どこだったか忘れたけど、黒人の家の芝生で十字架を燃やしたやつがいる。八年の刑になった」ザックの目は赤い蜘蛛の巣のような色になって、涙に潤んでいた。

「だって、あんたは黒人の芝生で十字架を燃やしたんじゃないでしょうに」スーザンは静かに、きっちりと言い聞かせた。

「ほかにも、黒人の女をどやしつけて、脅し文句みたいなことを言ったとかで、六カ月くらったやつがいる。おれなんか、もう無理だよ」ザックの痩せた肩が上がった。ゆっくりと坐る。

「そんなことにはならないって」

「どうして言える？」

「そういうことしてないんだから」

「ママだって、あの判事の顔を見ただろ。この次は歯ブラシ持って来いなんて言ってさ」

「言うのよ、そういうこと。スピード違反の切符を切るだけでも言うわ。若い人を脅かして、くだらないったらありゃしない」

ザカリーはひょろっと長い腕をテーブルの上で交差させ、顔を乗せた。

「ジムだってチャーリーに加勢してくれるわ。——え、何だって？」とスーザンが言ったのは、息子が組んだ腕の中で何やらつぶやいたからだ。

ザカリーは顔を上げ、悲痛な目をスーザンに向けた。「母さんは気づいていないの？　ジムは何にもできない。そのくせ帰る前の晩に、ホテルでボブを突き飛ばすというか、そういうことをしたように思う」

「突き飛ばす？」

「まあ、そんなのはどうでも」ザックは背筋を伸ばした。「どうでもいい。僕のことは心配しないでいい」

「だって、あんた――」

「いいんだってば」ザックは最前までの恐怖心があっさり抜け落ちたように、小さく肩をすくめてみせた。「ほんとに、いいんだ」

スーザンは立っていって犬を外に出してやった。ドアを開け、ノブに手をかけて立っていると、まだ遠いけれども、だんだん近づいてきそうな、しっとりした春の気配をほんのりと感じた。こうしてドアを開けていれば自由でいられそうな、そんな馬鹿げた空想に、ふと一瞬だけとらわれた。かちりと閉めれば、永遠に封じ込められてしまいそうだ。そのドアをしっかりと閉めて、キッチンに戻った。「皿洗いはあたしがするから、あんたは適当にテレビでも見てていいわよ」

「え？」

いま言ったことを繰り返すと、息子はうなずいて、静かに「わかった」と言った。

犬を屋内に入れてやるのを何時間か忘れていた。とうに裏のポーチに戻っていたようだ。すっかり冷えた毛皮になった犬が、スーザンの足元にうずくまった。

6

「なあ、ヘレン」と、その朝、ベッドに腰かけたジムが言っていた。「いいやつだな」それから靴下をはいて、着替えに行こうとしながら、ヘレンの頭に手を置く。「いいやつだな。愛してるよ」

その姿を目で追いながら、ヘレンは「ねえ、きょうは休んで家にいてよ」と言いそうになって言わなかった。じつは不安な子供のような気分になって目が覚めたのだが、だからといってそういう口をきいたのでは、なおさら気がふさぐように思ったのだ。だから立ち上がってバスローブをはおると、「週末には芝居を見に行かない？」と言った。「小劇場とか。オフ・オフブロードウエーみたいな」

「ああ、いいよ」という声が着替えをする部屋から返った。ハンガーがすべる音も聞こえた。

「適当に見つくろっといてくれ」

バスローブを着たまま、ヘレンはキッチンに隣接したパソコンの部屋へ行き、ニューヨークで行なわれている演劇をずらずらと見ていった。だが全部を検索するのも面倒になって、ブロードウエーの芝居でもよいかと思い直し、アラスカの家族がどうとかいう演目を選んだ。宣伝文句によれば、愉快なハチャメチャ家族らしい。それから着替えをして、ふと叔母のことを思い出した。とうの昔に亡くなった人だが、だいぶ年をとってから、このごろ食欲がないと言っていた。その後、ほどなくして死んだ。そんなことを思い出して、つい涙ぐんでしまい、ヘレンは医者に電話をかけて健康診断の予約をとった。食欲が落ちたとは思わないのだが、ものに執着しなくなったような無気力感はある。月曜ならばよいと医者は言った。ちょうど予約のキャンセルがあったようだ。うまく事を運べたように思って、気をよくしたヘレンが受話器を置いた。けさのジムはやさしかったとも思い出して、あたたかい気持ちにもなった。受け取ってから忘れていたプレゼントを思い出したようなものだ。きょうはマンハッタンへ出かけようと思いついて、キッチン閣議の仲間二人に電話をかけた。一人は歯科でインプラントの予定があった。もう一人は夫の老母とランチに出ていた。だが二人とも「あら、残念、きょう時間があればよかったんだけど」と言ってくれたので、ヘレンの心は浮き立った。

ブルーミングデールズの店舗前を歩いていたら、小太りな女が携帯でしゃべっている声が耳に入った。「表側の部屋にちょうどいいクッションがあったわ。色がぴったり」これを聞いたヘレンは心あたたまる懐かしさを覚えた。一番乗りで咲いたクロッカスを見つけたようなうれしさだ。この女は、たっぷり大きな袋をたっぷり太い脚のまわりに揺らして、自己の幸福にひたっている。ふつうの贅沢ということだ。ヘレンも自分では気づかないだけで、そういうものはあったのだと思った。時間があれば会いたいと言ってくれる友人、やさしい夫、元気な子供たち——。そう、何も失ってなどいないのだ。

ブルーミングデールズの七階へ上がって、ちょっと早めのランチのつもりでシナモンスカッシュスープを口に運んでいたら、携帯の呼び出し音が鳴った。「にわかに信じがたいかもしれないが」とジムが言った。「ザックが消えた。行方不明だ」

「そんな、ただ消えるってことないでしょうに」ヘレンは薄い携帯を持ちながら、ナプキンで口をぬぐおうと苦労した。口からスープが垂れそうだ。

「ところが消えたんだ。ほんとなんだよ」ジムの声は怒っていなかった。困り果てたように聞こえる。夫がこんな声を出すことにヘレンは慣れていなかった。「これから午後の便で飛ぼうと思ってる」

「じゃあ、いっしょに行こうかしら」そう言いながら、ヘレンはウエートレスに向けて、お勘定を、と合図していた。

「行きたいなら行ってもいいが、いまスーザンはとんでもない状態にある。ザックの置き手紙には、母さん、ごめん、としか書いてなかった」

「そんなものがあったの？」

タクシーを拾って、FDRドライブを走り、ブルックリン橋を渡るという経路にあって、ずっとザカリーの置き手紙のことを考えていた。またスーザンが——おぼろげにしか思い浮かべられないが——家の中をうろうろ歩いて、警察に電話したのではないかということ。そういう状況では、人間はどういう行動をとるかということ。そう、ジムに電話をするだろう。そういうことになる。（正直なところ、アトランティック・アヴェニューへ曲がったタクシーの中で、ヘレンはぴくんと刺すような興奮を覚えていた。早くも子供たちに話して聞かせているようなつもりだ。

そうなのよ、お父さんがあれだけ慌てるなんて、まさかよね。だから、すっ飛んで帰って、飛行機の予約をとったの）

7

早まってはいけないとチャーリーに言われ、またジムにも言われていたのだが、スーザンは兄弟の到着を待ちながら、受話器をとってジェリー・オヘア署長の家に電話してしまった。そろそろ夕食時で、もし奥さんが出たら切ればいいと思っていたが、電話に出たのはジェリーだったので、ザックの失踪のことがスーザンの口を突いて出た。「ジェリー、あたし、どうしたらいい？」

「いつからいなくなった？」

わからない。スーザンが仕事に出たのが八時で、そのときにはいた、というかザックの車があった。だが、まったく暇な日で、たっぷり昼休みをとっていいと言われて十一時に帰ると、キッチンのテーブルに手紙があって、「母さん、ごめん」とだけ書いてあり、車がなくなっていた。

「なくなってるものは？　衣類とか」

「いくらか服は持ってったみたい。あとはダッフェルバッグ、携帯。ノート型のパソコンと、財布も。パソコンを持ち出して自殺するってことないわよね？　そういう例はあった？」

外から押し入ったような形跡はあるかとジェリーが言うので、ない、とスーザンは答えた。ジーン・ドリンクウォーターという上の階の間借り人も、とくに物音は聞いていない。

「昼間もドアに施錠してる？」

「ええ」

「捜査員を一人やってもいいが――」

「あ、それはだめ。ちょっと教えてもらえばいいんで――もうすぐ兄たちが来るんだけど――あの、自殺でもしようって人がパソコンを持ち出すものかどうか」

「さあて、それは何とも言えないが、ザックは落ち込んだりしていた？」

「怯えてた」スーザンは言葉が続かなくなった。今週中には連邦が動きだすくらいのことはジェリーも知っているに違いないが、とにかく彼女としては息子が生きているということを誰かに言ってほしかった。そうと言える人がいない。

ジェリーは言った。「いまわかってるのは、成人男性が一人いなくなって、車と多少の持ちものがないということだな。凶悪犯罪があった様子はない。ただ行方不明というだけじゃ、二十四時間は報告もしないんだ」

そんなことはチャーリーやジムからも聞いていた。「ごめんなさいね、お邪魔しちゃって」

「いや、お邪魔ってことはない。いま母親らしくなってるだけだろう。これから兄さんたちが来るって言ったよね。今夜は一人にならないんだな？」

「ちょうど来たみたい。ありがと、ジェリー」

ジェリーはしばらく居間に立っていたが、そのうちに夕食ができたという妻の声がした。もう長いこと警察官をしていながら、いまだによくわからない。わかるはずもなさそうだが、事件の有無は人によりけり。どこで決まってしまうのか。ジェリーの場合、二人の息子はうまく育った。一人は州警察の隊員になり、もう一人は高校の教師になった。自分たち夫婦は幸運だったが、なぜそうだったのかはわからない。この幸運はあすにでも終わるかもしれない。たった一本の電話やドアのノックで幸運が終わるという例を何度も見てきた。警察の署長などをやっていれば、幸運とはあっさり消滅するものだと心得ている。彼はダイニングルームへ行って、妻のために椅子を引いてやった。

「やだ、どうしちゃったの？」妻が軽い口をきいた。そう言って彼の首に腕を回してきたのだから驚きだ。好きな歌を二人で口ずさんだりもした。若かった頃の思い出の歌。ウォリー・パッカーの持ち歌だった。——へんな予感がしてるんだ、きみが僕のものになってくれそうな……

バージェス家の兄妹がキッチンのテーブルを囲んで、これまでの経過を振り返っている。ヘレンも来たのだが、なんとなく所在がない。ただ坐っているだけになって、その膝に犬が鼻面を乗せたがるのがうるさいので、誰も見ていない頃合いに思いきり押しのけてやった。くうんと鳴いた犬にスーザンが指を弾いて「伏せ」と言った。スーザンの手がふるえているので、鎮静剤でも呑んだらいいとボブが言い、さっき呑んだのよとスーザンが言った。「生きていてくれるとわかればいいの」

「さて、見てみようか」とジムが言った。兄弟がスーザンを伴って二階へ上がり、ザックの部屋を見た。ヘレンは一人だけ下にいた。コートは着たままだ。この家は寒い。頭の上で歩く物音がした。話し声もぼんやりと聞こえる。三人は長いこと二階にいた。クロゼットを開ける音、引き出しを開け閉めする音がわかった。キッチンのカウンターに《シンプルな人のシンプルな食事》という雑誌が出ている。手持ち無沙汰に拾い読みした。どのレシピにも楽しそうなことが書いてある。ここでニンジンにバターとブラウンシュガーをつけてしまえば、身体にいいものを食べてるなんて子供たちにはわかりません。ヘレンは溜息をついて本を置いた。流しの上の窓に樺色のカーテンがかかっている。下端に小刻みな襞をつけて、また上端にも全体に襞をよせて飾ってぃた。こういうカーテンは近頃とんと見かけなくなった。ヘレンは膝に手を置いて、婚約指輪が欠けていることを思い出していた。いまは宝石屋に修理に出しているので、まるで飾り気のない指輪だけをはめている。なんだか勝手が違う。月曜日の診察の予約をキャンセルしていなかったとも思い出し、腕時計をする手を入れ替えておけば朝一番に電話するのを忘れないかもしれない、などと考えつつ何もせずにいたら、三人が下りてきた。

「たぶん家出だな」ジムが言った。ヘレンは返事のしようがなく黙っていた。この夜はボブが泊まり込むことにして、ジムとヘレンはホテルに宿泊と決まった。

「スティーヴには知らせたの?」ヘレンは腰を浮かしながら言った。すると、いままでヘレンがいたことを知らなかったような目を、スーザンが向けてきた。

「そりゃ、知らせたわ」

「何て言ってた?」

「まともに対応してくれた。すごく心配してる」という返事はジムから発せられた。

「それならいいけど。何かしら役に立ちそうなこと言ってた?」ヘレンは手袋をはめる。

「あんな遠くにいたんじゃ、どうなるもんでもないが」ふたたびジムが妹に代わって答えた。「メールを印刷したものがあったよ。いろいろザックに言ったようだ。ちゃんと学校へ行け、興味の持てるものを見つけろ、とか何とか言ってる。じゃ、いいかな?」

ボブが「部屋の温度上げてくれる? おれ、ここに泊まるんだから」と言うと、そうするわとスーザンが言った。

ホテルへ車を走らせて、橋を渡っているところで、ヘレンが言った。「家出と言ったって行く先があるのやら」

「そこまではわからん、だろ?」

「これからどうするの?」

「待つしかない」

左右に黒インクを流したような川が、いかに禍々しいことかとヘレンは思った。ここの夜は何と暗いのだろう。「スーザンもかわいそうに」これは本心から言った。だが自分で言いながら空々しく聞こえたかもしれないと思った。ジムは何とも言わなかった。

翌日の午後、ホテルでは結婚式が行なわれていた。よく晴れた日で、空が青かった。雪がきらめき、川がきらめいた。大気中にダイヤモンドをばらまいたようだ。川に向けて張り出したテラスに記念写真を撮る人々がならんで、寒い日だとは思えないように笑っていた。この情景をヘレンは見ていたが、何も聞こえてはいなかった。高い階のバルコニーにいたせいで、川の音しか届かなかったのだ。花嫁は白いドレスの上にふわふわした白のジャケットを重ねていた。若い人ではなさそうだ。きっと再婚なのだろう。そうだとしたら、いまさら花嫁衣装というのもどうかと思うが、いまは好き勝手なことをする時代なのだし、またここはメイン州である。ぽっちゃり小太りの花婿が幸せそうだった。ヘレンはふと羨望めいたものが疼くのを感じた。くるりと向きを変えて部屋へ戻る。

「これからスーザンの家へ行くが、いっしょに来るか？」ジムはベッドに腰かけて、ぽりぽりと足を掻いていた。ホテル内の施設で運動をして、シャワーを浴びたところなのだが、やけに激しく掻いている。こっちへ来てから掻いてばかりのような、とヘレンは思った。

「まあね、行って役に立つなら、行くわよ」午前中は義妹の家でじりじりと時間をやり過ごした。

「だけど、いてもいなくても変わらないみたいなんだもの」

「じゃあ好きにしろ」ジムは言った。カーペットに白い皮膚がぽろぽろ落ちている。

「ちょっと、よしなさいよ。そんなに掻いたら皮がすりむけるわ。見てごらんなさいな」

「痒いんだよ」

ヘレンは机の前の椅子に腰をおろした。「あとどれくらい滞在の予定？」

ジムは手を止めて、彼女を見た。「どうかな。事の次第が見えてくるまで。いつになるのか。靴下どこ行ったかな」

「ベッドの反対側」ヘレンは手を出す気にはならなかった。

彼は身体をひねって回り、手際よく靴下をはいた。「いまはスーザンを放っとけないだろう。どうなってるやら、どうなることやら、ともかく後押しして進ませないと」

「スティーヴに飛んできてもらえばよかったのよ。向こうから言いだしてもよさそうなものだわ」ヘレンはまたテラスのほうへ立っていった。「下で結婚式やってる。真冬に外へ出て」

「どうしてスティーヴが出てくるんだ。もうスーザンと別れて七年だぞ。七年間、息子にも会ってないんだ。いまさらスーザンから頼むような筋合いか？」

「だって――。二人の子供じゃないの」振り向いて夫の顔を見た。

「ヘリー、そういうことを言われるとイラッと来るんだ。きみと喧嘩したいわけじゃないんだから、そんな気分にさせないでくれよ。いま妹が大変なことになってるんだ。親として耐えきれるかどうかという最悪の事態だぞ。子供が行方不明、生死も不明っていうんだからな」

「あなたの責任てことはないでしょ。わたしだって悪いことしてないわよ」

ジムは立ってローファーを突っかけた。ポケットをたたいて車のキーがあることを確かめる。

「こっちにいたくなかったら帰ってもいいぞ。今夜の便で飛んだらいい。スーザンは気にしないだろう。気づかないかもな」ジムはコートのジッパーを引き上げた。「冗談じゃなく、かまわない」

「そんな、一人だけさっさと帰れないわよ」

彼女はたっぷり厚着をして、川沿いの道で午後の散歩をした。太陽がまだ雪にきらめいて、川面にも明るく反射する。戦没者の記念碑のようなものがあると見て、足を止めた。こんなのがあるとは知らなかったが、もう何年かわからないほどシャーリー・フォールズには来ていなかったのだから無理もない。地面に大きな輪があって、大きな花崗岩の板が何枚か立っている。目を近づけていったら、つい最近イラクで死んだ若い女の名前があったのでびっくりした。アリス・リウー二十一歳。いまのエミリーと同い年だ。「かわいそうにねえ」と小さく声に出た。陽だまりに悲しみが広がるように思った。いま来た道をホテルへ引き返した。

部屋の外にいたメイドを見て驚いた。タオルのカートを押してきたようだが、その服装たるや頭から足元まですっぽりと包む長衣で、顔だけが外に出ている。丸みのある茶色の頬、黒く輝く目が見えた。ということはソマリ人に違いない。メイン州シャーリー・フォールズという町にいる黒人系のイスラム教徒としては、ほかに考えられなかった。「こんにちは！」と明るく呼びかけてみた。

「こんにちは」この娘が――いや、中年女なのかもしれないが、ヘレンには顔立ちの見当がつけられない――恐縮したように一歩さがった。ヘレンが部屋に入ると、すでに整備は終わっていた。これからはチップをはずんでおこうと思った。

五時頃にボブが来た。おそらく、そろそろ一杯飲みたくなったのと、スーザンの窮状から少し息抜きが欲しくなったのだろう。「どうぞ、どうぞ」と招じ入れた。「スーザンはどんな様子？」

「あのまんま」ボブはスコッチの小瓶をミニバーから出した。

「お相伴するわ」ヘレンは言った。「スーザンはホテルに来させないほうがいいわよ。部屋係がソマリア人みたいだから。あ、違った、ソマリ人ね」と、その女が着ていた全身をおおう衣装を手振りで示した。

ボブは、おや、と言いたげな目を向けた。「スーザンだってソマリ人を目の敵にしてるわけじゃないと思うよ」

「そうなの？」

「怒りの相手は、地区検事、連邦検事補、州司法長官事務所、それからマスコミ——なんていう全部。さてと、ニュースつけていい？」

「いいけど」とは言ったものの、あまりよくなかった。部屋のグラスに入れたウィスキーを持ってどぎまぎする気分だし、きのうの株式市場が四百十六ポイントの下落だと知って驚いたのだが、いまはザックのことでバージェス家が危機なのだから、そんなことを話題にしたらけしからんのではないかと思ったり、イラクで爆発があってアメリカ兵八名と一般市民九名が死んだというのが悲しかったりする。川沿いの碑を見たせいで、そういうことも無縁ではないような気がして、あちこちで人が死んでいるのに、もうどうしたらよいのかと思うが、思うだけで何にもできない！　以前なじんでいたものからぶつりと切り離されている（子供たちが、また小さくなったらいい——湯上がりでほかほかになっていてほしい——）。「あした、帰ってもいいかしら」

ボブはうなずいた。その顔はテレビに向いたままだ。

川の上空にうっすらと雲がかかって午後の光が弱まり、ホテルの部屋のグレーのカーペットが、薄いグレーの空を濃いめにしたような色になった。窓越しに見る小さなバルコニーの手すりは、さらに濃い色のくっきりした線を引いたようだ。ジムは疲れ果てた気配を見せていた。朝のうちにヘレンをポートランド空港へ車で送り、戻ってきたらスーザンが捜索願を出すという気持ちを固めていた。「まだ連邦に逮捕されると決まったわけじゃないでしょ」と言う。そのことに間違いはない。「釈放の条件だって、公民権侵害の禁令だって、ソマリ人社会に近づかなけりゃ、ちゃんと従ったことになるでしょうに」

「まあ、そうなんだけどね」ボブは我慢をきかせて言った。「この時点で、わざわざザックを捜索される立場に置くのかなあ」

「だって行方不明なんだもの」スーザンの声が大きくなった。というわけで、そろって警察へ行って捜索願を出した。ザックの車の特徴が——モニター画面にナンバーが出てきて——捜査資料になったのは当然である。いよいよ警察のお出ましかと思うと、ボブはあらためて不安に、また希望にも、絡めとられるような心地だった。ザックがどこかのモーテルの小部屋にでもいるところを思った。衣類を詰めたダッフェルバッグを床に置いて、ベッドに寝転がったザックが、ほかにすることもなくコンピューターで音楽を聴いている。

ジムとボブは、スーザンを自宅まで送った。ジムは車を止めてから、そのまま運転席から降りずに、「もうちょっと頑張ってくれ。おれたちはホテルへ戻って、いろいろ電話するところがある。また来るよ。夕食には間に合うだろう」

「ドリンクウォーターさんが食事の支度をしてくれてるんだけど、あたしは食欲なんてないわ」車を降りるスーザンが言った。

「無理に食わなくていいよ。それじゃ、すぐ来るからな」

ボブが「衣類を持ってったくらいだから、早まったことはしないだろう」と言うと、スーザンもうなずいた。ポーチの階段を上がる彼女を、兄弟が見送った。

ふたたびホテルの部屋に来て、ボブはベッド脇の床にコートを放り出した。ジムはコートを着たままで、ポケットから取り出した携帯電話を、ぽんとベッドに投げた。見ろよ、と顔で合図する。

「何それ」ボブは言った。

「ザックのだ」

ボブは手に取った。「スーザンは携帯とコンピューターがないと言ったよな」

「コンピューターはなくなってる。この携帯はザックの部屋で見つけたんだ。ベッドの横の引き出しにあった。靴下に埋まってたんだが、スーザンには言わなかった」

ボブは脇の下がぞくぞくするような気がした。もう一方のベッドに坐って、「古い携帯、なんてことは？」と、やっと口に出した。

「それはない。記録が新しいんだ。先週も通話してる。だいたいはスーザンの職場へかけてるな。最後のは失踪した日の朝、おれにかけたものだ」

「そうなの？　事務所へ？」

ジムはうなずいた。「その直前に番号案内へかけてる。事務所の番号を聞いたんだろう。ググってもよさそうなのに、なぜだろうな。いずれにせよ、おれは電話をとらなかった。受付にメッセージも残ってない。けさポートランド空港からの帰り道で、車から受付係に電話したんだが、たしかにそういう電話はあったそうだ。おれと話したがって自分の名前は言おうとせず、ご用件はと聞いたら切れたんだと」ジムは両手でごしごしと顔をこすった。「つい受付係にどなってしまった。ばかなことをしたものだ」手をポケットに突っ込んで窓際へ行った。くやしそうな言葉を静かに吐き捨てている。

「コンピューターがないというのは、ほんとうかな」ボブが言った。

「そっちはそうらしい。ダッフェルバッグもないんだろう。バッグのことはスーザンがよく知ってるだろうが、おれにはわからん」ジムは窓から離れた。「おまえ、酒を持ってなかったか？おれも飲みたい気分になってきた」

「スーザンの家に置いてきた。ここで飲むならミニバーだな」

ジムは木目調の扉を開け、ウォッカの小瓶を二本とってキャップをひねると、一つのグラスにあけて、水を飲むように一気にあおった。

「うひゃ」とボブは言った。

ジムは顔をしかめて、ふうっと息を吐いた。「ああ」またミニバーの扉を開け、缶ビールを取り出した。プルタブを上げると、くるりと巻くように泡が出る。

「ジミー、慌てるなって。そんなに飲むなら、何かしら食わないと」

「そうだな」ジムは案外おとなしく言った。まだコートを着たまま椅子に坐り込んでいる。顔を上に向けて、ごくりと飲んだ。ボブにも飲ませるように缶を突き出したが、ボブは首を振った。

「こりゃまた」ジムはくたびれたように笑った。「おまえが酒を断るなんて、めずらしいこともあるもんだな」

「深刻な事態になれば飲まないよ。たとえばパムと別れてから一年は酒を断った」これにジムは答えず、ボブは缶ビールをごくごく飲む兄を見つめていた。「ここにいてくれ。下へ行って、食べるものをさがしてくる」

「わかった」ジムはビールを喉に流し込みながら、また笑い顔を見せた。

スーザンは、カウチに坐ってテレビを見ていた。ディスカバリー・チャンネルで、ペンギンの群れが氷原をよたよた歩いている。ドリンクウォーターさんもウィングチェアに坐っていて「かわいいおチビさんねえ」と言う。なんとなくエプロンのポケットをいじっているようだ。しばらく間を置いてから、スーザンが言った。「ありがとう」

「あら、何にもしてないけど」

「ここに坐っててくれるじゃない。料理もしてくれた」

一羽また一羽とペンギンが氷から海へ飛び込んだ。さっきドリンクウォーターさんがオーブンに入れたチキンが、ここまで匂ってくる。「何もかも嘘みたい。夢でも見てるようだわ」

「そうだろうね。兄さんたちが来てくれただけでもよかったじゃないの。義理の姉さんは帰った?」

スーザンはうなずいた。じわじわと時間が過ぎる。「あの人は、好きになれない」さらに時間が過ぎる。「娘さんたちとは、うまくいってる?」顔をテレビに向けたまま、こんなことを言った。だが返事がないので、ドリンクウォーターさんを見やって、「ごめん。あたしが聞くようなことじゃないわね」

「ううん、かまやしないのよ」ドリンクウォーターさんはティッシュを丸めて、大きな眼鏡の下から目にあてた。「ほんとのこと言うと、ちょっと揉めちゃってさ、とくに上の娘と」

スーザンは目をテレビに戻した。ペンギンの頭が海面にぷかぷか浮いている。「しゃべっていてくれると助かるわ。あたしが楽なんで」

「あら、そう、いいわよ。アニーっていう娘がマリファナタバコを覚えちゃってね、えらい騒ぎになって、あたしは夫のカールに味方した。アニーの付き合ってた男は徴兵された。ベトナムの、そうね、初期の頃だった。その男が徴兵逃れにカナダへ行って、アニーもついてっちゃった。あとで別れたんだけども、アニーは帰ってこようとしなくて、アメリカみたいな腐れきった国には住めないなんて、そういうこと言うのよ」ドリンクウォーターさんは話を止めて、手にしたティッシュを見つめ、膝の上で広げようとして、また丸めた。

スーザンはテレビに向かって言った。「ザックは衣類を持ち出した。着るつもりじゃないなら、持っていったりはしない」それから無表情な言い方をして、「娘さんを訪ねてったりした？」

「あたしらには会ってくれなかった」ドリンクウォーターさんが首を振った。

ペンギンが氷に戻ろうとしている。翼を利用して這い上がり、平たい足の裏をついて立ち上がる。小さな濡れた身体が黒光りして、目がくりっと明るい。

「アニーは、カナダにへんな憧れを持ってた。ひいじいさんがカナダを出た事情なんて忘れたみたいだ。破産して農場を捨てたってのにさ。債権者なんてのは、ほんとに鬼だね。腐れきった国だなんてアニーが一端の口をきくから、あたしは、ふん、とだけ言ってやったよ」テリークロスのスリッパを履いた足が、がくがく上下した。

「たしか、その娘さん、カリフォルニアに住みついたのよね。いつだったか聞いたような気がする」

「そう、いまはカリフォルニア」

スーザンは立ち上がった。「じゃ、兄たちが戻ってくるまで、上で休むわ。きょうはお世話になったわ。ありがとう」

「おしゃべり婆さんが馬鹿っ話してるだけよ」ドリンクウォーターさんは、照れたように顔の前で手を振った。「お二人が戻ったら、ここから上に向けてどなってあげる」そのままエプロンをいじったり、ティッシュを小さく裂いたりして、坐った椅子から動かなかった。テレビの画面からはペンギンがいなくなって、熱帯雨林の風景に切り替わっている。これを見ながら、心はぐるぐる回っていた。育った家に兄弟姉妹が多くて、ごちゃごちゃ手狭だったこと。叔父や叔母にはケベックに帰ろうという意見が多かったが、帰った人はいないこと。カールのこと、二人で築いた生活のこと。娘らのことは考えたくなかった。抗議行動、ドラッグ、なぜ関わるのかわからない戦争、という時代に子育てをすることになるとは、予想もしていなかった。誰にだって先のことはわからない。タンポポが失せるような、と思った。家族が白く枯れてばらばらに散る。なぜ、と問わないのが心を乱さないための秘訣だ。それを学んでから久しい。

熱帯雨林が濡れ光った。ドリンクウォーターさんは足を揺すりながら見ていた。

ボブはサンドイッチを二つ買ってホテルに戻った。ジムがいない。バスルームで流しの上の電灯がつけっぱなしだ。「ジミー?」ザックの携帯を置いたベッドにサンドイッチの袋を放り出す。

兄はバルコニーに出ていた。まるで気絶しかかったように壁にもたれている。

「ほい。酔ってるのか」

「そんなことはない」ジムは静かな口をきいた。川の音が大きい。

「ジム、もう部屋に入れよ」いきなり風が立って吹きすぎた。

ジムはさっと片手を上げて、川のほうへ、また川向こうの町のほうへ動かした。屋根や樹木、さらに高くそびえる教会の塔が見えている。「まったく、こんなはずじゃなかったよな」腕をぱたりと下げた。「ここの州民を守ろうなんて思ったこともあるんだ」

「ありゃりゃ、一人で酔ってる場合じゃないぜ」

ジムの顔がボブに向いた。やけに若く見える顔が、やつれて、困っているようだ。「なあ、ボビー、いつ何時、州警察から電話が来るかもしれないんだぜ。どっかの農家から通報があって、ザックが納屋なり木なりにぶら下がってました、なんてことを言われるかもしれない。ほんとうにコンピューターを持ってったのかどうかわかりゃしない。ダッフェルバッグ？　そんなものが何だ」ジムは親指で自身の胸をたたいた。「まあ、その、何というか、おれが殺したようなもんだろ」袖口で顔をぬぐう。「ディック・ハートリーの顔を潰して、ダイアン・ダッジにどなりつけた。おれがタフガイを気取ったばかりに、すべてぶち壊しだ」

「いくら何でも、それはないだろう。まだザックが死んだと決まったわけじゃない。また、何がどうなったにせよ、兄貴のせいってことはない。とんでもない話だ」

「ザックは事務所に電話をかけた。水ぶくれしたみたいな大手の事務所だ。お高くとまっていやがって、まともに取り次ぎもしなかった」ジムはまた川のほうへ向いて、ゆらゆらと首を振った。「以前には国で一番の辣腕弁護士と謳われたこともある。信じられるか？」

「よせよ」

ジムはわけのわからなくなった顔をした。「この州にとどまって、世話役みたいになると思われていたんだ」

「そうだったか？　いいから中へ入って、何か食べなよ」

ジムは質問を振り払って、川を見ながら手すりに手を置いた。「だが、おれはそうしなかった。

ほかへ行って名前を売った。引っ張りだこで相談を受け、あっちでトークショー、こっちで講演。たっぷりギャラが出て大喜びさ。女房の財産に頼らなくてすむからな。でも、正直な気持ちとしては、誰にも弁護してもらえないようなやつを弁護したかった」ジムは川を見つめて立っている。「それがどうだ。結果は糞みたいになった」その顔がボブに向いて、ボブはぎくりとした。兄の目が濡れているのだ。「ホワイトカラーの犯罪だと？　ヘッジファンドで何百万と儲けたやつを弁護するか？　そういう糞の役にも立たないことをしていたんだ。そのあげく、いまはもう家に帰ればがらんとして、もう子供らは――そう、子供らがいればこそ家であって、その友だちも来たりしたが――いまでは家の中は静まりかえってこわいくらいだ。あのな、このごろ、よく死を考えることがある。今回こっちへ来るよりも前からだ。死ぬことを考えて、自分で自分を悼みたくなる。そうなんだよ、ボビー、もう何が何だか手に負えないんだ」

ボブはしっかりと兄の肩をつかまえた。「そんなこと言われたら、おれのほうがこわくなる。いま酔ってるんだよな。とりあえずスーザンとザックの件をどうにかしよう。それですっきりする」

ジムは身体を引き離し、また壁に寄りかかって目を閉じた。「おまえは気楽なことを言うが、そううまくいくもんじゃない」目を開けて、ボブを見て、また閉じた。「この、ばかたれが」

「いいかげんにしろよ」ボブもぷつんと切れそうになった。

ジムの目がまた開いた。色彩を欠いたような目だ。細い隙間の奥に、あるかなきかの青光りがしている。「ボビー」ささやくような声だ。その顔に涙が伝い落ちる。「おれは見かけ倒しのダメ人間だ」ホテルの建物をまわって突風が吹きつけ、ジムは両手で顔をぬぐった。バルコニーの下の植え込みがざわついて、枝がしなっている。

「もう入れってば」ボブは穏やかに言って兄の腕をとったが、これをジムが振りほどいた。ボブは一歩さがって、「電話があったなんて知らなかったんだろう」

「あのな、おれが殺したことになるんだ」

風が吹きまどって、ボブのコートの袖口が帆布のようにはためいた。ボブは腕組みをして、片方の靴の爪先でバルコニーの手すりの最下段を踏みつけた。「どう殺したっていうんだ？　平和集会で演説したり、熱っぽく弁護したり、そんなことで人が死ぬか？」

「いや、ザックの話じゃない」

ボブは自分の足を見下ろして、われながら大足だと思った。「じゃあ、誰のことだ？」

「親父だよ」

さらりと言いだしたようでいて、ともに「主の祈り」を始めたいようでもあった。天にまします我らの父、ということだ。ボブはすぐには呑み込めなかった。まっすぐ兄の顔を見た。「そんなことはない。ギアの横にいたのはおれなんだ。わかりきってるじゃないか」

「ところがそうじゃない」このときのジムは、ひどく老けたようになって、濡れた顔に皺が刻まれて見えた。「おまえは後部席にいた。スージーもそうだ。おまえたちは四歳だったから、何にも覚えちゃいないはずだ。おれは八歳、というか九歳に近かった。それなりに記憶の残る歳だよ」ジムは壁に寄りかかったまま、まっすぐ前を見ていた。「座席の色はブルーだったな。どっちが助手席に坐るかといって、おれとおまえが喧嘩した。だから親父は、傾斜の道を歩きだそうとする前に、じゃあ、ジミー、きょうはおまえが前だ、双子は後ろ、と言った。それから親父が坂を下って、おれは運転席に這っていった。絶対にハンドルに向かって坐るなと口を酸っぱくして言われていたのに、おれは運転する真似をした。クラッチを入れた」ジムは首を振ったのかどうかわからないくらい、わずかに振った。「車庫前の傾斜を、車が下がりだした」

「いま酔ってるんだろ」

「お袋が家から出てくるよりも早く、おれはおまえを助手席に押し込んだ。警察が来た頃には、とっくに後部席に移っていた。八歳か、そろそろ九歳。そのくらいの悪知恵が出ていたんだ。びっくりだろ？　そういう映画があったな、『悪い種子《たね》』だったか」

「どうしてそんな作り話を？」

「作ってやしない」ジムはじわじわと顔を上げ、あとへ引かない態度を見せた。「酔ってもいないぜ。そんなんじゃない。飲んだだけで飲まれちゃいない」

「信用できない」

ジムの憔悴した目が憐れむようにボブを見た。「そうだろう。でもな、ボビー・バージェス、おまえのせいじゃなかったんだ」

ボブは激流になっている川を見下ろした。川沿いに連なる石が大きく険しいものに見える。だが、まるで現実味がない。デフォルメされたようで、音もしない。荒れている川なのに、じつに静かなのだ。まるでボブが水面下で泳いでいて、すべての音がくぐもっているようだった。「しかし、なぜいまになって言うんだ」ボブはじっと川を見ている。誰もいない下のテラスを見ている。

「耐えられそうにないからだ」

「五十年もたって、いまさら耐えられない？　どうも話がおかしい。信用できない。こう言っちゃ悪いが、いま兄貴はおかしくなってる。スーザンをどうにかしてやろうと出張ってきて、とんでもない情勢になってるんだからな。どうにも困ったもんだ、しゃきっとしてくれよ」兄弟が顔を突き合わせて立ち、冷たい風がびゅうびゅう吹き抜ける。もうジムの顔に涙はなかったが、陰気な病み衰えた顔に見える。ボブは「で、いまのは冗談だよな？」と言った。「こういう異常なことを言って冗談のつもりなんだろ。そうやっていつも脅かすんだからな」

ジムは静かに「冗談じゃないんだ、ボビー」と言った。バルコニーの壁を背に、ずるずる下がってセメントの床にへたり込んでしまう。膝を折っていて、その上にだらりと手が置かれていた。「どんな具合だったかわかるか？」と言ってボブに目を上げる。「年月が過ぎるのを見ていたんだ。おれ自身が黙っている姿を見ていた。子供の頃から、いつだって、きょうは話す、と思って暮らした。学校から帰ったらお袋に言おう、言ってしまおう、と思っていた。十代の頃には、紙に書けばいいと考えた。書いたものを学校へ行く前にそっとお袋に渡す。そうすれば昼間のうちずっと考えてもらえるだろう。あとでハーバードへ行ってからも、手紙を書いて知らせようかと考えていた。それでいて、いや、おれがやったんじゃない、と考える日も多かった」ジムは肩をすくめて、脚を伸ばした。「おれはやってない、なんて思ってそれっきりだ」

「やってないだろうに」

「うるさいな、黙って聞け」ジムはまた膝を胸まで引き寄せ、弟を見上げた。「いいから聞いてくれ。ザックが豚の頭を投げ込んだとわかった日に、おれが言ったことを覚えてるか？　やったんなら出頭しなければいけないと言ったよ。バージェス家の人間は逃げない、逃げ出すようなことはしない。そんなことを言ったんだ。信じられるか？」

黙っているボブには、川の行く先の滝の音が聞こえた。すると室内で電話が鳴りだした。ボブはドアの下枠につまずきそうになって、あたふたと部屋に入った。

スーザンが泣き声を出していた。「落ち着けよ、スージー。それじゃ何を言ってるのかわかんない」

あとから部屋に入ったジムが、ボブの手から受話器を引ったくった。主導権を握るジムの復活だ。「スーザン、落ち着いて話せ」それからジムはうなずいて、ボブを見やり、親指の先を上に向けた。

ザカリーは父親のいるスウェーデンに行っていた。たったいまスーザンに電話があったのだという。父親には好きなだけいればいいと言われているらしい。スーザンは泣きやむことができなかった。てっきり死んだものと思っていたのだ。

ふたたびスーザン宅へ行くと、エプロン姿でキッチンにいるドリンクウォーターさんでさえ頬を濡らしていた。「ようやく食べるものが口に入るでしょうよ」と、ここだけの話でもするかのように、うなずきながらボブに言った。

スーザンはすっかり目を泣き腫らして、前が見えないも同然だった。顔がてかてかになっている。うれしさを外へさらけ出したようになって、兄弟に、ドリンクウォーターさんに、犬にさえも抱きついた。犬はばたばたと盛んに尻尾を振る。スーザンが「生きてた、生きてた、ああ生きてた。ザカリーが生きてた」と言うのを見て、ボブの顔もほころばないわけにいかなかった。スーザンは椅子の背をたたきながらテーブルのまわりを歩いて、「なんだか急におなか空いてきた」と言った。「あの子がね、心配かけてごめんなんて謝り抜くのよ。だから、あんたが無事ならどうでもいいのよって言ったの」

　ホテルへ引きあげる途中で、ジムは言った。「あとでがっくりするだろうな。とにかく生きてたってことで、いまは凧より高く舞い上がってるが、すぐに気がつくさ。いなくなったことに違いはないんだ」

「いずれ帰ってくるだろ」

「賭けようか？」ジムは運転席から前方に目をこらした。

「そういう心配はあとでゆっくりするとしよう」ボブは言った。「いまは喜ばせておけばいい。そう、おれだって喜んでるんだ」こうして車に乗っていると、ホテルのバルコニーでかわした恐ろしい言葉がボブとならんで着席しているような――おぞましい子供が、忘れないで、ここにいるよ、と言いながら暗闇から手を出してくるような感触はあったのだが、さほどに生々しいものではなかった。ザックが無事だったという興奮のせいで、そんな幻影が薄らいだというか、出てくる余地を減らしていた。この車にも、ボブの生活にも、ふさわしいものとは思われなかった。

　ジムが「すまなかったな」と言った。

「いつもの兄貴じゃなかったね。まあ、わかるよ。気にしないでくれ」

「いや、そういうことじゃなくて――」

「もういいよ。そうじゃなかったんだ。そうだったらお袋だって気づいただろう。仮にそうだったとして――そうじゃないけどね――だからどうだっていうんだ。わざわざ落ち込むことはないって。あんな兄貴を見たらおっかなくなったよ。もういいんだってば」

ジムは返事をしなかった。車が橋を越え、下を流れる川は夜の闇に黒ずんでいた。

「つい顔が笑ってしまう」ボブは言った。「ザカリーが生きていて、父親といる。スーザンだって、あんな顔になってたし――まあ、笑っちゃうよな」

ジムは静かに言った。「おまえも、がっくりすることになるぞ」

第四部

1

ブルックリンのパークスロープ地区は、周囲へじりじりと押し出すように広がった。いまなおメインストリートは七番街だと言えようが、二ブロック離れた五番街でも、いまどきの洒落たレストランが次々に開店するようになった。ブティックでは最新のブラウス、ヨガパンツ、宝飾品、靴などを、マンハッタンの店で見るような値段で売っている。だだっ広い砂利道を車が通るだけだった四番街は、いまや大きな窓のついた分譲マンションが昔ながらのレンガ建て住宅に交じって立ち上がる。街角に気軽なレストランが店開きして、土曜日には公園をめざして歩く人も多い。赤ん坊が乗っているのはスポーツカーのように颯爽としたベビーカーだ。高速に回転する車輪と、調節可能な屋根がついている。押している親の内心に心配や落胆の種があったとしても、きらめく健康な歯や引き締まった手足にごまかされて、外からは見えない。もっと熱心な人々になると、日がな一日、ブルックリン橋を歩いたり、ローラーブレードで走ったりしている。そう、もちろん、イースト・リヴァーが流れて、自由の女神が立っていて、タグボートやら大きな運搬船やらが行きかっている。わいわいがやがや生きている。奇跡のような驚きだ。

いまは四月。まだ肌寒い日もあるが、前庭に咲くレンギョウに勢いが出て、空の色が一日中しっかりと青かったりもする。すぐ前の三月には、寒気や雨量の記録を更新して、いまさらのようにこの冬一番の雪が降ったのだ。それがもう四月になった。不動産バブルがはじけそうだというニュースはあったけれど、パークスロープでは何にせよ尻すぼみになるような気配はなかった。ブルックリン植物園を散歩する人々は、スイセンの丘を指さして子供に声をかけながら、まったく晴れやかな顔をしていた。ダウ平均株価は、ひとしきり暴れたものの、またもや記録的な高値をつけていた。

ボブ・バージェスは、そういうものが目に入らないようだった。金融市場も、先行きの暗い予測も、図書館付近の壁沿いのレンギョウも、ローラーブレードで走り抜ける若者も、これといって認識するにいたらない。ぼんやりしていると見えるなら、実際そうだからだ。記憶喪失にかかった人は、過去を思い出せないばかりか、未来を思い描くことも苦手になるそうだが、このときのボブは似たようなものだった。自分の過去だと思っていたことが疑わしくなって、疑わしいと思うこと自体がまた疑わしいのだから、今後のことを考えようとしても気持ちがあやふやになってしまう。わけもなくニューヨークの町をうろつく時間が増えていた。動いていれば気が紛れる（だから、このごろは〈九丁目バー＆グリル〉に姿を見せず、そもそも酒を飲まなくなった）。週末になるとマンハッタンへ出ていって、セントラルパークをぶらぶら歩いている。ブルックリンのプロスペクト公園ほどに地元でないところがいい。カメラと地図を持って外国語をしゃべる観光客が、ウォーキング用の靴をはいて行き過ぎる。くたびれたらしい子供を連れている。

ある女が公園に入ったとたんに「すばらしい《エ・ベリッシモ》」と歓声をあげた。これを聞いたボブは、一瞬、まるで違った目で風景を見た。立派な樹木の連なる道筋、自転車に乗る人、走る人、アイスクリーム屋。ずっと昔にパムと引っ越して初めて来たセントラルパークとは、いかにも違って見えていた。韓国系の花嫁が、肩もあらわなドレスを着て、ふるえながら写真を撮ってもらっている。湖畔の階段あたりには、いつもの若い女が出ている。週末になると金色のスプレーを身体に吹きつけ、レオタード、タイツ、トウシューズという格好で箱の上に乗ってポーズをとり、ぴたりと動かなくなる。観光客が写真を撮る。子供らは目を見張って、親と手をつなごうとする。どれだけの稼ぎになるのかボブには見当もつかなかった。箱の前に白いバケツが置いてあって、かなりの紙幣がたまっていく。五ドル札くらいだろうが、ひょっとすると二十ドル札だってありそうだ。しかし何時間も押し黙って我慢しなければならない。ボブが自分だけに沈黙を抱え込んでいることと、どこか似ているのかもしれない。

そして抱え込んでいると言えば、もう一つ心を乱すことがあった。とうに住み慣れたはずの町なのに、やはり他所者でもあったのかという気がする。お客さんのようだとは思わないが、ニューヨーカーになりきったとも思えない。いままでニューヨークという町は、さりげなく放っておいてくれて、ほどほどに親切な大型ホテルのようなものだった。ずっと住まわせてもらったことだけは、どれだけ感謝しても足りない。またニューヨークにはいろいろと教えてもらったことがある。とりわけ大きいのは、どれだけ人間はおしゃべりかと知ったことだ。何につけ口を動かしている。バージェス家の人々はしゃべらない。これが文化の差なのだと知るまでには、ずいぶんと時間がかかった。さすがに人生の半分もニューヨークで暮らしたので、ボブも以前よりは口数が増えた。しかし、あの事故のことは語らない。あれはボブの心の中では、名前すらついていないことなのだ。あれとしか言いようがない。バージェス家の根底にわだかまっているもので、とうの昔に心やさしき療法士エレインの診察室でぼそりと語られたことしかない。これだけの時間がたったあとでジムの口から持ち出されると（しかも自分の仕業だとまで言われると）、何もかもあやふやになって、どう考えたらいいのかわからない。いま公園を歩いていても、まるで長い眠りから覚めたあとで別の時空に飛ばされていた、というような感じがする。この都会は裕福で、清潔で、若い人だらけだったのかと思う。貯水池をめぐって歩くボブの横を、ランニング用のタイツをはいた人が、すごい勢いで駆け抜けて行く。

つまり、どうしてよいかわからない、ということが当面の問題になっている。

二カ月前、シャーリー・フォールズから飛行機で帰ってくる途中、ジムと話をした。ザックとその父親のこと、また連邦が告発しようとしてザックが戻って来ない場合はどうなのかということ。六月に予定された軽犯罪裁判のこと。陪審員の選任が最重要だということ。だが、ブルックリン方面へ走りだしたタクシーの中で、ボブは思いきって言いだした。「あのな、ジム――いろんなこと言ってたが、まあ、どうかしてたんだろ？　秋にパムのことで馬鹿を言ったのと同じだ。とち狂っての悪ふざけだよな」

ジムは首をひねって、高速道路を行く窓の外を見た。ボブの手に軽くふれたが、すぐに離している。「おまえじゃなかったんだよ、ボビー」と、静かに言った。

それからは二人とも黙った。タクシーはまずボブのアパートへ行って、降りようとするボブが言った。「ジミー、気にしなくていいよ。もういいんだ」

とは言ったものの、アパートの傾いたような狭苦しい階段を上がり、ひどい諍いのあった部屋の前を通り過ぎて、自室へ向かいながら、ほとんど意識が朦朧としていた。やっと帰ってきたというのに、どことなく自分の部屋とは思えない。たしかに本がならんでいて、クロゼットにシャツがあって、バスルームの流しにタオルを突っ込んだままだ。ここはボブ・バージェスの住む部屋だ。そうに違いない。だが、それが現実とは思えなくて、こわくなる。

そういう毎日が始まって苦しかった。あたふた落ち着かない心が、こんなのは嘘だと言っている。たとえ本当であっても、だからどうなのだ、とも言っているが、それで安まることはない。何度も同じことを考えてしまうくらいだから、どうでもよいわけがない。ある夜、窓辺でシガレットを吸いながら、ついワインをがぶ飲みして——グラスで何杯も立て続けに飲んでいたら——はたと思いあたるような気がした。これは嘘ではない。大変なことではないか。ジムは事情がわかっていて、なお故意に、ということは不適切な行為として、ボブを本来とは違った人生に押し込めてきたことになる。そう思うと昔の記憶がばらばらと降ってくる。少年のジミーが、駆け寄るボブに向けて、「おまえなんか見るのもいやだ。どっか行け」と言う。それを母がたしなめて「弟にはやさしくしないとだめよ」と言う。母はいつも金に困っていたが、それでもボブを精神科医に連れていった。この医者は診察室の机に置かれたボウルからキャンディーをくれる。家に帰ると、母には聞こえないところで、ジミーが意地の悪いことを言う。「おまえ、赤ん坊か。だらしない。きったねえなあ」

酔ったがために冴えている。そういうボブの脳裏に浮かぶ兄は、もはや悪人と言ってもよいほどに非良心的な人物だった。ジャケットを着ながら、心臓が激しく鼓動した。兄の家に行こうと思った。もしヘレンがいたら、その目の前でもかまわないから、怒りを全開にぶちまけてやる。

アパートの鍵を掛けるのももどかしく飛び出してしまった。狭い通路の階段を下りて、最後の一段で足を踏みはずした。ひっくり返って倒れていたら、どうなってるんだという思いにとらわれた。「どうした、ボブ、立て」と、そっと自分に言い聞かせたが、それができそうになかった。ほかの住人が——この建物内は若い人ばかりなので——もし出てきたら、こんな姿を見られることになるのだろうか。肩をぐりぐり動かし、ざらついた階段のカーペットに頑張って手をついて、やっとの思いで立ち上がった。手すりにつかまりながら自分の部屋へ戻った。

それからは酒を断った。

しばらく日数がたって、電話が鳴り、兄の名前が表示された。すると、たったそれだけのことで、世界がまともになった。ボブの電話にジムという文字が出る。これほどに自然なことがあるだろうか。

「いや、あのな」とボブは言いかけた。「じつは、その——」

「まさかと思うだろうがな」ジムは自分の用件を割り込ませた。「いいか、ちゃんと聞けよ。連邦検察からチャーリーに連絡があって、貴殿の依頼人は捜査対象から外れた、ということだ。びっくりだよ。あれだけ狂牛病の騒ぎがあって、連中も少しは考えたのかな。犯意は立証できないとさ。あるいは、もうやめた、くたびれた、ってことかもしれないが、ともかく結構だろ?」ジムはうれしそうに声が大きくなっていた。

「そりゃあ、おおいに結構だ」

「スーザンなんか、すぐにでも息子が帰ってくると思いたいらしいが、そこまではどうかな。あっちで父親のいる暮らしが気に入っちゃってるんだろう。もちろん、いくらチャーリーが引き延ばしてるとはいえ、軽犯罪での裁判までには帰ってもらいたいね。まったくチャーリーはよくやってくれてるよ。おい、ばかたれ、聞いてんのか？」

「聞いてる」

「うんとかすんとか言えよ」

ボブは室内を見まわした。カウチが小さいものに見える。その前のラグも小さい。ジムが馴れ馴れしい口をきいて、まるで兄弟の間に何事もなかったような、いつもの調子で押しまくられると、ボブとしては困惑する。「まあ、何というか、どうも気色が悪いよ。向こうへ行ったときに、ああいうことを言われて、ただの冗談だったのかどうか、いまだに話が見えないような気がする」

「なあ、ボブ」小さな子に語りかけるようだ。「いいニュースがあって電話したんだぜ。とりあえず水を差すようなことは言いっこなしだ」

「水を差す？　おれには人生がかかってることなんだ」

「おいおい、よせって」

「いや、だからさ、あれが嘘だったんなら、どうしてあれだけの馬鹿なことを信じ込ませようとしたのかと、そういうことを言ってるんだよ」

「このやろ、何を言ってやがるんだか」

ボブは携帯を閉じた。ジムからも掛かってはこなかった。

また一カ月、兄弟が言葉をかわすこともなく過ぎた。そして、ある晴れた日のこと。風が強くて、舗道にゴミ屑が飛ばされ、通行人が袖口を押さえたくなるような日だったが、ランチをすませてオフィスに帰ろうとするボブに、はたと気づいて心を安んじることがあった。いま思いついたというわけでもないのだが、ようやく明らかに意識した。ジムのオフィスに電話する。「いくら年が上でも、ちゃんと覚えていたとは言いきれないだろう。記憶が正しいかどうかわからない。犯罪をあつかう弁護士なら、人間の記憶は当てにならないとわかってるはずだ」

ジムは聞こえよがしに溜息をついた。「おまえに言うんじゃなかったよ」

「だけど、もう言っちゃった」

「ああ、言った」

「でも、覚えてたことが勘違いかもしれない。そうとしか思えない。お袋だって知ってたわけだからね」

しばらく沈黙があった。それから静かな答えが返って、「いや、おれの記憶は確かなんだ。お袋がおまえのせいだと思ったのは、そうなるようにおれが仕組んだからだ。そのあたりのことは、すでに言ったよな」

ボブに寒気が走った。胃袋がすとんと落ちたようだ。

ジムは言った。「ちょっと考えてたんだが、おまえ、相談できる人がいたほうがいいな。ニューヨークへ引っ越した頃には、エレインていう療法士がいただろう。いい人だなんて言って、ずいぶん役に立ってもらっていた」

「過去とどう向き合うか、ということでね」

「そういう人を見つけたらいいじゃないか。また助けてくれそうな人」

「兄貴はどうなの？　医者にかかったりはしてない？　あっちで滞在中は、ひどい体たらくだったじゃないか。自分の過去と向き合う援助は要らないのか？」

「要らないね。過去は過去だ。やり直せるものじゃない。それぞれに生きてきたんだ。この際、本音で行こうよ、な？　まあ言うなれば——ことさら鉄面皮になるつもりはないとしても——しかし言うなれば、いままでこうだったということで、いまさらどうなんだということさ。おまえ、自分でそんなこと言ってたろう。ここまでたどり着いたんだから、その地点から先へ行くしかない」

ボブは返事をしなかった。

そのうちにジムが、「ああ、そうだ、ヘレンがたまには会いたいなんて言ってるぞ」と言った。

「近いうちに寄ってくれよ」

ボブが兄の家へ行くことはなかった。わずかな持ちものをまとめて、兄に知らせもせず、マンハッタンのアッパーウェストサイドにあるアパートへ引き移った。


どことなく不安な感覚が、ヘレンにつきまとっていた。うしろから影がついてくるようで、ヘレンが止まると影も止まって見ているという気がする。どうしてこんなことになるのかと、何度となく、もとを正して考えようとしているが、心当たりは一つしかない。ザックが母親を捨てたからだ。それがヘレンを悩ますのがなぜなのか、いや、もっと正確に言えば、どうしてジムを悩ますことになっているのか、彼女にはわからなかった。「いまは父親と暮らしてるっていうのは、かえってよかったんじゃないの？」

するとジムは「そりゃそうだ。父親はいたほうがいい」と言った。いやな言い方をするものだ。

「連邦の訴追もなくなったっていうし、あなたも一安心で、うれしいでしょうね」

「うれしくないやつがいるか？」

「このごろボビーはどうなってるの？　職場へ電話したら、忙しいとか何とか、はぐらかそうとするばっかりで」

「くだらない女に引っ掛かってるんだろ」

「だからといって、ここへ来ないなんてことはなかったけど——。それに、パムとすっぱり切れなくてもいいなんて、あなたがそう言ったのもおかしいわ。セアラもやめてくれって言ったでしょう。まったく当然だったじゃないの。わたしがセアラだとしても、しょっちゅう元の奥さんとしゃべってる男とは、わざわざ結婚しようとは思わない」

「どうせ、そういう立場じゃなかろ」

「ジミー、どうしてそんな意地の悪いことばっかり言うの」ヘレンはベッドの上で枕の形を整えていた。「このごろアナがたるんでるわね」

ジムはするりと書斎へ抜け出そうとした。「仕事に追われてるんだ」

あとからヘレンも来た。「だったら、ジム、いっそのこと事務所を出ればいいのに。お金ならあるんだから。そりゃまあ、国全体が困ったことになりそうだなんて、ニュースでは言ってるけどさ」

「うちだって大学へ行ってる子供が三人だ。大学院なんて言いだすかもしれない」

「そのくらいのお金はあるって」

「おまえにはな。おれと出会ったその日から、自分の金は別立てに持っていた。いや、だからどうとは言わないさ。ただ、うちにあるとは言わないでくれ。おれが稼ぐ分だけはうちの金かもしれないが」

「だけど、これって冗談じゃなく大事なことよ。いまの仕事がそんなにいやなら――」

ジムがくるりと向き直った。「そう、いやなんだよ。とうに言ったはずだ。いまさら驚くことでもないだろう。結構なスーツを着て、結構な顧客と会いに行くんだ。錠剤に毒の成分を混ぜてしまった製薬会社が、かの立派な弁護士ジム・バージェスを雇えるかどうか知りたがる。もう立派でもないけどな。ともかく事は収まる。しかし、おれは会社の味方だ。毒入りの薬をばらまく側に立ってるんだ。そんなのがシャーリー・フォールズの住民の口に入るかどうかも知れたもんじゃなかろうが！　え、どうなんだよ、ヘレン、こんなの目新しい話じゃないだろう。聞いてるのか？」

ヘレンは顔が熱くなった。「そうね、わかった。だけど、どうして喧嘩腰にならなくちゃいけないの」

ジムは首を振った。「あ、いや、すまん。悪かった」妻の肩に手を置いて、そっと引き寄せる。その心臓の鼓動がヘレンにも伝わった。フレンチドアのガラス越しにリスが見えた。デッキの手すりを伝って、ちょこちょこ走るかすかな足音は、ヘレンの耳になじんだものだ。どうして喧嘩腰に、と言った自分の言葉が、ある記憶にこつんと当たった。(何カ月もあとになって、はたと気がつくことになる。わかってないデブラが、その夫に言ったのだ。どうして今夜は意地が悪いの？)

2

シャーリー・フォールズのような北の町では、春が来るのは遅かった。夜は冷え込む。だが夜明けの光が地平線にぴしりと割り込んで、やわらかな潤った空気が肌にふれると、いずれは夏が全開になるのだと思わせてくれる。そんな予感が漂うだけに、なお厳しいのでもある。アブディカリムの朝の祈りは、まだ暗いうちに始まる。それからカフェの店を開けようとして通りを歩いていると、この季節のつらい喜びが身にしみた。いくらか離れた地区では、スーザンもまた朝の思いをかみしめていた。朝になるということは、あらためてザカリーの不在を思うことである。目を覚まして、まず波立つ恐怖を静めなければならない。寄せる波のような恐怖感が夜中に全身を抜けていって、こわい夢を見ている。どんな夢だったか覚えていないのだが、それでもナイトガウンがじっとり汗に濡れている。そんな朝は早くから家を出て、サバノク湖へ車を走らせる。そのあたりで二マイルほど歩いても、ほとんど人に出会わない。たまに釣り人がいるくらいなものだ。トラックで小屋を引っ張って移動して、いまだ氷が張っている春の湖で釣りをする。そういう人がいても、ちょっと頭を下げて挨拶するだけで通りすぎ、ずっと歩いていく。いつもサングラスをかけて、歩くことで恐怖をなだめようとする。とんでもない間違いをしてしまったという思いもある。その屈辱をさらけ出す心配がないのは、こうして泥道を歩くときくらいなものだ。もし大勢の中にいたら、のけ者あつかい、罪人あつかいで、まわりから指をさされそうな気もする。もちろん実際に悪事を働いたわけではないのだから、釣り人と出会っても警察に通報されることはないのだし、立ち寄った店に張り込みがあって「ご同行願います」と言われることもない。だが夢を見たあとの気分は違う。何やらの危険地帯に(おそらく、ずっと昔から)入り込んでいたのではないかと思う。生活ががたがた揺れて、ほどけていくような危ない場所だ。夫が去り、息子が去り、希望そのものが去っていく。普通の暮らしの圏外へ放り出されて、まともには付き合ってもらえないような、とんでもなく淋しい人間だけの国をさまよっている。ともかく息子は生きていて、何とまあ連邦に訴追されなくてよいらしい、という二つのことは確かなのだが、朝まで残る夜の夢のおかげで、そんな事実までもが、まったく消えることはないとしても、途中で堰き止められたようになっている。

歩いていて目にする景色が美しいと思わないわけではない。静かな湖面に光がきらめく。葉を落とした枝がある。いい景色だとは思うのだが、だから何なのだ、自分には縁遠い、とも感じている。だから目を落として、泥道の草の根ばかり見て歩いている。あまり人の通らない道は、気を張っていないと歩きにくい。たぶん、こうして気を張ることで、また一日の暮らしに入っていけるのだろう。

もう何年も前のこと、あとで夫となる男と出会った大学時代に――彼女は四年生になっていて、彼は何時間も北上してたどり着くニュースウェーデンという小さな工場町から来た一年生だったが——彼が精神統一の瞑想をすると知って驚いた覚えがある。たしかに当時そんなものが流行りだしていたのだが、実際に見てしまうことになってどぎまぎした。朝と夕の三十分ずつ、その邪魔をされたくないと言われていたのだが、ある土曜日の午前中に、うっかり彼の部屋へ入ったら、彼はベッドに胡座をかいて虚空を見つめていた。「あ、ごめん」とあわてて言って部屋を出たのだったが、目に残った姿はいつまでも気になって仕方なかった。こっそりと自身を弄ぶ現場を見たようなものだったかもしれない——そんなことも後年の彼女には現実になる。だが結婚した当初には、彼に教えてもらったことがある。親しき仲だから教えるのであって、ほんとうは言ってはいけないのだが、じつは瞑想中に繰り返す言葉があるという。導師に謝礼を払って教わったもので、スティーヴの「エネルギー」に適合するように導師が考えたそうだ。それが「オーム」である。

「オーム？」

彼はうなずいた。

「あなただけの言葉？」

いま彼女は太陽で座席があたたまった車に乗り込み、自分には全然わかっていなかったのかもしれないと思った。オームと念じながら虚空を見つめることとは、このあたりを歩いて足元の動きだけを考えていることと、たいして違わないのだろう。いまでもスティーヴは瞑想を続けているのかもしれない。だったらザカリーもしているのだろうか。メールで聞いてもよかろうが、そこまですることはない。いままで遠慮がちなメールしか交わしていない。母と子が書いたもので伝え合うこと自体が新しいのだ。これから新しい言語を学ばないといけない。いまは双方の言い回しに照れた気遣いが歴然としていた。

警察に捜索願が出ていたので、ザカリー・オルソンの失踪は小さな新聞記事になっていた。その後まもなく、ザカリーが海外で生存しているという続報も出た。それで町の住民には少々の混乱も生じた。高飛びして責任逃れをしたのではないかというのだ。チャーリー・ティベッツは、みずから要求した公判前の報道規制を解禁して、これは釈放の条件に違反していないという記者発表をした。すなわちザカリーはE分類の軽犯罪に該当するので、国内にとどまるという条件は適用されない。またチャーリーは、すでに連邦検察の捜査対象から外れていることも明らかにして、その決定は尊重されるべきであると述べた。

ジェリー・オヘア署長も、警察の関心事はコミュニティの安全確保であると言った。従来同様、いかなる市民も、安全ではないと感じる場合には遠慮なく通報していただきたい、とも言っている。（妻にだけは、やれやれ一安心だ、と打ち明けた。「あの若いの、軽犯罪の公判にだけは戻ってもらいたいよ。さもなけりゃ永久に戻らないでほしい。ともあれ今回は危ういところで助かった。これ以上の騒動は願い下げだ」すると妻は言った。もし戻って来ないとスーザンはがっくり落ち込むだろうけど、あの親子にはどこか不健康なところがあったからね。そう思わない？ぴったりくっついてたじゃないの）

新聞に記事が出たのは二月だった。それが四月ともなると、ザカリー・オルソンの名前はほとんど人の口に上らなくなっていた。ソマリ人社会の長老に怒りのおさまらない向きがあったのは確かで、それまでにも「人種による名誉毀損に反対する会」のリック・ハドルストンと面会して、おおいに憤慨してもらったりしたのだが、だからといって打つべき手はなくなっていた。

アブディカリムに怒りはなかった。審理の日に法廷で見たひょろっと背が高くて黒っぽい目をした若者は、もはや警戒の対象ではない。「いかれた若者《ウィイル・ワァル》」ではなくて、ただの若者《ウィイル》だ。むしろ心を寄せていきたくなる。すでに審理の日からそうだった。あの痩せこけた長身の青年に、法廷という場で心だけが寄っていきそうになった。新聞の写真は見ていたが、初めて実物を目の当たりにした。まず弁護士の横に立ち、それから証言の席に坐って、コップの水をこぼすのを見ていたら、静かな驚きを覚えた。たとえて言うなら、雪とはどんなものかと想像していたのと似ていた。冷たくて白くて地面をおおうものだと思っていたら、それが違った。初めて雪を見た夜に、空から降ってきたものは、ひっそり静かで、細やかで、神秘につつまれていた。あの青年も、すぐそこで生きて、息をして、もし攻められればひとたまりもないような黒い目をして、アブディカリムの想像とはまるで違っていた。モスクに豚の頭を転がした理由は、どう考えてもわからないままだが、悪辣な所業というほどのものでなかったことはわかる。ほかの者は――たとえば姪のハウィヤは――あの若者が明らかに抱え込んでいた不安感に心を動かすことはなかろう（ハウィヤは彼を見ていない）。だからアブディカリムは黙っているが、あの若者は腹の奥底まで恐怖心を持たされていたはずだと思う。つらさを抱えて疲れ果てた者として、彼は法廷で若者に心を寄せた。

いまではスウェーデンへ行って父親と暮らしているということを、マーガレット・エスタヴァーから聞いた。そうと知ったら、うれしくて身体があたたまるような気がした。「よかった。それはよかった」とエスタヴァー牧師に言った。一日に何度もそのことを思い出した。スウェーデンで父親といるのか。そう思うたびに、うれしくて、あたたかくなった。

にっこり笑ったマーガレット・エスタヴァーは、「よかったでしょう。ヨイコトデス」とソマリ語をまじえた。このときは彼女とは教会前の道で立ち話をしていた。教会の地下には食糧が置かれている。シリアル、クラッカー、レタス、ジャガイモ、赤ん坊の紙オムツなど、週に二度の配給に行列ができて、だいたい受け取りに来るのはバンツー系のソマリ人女性である。アブディカリムは、その女たちと話すことはないが、たまたま通りかかってマーガレット・エスタヴァーがいれば、足を止めて言葉をかわす。彼女も少しずつソマリ語をかじって話せるようになり、あからさまに間違えてもおかまいなしの大らかさを見せるので、アブディカリムもほのぼのした気持ちになる。もっと英語を覚えようと思い立ったのは、彼女のおかげである。

「あの男、戻れますか？」

「そりゃ、もちろん。そうでないと困るのよ。軽犯罪の裁判があるんで、戻らないと面倒になる」マーガレットは相手の顔に戸惑いが浮かぶのを見て言った。「裁判の日には、こっちにいることになってるの」

「どういうことでしょう」アブディカリムは、その説明を聞いてから、「では、訴追されないためにはどうしますか。連邦の訴追がなくなるようにできますか」

「連邦のほうは、もともと訴追されなかったんだから、それきりでいいんだけども、地区検事が軽犯罪の告訴を取り下げるものかどうか、ちょっとわからないわね」

「調べること、できますか？」

「やってみるわ」

こんなときでもなければ、アブディカリムはカフェの店番をしているか、店の前の舗道で集まってくる男たちと世間話をして暮らした。あたたかい気候になれば、それだけ戸外にいても平気である。なるべくなら外にいるのがよかった。モガディシュでは戦闘が続いている。そればかりが話題になった。ある家族は、シャーリー・フォールズに来て二年ほどだったが、ホームシックでたまらなくなり、荷物をまとめてモガディシュに帰った。それが二月のことだ。このごろ消息がなくて、ひょっとしたらと案じたことが本当になった。戦闘に巻き込まれて死んだらしい。先だっては反政府側から発砲して、大統領府や国防省まで標的になった。そのあたりに駐留するエチオピア軍が報復し、まったく無差別の情け容赦ない攻撃で、千人以上の人々が飼っている動物もろともに殺された。このニュースは携帯電話で伝わった。インターネットで知るニュースもあって、これはシャーリー・フォールズ図書館でチェックできる。短波ラジオで聞く毎日のニュースもある。プントランドの首都ガローウェから89・8FMという局の電波が届くのだ。いろいろと心配そうに語られる話題がある。アメリカはエチオピアを支援しているそうだ。大統領、CIA、そういうところまで絡んでいるのではないか。いや、そうに違いない。ソマリアはテロリストの温床ということにされている。だがイスラムは平和の宗教だ。店の前に屯《たむろ》する男たちは、守勢に立たされ、負い目を感じている。

アブディカリムは聞き役になって、男たちの気持ちを充分にわかっていた。だが、おれはもう年だとも思う。惚けて呑気になってきたのかもしれない。心中ひそかに考えていたい大事なことがあるのだ。たとえ希望とまでは言えなくとも、その弟分くらいなものではあろう。たしかに祖国は病んでいる。発作を起こしている。それを援助するはずの連中も、腹に一物ありそうで疑わしい。しかし、いずれの日にか、どうせ自分では生きていないような未来にせよ、しっかりした国に立ち返ることもあろう。「これだけは確かじゃないか」と男たちに言った。「ソマリアはアフリカでも最後にインターネットが通じた国だったが、七年でアクセスの増加がトップになった。携帯の通話料金だって最安の水準だ。ソマリ人の知力の証拠を見たければ、このあたりを見るがいい」彼は街路に向けて腕を突き出した。冬の間に、このシャーリー・フォールズという町に、店開きが相次いだ。通訳サービス、新規のカフェ二軒、電話のプリペイドカードを売る店、英語教室。

だが男たちは背を向けた。もう帰りたくなったのだ。まあ無理もないとアブディカリムは思う。ただ彼の心の中には止められないものがある。塞がっていた魂のどこかに、すぽんと吹っ切れたところができたようだ。だんだん日が長くなって、それだけ地平線の閉じない時間が延びるように、もう塞がることはないだろう。

3

パムの暮らしは予定だらけになっている。たくさんの約束があって、用事があって、パーティーがあって、家には子供の友だちが遊びに来る。だから、友人のジャニスにも言ったとおりで、なかなか考える暇がないのだった。そのパムが不眠症になって、今度は考える時間が増えすぎ、頭がおかしくなりそうだった。ホルモンじゃないの、とジャニスは言った。病院で検査して、いくらか投与してもらったら、というのだが、かつて子供を欲しがっていた時期に、いやというほど投与されたことがある。かなりのリスクを誘発したようなので、これ以上はどうかと思っている。そんなわけで横になって眠れない夜の時間が長いのだが、奇妙なことに、なかなかの平安を得ることもあった。濃い紫色の上掛けが溶け込んでしまうような暗闇をあたたかく感じて、なんだか不思議に長かった人生のあれこれを思い出しながら、その闇の中でふんわりと青春の気に包まれたりもする。いくつもの人生があったも同然なのに、よくぞ一つの人生に詰め込んだものだと、静かな驚きを覚えていた。はっきりした記憶というより、そのときの感覚のようなものが残っている。高校時代の秋のサッカー場、初めてのボーイフレンドの痩せた上半身、いまでは考えられないような純粋無垢なパムがいて、そうした全体の中では男関係に初心《うぶ》だったことなど、ごく小さな部分でしかない。あんな遠い昔にマサチューセッツの田舎娘が抱いていた、ろくに見込みがなくて切実な希望のことを、いまさら突き詰めて思い出せるものではない。あれからオロノの大学キャンパスがあって、シャーリー・フォールズの町があって、ボブがいて、ボブがいて、ボブがいて、初めての不倫があって（それでもう純粋も無垢もなくなって）、すさまじい大人の自由があって、こんがらかる一方になった！）そして新しい結婚、息子たち。あの息子たち——。何事も思った通りにはいかないのだ、という単純にして恐懼《きょうく》すべき原則を、いつも考えさせられる。人生には変動する要因がありすぎて、やたらに細かいことばかりが目立っている。ぼんやりした心の思いが怒濤の勢いで変容しては、かっちりした現実界の様相を帯びて固定する。つまり、この紫色の上掛けと、軽く鼾をかいて寝ている夫になる。こういうことを頭の中で整理したくなって、高校時代のボーイフレンドと再会する場面を思い描く。たとえば母の療養所へ行って、近くの店で食事でもしようとすると、その男がカウンターにいて、なつかしそうな顔を向けてくるから、そうなのよ、あんなことこんなことがあったのよ、と話しだす。そのまま真実だとは言いがたい。口に出したことがそのまま真実ということはないと思う。あやふやな言葉でしゃべり散らしては、いろいろ凸凹があって広がった人生という織物を見せる。いままでの経験を聞かせるのにどんな言葉を使おうか。彼にも語りたいことはあろうが、たいして聞かせてもらいたくはない。すると、まったく恐ろしいことに——でも、どうせ一人だけ目が覚めている紫色の暗闇だから、誰憚《はばか》ることもなく——いま手を出して、こねくり回して、しゃぶり尽くそうとしているのは、ほかの誰でもなく自分の経験のことだとわかる。

そのうちに心がへとへとにくたびれる。

母のことは、なるべく考えまいとした。療養所にいる母が骸骨のように痩せ細って、雲がかかったようにとろんとした目になって、ママ、ママ、とパムが念じているのに全然わかってくれない。さらにまた、ぐりぐり寝返りを打って、紫の上掛けを引っ張りながら、学校で見かける若い母親（二人いる）のことを考えないようにする。終業ベルを待つ街路で立ち話をしていても、いかにも感じの悪い人たちで、どうしてああなるのか、何か恨みでもあるのか。などなど。

心がこうなったときは本でも読むのが一番だ、ということで小さな読書灯をつけて読みだすのは、いつぞやの高級なパーティーで見境をなくした南部女が言っていたソマリアについての本だ。つまらないと思ったが、そうとも言っていられなくなって、ぞっとした。嘘のようだ。こうまで自分の暮らしとは似ても似つかない境遇があったのだ。それで明日になったらボブに電話して話そうと考えたのだが、その朝のうちに、いずれ病院での仕事は打ち切りだと知らされて、ひとしきりパニック状態になった。

どうしたわけか——たぶん遠い昔の空想と関わるのかもしれないが——パムは看護師になろうという考えを起こしていた。しばらくの間、看護学校がどんなものか調べて、自分が注射の準備をしたり、採血したり、救急室で痛ましい老婆の腕を支えたり、医者から敬意の眼差しを向けられたりするところを思った。あるいはまた（たぶんボトックス製剤にちらりと目をやりながら）子供の病状に取り乱した親に話しかけている。よく学校で見かける気にくわない母親のようなタイプだ。さらにまた何事もしっかり心得て手術室のスイングドアを颯爽と抜けていく自分がいる

(どうせなら、いまどきの野暮くさい服装で、つまらないスニーカーでお構いなし、だぶだぶズボンをはいている、というのではなくて、ちゃんとした白衣と帽子であればよいのだが)。そして輸血をして、クリップボードを持って、医学生をならばせている。

そんなの激務もいいところだわよ、とジャニスに言われた。看護師なんて十二時間くらい立ちっぱなしで、めちゃくちゃ働くんだから。もし医療ミスでもあったらどうするの?

それを思いつかなかったのだから愚かしい。なるほどミスはしでかしそうだ。たしかに自分よりバカじゃないかと思える人が看護師になっていて、よく病院でガムをくちゃくちゃ嚙んでいたり、とろんと重そうな目をしていたりするけれども、若い人には若さにまかせた自信がある。若い自信は何物にも代えがたい。

だが、いじいじ考えていた数週間のあとで、結局たどり着くのは――たとえフルタイムの学生にならなくても避けては通れない問題として――子供たちとの時間が減るということだ。宿題を見てやったり(ということが面白くない作業であるのは確かだが)、具合の悪い日、雪の降った日に世話をしてやれなかったり、子供が休みの日にも母親が勉強しなければならなかったり――。

それに、もし看護の勉強でも仕事でも、いったん始めてしまえば、いろいろと人の手を借りることもあるだろうが、元の兄嫁であるヘレンのように手伝いの人を使いこなすということが自分では苦手だ。これまでにベビーシッターやハウスキーパーをものすごく頻繁に取り替えた。つい仲良くなって甘やかすので、向こうが調子に乗って図々しくなり、こんなはずではなかったとパムが思う。そうなるとすぐに辞めさせるから、そんなの聞いてないと言って怒る相手に首を振りながら、払う分だけは払う。ああ、こんなことではだめだと思って、気晴らしのつもりで髪のカットを変えてみるが、それで今度は前髪が落ちかかる角度が気に入らなかったりする。

パムは、ボブの職場へ電話を入れて、ジレンマだということを話した。「なんだかわからなくなっちゃって。自分がほんとうに看護師になりたいのか、そういう勉強をしたいだけなのか――。解剖学とか何とか、学生時代に戻ったようなつもりで」

しばらく黙っていたボブが言った。「なあ、パム、あんまり多くは言わないよ。解剖学の講座に出たかったら出ればいいじゃないか」

「そんな、待ってよ。怒ってるの？」こういうボブは想定外だったというのが正直なところだ。ずっと何年も電話したくなれば電話して、いつでもボブはじっくり落ち着いて耳を傾けてくれた。それがあたりまえのように思い込んでいた。「あの、ちっともクリスマスに来てくれないから、子供たちもがっかりして、わたしだって大昔から会ってないような気がして――。でも、いまにして思えば、まあ、はっきり言うけど、なんだか電話の対応が無愛想になってたわね。いまはセアラと縒りを戻したの？　あの人、わたしのこと好きじゃなかったみたいだけど」

「戻ってやしないよ」

「じゃあ、どうしたっていうの？　わたしが何かした？」

「仕事で手一杯なんだよ。えらく押してるんだ」

「じゃ、一つだけ教えて。ザカリーはまだ父親といるの？　訴追はどうなった？」

「連邦検察は何もしなかった」

「あらま。じゃあ、逃げてもしょうがなかったんだ」

「父親と暮らすってのが、しょうもないことだとは思わないが」

「そりゃそうだけど。で、スーザンは？」

「いつものスーザン」

「ねえ、ボブ、きょう言いたかったのは、ソマリ人の女が書いたっていう本を読もうとした話なのよ。じつはもう読んじゃって、というか読み終えそうになっていて、それが結構びっくりするような本で」

「へえ、どんなのかな。これから人と会うんだが、あと数分ある。若い弁護士が来るんだ。何かしら相談があるらしい」

「はい、はい。わたしだって暇なわけじゃないからね。ともかくソマリアで女として生きるってことが、いかに理不尽であるのか詳しく書いてあるの。未婚の母にでもなったら、それで終わり。ほんとに終わりなのよ。路上で死んでも、誰も気にしてくれない。それからもう一つ、すごいことがあって、女の子が五歳になると、あれを切っちゃって、そのあとを縫い合わせる。オシッコするのも不自由だわ。つまり、じゃかじゃかオシッコしてる子がいたら、へんなやつだってことになる」

「よせよ、気色悪い」

「もちろん気色悪いわ。でもね、いくら他者の習慣を尊重しましょうと言ったって、そういうのは尊重したくないでしょってこと。当然、医学界でも議論になってる。子供を産んだあと、また縫ってもらいたがる女もいるらしくて、そんなこと西洋医学ではおいそれと注文どおりにいかないわよね。だから、正直、どっかおかしいと思う。この本を書いた女の人だって――どう読むんだかわかんない名前だけど――これだけ暴露しちゃったから、殺すぞって脅迫が来てるらしい。

さもありなんだわ。ねえ、どうして黙ってるの？」

「そうだな、まず一つは、いつからこんなになったのかと思うから。おれの知ってるパムは、ソマリ人のことを気にかけて、寄生虫のこととか、どういうトラウマがあるとか心配してた——」

「してるわよ——」

「いや、ちがうな。その本は右翼の夢物語だ。わからない？　もう新聞なんて読まないのかな。それからもう一つ。おかしいとやら言われる人たちを見たよ。ザックの審理の日に法廷に何人か来ていた。どうだったと思う？　おかしいのとは違う。くたびれ果てていた。そんな本が出回るのも、くたびれる理由にはなるだろうね。ソマリ文化のやたらに激しいところだけを書き立てて、それを読書クラブか何かで読む人がいて、ひどいわねえとか言って嫌悪する。ツインタワーが崩落して以来、おバカさんのアメリカ人が、心の底では、そうしてしまいたいと思ってるんだ。いわば嫌悪するための免許が欲しいんだな」

「ちょっと、何なのよ」パムは吐き捨てるように言った。「信じられない。まったくバージェス兄弟だわ。いかれた世界を守る弁護士さんよね」


ボブの新しいアパートは背の高い建物で、入口にはドアマンがついていた。ドアマンがいるような大きなビルに住んだことはない。だが引っ越してすぐに、これでいいのだと思った。エレベーターも混んでいる。子供がいて、ベビーカーを押す人、犬を連れた人がいて、老人がいて、背広姿の男、ブリーフケースを持った女がいる。朝方の女の髪はしっとり濡れていた。ふたたび別の都市へ引っ越したような気もする。ボブの部屋は十八階にあって、ここへ来たばかりの週に、廊下の向かいの老夫婦が一杯飲みに来ないかと誘ってくれた。「この階がベストだよ」と、分厚い眼鏡をかけて杖をついているマレーが、その杖を居間に向けて振りながら言った。「おれは昼まで寝てるんだが、ローダは毎朝六時に起きてコーヒーを挽く。これが死人でも目が覚めそうに騒々しい。お子さんは？　離婚した？　あ、そう、ローダもそうなんだ。離婚したところを、おれが三十年前につかまえた。いまは誰だって離婚するね」

「そんなことといいじゃないの」ローダが言った。子供なんていなくてもいいということを言ったのだ。この人がワインをグラスに入れてくれた（もう何週間かボブは飲んでいなかった）。「あたしの子供なんか、ただ頭にくるだけでね。かわいいけども腹が立つ。あら、つまむものがカシューナッツしかないわ。新しいか古いかわかんない」

「まあ、坐れよ、ローダ。それだけあればいいということにしてもらおう」もうマレーは大きな椅子に坐っている。椅子の横にていねいに杖を寝かせていた。ボブに向けて、ひょいとグラスを持ち上げてみせる。

ローダはどさりとソファに坐った。「突き当たりのご夫婦には会った？　子供が一人、あれなのよ、何だっけ、あらやだ」指をぱちんと弾いて、「ほら、何とかいうやつで、背骨の成長に障害があるの。でも、お母さんが、そりゃもう立派な人で、旦那さんもよくできてる。あなた、バージェスっておっしゃるのよね。ジム・バージェスとは親戚？　え、ほんと、そうなの？　すごい裁判だったじゃないの。ほんとなら、あんなやつ有罪でしょ。それを裁判でねえ、あれは見物だったわ」

ボブは部屋に戻ってから、ジムに電話をかけた。

「引っ越したらしいな」ジムが言った。

「知ってた？」

「そうさ。元のアパートを通りかかったら窓にカーテンがついて、人間の住む場所になったようなんで、おまえは越したんだなと思った。それから事務所の調査員を使って、行き先を調べさせたよ。いまも番号を非公開にしてるじゃないか。うちにかかってくると、プライベートの表示が出るんで、ああ、おまえだ、と思ったりもしたが、どうしてそうなるんだ？」

どうしてかと言われても、バージェス家の人間にはわかるまい。ウォリー・パッカー裁判が世間を騒がせた時分には、何度もかかってくる電話に、ジム・バージェスの親戚ですかと聞かれて、もうこりごりだとパムは言った。いまではボブも、どうしてと言われて「そうしていたい」と答えた。

「ヘレンが落ち込んじゃってるぞ。おまえ、電話もよこさないじゃないか。一言もなく引っ越しやがって。女関係でひどいことになったとでも言ってやってくれ。おれからはそう言ったんだから」

「ほんとのことを言えばいいのに」

沈黙。そのあとで、「何だよ、ほんとのことって。おまえが引っ越したほんとの事情なんて、おれが知るもんか」

「いや、原因は兄貴だよ。ひとの気持ちにお構いなしだ。あのことをヘレンには言った？」

「まだだ」ジムの溜息が回線を伝わってきた。「ところで、最近、スーザンとは話したか？　いやに淋しそうな声を出していたが」

「そりゃ、淋しいだろうさ。たまには呼んでみようかと思ってる」

「こっちへ？　スーザンはニューヨークなんて来たこともないだろうに。まあ、いい、せいぜい遊んでろ。おれたちはアリゾナへ出かける。ラリーに会いに行くんだ」

「じゃあ、帰るまで待たせてもらうよ」そう言ってボブは電話を切った。いまの居所を兄が突き止めていた——ということの意外さに、ふと一瞬、胸の詰まるようなうれしさもあったのだが、ジムの声音を聞くうちに、そんなものは失せていた。ソファに坐って、窓の外の川を見る。小型のヨットがちらほら出ていて、そのあとから大きめの船も行く。いま過去を振り返ると、いつもジムが真ん中で輝いていた。そうでないことがなかった。

4

ドリンクウォーターさんが寝室の外でうろうろしていた。スーザンは手を腰にあてて立ち、「どうぞ」と言った。「一人でいても考えがまとまらなくて」

ドリンクウォーターさんは寝室に入ってきて、スーザンのベッドに腰かけた。「昔はねえ、たしかニューヨークでは黒がはやってたのよ。いまはどうだかわかんないけど」

「黒が？」

「昔だけどね。あたしが〈ペックス〉の店員やってたのは、もう百年も前みたいなものだわ。その頃は、黒いドレスを買いに来るお客さんがいた。お葬式でもあるんだろうと思って気を遣いながら応対してると、どうやらニューヨークへ行こうとしてるらしい。そんなことが何度かあった」

スーザンはナイトテーブルに出してあった写真を手にした。「太ったみたい」と言いながら老女に持たせる。「たったの二カ月で」するとドリンクウォーターさんも「ありゃまあ」と言った。

とっさにザカリーだとは気づかなかったくらいだ。キッチンらしきカウンターに立って、ほとんど笑顔で撮れている。髪が伸びて、目の上にかかりそうだ。「なんだか――」ドリンクウォーターさんは言いよどんだ。

「普通っぽい？」スーザンはベッドの反対側から腰かけ、写真を返してもらって、じっと見た。

「あたしもそう思った。これ見たら、やだ、何これ、うちの息子が普通の顔してる、なんてね。――きょう、郵便で来たのよ」

「ほんとに元気そうだ。うまくやってるってことだね？」

スーザンは写真をナイトスタンドに戻した。「そうらしい。父親のガールフレンドってのが同居してる。看護師なのよ。料理だって得意かもね。ザックもなついてるみたい。その人も子持ちで、ザックと似たような年格好の子供たちがいて、たぶん近所に住んでるんじゃないかな。何だかんだと集まるんだって」スーザンは天井を見上げた。「よかったわ」鼻をつまんで目をしばたたく。それから手を膝に置いて、ぐるっと部屋を見渡した。また口をきいて、「知らなかった。〈ペックス〉の店員だったなんて」

「二十年やってた。楽しかったよ」

「さて、犬に餌をやらないと」スーザンはそう言いながら、まだ立とうとしなかった。

ドリンクウォーターさんが立った。「あたしがやるよ。夕食にはスクランブルエッグでも作るけど、あんたもどう？」

「ほんとにありがたいわ。ご親切さま」スーザンは肩を持ち上げて、ふうっと息をついた。

「いいのよ、そんなこと。じゃあ、黒のタートルネックと、黒のスラックスだね、それで準備よし」

スーザンは写真に目を戻した。ザックのいるキッチンは、なんだか手術室のように見える。ステンレスを多用して角張った感じなのだ。息子が（あたしの息子が！）カメラに向かって、スーザンに向かって、心を開きたいような、それでいて照れくさいというよりは謝りたいような表情になっている。あんなに痩せぎすのおどおどした顔だったのに、いくらか肉がついて、なかなかの男前になった。黒い目をしっかりと開いて、顎の輪郭がたくましい。こうなると、いや、そんな突拍子もないと思って何度も見てしまったが、若い頃のジムと似てきたのかもしれない。そう気づいて、ぱっと明るい心地になったのだが、まもなく別の感覚に置き換わっていた。たまらなく悲しい喪失感。そして母として妻としてどうだったのかという自分の過去がちらつく。

記憶――。大きく手を広げた記憶が、いくつもの場面を通り過ぎていく。その手が発端をつかんで、結末もつかんで、あらゆる場面がおさまっていた枠組みとともに一切をなぎ払う。だが、ちらちらと自分が見えているうちに――スティーヴやザックにどなりつける姿が見えて――あれは母親に似ていたのだと思いつき、恥ずかしくて顔が灼けそうに熱くなる。いま見えることが以前は見えなかった。母親が切れやすい人だったから、怒ることをあたりまえのように見て育った。ああいう口のきき方をされたことで、スーザンもそういう口をきくようになった。母は謝らない人だった。スーザン、ごめんね、あんな言い方するんじゃなかった、とは絶対に言わなかった。だから後年のスーザンも、そういう言い方をしながら、詫びるということがなかった。

もう遅い。いやいや遅くはない、と何かにつけて思いたくなるものだが、実際にはどんどん遅くなって、やっぱり遅いということになる。

5

アリゾナへ来たヘレンとジムは、サンタカタリナ山脈の麓にあるリゾートに泊まった。部屋の窓から見える巨大なサワロサボテンが、一本の太い緑の腕を上に向け、もう一本を下に向けている。プールも見えた。「そうねえ」ここへ来て二度目の朝にヘレンは言った。「ラリーがこっちの大学へ行くっていうんで、あなた、がっかりしてたわよね。でも、来てみれば、いいところじゃないの」

「おれじゃない。おまえががっかりしたんだ」ジムは携帯を見ていた。

「だって遠いんだもの」

「アマーストやイェールみたいな一流校じゃないしな」ジムはいま、ものすごい勢いで親指を動かして、携帯に何やら打ち込んでいた。

「そういうことでがっかりしたのは、あなただった」

「いや、違うんだな」ジムは目を上げた。「おれは州立へ行った人間だ。大学は州立でかまわないと思ってる」

「あとでハーバードへも行ったじゃないの。わたしは、きょうラリーがハイキングに付き合ってくれないことだけが、がっかりだわ」

「レポートを書くんだって言ってたからな。また今夜にでも会えるさ」ジムは携帯をかちりと閉じて、すぐにまた開いて目を走らせた。

「ねえ、何やってるのか知らないけど、あとにできないの?」

「もうちょい。仕事なんで、これだけ」

「そう言ってる間にも太陽が昇ってくわ。わたし、あんまり寝てないとも言ったでしょ」

「わかった。ちょっとだけ」

「四時間がかりのコースよね。もっと簡単なのにできない?」

「たしかに四時間なんだが、いい景色なんだぞ。おまえだって前回は気に入ってたじゃないか。ちょっとだけ待ってくれ。それからお楽しみということで」

結局、ホテルを出たのは十一時で、気温が三十度を超えていた。観光案内所のあたりに車を駐めて、しばらく舗装の道を歩いてから、ようやくサボテンやメスキートの木がならぶ探索路へ進んで、そのうちに川へ出たので、すべすべした大きな石を踏みながら流れを越えた。この朝、ヘレンは四時に目が覚めてしまって、それから寝ていない。きのうは夕食の席で、つい飲みすぎたのだろう。ラリーと付き合っているアリエルという娘に、ひどい男だという養父の話をさんざん聞かされているうちに、深い色の赤ワインを何度もつぎ足していたに違いない。アリエルは長い髪をいじりながら早口でまくしたて、それにラリーが偉い人を見る子供のような目を向けていた。どうせ身体の関係はあるのだろう。そうでなければあんな目つきにはならない、とヘレンにだってわかる。どうしてこんなバカ娘みたいなのとくっついたのか。いささか気落ちした。

「そんなに悪い娘でもなかろう」としかジムが言わなかったので、また追加で気落ちした。

いまヘレンは、うしろからジムのハイキングシューズを見て、その靴のあとから歩いている。ひどく暑い。道は狭い。その道を小さなトカゲが突っ切った。「ジミー、どれくらい歩いた？」ついにヘレンは口に出した。

ジムは時計を見て「一時間」と言った。どちらも用意した水を飲んだ。

「このまま湖まで歩けるのか不安だわ」

ミラーサングラスの顔が振り向いた。「無理？」

「なんだか、ちょっと……無理っぽい」

「しばらく様子を見よう」

太陽が照りつけた。ヘレンはあえて足を速めて、岩を乗り越え、細枝を突き出す木々や干からびたような草を通過した。もう口はきかなかったが、ふくらはぎを掻こうとしたジムの腕時計を見て、また三十分はたったのだとわかった。そして、ある小高い尾根に上がったところで、暑さがかあっと激しいものになった。いままで暑さに追い回されて、ここで捕まったような気がする。視野の下側に大きな黒っぽい斑点が浮いて出る。小さな切り株にふらふらとへたり込んだ。「もうだめ、気が遠くなる」

うんと頭を低くして、と彼が言った。そして水を飲ませる。「よし、大丈夫だ」と彼は言うのだが、だめ、何かおかしい、と彼女は言った。吐き気がする。ほとんど二時間は歩いている。駐車場も観光案内所も遠い。安全が遠い。「ねえ、携帯で救助を頼んで。ここまで来るだけでも時間がかかりそう」ところが彼は携帯を持ってきていなかった。また水を飲ませ、ゆっくりだぞ、と言った。それから彼女を支えて、いま来た道を引き返そうとする。ささやくような声で言う。彼女は足がもつれて何度も転びそうになった。「ジミー」腕を前に突き出して、「こんなところで死にたくない」アリゾナの砂漠で死ぬのはいやだ。ほんの数マイルだけしか息子と離れていないのに——その息子が母の死を知らされる場面を、ふと考えていた。いやになることだが、人の死にはそういう現実問題がある。死んだら子供たちに知らせが行く。ラリーは悲しむだろう。そういうことだ。その悲しみが、もう自分からは遠いところにあるような気がする。

「このあいだ健康診断をしたばかりだからな」ジムは言った。「すぐに死にやしないよ」

あとになってヘレンは考えることになる。ほんとうにジムは健康診断とか何とか言ったのだろうか。そう言ったと彼女が思い込んだだけなのか。あまりに馬鹿らしい。ともかく、あのときは前のめりに倒れそうになって、ジムに支えられて歩いた。川にちょろちょろと水が流れていた。ジムは腰に巻いていたシャツをはずして、水に濡らし、彼女の頭にのせた。そうやって広大な渓谷を引き返したのだった。

やっと舗装の道にたどり着いて、ヘレンは家路を見つけた迷子のようにうれしくなった。ベンチに腰をおろし、ジムの手を握った。「ラリーがおかしいとは思わなかった?」ほとんど水を飲み干してからヘレンは言った。

「あいつめ、恋をしてるな。盛りがついてるというか、どう言ってもいいんだが」

「それはちょっと品がない」ヘレンは安心して気持ちが軽くなっている。

ジムは手を引いて、額をぬぐった。「わかった」

「じゃあ行きましょうか」ヘレンは立った。「ああ、よかった。あっちで死ななくて」「死にそうでもなかったな」ジムはナップサックを背負い直した。

「ところが道を間違えた。舗装路から折れる小道——別の道路への連絡通路になっている——を見逃してしまい、そうと気づいたときには、大きく曲がる上り坂にかかっていた。また、その小道を行けばよかったのかどうかも、確証があるわけではない。大丈夫だよ、とジムは言った。この道だって結局は案内所に向かうんじゃないか。だが太陽はかんかん照りつけ、さらに三十分歩いても全然たどり着けそうになかった。シャツを濡らすような水もない。「ジミー」ヘレンは泣き声になる。

彼は水筒に残ったなけなしの水をヘレンの頭にかけてやった。それでもヘレンは足が自分のものではなくなったように、まともに歩けなくなっている。道端に膝を突いて、いまから気絶してそれっきりになるのだろうと思った。砂漠を出て、ここまでは来たものの、それで力が尽きた。ジムがすたすた歩きだし、曲がる道の先を見ようとしている。その姿がぼんやり薄らいでいく。「ジム、いやよ、置いてかないで」と呼んで、彼が戻ってきた。

「遠そうだな」という声に不安がにじむように聞こえた。

どうして携帯を持ってこなかったのか。

手がふるえる。目に浮かんだ染みが黒く広がる。大きな虫の飛ぶような音が耳の中で聞こえる。暑さが残忍な高笑いをするようだ。さっきベンチに坐った夫婦に空約束をしておいて、何でもうまくいくと思っている二人をやっつける出番を待っていた。

曲がり道の向こうからミニバスがやって来て、ジムが必死に手を振っていた頃には、もうヘレンは吐いていた。ほかに乗客はいなくて、運転手がジムと二人がかりでヘレンを幌付きの後部席に押し上げた。よくあることだそうだ。運転手は座席の下にゲータレードを置いていて、これを少しずつ飲ませてやるといいと言った。「国境越えの人が命がけだってのがわかるよね」と運転手が言っているのをヘレンは聞いた。

ジムに「ようし、いいぞ、それでいい」と言われながら、ゲータレードを口に含んでいた。その昔、子供たちが小さかった頃に、ちゃんとカップで飲みなさいと言っていたことを思い出す。でもジムが遠くにいるように感じる。何もかも遠い。そのくせ何かあると思う。何だろう。この夫が不安になっているということか。いや、そうとわかってもどうということはない。宙に漂う砂粒のようにちっぽけなことだ。いずれ消えるだろう。もう消えかかっている――

ホテルの部屋へ帰り着いて、窓のシェードをおろし、ベッドにもぐり込んだ。このときのヘレンはすごく寒いと感じて、やわらかな上掛けをかぶった。夫婦で手を握り合って添い寝した。ともに死にかかった人は、ともに生きるようになる、などと思いついて、おかしなことを考えるものだと思った。

「どこにいたんですか?」最後の晩にアリエルが言った。

アリエル。

ヘレンは、一度は「かわいい名前ね」と言ったのだが、すでにこの名前が耐えがたくなっていた。夕暮れの光の中で、細めた目をアリエルに向ける。いまはホテルの駐車場へ出て、さよならを言う態勢にある。ラリーとジムは車の反対側でしゃべっていた。「どこにって、いつの話?」

眠るときは息子の横にいるだろう女に、ヘレンは言った。

　空気が冷たく、乾いていた。

「ラリーが夏のキャンプへ行ったときに」

　ヘレンも長いこと弁護士と連れ添っているので、仕掛けられた罠には勘が働くようになっている。「どういうお話なのかしら」と平坦な声で言った。だが若いアリエルが黙っているので、さらに「何のことか、さっぱり見当がつかないから」とも言った。

「ですから――どうしていたんですかってこと。ラリーは行きたくなかった。それはご存じでしょう。彼はそう思ってます。それでも行かせた。いやな思いをしたらしいですよ。父親のせいだってことも言ってましたけどね、どうしても行くように仕向けられたって。でも、いま聞きたいのは、お母さんはどうしてたんですかってこと」

　まったく、若い人は、何でも心得たような気になって！

　しばらくヘレンは答えなかった。その時間が長すぎて、アリエルはサンダル履きの足元に目を落とし、駐車場の地面に爪先を引きずった。

「わたしが、どうしていたか？」ヘレンは冷ややかに言った。「ニューヨークにいたわ。たぶんショッピングでもしてたわね」

　アリエルがこっちを見て、笑い声をあげた。

「あら、ほんとの話よ。そうだったはず。ショッピングして、毎週、キャンプ場に小荷物を送ってたわ。キャンディーやらブラウニーやら、規則では送っちゃいけないことになってるものを、どっさり」

「ラリーがつまらない思いをしていたとは、知らなかった？」

そんなことはわかっていた。いまアリエルに言われると、薄刃のナイフで胸を刺されたような気分だ。無残な仕打ちである。「あのね、子持ちになると、どの子には何がいいかってことで判断するようになるのよ。ラリーの場合は、ホームシックに負けないようにしたらいいと思ったの。じゃあ、今度はあなたが大学の授業の話をして」

それでアリエルが話しだしたが、ヘレンは聞いていなかった。砂漠の道を歩いた日にどれだけ苦しかったか、どれだけジムを楽しませていようとしたかと考えていた。ラリーが行ったサマーキャンプに親が訪問した日のことを考えた。あの子が期待しているような顔をするので、ヘレンの心が痛んだ。もう家に帰ったほうがいいという理屈を用意して、それを言うべく待っていた。うまくいかないと知って、また落ち込む。さらに四週間はキャンプ生活だ。もう帰らせてやろうと、なぜヘレンは強く言わなかったのだろう。男の子は途中で帰らせたりしたらだめだとジムが言ったから。二人の意見が違ったら、どっちかの意見が最終にならざるを得ないから。

どうにかアリエルをいじめるようなことを言いたいとヘレンは思った。アリエルが車の前部席に手を伸ばし、手作りで用意してきたというクッキーの箱を出したので、「もうチョコレートは食べないことにしたの。ジムにはいいかもしれないけど」と言ってやった。

6

空港の荷物受取所で、いるはずのスーザンがいなかった。ボブの目に入るのは、サンダル履きで麦わら帽をかぶった人、コートを着て小さい子供を連れた人、キャスター付きの荷物にだらしなく寄りかかって耳にイヤホンをつけたティーンエージャーと、その両親らしき人。これは親といってもボブよりは若いだろう。心配げに荷物が流れてくるベルトを見ている。すぐ近くに、ほっそりした白髪まじりの女がいて、携帯に番号を打ち込んでいた。ハンドバッグをしっかりと抱え込み、小さなスーツケースに足を添えて用心を怠らない。「あれ、スーザン?」いつもと感じが違うのだ。

「あら、なんだか違うわね」とスーザンも言って、携帯をハンドバッグにしまった。

ボブはタクシー乗り場までスーツケースを転がしてやった。

「いつもこんなに人がいるの? バングラデシュみたい、なんて思っちゃう」

「へえ、いつ行ったんだ?」と言ってから、ジムのような口をきいたかとボブは思って、「まあ、せいぜい羽を伸ばしたらいい」とも言った。「ブルックリンへ行って、ジムに会おうか。おれも長いこと会ってない」スーザンは案内係の動きに合わせて、きょろきょろ見ていた。係員は行列を整理しながら、ホイッスルを吹いたり、大きな声を出したり、タクシーのドアを開けたりする。ボブは「ザックから便りはあった？」と言った。

スーザンはハンドバッグに手を入れて、空が曇っているのにサングラスをかけた。「大丈夫よ」

「それだけ？」

スーザンは空を見上げる。

「このところ便りがないんで」とボブは言った。

「だって怒ってるみたいだもの」

「怒ってる？　おれに？」

「あの子、いまはもう家族の中に入って暮らしてる。そうなってみると、いままで何年も、伯父さんたちは何だったんだって思えるんでしょうよ」

「ずっと父親が何だったとは思ってない？」

これにスーザンは答えなかった。タクシーに乗って、ドアを閉めるボブの手に、つい力が入った。

まずロックフェラー・センターへ案内した。それからセントラルパークを抜けて歩きながら、スプレー塗料で金色になって立つ若い女を見せてやった。ブロードウエーのミュージカルにも連れていった。彼女は照れ屋の子供のように、ふんふん頷いていた。アパートでは寝室を明け渡して、ボブはカウチに寝た。二度目の朝に、彼女はテーブル上でコーヒーマグを両手に持ち、「こんな高いところに住んでこわくない?」と言った。「火事にでもなったらどうする?」

「そこまで考えてない」ボブは坐っている椅子をテーブルに寄せた。「例の事故なんだが、何か覚えてることとないかな?」

彼女はびっくりした顔を向けた。やっと小さな声で「ない」と口にする。

「何も?」

すっきりした邪念のなさそうな顔だが、考えながら目が泳いでいた。うっかりしたことは言えないというのか、おずおずと話しだした。「たしか、よく晴れた日だった。まばゆいくらいの光があふれていたと思う」いくらかコーヒーのマグを押して、「ただし雨の日でなかったとも言いきれない」

「いや、それはない。おれにも晴れていたという記憶はある」いままでこういう話をしたことはなかった。まともにスーザンを見ていられないような気がして、ボブは部屋の中を見渡した。まだ引っ越して日が浅く、自分のアパートに慣れきっていない。キッチンがぴかぴかに光っている。ここなら院生の寮などとジムに言われることはあるまい。ボブもまた窓からシガレットの煙を吐き出そうとは思わない。事故の話など持ち出さなければよかった。いかにも気まずい。こんなことなら前夫スティーヴとの機微を聞いたほうが、まだましだったかもしれない。骨の髄まで気恥ずかしくて、腕が硬直するようだ。

スーザンが言った。「あたしがやったんじゃないかって、ずっと思ってた」

「なに?」ボブはくるっと顔を向けた。

「そうなの」彼女はちらりとボブを見てから、その視線を膝にそろえた手に落とした。「だからこそ、あれだけ母さんに叱り飛ばされるんだと思ってた。男の子二人には怒鳴らなかったでしょう。だから、たぶんそうなのよ。何度もそう思った。ザックが出ていってから、あたし、こわい夢を見てる。目が覚めるとよくわからなくなってるんだけど、ひどい夢だとは思ってて、何というか、そういう感じがするの」

「でも自分じゃないってことはわかってるだろうに。子供の頃、しょっちゅう言ったじゃないか。ボブが悪いんだ、このバカっ、て言ってたろう」

スーザンは感極まったような目になった。「そうなの、そう言ったのよ。おびえた子供だったから」

「あれだけ何度も言いながら、そういうつもりじゃなかった?」

「どういうつもりだかわかんなかった」

「そのへんのことを、ジムに聞かされたんだ。ジムは覚えてるらしい。そう言ってる」

「覚えてるって、何を?」

だが、いざとなるとボブは言葉に詰まった。テーブルの上で手を広げ、いくぶん肩を持ち上げた。「救急車、警察、なんてところかな。いずれにしてもスーザンがやったんじゃないんで、それだけは心配ない」

この双子は、だいぶ長いこと黙って坐っていた。窓の外に川がきらめく。ようやくスーザンが口をきいた。「こっちは何でも値が張るわね。あっちならサンドイッチが買えるくらいの値段で、やっとコーヒー一杯だもの」

ボブが立った。「さて、出かけよう」

廊下に出たら、マレーに声をかけられた。「よう！」と手を伸ばして握手しようとする。ローダはスーザンの腕をつかまえている。「もうどこか行ったりした？　あんまり無理に連れ回されちゃだめよ。へんに疲れちゃったら台無しだわ。きょうはブルックリン？　あの有名なお兄さんと会いに？　じゃ、ごきげんよう、楽しんできてね」

街路を歩きながらスーザンは言った。「あんな感じなのよねえ。どう挨拶したらいいのか困るわ」

「人なつっこい？　ほかの人にものを言わせないタイプでもある」ボブはまたジムのような言い方をしたかと思った。それにしてもスーザンにだってどれだけ気疲れさせられることか。

地下鉄の車内では、スーザンは身じろぎもせずに坐って、膝に置いたハンドバッグをしっかり押さえていた。ボブは吊革につかまって揺れていた。「この路線には、毎日乗ってたんだ」と言ったが返事はない。「あのさ、さっきの話だけど、スーザンはやってないよ。その心配はない」これが彼女には聞こえたのかどうか、ちらりと視線を合わせただけで、とくに動きを見せなかった。いま電車は地上へ出ていて、彼女は首をひねって窓の外を見た。彼は「自由の女神」の方角を指さしたのだが、それを彼女の目が追った頃には、もう通過していた。

「しばらくじゃないの」出迎えたヘレンがドアから下がった。以前とは様子が違う。小さくなって老けたようだ。器量も落ちている。

「いやあ、どうも、すっかりご無沙汰しちゃいました」ボブは言った。するとヘレンは「そうよねえ。それぞれに生活があるから」

「おう、ばかったれ。行方不明の妹を連れてきてくれたか。どんな具合だ、スーザン？」ジムも出てきた。すっきりした見事な長身である。ぱん、とボブの肩をたたいて、スーザンを手早く抱きしめた。「ニューヨークはどうだい？」

ヘレンが言った。「スーザン、あなた、こわがってるみたい」

スーザンは、すぐにバスルームを借りたいと言うなり、浴槽に腰かけて泣いた。ほかの者にはわからない。この都会が問題ではないのだ。たしかにスーザンはニューヨークを嫌っていて、どこかおかしいと思っている。いわば特産フェアが常設になっていて人が混んでいるようなものだが、それが延々と何エーカーも広がって、どこもコンクリートで固めてあって、電車が地上ではなく地下を走る。そんな大げさなことをして、地下に下りる階段が小便くさかったりする。街路にはゴミが散らかっているし、何とかの像にはハトの糞が垂れている。公園へ行けば金色のスプレーをかけた女がいる。だが、スーザンがこわいと思うのは、この都会ではない。兄弟二人がこわかった。

この二人は何なのだ。どうしてこんな暮らしができるのだ。子供の頃に知っていたジムやボブではなくなった。いまのボブが住んでいるのは要するにホテルのようなものだ。カーペット敷きの廊下がいくつもの知らない部屋を隠していて、その廊下にぽこっと穴が空いて自分の入口というこになる。ロビーには制服姿の守衛がいて、ホームレスが転がり込んでこないように見張りをする。回転ドアを押してくれる。こんなのが人間の暮らしなのだろうか。川の眺めがいいだろうとボブは言う。飛行機の窓から見るように、ずっと下に見える川の景色がいいだろうと言う。さらに、何がおかしいといって、あんな話をボブが持ち出したのがおかしい。もう決して口にしないと暗黙の了解のできていた例の一件を、そもそも持ち出さなくてもよいではないか。スーザンはわけがわからず、わからなさに攻め立てられて気絶しそうになっていた。

兄弟がシャーリー・フォールズを出ていってからも、まだ身内だという気持ちでいられた。だが、もう違っている。いまスーザンはトイレットペーパーで洟をかみながら、世界がそっくり傾いているような感覚になっていた。まったくの孤独である。もう母親を必要としなくなった息子が一人いるだけだ。この家は何なのだろう（いま水で顔を洗ってから、バスルームのドアを開けて出ようとしている）。ここではジムが三人の子を育て、ディナーパーティーを開いて（ということをスーザンは居間に戻りながら考えた）、また家族のクリスマスパーティーもあって、週末の朝はジムがパジャマでうろついて、コーヒーテーブルに新聞を放り投げて、妻子とテレビを見る夜が数えきれないほどあったはずだが、そういう家がいまでは家庭とは言えない状態になっている。ただの大きな家具というべきか。天井の高い博物館か。それに暗い。こんな暗いところに誰が住むのか。建材には華麗な模様が彫り込まれている。アンティーク調の照明器具がついている。こんな生活を誰がしたいだろう。

まわりから話しかけられている。ヘレンが身振りたっぷりに、ツアーとか何とか言って二階へ案内する気らしい。ひとの家を見るって楽しいじゃないの、と聞こえる。着替えの部屋、とも言っている。ニューヨーク広しといえども、妻よりも夫のほうが衣装持ちだなんて、うちだけじゃないのかしら、だそうだ。それでデパートの紳士服売り場の出店になったようなスーツの列を通過する。まさか衣類が外の景色を見たいわけではあるまいが、こんなところにも窓がある。一方の壁は全面が鏡になっている。大きな鏡だ。いやでも自分の姿を見てしまう。白髪まじりで顔色のよくない女がいた。だぶだぶの黒いスラックスをはいている。だが鏡の中のヘレンは、小柄にまとまって、ピンを一本立てたようだ。きっちりしたニットドレスにタイツである。どうやったらああいう服装になるのだろう。

そう、世界がぐらりと傾いた。身の安全を揺るがされるということは恐ろしい。父もいない、母もいない、夫もいない、兄弟もいない。息子だっていまとなっては——

「スーザン」ヘレンの声がした。とがったように聞こえる。「そろそろ何か飲みたくない？」

裏庭へ出て、スーザンとボブは、鉄製のベンチにならんで腰をおろした。クラブソーダのグラスを手にしている。ヘレンはガーデンチェアに浅く坐って、脚を組んでいた。大きなグラスになみなみとワインを入れている。「ジム、坐ってよ」と言った。夫がうろうろ動いて落ち着かないのだ。ジムは——庭の草花に興味などあったためしがないのに——かがみ込んでギボウシや若いユリをのぞいたり、デッキの横木に寄りかかってみたり、家の中に引き返して結局手ぶらで出てきたりもした。

ヘレンは、いままでに腹の立つことはいくらでもあったが、こんなに腹の立つことはあるかと思っていた。とにかくいま、この場で、ものすごくおかしなことになっている。いい大人が四人そろっていて、ヘレンのほかには誰一人、役に立ちそうもない。およそ話をつなごうという意識がないのだ。スーザンが気の利いた女でないことはわかりきっていて、ヘレンもあらためてそう思うのだが、あまりにも地味で引っ込んでばかりである。だらしないタートルネックは、裾のほうに毛玉が出ているような安物だ。そんなこんなでヘレンはすっかり気が滅入っている。なんと哀れなという気持ちも全身にひくひく走って、体内で泡を吹きそうだ。あれこれ縒り合わせたような怒りで頭がふらついている。「ジム、いいから坐ってよ」と、また言った。すると彼は鋭い声音に意表を突かれたように、きょとんとした顔になった。

「ちょっと待った。ビールを取ってくる」彼は家の中へ行った。

ヘレンは頭上の枝に生《な》っている青い小粒のプラムを見上げて、「ほら、こんなに。去年は少なかったのよ。でも、よく言うじゃない、生り物は一年おきなのね。今年は当たりだから、近所のリスがお腹いっぱいで喜ぶわ」

バージェス家の双子は、ならんだベンチから、ぽかんとした目つきを向けていた。ボブはおとなしくクラブソーダを飲んで、とくに逆らう様子もなく、眉毛が上がるほど目を開けている。スーザンはグラスに口をつけてから、いくらか目をはずしたのだが、その顔はまるで、あたしの居場所じゃないわ、と言っているかのようだった。こんな大きな家は好きになれない、これが庭だなんてちゃんちゃらおかしい、まったく悪趣味、ばかでかい着替えの部屋だの、屋外のグリルだの、ああ、やだやだ、コネティカットのお嬢さま育ち、いまどきありがちな贅沢屋、物欲だけ。

というような顔つきを義理の妹にされているような気がして、逆にヘレンは「この田舎者が」と思い、心の奥底までへとへとに疲れていた。こんなことを考える人間でいたくないのだが、そう思いついてしまったのがいやなことで、また思ったとたんに「ニガー」なんていう言葉を連想したのもぞっとすることだけれども、そう思ったことが何度もあるのは間違いなく、なんだか自分の心がトゥレット症候群になったように、繰り返して思いつくことを止められない。

「食べるの?」ボブが言った。

ヘレンの背後でドアが開き、ジムがビールの罎を持って出てきた。ローンチェアを引き寄せ、「リスか？　食うぞ。焼いて食う」とグリルに顔を向けた。

「プラムを食べるのか、と言った」

「渋いのよ」ヘレンが言った。この場を取り持つのが役目だとは思わないが、そうならざるを得ない。「ねえ、ボブ、ちょっと痩せたんじゃない？」

ボブはうなずいた。「このところ酒をね、控えてるもんで」

「どうしてそうなるの？」と言っていて、自分の声が尖っているかもしれないとヘレンは思った。ボブがちらりとジムを見たようだ。

「日に焼けたみたいね」スーザンが言った。

「この二人は、いつも焼けてる」とボブが言うので、いやな連中だとヘレンは思った。

「アリゾナへ行ったのよ。ラリーに会ってきた。知ってると思ったけど」

ここでまたスーザンが目をそらすので、それがいけないんじゃないのよとヘレンは思った。自分の息子がろくでなしで、母親と暮らさずに逃げちゃったからといって、甥のことは知らん顔なんておかしいじゃないの。

「ラリーはどうしてる？」ボブが言った。

「ええ、いい子でいてくれるわ」ヘレンは大きくワインを一飲みした。きゅーっと効いてくる感じだ。すると、グラスの割れる音、ちりんと電話の鳴る音が、同時に聞こえた。スーザンが立ち上がって、「あ、いけない、ごめん」と言っている。

スーザンの携帯が鳴ったのだ。それでグラスを落とすほどにびっくりしたらしい。あわててハンドバッグをかき回し、電話を見つけて――あろうことか、立ってきたジムにグラスを持たせていたが――ヘレンは「ああ、いいのよ、あとで始末させるから」と言いながら、通路に張ったレンガの目地に細かい破片がもぐり込んで、この季節には週一回の割でやって来る庭師によけいな手間をかけるだろうと考えていた。

「おう、チャーリー・ティベッツか」とジムが言った。「スーザンならここにいる。あ、いや、おれに言ってくれればいいと本人が言ってる」ジムは庭を歩きながら、電話を耳にくっつけてうなずいていた。「うん、聞こえてる」片手をオーケストラの指揮者のように宙に振った。最後に携帯をぴしっと折りたたんで、スーザンに返した。「ようし、これで一件落着。ザックは自由の身だよ。もう片付いた」

ふと静かになった。ジムは坐り直すと、首をそらせてビールをぐーっと飲んだ。

「どういうこと？　片付いたっていうと？」ようやく口をきいたのはヘレンだった。

「お蔵入りってことだ。このままザックが素直になってれば、本件は立ち消えとなる。もはや下火だな。こういうこともあるよ。チャーリーの思惑どおりだ。今回は政治がらみで騒ぎになったが、ソマリ人社会でも、まあ、どこから聞いた情報かはともかく、これで終わらせてかまわないというのが長老たちの意向らしい」ジムはひょいと肩を動かして、「そんなことじゃないかな」

スーザンは「もう帰ってこない。そう決まったようなもんだわ」と言った。喜んだ口ぶりになるはずが、声に苦しさを滲ませている。それも無理はないかとヘレンは思った。なるほど、もう帰らないということだ。

「あら、まあ、スーザン」ヘレンはつぶやくように言って立っていき、義妹の背中をさすってやった。

兄弟は坐っている。ボブがちらちら目を走らせるのに、ジムは弟を見ようとしなかった。

七月の暑い日、エイドリアナ・マーティクは、アラン・アングリンのオフィスに入ってから、黙って書類を差し出した。その判型、字体からして、苦情を申し立てに来たことは容易に察せられた。「どういうことかな?」アランは穏やかに対応して、机の前の椅子に坐るようにと目で合図した。「まあ、掛けてくれ」

エイドリアナが坐った。わずかに読んだだけでアランは目を上げた。彼女は長いブロンドの髪にストリークを入れて、ポニーテールにまとめて垂らしている。顔の色は薄い。もの静かな若い女だと思っていたが、このときも静かに目を合わせてきて、その視線をそらすことがなかった。

書類を最後まで読んだ。たっぷり四ページある。これを机に置いたアランは、エアコンのきいた部屋だというのに、顔が汗ばむのを感じていた。とっさに立ち上がってドアを閉めたい衝動に駆られたが、この苦情の性質そのものが、いま彼女を危険な女にしている。静かに坐った膝の上に、自動小銃を寝かせているのと変わらない。ここで二人きりになってしまっては、その武器に弾薬を補充してやるようなものだ。すでに百万ドルの賠償を吹っかけてきている。

「外で歩きながら聞こうか」アランは立ち上がって、彼女も立った。彼は手を前に動かして、まずは女性からお先にどうぞ、と意思表示している。

ミッドタウンの舗道に、夏の暑さがぎらついていた。サングラスをかけてブリーフケースを持った人が行きかう。街角の新聞売り場の付近に、ゴミ箱をあさるホームレスがいた。ポケットの破れた冬物のコートを着ている。

「この暑いのに、よく着ていられますね」エイドリアナが静かな口をきいた。

「疾患があるんだろう。統合失調か。幻覚でもあるのか。それで寒気がするとかね。そんな症状もあるらしい」

「そういう病気なら知ってますけど」エイドリアナは、ふと苛立ったような語気をにじませた。「それで体温がどうとかってことになるのかどうか」

新聞売り場で水のボトルを二本買って、一本を持たせてやったら、彼女には爪を深く噛む癖があるように見えたので、あらためて危険のレベルは高いと感じた。木陰のベンチに腰をおろした。暑い日なのに、男も女も、すたすた歩いている。一人だけ、ビニールの買い物袋を抱えた老女が、ゆっくりと通りすぎた。「そろそろ聞かせてもらおうか」彼はなるべく荒立てないように言いながら、エイドリアナに顔を向けた。

彼女が話しだした。あらかじめ考えてきたようだと彼は思った。不安に駆られているようでもある。だが彼に対して不安なのか、話を信用してもらえない不安なのか、よくわからなかった。彼女は、携帯のメール記録、ボイスメール、レストランやホテルのレシートを用意していた。Eメールの記録は、個人および事務所の、どちらのアカウントもある。大きなハンドバッグからフォルダーを取り出し、さがした書類の中から数点を彼に見せた。

ある男がパニック状態で書いたものを読むのは、品位を欠く行為のように思えた。もう長年知っている男だ。ほとんど兄弟同然に親しんできたが、ありきたりな男の間違いをしでかされた（そのようにジムのことを考えたくはなかったが、こういうときはそんなものだ）。なんなら奥さんにも知らせます、という嘲るような言い回しに追いつめられている。ヘレンの名前が出たのを見てアランは一瞬だけ目をつむり、また読み進めた。たしかに脅迫と言えるものがある。「――という愚かしいことはするまいね。自分の将来を窓から投げ捨てるようなものだ。あまり見くびられては困る」

それだけではなかった。

「新聞にも出ますよね」エイドリアナが冷静に言った。

「どうかな。それは抑えることもできるが」

「出るんじゃありませんか。こんなに大きな、有名な、法律事務所のこととなれば」

「出てもいいの？　この際まともに考えようじゃないか。たしかに新聞に出るかもしれない。それはそうだ。ということは、きみだって無事ではない。あれこれ書かれる。そういう覚悟はできてるかな？」

彼女はハイヒールの足に目を投げた。すっと脚をそろえて出している。ストッキングははいていない。まあ、この陽気だから当然だろう。それにしても完璧だ。血管も染みも浮いていない。なめらかな素足が膝の下に伸びて、日焼けもなく白すぎることもない。茶色のハイヒールは爪先のない型だった。おぞましいことだと彼は思った。

「誰かに話した？　弁護士に相談したとか」彼は水を買ったときにもらった紙ナプキンで口をぬぐった。

「まだ、いまのところは。こういう文書も自分で書きましたから」

アランはうなずいた。「じゃあ、あと一日、他言は無用としてもらえるだろうか？　あす、ゆっくり話し合おう」

　彼女はいくらか水を飲んで、「いいですよ」と言った。

　ジムとヘレンは、モントークにある賃貸型のリゾートマンションにいた。アランはドロシーに電話して、それからジムにも電話をしておいて、ペンシルベニア駅から列車に乗り、ロングアイランドの東端まで出ていった。モントーク駅のホームでは、ジムが来て待っていた。潮の匂いがする空気の中を、車で海岸へ向かった。のんびりと波が打ち寄せて止むことがない。

「お行きなさいな」ローダが坐っているカウチから手を振った。「かの有名なお兄さんには、電話で返事をもらうようにできないの？　だったら押しかけてでも行けばいい」

　パムと夫婦だった頃のボブは、毎年、夏になると一週間ほど、モントークにいる兄夫婦を訪ねていた。パムは大はしゃぎでサーフボードに寝そべって波に乗り、ヘレンは子供たちにローションを塗りたくり、ジムは海岸を三マイルも走って、ねらい通りの讃辞を得てから、寄せる波に突っ込んでいった……。パムと別れてからもボブだけは出かけていって、ジムおよびラリーと海釣りに出た（ラリーが船酔いしてばかりだったのは気の毒なことだ）。そして夕暮れにはバルコニーに坐って一杯楽しんだ。ああいう夏の日は、変わりやすい世界の中で、いつも変わらないものだった。大きく広がる海と砂は、メイン州の海岸線とはまったく異なっていた。メインの海はごつごつ岩だらけで、海藻がこびりついている。よく祖母に連れていかれた。車で走る間にポテトチップスがあたたまった。氷水を保冷ボトルに入れて、ぱさついたピーナツバターサンドイッチを持っていった。ところがモントークへ行けば、楽しいことを楽しんでいられた。「あらまあ、バージェス兄弟が――」と言いながら、チーズ、クラッカー、冷製の小エビをトレーにのせて、ヘレンが出てきた。「ようやく伸び伸びしていられるのね」

だが、今度ばかりはジムから、またヘレンからも、いつものように予定を確かめる電話が来ない。「出かけなさいな。いい女でも見つけるといいわ」ローダが言った。

「そのとおりだよ」マレーも自分の椅子から口を添えた。「ニューヨークの夏はたまらないからね。年寄りはどこへも行かず公園のベンチにいて、溶けかけのロウソクみたいになってる。舗道はゴミ溜めみたいな臭いがする」

「僕は気に入ってるんだけども」

「そりゃそうだろ」マレーはうなずいた。「ニューヨーク市のどこをさがしたって、こんな快適なフロアはないんだ」

「行きなさいよ」またローダが言った。「お兄さんなんでしょ。あたしには貝殻のお土産でも頼むわ」

ジムの電話にメッセージを残しておいた。ヘレンの電話にも残した。それでも応答がない。ついには「返事くらいしてよ。生きてるのかな」と言ってしまった。もちろん生きているには違いない。死んだら死んだという知らせくらいあるはずだ。いままで長いこと家族として付き合ってもらったが、もうお呼びではないということか、とボブは思った。

たまには友人とマサチューセッツの旅をして、バークシャーに何回か行き、ケープコッドに出かけることもあったが、どうも悲しくて心が縮むような思いがあり、それを顔には出すまいとするのが苦しかった。するとケープコッドへ行っていた最後の日に、偶然ジムを見かけた。急にうれしくなって全身がびりびり痺れた。彫りの深い顔にサングラス、という姿が郵便局の前に見えた。腕組みをしてレストランの案内を読んでいる。おーい、と思わずうれしさを全開にして呼びかけそうになったが、腕組みを解いた男が顔をぬぐうと、ジムとは似ても似つかない別人で、ふくらはぎに蛇の刺青が這い上がっている筋肉質の男だった。

ところが現実に兄と出くわしたときには、そうと知らずに通りすぎてしまった。五番街と四十二丁目の交差するニューヨーク図書館の前だった。ボブにはランチの約束があった。友人がお膳立てしたブラインドデートで、その相手が図書館の女性職員だったのだ。ひどく暑い日で、ボブはサングラスをかけていても目を細めていた。すれ違った男がいて、その映像が心に引っ掛かったのだが、そうでもなければ素通りしただけだったかもしれない。だが野球帽にミラーサングラスという男は、なぜか逃げるように目をそらしたのではないかと思われた。ボブは振り向いて「ジム！」と呼んだ。男が足を速めたので、駆け出して追いつこうとすると通行人があわてて避けた。背広のジャケットの下で身体だけ縮んだようなジムが、すぐには口をきこうとしなかった。ただ突っ立って、野球帽をかぶった顔に表情は動かず、わなわなと顎を震わせていた。

「ジミー――」たじろいだのはボブのほうだ。「病気でもしたの？」サングラスをはずしたが、相手がミラーサングラスのままなので、その目が見えるわけではない。だが顎を突き出す素振りがあったのはジムらしいところで、ようやく彫りの深い顔立ちが戻ったようだった。

「いや、そんなんじゃない」

「どうしたんだよ。電話しても返事がなかった」

ジムは空を見上げ、背後を気にして、またボブのほうを見た。「またモントークで楽しく過ごそうと思ってた。女房とね」この瞬間を、あとで何カ月も思い返すことになって、そのたびにボブは、兄はまともに目を合わせてこなかったと考えた。すぐに終わった会話は、うまく思い出せないものになっていた。どうにか訴えかけようとした自分の声しか覚えがない。結局、ジムが言いたいことを言って終わった。青ざめた薄い唇から、じっくりと吟味するように、小声で発せられた言葉である。「ボブ、この際、ずばり言わせてもらう。おまえは頭にくるやつだ。ずっとそうだった。うんざりだ。鈍くさいというかボブくさいというか、つくづく嫌になってるんだ。このくそ――おれの目の前から消えてくれ。さっさといなくなれ」

ときとして人間はみごとな能力を発揮するもので、ボブもまた街路の喧騒を離れてコーヒーショップへ入っていき、ランチの約束をしていた女に電話をしてのけた。静かな、角の立たないような口をきいて、仕事の都合で急に行かれなくなった、まったく申し訳ないが、あとでまた掛け直してスケジュール調整をしたい、と言っている。

それからは暑い街をふらふら歩きまわった。シャツがぐっしょり汗まみれになった。ところどころで階段があると坐り込み、シガレットを吸って吸って吸いまくった。

7

八月の中旬ともなると、暑いことは暑いのだが、梢から色づく楓の木も出始めて、ちらちらと道路向かいからでも見えていた。スーザンとドリンクウォーターさんの二人が、裏口のベランダでローンチェアに坐っている。そよとも風が吹かない。根覆いを施した土の匂いが、湿った空気にほんのりと漂う。老女はストッキングを足首まで巻き下ろし、痩せこけて色の薄い脚をわずかに広げ、その膝上くらいに裾を持ち上げていた。「子供の時分には、いくら暑くても平気だったんだから、へんなもんだね」手にした雑誌を揺らして扇いでいる。

ほんとにねえ、と言ってスーザンはアイスティーのグラスに口をつけた。ニューヨークに出かけて以来――ザカリーの一件が片付いたと知って以来――週に一度は息子と電話で話している。太い響きの声を聞くたびにしばらく幸福感が後を引くが、それが消えればまた悲しみに締めつけられた。もう終わった――ザックが逮捕されたあとの狂おしい不安、デモにいたるまでの緊張の高まり（いまとなっては昔のようだが）、刑務所行きではないかという破滅の予感――そんなことがもう終わった。いまなお心の中では事態に追いつけない気もする。水滴のついたグラスを足元から拾い上げて、「ザックは病院で仕事してるんだって。ボランティアで」と言った。

「おやまあ」ドリンクウォーターさんは手の甲で眼鏡を押し上げた。

「といって下の始末みたいなものじゃないのよ。倉庫に包帯を運び込むとか、そんなような」

「それにしたって、人に交じって働くんでしょ」

「まあね」

道路の先で芝刈り機の音が上がった。それが家屋の裏手にでも回ったようにおとなしくなって、スーザンは話を続けた。「きょう何年かぶりでスティーヴと話したわ。いろんな意味で出来の悪い女房だったから、ごめんなさいと言っておいた。あの人、わかってくれた」スーザンが恐れたとおり、目に涙が浮いて、ぽろりと落ちた。それを手首でぬぐった。

「よかったわねえ。そういうことなら、ほんとによかった」ドリンクウォーターさんは眼鏡をはずしてティッシュで拭いた。「あれこれ悔やんだってしょうがないもの。いいことなんてありゃしない」

涙を流した分だけ、締めつける悲しみの力が緩んだ。「あなたなんて、悔やむことないわよね。これぞ上出来の女房だったみたいに聞こえる。実家を捨ててまで一緒になったんじゃなかったっけ」

ドリンクウォーターさんが軽くうなずいた。「悔やんでるのは娘らのことよ。あたし、妻としては、いい女だったと思う。でも子供よりもカールのほうを愛してた。それが正常だったのかどうか。娘らはさびしかったんだろうね。怒ってたかもしれない」老女は眼鏡を掛け直し、しばらく黙って芝生を見ていた。「子供が一人、へんに育っちゃっても、めずらしくはないだろうけど、二人ともそうだったら、ちょっとね」

ノルウェーメープルの木陰で、犬が夢でも見たのか、くーん、と鳴いて、尻尾で地面をはたいてから、また平和な昼寝に戻っていった。

スーザンは、ひんやりしたグラスを、ちょんと首筋にあてた。「ソマリア人て、子供は一ダースもいたほうがいいと思ってるのね。そんな話を聞いたわ。二人しか生まれないとお気の毒って思われるらしいから、まあ、一人しかいないとなったら、もう異常なのよ。人間がヤギの子を産んだくらいにおかしいの」

「ふうん、ずっと前から思ってるんだけども、カトリック教会ってのはカトリックの子孫を絶やさないこと自体が目的なんじゃないの。ソマリア人だって、やっぱりソマリア人を残したいんだよ」ドリンクウォーターさんは大きな眼鏡をスーザンに向けた。「だけど、うちの娘なんか、どっちも子供を産みやしない。そこんとこが、いやになっちゃうんだよね、あたしは」と言って、手を頬にあてがい、「母親になりたくないってことなのよ、まったく」

スーザンはスニーカーの爪先に目を落とした。若い頃からずっとシンプルな平たいスニーカーを履いている。「完璧に生きることはできないもの」と、やさしい言い方をして、老女に目を上げた。「産まないんだったら、産まないってことよ」

「そうだね」ドリンクウォーターさんも納得したようだ。「完璧な生き方なんてないよね」

スーザンは考え込むように言った。「ニューヨークへ行ったら、ふっと思ったんだけどね、ソマリア人もこんな気分かもしれない、なんて。そりゃ違うだろうけど、でも少しはそうかも。わけのわからない国へ来たんだからね。あたしなんて地下鉄に乗るにもまごついた。ほかの人はすごい勢いで歩いてたわよ。みんな要領がわかってるから。何でも慣れてしまえばどうってことない。あたしはわかんなくて迷ってばかり。そういうのって、うれしくないわよ」

ドリンクウォーターさんは、鳥のように小首をかしげた。

「おかしいと言えば、うちの兄弟が一番おかしかった」スーザンは話を続けた。「ソマリア人の家族だって、こっちへ来て、しばらく暮らしてれば——たぶん、あとから来た家族の目には、おかしく見えるんじゃないの」スーザンは足首を掻いた。「そう思ったってだけなんだけどさ」

スティーヴは、おれのほうが悪かったよ、と言っていた。まじめに働いてくれる女房だった、ザックだって母親が好きなんだ。

ドリンクウォーターさんが言った。「昔から何も変わらなかったんならいいんだけどねえ」またスーザンに目をやる。「〈ペックス〉の店のこと、思い出したりしちゃう」

「その話、聞かせて」スーザンはアイスティーを飲みながら、じつは耳が留守になっていた。〈ペックス〉へ行った記憶はほとんどない。兄弟二人は学校へ着ていく服を買ってもらっていたが、スーザンが着る服はもっぱら母の手作りだった。キッチンで椅子の上に立って、裾の仕上げをしてもらった。「動かないの」と母は言った。「じっと立ってなさい」

頑張ってたんだもんな、と朝の電話でスティーヴは言った。おれたち、余裕のある家の子供じゃなかったろ。わけもわからず育っちゃったよ。自分を責めるのはよせよな。

ドリンクウォーターさんの話が終わりに近づいたようだ。「いい格好で来てたね。〈ペックス〉のお客さんはそうだった。デパートで買い物するんだから、ちゃんとした格好しなくちゃ。そういう時代」

スティーヴの母親という人は、その昔、ずっと北の小さな町で、ふらふら裸足で歩いている薄汚い子供だったそうだ。それを見かねて引き取った親類がいたのだが、そこから家族のごたごたが生じて、長いこと喧嘩が絶えなかったという。スーザンが初めて会った頃には、だいぶ太って、離婚もしていた。

「おもしろい話があるのよ」スーザンは言った。

「へえ、そういうのは好きだ」

「もう何年か前になるわね、さる北の町で、教会の執事がコーヒータイムに毒入りコーヒーを出して死んだ人がいた、なんてこと覚えてない？　それがそのニュースウェーデンなの。スティーヴが生まれ育った町」

ドリンクウォーターさんは、しょぼついた目をスーザンに向けた。「旦那さんの町？」

スーザンがうなずいた。「たしかに、いい人ぞろいの町だとは思わなかったけどね。十九世紀にスウェーデンから労働者を連れてきたの。どうせなら白人がいいってことで」

「でも、あたしみたいなフレンチ・カナディアンじゃなかったんだ」ドリンクウォーターさんは冗談めかして首を振った。「おかしなもんだね。そういうこと忘れちゃうんだ。教会で毒なんてことあったんだねえ」

「いまではなくなったも同然の町よ。工場はどこも閉鎖で、人がいなくなった。スティーヴだって、スウェーデンへ行っちゃったし」

「へたに居残って毒を飲ませたりするくらいなら、いなくなったほうがいいよ。その犯人、どうなったんだっけ？」

「自殺した」

いま二人はのんびりと静かに坐っている。太陽が木々の背後に落ちかかり、気温が下がり気味だ。まだ寝ている犬が、ぱたりぱたりと尻尾を動かした。

「そうだ、言い忘れてた」スーザンは言った。「ジェリー・オヘアの奥さんがね――あたしと同じ高校だったオヘア署長の奥さんが――よかったら編み物クラブに入らないかって電話をくれたのよ」

「行くって言ったんでしょうね」

「ええ。それで不安もあるんだけど」

「なに言ってんだか」

8

九月に入ってレーバー・デーの翌日、ヘレンは青果の店でドロシーに出くわした。ヘレンはヒマワリを三本買おうとレジにいた。店員が紙で包もうとして、ヘレンが財布を開けたところで、ふと振り向けばドロシーがいたのだった。「あら！」しばらくぶりだと思って、ヘレンは声をあげた。「どうしてた？　バークシャーから帰ってたのね。うちは八月にもニューヨークにいたわ。こんなの何年ぶりかってところだけど――ジムが早く準備したいなんて言うから」ヘレンは支払いをすませて、ヒマワリを抱きかかえた。「どきどきするわ。でも、一つの時代の終わりって感じね」

「どきどき、なの？」

あとでヘレンは、この日のドロシーが何を買っていたのか思い出せなくなる。ならんだ列のうしろにドロシーがいて、ヘレン自身が夢中になって「ジムが独立するんだもの」と言っていたことしか覚えがなかった。

ドロシーは「すてきなヒマワリね」と言った。

その顔が驚きを押し隠そうとして、また哀れに思う表情も入り混じっていたことを、あとでヘレンは思い返す。あとになって（一生ずっと、ということになるのだが）そのような顔の記憶が残った。その頃には、もちろんヘレンも知っていた。ジムは法律事務所を辞めるようにとアランに言われたのだった。セクハラで訴えられる危険があった。女性職員との肉体関係が生じて、その際に同人を困らせる不当な権力を行使した、ということになっていた。しかし、ただちに事件はもみ消され、女性には相応の金銭が渡され、新聞には尻尾をつかませていなかった。五週間にわたって、ジムは毎朝着替えをして、ブリーフケースを手に持って、玄関でヘレンにキスをして家を出た。行き先はマンハッタンの図書館だ。ヘレンには事務所の方針が変わって私用電話は携帯で受信することになったから、事務所の受付に掛けたりしないようにと言い含めた。これをヘレンは素直に受け止めている。たしかに事務所はおもしろくないと夫が洩らすことが多くなったので、ヘレンは「もう独立してしまったら？」と言った。「いままでの評判があるんだから、仕事なんて選り取り見取りでしょうに」

ジムは、もし自前のオフィスを構えたら、経費が馬鹿にならない、と言った。ヘレンは「だってお金はあるもの。わたしの名義になってる分から使えばいい」と言って、夫とくつろぐ夕方に、家賃その他の必要経費、過誤の補償や秘書の給与を計算していた。友人の友人に電話もした。マンハッタンで商業用の物件をあつかう不動産屋をしているという。するとダウンタウンのビルの二十四階に空きスペースがあって、下見をしてもよいことになった。もしジムが気に入らなければ、ほかの物件もある。だがジムが思ったほどに乗り気でないことにはヘレンも気づいていた。自由に働きたいと言っていたわりには浮き立っていない。そんなことも、あとでヘレンは思い出す。また春の初めには、洗濯屋へ出そうとしたジムのシャツに、長くて色の薄い毛が一本ついていた。そんなこともあったのだが、夫のシャツの袖に長い毛がついていたとして、ヘレン・ファーバー・バージェスがどう思うだろう。鑑識の専門家ではないのである。

ある朝、今度はズボンのポケットに見つけたものがある。青果店でドロシーに出くわしてから数日後のことだった(ジムは供述書を取る用事とやらで、アトランタへ出かけていた)。女の名前が書かれた営業用の名刺である。「人生のコーチ業」だそうで、あなたの人生を仕事にします、という。ヘレンはベッドに腰かけて見ていたが、この言葉遣いも、こんな営業自体も、気に食わなかった。夫の携帯へ電話すると、「ああ、くだらないやつだ」とジムが言った。「あの空きスペースを見にきてた。不動産屋にも、おれにも、見境なしに名刺を配ってたよ」

「あなたと同じオフィスを見に来てたの? 人生相談にどれだけのスペースが要るのかしら。そもそも人生のコーチって何なのよ」

「さあ、そこまでは知らないが、どうでもいいじゃないか」

ヘレンはしばらくベッドに坐ったきりになった。そう言えば、このごろジムはよく眠れないようだし、痩せたのではないかとも見える。ボブが情けない態度をとって、まるでザックがスーザンから離れたようにジムとは疎遠になっていることが、どこかで関わっているのだろう。ボブに電話しようともしたのだが、かけても留守なのだから、かえって腹が立った。ついには友人の友人である不動産屋に電話して、ジムが見ているという物件を自分でも見てみたいと言うと、相手が戸惑ったような声を出して、「いいえ、バージェスさん、ご主人は空きオフィスを見てなんていませんよ」と言われた。

ジムの携帯に掛けながら、ヘレンはぶるぶる震えていた。ジムは一呼吸おいてから静かに切り出した。「そろそろ話し合わないとな」また一瞬の間をおいて、さらに静かな声がした。「あす帰るよ。そうしたら話そう」

「きょうの飛行機に乗って。こっちの用件を済ませないと」

「あすだ。すぐ話したいわ」

電話を切るヘレンは小鳥の心臓のような脈を打ち、鼻から顎にかけて痺れたような感覚があった。すぐに買い物に走りたくなる衝動があった。おかしなもので、ハリケーンの警報が出たときのように、ボトルの水、懐中電灯、電池、牛乳、卵、と買い込みたくなったのだ。実際には外へ出なかった。テレビを見ながら冷たくなったチキンを食べた。ドアを抜けて夫が帰ってきてくれそうな気がしていた。

9

メイン州では楓の紅葉が進み、樺の木もところどころ黄色くなっていた。日中は暖かいのだが、夕方には肌寒くなり、日が短くなるにつれてウールのセーターが引っ張り出される。今夜のアブディカリムはゆったりしたキルトのヴェストを着ていた。身を乗り出して、ハウィヤとその夫の話を聞いている。もう子供らは寝ていた。一番上の子は中学生になっていて、品が良くて素直な女の子に育ってくれている。だが学校から持ち帰る話を聞いていると、いまどきの十二歳は、胸元が丸見えになりそうなタンクトップを着て、廊下や校舎の裏手で男の子とキスをするらしい。こういう日が来るだろうとはハウィヤも思っていたが、どんな心地になるかとまでは考えていなかった。いまは気が気でない。心配が深くわだかまっていた。

「あっちで落ち着くまでは、面倒見てもらえるわよ」さっきからハウィヤが言っていた。ナイロビへ行けば兄がいる。ソマリ人の社会ができている。

オマドはナイロビで暮らしたいとは思わなかった。「そっちでも嫌われるだけさ」

ハウィヤはうなずいた。「だけどラシドとノダ・オヤの例もある。ほかの親戚にもいるじゃないの。うちの子だって、ソマリ人のままでいられるわよ。ここにいたら、たとえイスラム教徒のままでも、ソマリ人ではいられなくなる。ソマリ系アメリカ人になっちゃう。そんなのいやだから」

アブディカリムは、いずれにせよ自分が行くことはあるまいと思っていた。さんざん移動を繰り返した。もう無理だ。ここにはカフェがあって、ナッシュヴィルに娘がいて、孫がいる。もうすぐ孫が来るかもしれない。ここで暮らすことだってあるかもしれない。こっちへ孫が来て、ともに働くまでになればよい、と口には出さないが夢に見ている。ずっと年下の妻アシャ、その妻が産んだ息子については、たまに写真が送られてくるとしても、彼は心を閉ざしている。写真の子供は表情が読めない。最近の一枚では、ひねくれた薄笑いをして、あれではグラサム街をうろつく不良どもと大差ない。まわりに世話好きな大人、ものを教えてくれる大人がいなかったのではないか。そう思うとハウィヤの心配もわかるような気がする。子供らが英語で親に話しかけるところを、アブディカリムも見ている。子供同士の会話を聞くと、あれがアメリカ英語というものかと思う。こっちに長くいれば、それだけアメリカの色に染まるのはわかりきったことだ。たしかに「系」がつくだろう。ソマリ系アメリカ人。いまはソマリ人と聞けば海賊だと思っている国で、その国の系列にされるのだから、いかにも釈然としない話である。この春のニュースでは、ソマリの海賊がアデン湾で中国人船長を殺害したと報じられ、シャーリー・フォールズのソマリ人がつらい思いをすることになった。もちろん行為としては許しがたい。しかし報道する側にはわからない。わかりたくないのか、わかることができないのか、環境汚染で沿岸が荒廃し、かつてのように漁師としては生きられなくなっているということを——追いつめられたらどうなるかということを、アメリカ人はわかっていない。アデン湾はソマリの海賊に乗っ取られた無法の海だと考えるなら、そのほうが簡単なのだし、また気楽でもあるのだろう。アメリカとは非常識な親のようなもの。ある方面には心の広い善人で、ほかのところでは冷たい放任主義をとる。そんなことを思って、アブディカリムは手の先を眉間に押しあてた。いま生きている息子、アシャの産んだ子に対して、自分がそうなっていると言えなくもない。そう思ったら、ふと好感を覚えた。息子にではなくアメリカに、である。生きることは難しい。どうにか決めなければならない場面もある——。「あした、マーガレット・エスタヴァーに会うわ」ハウィヤが言っている。そして目を向けてくるので、アブディカリムはうなずいてやった。

マーガレット・エスタヴァーの執務室は、マーガレットそのものと言えた。取り散らかっていて、やさしく迎えてくれる。ハウィヤはじっと相手を見ていた。いまではマーガレットを好きになった。乱雑な髪の毛をクリップで留めているが、いまにも落ちそうになっている。ハウィヤが予定を伝えてから、マーガレットは窓の外を見ているだけだった。ようやく口をきいて、「たしか信号があるのがいいなんて言ってたのにね」

「ええ。信号はいいです。みんなが守ります。憲法もいいです。でも子供たちが——」ハウィヤは手振りをつけた。「子供にはアフリカ人でいてほしい。ここにいたらそうなりません」さっきから三十分くらい言い続けたことだ。兄がケニアで商売をしていて、夫も同じ意見なので——。これればかり言っている。

マーガレットがうなずいた。「さびしくなるけどね」

風が立って、木の葉がざわつき、半開きだった窓がぴしゃりと閉まった。ハウィヤは思わず伸び上がって、心臓が落ち着くのを待ってから、「わたしも、さびしいです」と言った。こういう話をしていると心が切なくなってくる。「ほかにも助けを必要とする人がいます。あなたのお仕事、すごく大事です」

マーガレット・エスタヴァーは、くたびれた笑みを浮かべた。窓に身体を寄せて、また開けようとする。「すごい音だったわね」今度は閉まらないように窓枠に本を一冊突っ込んで、またハウィヤに向き直ったのだが、その本が聖書だったので、ハウィヤは静かな衝撃を受けた。

ハウィヤは言った。「アメリカでは、自分のこと考えます。自己実現ですね。スーパーでも、病院でも、雑誌を開いても、自分をどうするかってことばかり。ソマリの文化では、みんなのこと、家族のこと考えます」

「そうよね。それはわたしもわかってる」

「でも言わせてください。うちの子には——何ていうのか——あたりまえだとは思わせたくない。アメリカの人は、そのように子供を育てます。子供でも、思いついたことがあると、あたりまえのように口に出す。目上の人に失礼なことでも平気です。そうすると親は、ああ、子供が自分を表現してる、と喜んでます。そうやってあたりまえを身につけさせようとする」

「そうとも言いきれないと思うけどねえ」マーガレットは深く息を吸って、ふうっと吐いた。「この町のいろんな家族と向き合ってるけども、そうじゃないことも多いのよ。アメリカの子供がね、あたりまえどころか、自分は必要ない子だと思わされてる」これにハウィヤが答えないので、マーガレットはいくらか歩み寄った。「でも言ってることはわかるわよ」

ハウィヤは冗談で返そうとした。「ええ、わたしも意見を持つのがあたりまえ」だがマーガレットは冗談の気分ではなさそうに見えた。ハウィヤは礼を言った。

マーガレットが立ち上がった。ハウィヤが思っていたよりも老けているように見えた。そのマーガレットが言った。「なんたって子供のことを第一に考えたいわよね」

ハウィヤも立った。言おうとして言わなかったことがある。もしソマリ人だったら孤独にはなりませんよ。兄弟姉妹、叔父や叔母、そんな人がどこにだっているんです。毎晩誰もいない家に帰るなんてことはありません。でもマーガレットは誰もいない部屋でも平気なのかもしれない。アメリカ人が何を欲しがるのか、いまだにハウィヤには見当もつかなかった（すべて、と思うことがあった。アメリカ人は何もかも欲しがる）。

10

ああ、ヘレン、ヘレン、ヘレン！

「どうして?」と何度も小さな声で言っていた。事情を話す夫を見ながら、そう言わずにはいられない。「どうして？　どうしてなのよ、ジム」この男の見返す目が情けなかった。小さくなって乾いた目だ。

「わからない」と繰り返すばかりである。「ヘリー、ほんとにわからないんだ」

「その人を愛した?」

「ちがう」

暑い日だったが、ヘレンは立っていって窓を閉め切った。雨戸も閉めた。「みんなが知ってるのね」そっと口に出した。何てことかと思いながら歩いて、コーヒーテーブルの縁に腰かけた。

「いや、外部には伏せられた」

「だって、いつまでも伏せておけないでしょうに。そういう女なんだから、べらべらしゃべっちゃうわよ」

「それは示談の条件として、しゃべってはいけないことになってる」

「ばっかねえ、ジム・バージェスって。どうしようもないバカよ。どうせ仲間がいるの。女はしゃべるの。間の抜けた奥さんの話もするんでしょうね。わたしのこと何か言った？」

「そんな、何も言ってない」

だが、何かしら言ったことは読めていた。「アリゾナで、たいして気を遣ってもらえず死にそうになった話はしたの？　もうホテルへ戻りたいと言ったのに、あなた、だめだって言ったわね」

これに彼は答えず、だらりと腕を垂らして立っていた。

「毎日、この家を出て、図書館へ通ってた？　そうやって毎日、嘘をついていた？」

「こわくなってたんだ」

「女に会ってたの？」

「まさか、それは違う」

「じゃ、きのうの晩どこにいたの？」

「アトランタじゃないか。供述書をとって、ある審理を終わらせるようにしていた」

「何をまあ、嘘ばっかり」

「おい、ほんとだって」

「女はどこ？」

「知るかよ。まだ事務所にいるのかどうかも知らない。たまにアランと話すくらいの接触しかなくなってるんでね。おれの手がけてた事件を、アランが適当に振り分けてる」

「また嘘ついて。もしアトランタにいたんなら、事務所の人もいたんでしょうに。じつはアトランタにいなかったか、アラン以外の誰かともしゃべったか、どっちかってことになる。女の居所だってご存じなんでしょうね」

「たしかにアトランタには事務所の若手が一人いたよ。だけど女のことなんて知りゃしないんだから、そんな話の出るわけが――」

「ああ、なんだか胸がむかつく」バスルームへ行って、髪をさすってもらいそうにまでなったが、もう大丈夫だと思って彼を押しのけた。芝居がかった動きになった。いや、何を言っても、何をしても、もちろん芝居などではないのだが、こんな行動も言葉も、いままで必要のなかった初めてのことで、自分とは異質のものである。どうにか静まろうと彼女は思った。しばらくして落ち着いたとしても、この異質な外形にとらわれてもがくかもしれない。ヒステリーの抜け殻みたいなものになる。動きがとれなくなった。

「どうしてなの」と何度も言った。ジムが突っ立っているので、坐ってくれとも言った。「でも離れて。そばに来ないで」それから大きな声で「そばに来ないで」と言ってカウチの端っこに寄りついた。夫を責めてのことではない。そばに来られたくないだけだ。避けたい、離れたい。蜘蛛になって縮こまるような気分だ。「ああ、やだ」と声が洩れた。行く手は荒れ地で、そこへ近づいたような気がする。

「わたしが何をしたっていうの？」

ジムは革製のオットマンに腰かけている。唇が白い。「何も」

「それも嘘でしょ。何かまずいことしたはずよ。あなたが言わなかっただけで」

「いや、そうじゃない」

していた。

「ともかく、どうしてなのか言ってよ」と、やさしい口調で言ったのだから、自分も相手もだま
彼は目を合わさずに、しかし整然とした言い方で話しだした。ザックの支援としてメイン州へ行き、まずボブが失敗していたが、ジムもまた失敗に終わり、じつに腹が立って、煮えくりかえって、錆の混ざった水を流されるパイプになったような気がしたという。

「よくわからない」彼女は言った。本当にわからなかった。

自分でもわからないと彼は言った。どこか遠くへ行って、もう帰らないことにしたくなったという。どれだけザックがひどい状況になったか、どれだけボブの生活が虚しいか、そんなことがわかると――

「ボブの生活が虚しい?」ヘレンは叫び出しそうになった。「ボブの生活が虚しいから、あなたがオフィスラブに走った? ボブは虚しくなんてないでしょ。何の話してるの」

彼はおびえて小さくなった目を向けた。「わからない。おれは面倒を見る立場にいた。子供の頃からそうだ。おれの仕事になってた。それなのに、お袋が死んでから、おれは家を離れた。スティーヴが出てったときにもスーザンやザックのそばにいてやらなかった。ボブが――」

「ちょっと、やめてよ。みんなの面倒を見る立場? いまさらそんなこと言って、どういう関係があるの。その話なら、さんざん聞かされた。でも、はっきり言うけどね、ほんとに正直なところを言うけどね、いまここで持ち出すような話だとは、とうてい思えないわよ」

彼は下を向いて、うなずいた。

「ま、聞くだけ聞くわ」ほかに仕方がなく、ヘレンは言った。

彼は目を泳がせてから、その目を彼女に戻した。「子供らはいなくなった」大きく腕を動かして、この家が空っぽになったと示している。「なんだか、やけに——つまらなくて。エイドリといれば自分の意味を取り返せるような気がした」

ついにヘレンが泣くことになった。しばらく止まらず、身をよじって、嗚咽の声を絞り出していた。ジムは寄っていって、そっと腕に手を添えてみた。彼女が言葉を発することもあった。虚しいのはボブじゃなくてジムの生活だ、というようなこと。また子供たちがいなくなったのに、ちっともジムが慰めになってくれなかったこと、だからといって自分の意味がどうとかを口実に不倫に走るなんて全然考えなかったろうということ、またジムが何もかもぶち壊しておいて、そういう自意識がまったくないのはどういうことか——。彼は妻の腕をさすりながら、その意識はあると言った。

もう絶対に、何が何でも、女の名前を出さないで。この家に持ち込まないで。どうせ子供なんていない人でしょ。いやしないわよね。そういう女なんて、洩らしたオシッコくらいにしょうもないんだわ。するとジムは、わかった、もう名前は言わない、この家でも、どこでも、もう口にしない、と言った。

その夜、寝巻に着替えて、抱き合って寝入った。不安は消えていない。

ヘレンは朝早く目が覚めた。まだ光が充分に強くない。だがベッドに夫がいなかった。「ジム？」すると窓際の椅子に坐っていた彼が目を向けてきたが、とくに何とも言わなかった。彼女は「ジミー、あれって現実だったのかな」と言って、彼がうなずいた。その目の下に隈ができている。

彼女は身体を起こして、まず着るものをさがした。着替えの部屋へ行って、きのう着ていた服を着たが、すぐに脱いでしまい——これは捨てようと思って——別の服を着た。また寝室へ行って、「子供たちにも知らせないとね」と言うと、ジムはぎくりとしたようだが、一応はうなずいた。すかさず彼女は「わたしから伝える」と言った。なるべくショックをあたえまいと思ったのだが、子供たちがショックでないわけがない。彼女自身だって、こんなショックは初めてだ。

彼が「どこへも行かないでくれ」と言った。

「そんなことしてないでしょうに。そうしたのは、あなたよ」これはベッドを出たことを言ったつもりだ。寝ている彼女を放ったらかしにした。だが彼女が口にした言葉は「出てって」である。そう思わないのに言っていた、というはずだったが、あれだけ何度も言ったのだから、そう思っていたのだろう。彼がスーツケースに荷物をまとめている間にも、そのように言い続けていた。「出てって。あなたとは離れたい。それだけ」と言いながら、まともに受け取られるとは思っていなかった。いけすかない、憎たらしい、そういうところが嫌なのだ、とは思っていた。彼が手を止めて、呆然とした顔で見てきたときも、「いなくなって、出てって」と言っていた。大嫌いだとも言った。わたしは人生を捧げたつもりで、いつも信じていた、と言った。出ていく彼について、ドアまで行きながら、わたしは一度も裏切ってないと言った。また繰り返して、出てって、と言った。

外の門ががちゃんと閉まるのを聞きたくないので、階段を駆け上がった。それから家の中を「ジム、ジム！」と叫びながら動きまわっていた。まさか、あっさり出ていったりするのだろうか。こうなることが信じられない。「ジム」と呼んだ。「ジム」

ハドソン川には、荷船、タグボート、ヨットが絶えず行きかった。だが、それよりもボブがおもしろがっていたのは、時刻によって、もちろん天候によっても、川が表情を変えることだった。朝方の川は、たいてい静かで、どんよりした色をしている。午後には太陽が燦然と降りそそぐ。土曜日ともなるとヨットが集まって、ボブが住む十八階の窓から見れば、おもちゃの艦隊の勢ぞろいだ。夕方には太陽が赤っぽい色を濃く淡く吹きつけて川面を光らせ、太い筆遣いでぐいぐい迫る絵画を現実の風景に仕立て直したようになる。対岸に見えるニュージャージーは、まるで異国の夜景を見るようだ。これだけ長いことニューヨークに住んでいて（と、いまになって思うのだが）驚くほど歴史に無頓着だった。メイン州では地元の歴史を教えられて育った。アブナキ族という先住民は、毎年春になるとアンドロスコギン川の下流へ作付けをしながら移動し、その道を戻りながら収穫したという。だが、ここにあるのはハドソン川だ。どれだけの歴史があることか。ボブは本を買い込んだ。一冊読んでは次の一冊を読んで、エリス島についても知るようになった。いや、もともと知ってはいたのだが実感はなかった（シャーリー・フォールズに住んでいたのは、エリス島を通過した移民とは縁のない人ばかりだった）。のぞき込むように見るテレビには、大量の移民が押し出されてくる映像があった。希望と動揺がないまぜになってアメリカに上陸する人々だ。もしかすると送還されるということが——医者の判断次第で、目が見えない、梅毒である、精神がおかしい、と言われればそれきりだということがわかっていた。うまく検査に通って、行け、と合図され、白黒映画のかくかくした動きで出てくる一人一人に対して、ああ、よかった、とボブは思うのだった。

いまはボブ自身が、その気になれば何でもできそうな世界に出ようとしていた。これは予想外の進行だが、すみやかな動きでもあった。秋になって都会が平常のペースに戻り、ボブは自由な生活を開始していた。いままでは疑念が固まった殻のようなものを背負っていて、ようやく自由になったということだが、これは背負っているのがあたりまえだっただけに、取りはずされて初めて気がついたとも言える。この八月のことはろくに覚えてもいない。都会の砂埃と暑さ、自身の内部に吹き荒れた風の唸り、そんな感覚しか残っていなかった。思いもよらなかったことが現実になった。ジムの存在が消えたのだ。どうかすると苦しくなって目が覚めて、ジム、としか考えられないこともあった。しかしボブも若くはない。喪失の何たるかを知っている。しんみり静まることも、目の前が真っ暗になることも、すでに心当たりがある。そしてまた何かを失えばそのたびに、そこはかとなく解放感めいたものがあることも承知していた。だが、とりたてて思索型の人間ではないので、いつまでも考えていたということではない。十月ともなれば、これでいいのだという気持ちがふくらみ、手足が伸びやかになって、重力さえも緩んだように感じる日が多くなった。子供の頃、やっと塗り絵が上手にできるようになったと思う日があった、というような記憶さえよみがえっていた。

仕事中にも、人に頼られているという気がしてきた。まわりがボブを見る目に、何か言ってもらいたそうな気配がある。もともとこんなだったのかもしれない。ドアマンに「こんちは、ボブさん」と挨拶されるのにも慣れた。ローダとマレーが自室のドアを開けて「やあ、ボブう、ちょおっとワインでも飲んで行きなよ」と言うのも、ごく日常のこととして感じる。廊下の先に住んでいる小さい男の子のベビーシッターを引き受けた晩もあった。犬の散歩を代行してやることも、留守になった家の草花に水をやることもあった。

自分のアパートは、もちろん片付いている。このことが――めったに飲まなくなって、シガレットも一日に一本と決めていることもさりながら――おれは変わった、と思う原因になっていた。なぜかわからないが、コートを掛けるようになり、食器の始末をして、脱いだ靴下は洗濯籠に放った。それだけのことが以前にはできなくて、だからパムが苛立ったのだということはわかるような気がする。いまでは別の見方ができるということだ。たしかにパムはいなくなった。それを言うならジムもいなくなった。いわば二人ともポケットに落ちたようになっている。暗いもの、いやなものを放り込んでおけるポケット。よけいにワインを飲んで心をごまかさなくても、落ちたままになっていてもらえる。

スーザンには毎週欠かさず電話した。いつも彼女から先にザックの消息を話す（スカイプが通じるようになっていて、ザックは覚えたスウェーデン語を口にしたという）。こうして幸せになれる子だとわかってみると、従来はそうでなかったということがスーザンの母親失格を証明してしまいそうでこわいというのだが、もし健やかになってくれたのなら、それだけで充分だともスーザンは言っていた。彼女が心配事を口に出せば、ボブは逐一答えてやっていたが、口ぶりから察して彼女が鬱屈していることはないと見た。いまは編み物クラブに入っているらしい。ブレンダ・オヘア、つまりオヘア署長の妻が、ものすごく親切なのだそうだ。また夕食は毎晩ドリンクウォーターさんと食べることにしている。家賃を値下げしちゃおうと思うんだけど、どうかしら、とのことだ。もう何年も据え置きなんだから、そこまでしなくていいんじゃないか、とボブは言った。ある日、スーザンは「人種による名誉毀損に反対する会」のリック・ハドルストンに出会った。スーパーの店内だったが、まるで悪の権化を見るような目でスーザンをにらみつけていた。そりゃひどい、とボブは言った。そんなことするなら、そっちのほうが異常だ。あたしもそう思った、とスーザンは言った（このときの二人は、いかにも血を分けた双子だった）。一度だけ、ジムから便りはあったかとスーザンが聞いたことがある。電話してみたのだが、何の反応も返らなかったという。気にするなよ、とボブは言った。おれにも連絡はない。

ふたたびウォリー・パッカーが逮捕された。今度は違法な武器所持の疑いだ。ところが逮捕の際に抵抗して、警官への脅迫行為があった。収監は免れないかもしれない。これを話題にしながら、スーザンは仕方なさそうに、さもありなんという感じもすると言って、ボブも同意見だった。こんな話だというのにジムの名前は出なかった。ウォリー・パッカーのことについて（いや、何につけても）ジムと話をしなくてもよく、したがって馬鹿にされることもないと思うと、自由のそよ風が吹いたような気がした。

こういう心境になる日が来るとは、まず予想もしなかったことだ。

十月の半ばになって、ニューヨークは急に暑さがぶり返した。また夏になったように日射しが降りそそぎ、街路沿いのカフェに客が立て込んでいた。そんな朝、出勤途中のボブは、新聞を読みながらコーヒーを飲む人が坐っている店の前を通りかかり、自分の名前が呼ばれるのを聞いても、とっさに何とも思わなかった。だが腰を浮かしているのはパムだった。ボブが通過しようとしたテーブルで、うっかり椅子を倒しそうな勢いになっていた。「ボブ！　ちょっと待って！ああ、やだもう」コーヒーをこぼしたのだった。彼は足を止めた。

「パム、何やってんだ」

「いま新しい精神科へ行ってきた。待ってよ、いっしょに歩いていい？」すでに紙幣を何枚かテーブルにたたきつけ、こぼしたコーヒーのカップを紙幣にのせて、街路へ出てこようとしていた。

「これから出勤なんだ」

「でしょうね。ちょうどいま、あなたのこと考えてたのよ。今度の医者は名医ね。あたしたちには、まだ未解決の問題があるって言われた」

ボブは立ち止まった。「いつから精神療法なんてものへ行くようになったんだ？」

パムはやつれたように見えた。「さあね。ものは試しと思って。このごろ散漫になってるから。あなたは消えちゃったみたいなものだし。ま、ともかくね」と彼の腕につかまって、「いまの医者はいいみたいだけど、その前に行ってたのが女の医者で、シャーリー・フォールズのことをシェリー・フォールズって間違えてばかりなのよ。だから、あたし、そこんところどうにかなりませんか、って言っちゃった。そうしたら、あら、パメラ、ごめんね、ちょっとした間違い、なんて言うのよ。でも、先生、地元の人にとっては、ちょっとしたどころじゃないかもしれません、もしフラットブッシュ街の医院のことをパーク街って間違えて、ごめんなさーい、なんて言ったらどうですか、って言ったの」

ボブはまじまじと彼女を見た。

「あんなのバカ医者よ。あたしのこと何度もパメラって言うから、パムにしてくださいって言ったら、それじゃ女の子みたい、いい大人でしょうに、なんて言われた。正直、ひどいもんだわ。ばかでかいデスクの前に赤いブレザー着て坐ってる、どアホ」

「なんでまた医者代を払ってまでシャーリー・フォールズの話をしてるんだ？」

彼女は面食らったようだ。「まあ、その、それぱっかり話してるわけじゃないのよ。そういう話も出ちゃうというか。いまも気になるとか、そういうことかな」

「ばかでかいタウンハウスに住んで、壁にピカソが掛かってるようなパーティーに出るご身分で、シャーリー・フォールズが気になる？」

彼女は街路の先へ目をやった。「たまにはね」

「あのなあ、パム」と言ったら、彼女の顔に不安がよぎるようだった。通勤の人がどんどん追い越していく。ブリーフケースのストラップを斜めに掛けて、靴の踵をこつこつと舗道に響かせていた。「ひとつだけ聞かせてくれ。おれたちが別れたあと、ジムをさがし出して、酔った勢いで何かしゃべったりしなかったか？　ジムには男の魅力があるとか、じつは離婚前から訳ありの何やらをしでかしたとか。ほんとのことを言ってくれ」

「何ですって？」彼女は、まるでボブをさがすように、いくぶん首を突き出した。「何ですって？」と、もう一度言う。不安げな顔が、わけのわからない顔に変わっていた。「男の魅力だなんて、あたしが、お兄さんに？　ジムに？」

「兄貴と言えばジムしかいないが。そりゃ、そう言う人はいるだろうよ。一九九三年のセクシーな男として上位に入ったんだから」ボブはバス停や地下鉄へ行こうとする人の流れを避けて、だんだん下がっていった。それをパムが追って、二人とも車道に出かかった。ボブは、シャーリー・フォールズでデモがあった日に、ホテルでジムから聞いた話を伝えた。「告白としては間が悪かったということも」

「じゃあ、言うわよ」パムは指を広げて髪の毛にくぐらせた。「ようく聞いてよね、ボブ・バージェス。あたしは、あのお兄さんのこと、我慢できません。どうしてか？　あたしと似たところがあるから。ただ、あたしと違うのは、ジムは押しが強くて、自分の話を人に聞かせられる。あたしは心配性みたいになっちゃって、聞いてくれる人がいない。そういうこともあるんで、わざわざお金払っても聞いてもらいたくて医者に行くんだけど、あたしとジムは――相通じるものが見えちゃっていたんで、ジムはじっくり陰険に機を見て、あたしを悪く言ったんだわ。注目してもらいたくてたまらない人なのよ。それが透けて見えるから、たまらなくいやなの。ヘレンは鈍感でわかってないから、どうにかなってるんでしょうね。ジムは人の気を引こうとして、でも引いてしまえば、もうお呼びじゃないって放り出す。つまり、注目させればいいんで、その人と関わりたいわけじゃないのよ。それこそが普通なら人付き合いの目的だと思うけども。ええ、そう、たしかにジムと飲んだわ。あれこれ言わされたかな。だって向こうの商売でしょ。正直な告白だろうが、ただの嘘っぱちだろうが、ジムが聞きたいと思うことを相手に言わせることを仕事にしてきたんじゃないの。でも、あたしが男の魅力なんて言った？　あたしの言いそうなセリフに聞こえる？　ああ、ジム、あなたはいつも魅力的だった、なんて冗談じゃないわよ。ヘレンなら言うかもね。コネティカットのお嬢さま育ちが、ふかふかのソファに坐って言いそうだわ」

「きみのことは寄生虫とやら」

「あら、うれしい。わざわざ聞かせてくれてうれしいわよ」

「なあ、あの兄貴が何と言おうとかまわないじゃないか」

「あなたが自分でかまってるわ。だから、へんな話を蒸し返してるんでしょ」

「そうじゃないだろ。ちょっと聞いておきたかっただけだ」

「ともかく、お兄さんには言ってやりたいわね。弟の頭の中をいじくりまわして混乱させるのはおかしいんじゃないの。あっちこそ寄生虫よ。ウォリー・パッカーに乗っかって食いものにしたようなもんだわ。その後は、ホワイトカラーの犯罪者を商売の種にした。なんてまあ尊いお仕事だこと」

　このとき彼女は泣いていなかった。泣きそうでもなかった。しばらくぶりに見るパムらしいパムだった。彼はすまなかったと言って、タクシーをさがしてやろうとした。

「ふざけんじゃないよ」彼女はバッグから携帯を引っ張り出した。「いますぐ電話したい気分だわ。どう言ってやるか、そこで聞いててもいいわよ」この携帯をボブの胸元に突きつけている。

「ほんとはジムもあたしも寄生虫じゃなくて、統計の数字ね。どこにでもいるベビーブーマー。そのうちの二人っていうだけ。社会のためになろうとして、たいしたことになってなくて、ひいひい泣きごと言うんだわ。そりゃね、ピカソが壁に掛かってるようなディナーパーティーへ行くわよ。それで悲しくなったりもするんだわ。科学者になってアフリカへ行こうかなんて考えたことだってあるんだもの。寄生虫を発見してさ、現地の人に立派なものだと思われるのよ。あたしのおかげで死にかけた人が死なずにすむ。ソマリア国民を救えるかもしれない！　なんて大きなこと言ってるわよね。これって一種の病気なんじゃないかと思うわけよ――

あ、ちょっと逃げないで。いまから電話してどやしつけてやるんだから。あの兄貴の番号は？じゃ、いいわ。番号案内で聞けばいいんだ。もしもし、マンハッタンの営業用で、弁護士事務所ですけど、アングリン・ダヴェンポート・シースの番号を。はい、どうも」

「おい、パム――」

「何よ。つい三十分前に医者が言ってたわ。どうしてご家族はジムの顔色をうかがってばかりなのですか。そう言われればそうよね。どれだけ腹の立つ思いをさせられたか、がつんと言ってやればよかったのよ。あの日だって、あなたのことを何て言ったのか——いいわ、いま本人の口から聞いてよ。あいつには頭に来てばかりとか、そんなようなこと言って——あ、もしもし、ジム・バージェスをお願いします。はい、パムです。パム・カールソン」

「しかし、わざわざ医者を相手にそんな話を——」

これを黙らせるように彼女は首を振った。「あ、そうなんですか。ジムはいないんだって。じゃあ、あとで電話くれるように言ってください」彼女は自分の番号を伝えた。素っ気ない荒れた応対になっていた。「え、どういうこと？」彼女は首をかしげ、反対の耳を指先でふさいで、不可解だというように、ひどく顔をしかめた。「いないって言ったんですか？　ジム・バージェスはもう事務所にいない？」

地下鉄でパークスロープへ向かう。その経路は距離というより時間の問題だ。しばらく我慢して混み合った車内で立っていると、電車の音が響いてマンハッタンの市街の下、イースト・リヴァーの水の下を移動する。乗客はのんびり揺られているだけだ。まだ寝ぼけたような目の焦点が定まらず、何を思うのか他人の知るところではない。さっき言われたことなのか、それとも夢の中で語ったことか。新聞を読む人がいて、イヤホンで好みの曲を聴いている人も多いが、たいていはボブと同様ぼんやりした目つきになっている。それでいて一人ずつ違っていて、やはり人は謎であると、ボブはへんに感心したりもした。ボブ自身だって、もし心の中がのぞけるなら、あれこれ突拍子もないことが詰まっているように見えただろう。ボブが周囲に見る乗客は——肩に掛けたカバンのストラップを押さえて、駅に着きそうな電車に合わせて前のめりになって、誰かの足を踏んで謝る人と、うなずきを返す人がいて——とりあえず日常のことを考えているようだ。ボブはそう思ったが、どんなものだかわかりはしない。また電車ががくんと前に進み出す。

さっき路上で出くわしたパムを振り切り、まずジムに、それからヘレンに電話しても埒が明かず、とっさに考えたことは——いや考えたというより、ふと勘が働いたというようなものだが、何かしら凶悪な犯罪でも発生したのではないかということだ。ジム・バージェスがひそかに人を殺していて、あるいは逆に殺されようとしていて、よくタブロイド判の新聞に出そうな筋書きで家族が逃避行におよんでいる。いくら何でもそんな馬鹿な、とボブも思わないではなかったが、そういう不安が出てしまうだけに、普通の乗客が普通であることが、ひどく大事なものであるようで、軽い羨望すら感じていた。きょう一日の仕事に恐れをなしているのやらいないのやら、いずれにせよ兄が人殺しに関わったと考えながら電車に乗っているのではないだろう。いま自分の頭がどうかしているとボブは承知していた。だんだん降りる人が増えて、パークスロープに着く頃には車内がだいぶ空いてきた。ボブの静かな興奮状態もおさまっていて、もしジムがどうにかなっているとしても、まさか天下の一大事ではあるまいという予感がした。それよりは気が滅入るほどに世間並みのことだろう。歩きだしたボブに疲労感があった。パムの言いぐさではないが、どうしても兄のことを考えると大げさな幻想が出てしまう。

だが、ひょっとしたらと疑念もちくちくと動いて、ジムの家から四ブロックほど手前で甥のラリーに電話を入れた。すると意外なことにラリーが応答して、しかも、ああボブおじさん、とんでもないことになってるんだ、ちょっと待って、すぐ掛け直すから、と言ったのだからなおさら驚いた。ほどなくラリーから掛かって、ママは家にいるみたいだ、おじさんが来てもかまわないって言ってる、でもおじさん、うちの親は別れちゃったんだよ、親父がオフィスラブなんかで女とできちゃった。そう聞いてボブは足を速めた。息を切らして、兄の家がある街路へ折れた。

邸内へ入って、おかしいと感じた。一瞬わからなかったが、気づいてみれば、ただの喪失感ではなく、実際にものが失せているのだった。いつもなら玄関に掛かっているコート類がない。ヘレンの短い黒のコートが一着あるのみだ。居間の本棚も、少なく見て半分の冊数しかなくなっている。大画面の薄型テレビも見あたらない。

「ジムが持ってっちゃったってこと?」

「あの人は着の身着のまま出てったわ。ここへ帰ってきて、薄汚い女の補佐員とどうなったのか話した日。ほかのものは全部わたしが捨てた」

「捨てた? 衣類も、本も?」彼は義理の姉に目を投げた。ヘレンは髪をうしろに束ねていて、耳のあたりに白髪が見える。その顔には、たとえば眼鏡を掛けている人が眼鏡をはずしたような、丸裸の印象があった。ふだんのヘレンは眼鏡を掛けない。字を読む際に、ちょこんと鼻にのせるだけである。

「そう、あのテレビだって、彼が気に入っていたから捨てた。地下室から古いテレビを引っ張り出したわ。彼に関わりのあるものは、この家から消えたの」

「うわあ」ボブはゆっくりと口にした。

「うわあ?」カウチに腰をおろすヘレンが、彼に向き直った。

「判定するようなこと言わないで」

「そんなんじゃないよ」ボブは、いやいや、と両手を広げた。あるはずのロッキングチェアがないので、見覚えのない古い革張りの椅子に坐った。

ヘレンは足首を交差させた。ずいぶん小柄に見える。小さな黒いリボンのついたバレエシューズのような靴を履いていた。宝石類はつけていない、とボブは見た。指輪もなくなっている。飲むものが欲しいかとは聞かれず、ボブからも何とも言わなかった。「で、いまの様子は?」おずおずと切り出してみる。

「そういうことも答えたくないわね」

彼はうなずいた。「いいでしょう。それで、まあ、僕にできることは?」

「あなたも離婚した人だから、どんなものかわかってると思うのかもしれないけど、わかってなんかないわよ」この言い方にきつい感じはなかった。

「そりゃそうだな。わからないと思ってる」

どちらも坐っている。雨戸を閉めてくれないかとヘレンが言った。さっき開けたのだが、閉めたほうが落ち着くという。

ボブは立っていって、言われたとおりに閉めてから、また坐った。手近にある電気スタンドのスイッチを入れた。「いま兄貴は?」

「どこかのお洒落っぽい大学で教えてる。ニューヨークの北のほう。何ていう町だか知らない。知りたくもない。うっかり学生に手をつけたら、また首になるわね」

「そんなことはしないだろうけど」

「あのねえ――」ここでヘレンは身を乗り出し、息の音をたたきつけるように「わかんないのか、ばか」と言った。

　こういうヘレンの言い方を初めて聞いた。

「わかんないの？」その目に涙が光っている。「いまの彼は、昔とは、違うの」これに答えようとボブが口を開けたが、ヘレンは乗り出した姿勢のままで先を言った。「誰だか知ってる？　オフィスにいたっていう性悪の女。あなたの下の階に住んでた人よ。夫を追い出したっていう。あなたが口を利いたんでしょう。大手の事務所に下っ端みたいな仕事があるって」

「あのエイドリアナ？　まさか、そんな。エイドリアナ・マーティク？」

「まさか？」ヘレンは声音を静めて、しっかり坐り直した。「まさかも何も、こんなこと冗談で言えやしない。よりによってジムに紹介するとは、どうしてそうなるのよ」いかにも困惑しきった顔をするので、ボブも「あの、ヘレン」と言いかけたが、まだ彼女がしゃべっていた。「身体を売りものにする女かどうか、見ればわかりそうなもんじゃないの。ああ、わかんないか。パムにもそういうところがあったわね。そのへんが見えてないんだ。男にはわからないか。だけど、家庭をつくる女っていうのはね、ちゃんと子育てをして、身ぎれいにしてる女っていうのはね、そう簡単に生きてるわけじゃないのよ。でも男はマンガの絵に描いたような薄っぺらい女が好きなんだわ。青春時代を思い出しちゃったりするんだか何だか知らないけど。それで害があるってことはわからないのよね。自分の身に降りかかるなんて思わないでしょう。だから、わたし、あんまり人付き合いをしないの。もちろん、ここへ呼べば来てくれて、手を握ったりする友だちはいるけども、それくらいなら死んだほうがまし。みんな心の底から幸せだと思っていて、わが身が危ないなんて思ってない。ほんとは危ないのよ」

「ヘレン――」

「自分の意味を取り戻したとか、そんな話を聞かされたわ。女に離婚のことでアドバイスなんかしたのね。三十三歳だって。ほとんど娘の年じゃない。そいつが何でも記録にとっておいて、どうしてくれると居直った。そういう事情をジムがわたしに言ったかというと、とんでもない。それどころか、さらに汚れた路線を行って、ずるずる堕落した。こうなったら地獄行き――あ、そうじゃない、もう地獄だ、と言ってた。そうなったジム・バージェスに、わたしが同情するものだと思われてたんだから嘘みたいじゃないの。何というか、いつまでもどこまでもあなたの味方ですなんていう態度をとることになってたのよ。そしたら今度は人生の、コ、ー、チ、業なんていう肩書きの女と逃げちゃって――まだあるのかと疑われそうだから、あえて言ってるんだけど――その女に連れられてファイア・アイランドへ行ったわ。女の亭主は留守中。ジムはわたしにはアトランタに行ってるっていう体裁にした。それからジムが出てったあとで、この家に女から電話があったんだもの、わたしにもアトランタのからくりがわかっちゃった。信じられる？　それだけ嘘をつきまくっておいて、何が新しい人生よ」ヘレンはうつろな目になって前を見た。「何にもない。これからの人生なんてあるもんですか。何もかも虚しい」

しばらく沈黙が続いた。それからボブが静かに、独り言めいて言った。「そういうことを、ジムがした？」

「そうなのよ。それだけじゃないかもしれない。かわいそうなのは子供たちよ。みんな飛んで帰って、何かできることはないかって言ってくれた。でも、死ぬほどショックなのは見え見えじゃない。そうよねえ、いくつになったって、子供は親がいてほしいの。光り輝いていた父親のイメージが崩れたんだもの。愕然とするわよね。母親までみじめなところは見せられないと思ったから、気丈な振りして子供をなぐさめてやって、また送り出した。どれだけ疲れることか、わかんないでしょう」

「そうだったのか、ひどいことだ」

まったくひどい、とボブは思った。また言いようもなく悲しかった。世界がぱかっと二つに割れたようだ。ヘレンとジムは一体のもので、それが分裂するとは考えようがない。たしかに子供たちが気の毒で、胸が締めつけられるようだ。ボブも同じものを失ったように思うが、子供たちはまだまだ若いのだし、なにしろ親のことである。「ほい」と口に出た。「ほい、何てこった」

ヘレンがうなずいた。一瞬の間をおいてから、思いめぐらすように「ジムのためには何でもしたのよ」

「そうだった」これだけはボブにもよくわかった。エイドリアナが夫のことを警察に通報したと話した日に、ジムがフロアやコーヒーテーブルに脱ぎ散らした靴下を、ヘレンが拾って歩いていたくらいだ（その朝には、舗道に立っているエイドリアナに、ご同情申し上げたのだった！）。

「ああ、悪いことをした。事務所に紹介なんかするんじゃなかった。つい口から出てしまった。そんな信用できない女だとは。あの日だって、彼女が警察に嘘をついてるかもしれないと、自分で何度も言ってたのに」

ヘレンがぽかんとした目を向けた。「え、なに？」

「エイドリアナだよ。まったく、そんなやつだとは知らなかった」

ヘレンは悲しげな笑みを浮かべた。「ボビー」とつぶやく。「そんなに気にしないで。いずれにしても、ジムはほかで女を見つけたでしょうね。人生のコーチみたいな。そういう女がどこにでも待ちかまえてるんだと思う。男を引っかける言葉なんて、わたしには外国語かもしれない。全然知らないわ」

ボブはうなずいた。「ヘレンは、いい人なんだね」

「彼もよく言ってた」ヘレンは片方の手をゆらりと上げて、また膝の上に落とした。「そう言われて喜んでたわ」

ボブはゆっくりと室内を見まわした。ヘレンは立派な家庭を築き上げた。我慢強くてあたたかい母親だった。ジムがろくに挨拶もしない隣人たちとも、ヘレンは仲良くしようとしていた。この家を草花で飾って、お手伝いのアナにやさしくして、豪勢な休暇旅行の際にはスーツケースに荷物を詰めて、ジムがゴルフをする時間には辛抱強く待っていて、ジムの延々と続く自慢話に耳を貸してやって（というところはパムが指摘したとおりで）、法廷で何がどうなった、この業界では自他共に認める第一人者だ、という話を聞いていた。また、引き出しが一つい っぱいになるくらいにカフスボタンを買ってやって、ばかばかしく高額な腕時計を、いつも欲しいと思っていたとジムが言うので買ったこともある。

だが、そうであっても、家庭とは壊したくないものなのだ。そういうことを世間の人はわかってない。家庭を、家族を、壊してはいけない――。ここでボブは言った。「このところ兄弟で口もきかなくなってたのはなぜなのか、ジムから何か聞いてない？」

ヘレンは、どういうつもりなのか、ふわりと片手を上げた。「あなたの女関係とか、そんなのじゃないの」

「いや、違う。兄弟喧嘩があった」

「どうでもいいわ」

「よくないんだよ。どういう喧嘩か聞かなかった？　どんな話があったのか」

「さあ、どうでもいいと思うけどね。どう思うかなんて気を遣うことから解放されたい」

ボブはジムが言ったことをヘレンに伝えた。ザカリーが失踪した頃に、ホテルのバルコニーで聞かされたことである。「それを心の中にしまって、ジムは生きてきたんだ。父親を殺してしまった。ジムはそう思ってる。でも人に打ち明けるまでには踏み切れなかった」

ヘレンは目をぐっと細めていた。「そうだとして、わたしの気持ちが楽になるとでも？」

「ジムの荒れた原因が、少しでもわかるかと思って」

「つらさが増すわ。いわゆる中年の危機みたいなものだろうって考えてきたけど、じつは人を欺いて生きる人だったたってことでしょう」

「欺くってのはどうかな。こわかったんじゃないか」ボブは法廷で論じるような口調になるのを、なるべく抑えようとしながら言っていた。「まだ子供だったんだ。逃げたい気持ちが働いても仕方ない。八歳だからね。子供だよ。法律的に言っても八歳は子供だ。ほんとうにジムがしたのか、したと思っただけなのか、いずれにせよ時間がたてばあやふやになる。時間とともに記憶は曖昧になるんだ。いずれ判明して罪に問われるんじゃないかという疑心暗鬼だけで暮らすようになる」

ヘレンが立ち上がった。「もうやめて。なおさらつらくなる。わたしが結婚してから一日たりとも、たった一日さえも、やさしい誠実な夫と暮らした日がなかったことになる。どうしたらいいの。どう生きてったらいいのかわからない。本音としてそう思う。死んでる人がうらやましい。でも、わたし、泣かないのよ。声を聞くのがいやだから。夜に一人で痛ましく泣いてる自分の声なんて、たまったもんじゃない。いま協議の書類をつくってもらってるの。そのあとは――とくに考えてないけど、どこかへ引っ越そうかしらね。じゃ、もう帰って」

「ヘレン」ボブは一方の腕を差し伸べながら立った。「ちょっと、待ってくれ。もう少し考えてやってくれないかな。いま兄貴は孤立してる。でも夫婦の愛を忘れてはいないはずだ。家族じゃないか。三十年も妻として連れ添った人が、ぽいと捨てるようなことはできないだろうに」

しかし、哀れな女の心は乱れた。もはや常軌を逸していた。いや、あえて歯止めをはずしたのかもしれない。あとで考えたボブは――何度も考えることになったのだが――あの暴発のどこまでがヘレンの計算だったのか、結局わからずじまいだった。ヘレンの口から出るとは思えないことを言ったのだ。

彼女は(思い出しながらボブは「何てこった」という声を洩らしていた)心の底では、バージェス家は役立たずのゴミみたいな連中だ、と思い続けていたそうだ。山出しの田舎者のゴミ。みっともない小屋も同然の家に育って、スーザンなんて下卑た女じゃないの。初めて会ったときからずっと冷たくあしらわれちゃったわ。ある年のクリスマスに、プレゼントをくれたのよ、何だと思う? 雨傘だもの!

もう帰れと言われてボブは玄関を出た。街路を歩き出すところで、うしろからヘレンの罵声が聞こえた。「黒い傘だってさ。ありがた迷惑!」

11

　ボブは車に乗って走りに走った。すっ飛ばしてカーブを曲がり、山道を上がり、また下って川を越え、数軒の家とガソリンスタンドという町を通過した。何時間も走り抜いて、ようやく大学の案内標識が見えた。ここまでずっと曲がりくねった隘路《あいろ》をたどって、左右に立ち上がる山々が秋の日を浴びて黄金色に染まっていた。峠の道にさしかかると、大きく視界が開ける。大地がうねうねと波打つように起伏して、色分けされた地面が茶色、黄色、緑色と変化した。上空には白い雲が散らばって、どこまでも青い色が続いていた。だが風景に感心している余裕はなかった。

「ふう、ここか」ウィルソンという小さな町に乗り入れて、ボブはつぶやいた。いまの事態を整理するように声に出す。「ここの大学でジムが教えている。何でも変われば変わるのが現実だ。ホラー映画ではない」と言いながらも、そういう気分を振りほどけなかった。おかしな町だ。ちっぽけなメインストリートが通っているだけ。いやな予感がする。隠れて見張っている目がありそうな気配さえあった。土曜の午後のウィルソンなる町に、赤いレンタカーが一台、がらんとした道を行く。

大学から遠くないところに、兄のいるアパートが見つかった。山の傾斜地に建っていて、入口にたどり着くだけでも長い木製の階段を上がらねばならない。ブザーを押して待っていると、ようやく中で足音がした。

ジムがドアを半開きにして体重をかけた。目の下に紫がかった隈ができている。スエットシャツの下には何も着ていないようだ。首に筋が浮いて、鎖骨が目立っていた。「よう」とジムが言って、無愛想に片手を上げた。ボブは兄のあとからカーペットに染みのついた廊下を歩きながら、兄が汚れたままの靴下をはいていること、ジーンズがだぶだぶであることを見ていた。階段を上がっていると、通りすぎようとした部屋の中からぶつ切りの音で外国語の声が聞こえ、こってりしたガーリックとスパイスの臭いが鼻をついた。じんわり染み込んでくるような匂いだ。ジムが振り向いて、まだ上だ、と指で示した。

部屋に入ると、ジムは緑色の縞柄のカウチに坐り、ボブには隅にある椅子に坐るよう目顔で合図した。ボブはそろそろと慎重に腰をおろした。「ビール飲むか？」とジムが言った。

ボブは首を振った。ジムが坐るカウチの背後に大きな窓があるのだが、このアパートには光が乏しい。ジムの顔がくすんだように見える。

「ひどいもんだろ」ジムは電気スタンドの横にあるバンドエイドの箱を開けると、マリファナタバコを取り出して、指先をなめた。

「ジミー――」

「さて、わが弟よ、あれからどうなってる？」

「ジミー、あの――」

「言われないうちに言ってしまうが、ここの暮らしはたまらんぞ」ジムは指を一本上に向け、マリファナタバコを薄い唇にくわえて、ポケットのライターをさぐり、火をつけ、ふうっと吸って、なかなか吐き出さなかった。「学生も気に食わん」まだ煙を出さない。「キャンパスも、アパートもかなわん」ようやくふうっと吐きながら、「あいつらも――ありゃ何だろうな、ベトナム人だったか――朝の六時になると、油とガーリックの臭いをまき散らしやがる」

「ジム、相当まいってるみたいだな」

これにかまわずジムは言った。「気色の悪い町だよ、ウィルソンてのは。きょうはフットボールの試合があるんだが、一向に人を見かけない。教員は山の中の家に住んで、学生は寮やら会館やらにいる」またマリファナタバコを吸った。「いやな町だ」

「下から来る臭いもむっとするね」

「ああ、そうそう」

ジムは寒そうだった。腕をさすり、脚を組んだ。カウチにもたれて顔を上に向け、大きく息を吐いて、一瞬だけ天井を見つめ、まっすぐに坐り直して、弟に目を戻した。「よく来てくれたよ、ボビー」

ボブは前に乗り出した。「じゃあ、ともかく、聞いてくれ」

「聞いてる」

「どうしてこんなところにいる?」ジムの顔がくすんで見えたのは、無精髭のせいらしい。

「逃げてる。ほかに何もありゃしない。きれいなキャンパス、出来のいい学生、新しい人生、なんていうつもりだったが、授業なんてものには素人だってのが実情だ」

「いい学生はいる？」

「気に食わんと言っただろう。いいこと教えてやろうか？　やつら、ウォリー・パッカーを知らないんだ。名前を言えば、あ、知ってます、あの歌ですよね、なんて言う。もうフランク・シナトラみたいに思ってるんだ。裁判のことなんか知りゃしないさ。O・J・シンプソンだって知らないんだからな。たいていはそうだ。事件の頃は赤ん坊だった連中だよ。知らないし、知りたくもないんだろう。いいとこのお坊ちゃんがそろってる。産業界の大物のご子息だぜ。そういうことだよ。ある教師の言によれば、ここなら共和党びいきのままに卒業させてくれるってことで、企業の幹部に選ばれる学校なんだそうだ」

「どうやって教職についた？」

ジムは肩をすくめた。またタバコを吸う。「ここで教えてたやつがアランの知り合いだった。たまたま手術することになったとかで、その穴埋めにアランがおれを押し込んでくれた」

「よくやってるの？」ボブはジムが手にしているタバコに顔を向けた。「マリファナやってるにしては、痩せてないか」

ジムはまた肩をすくめる。

「え——もっとすごいものやってんの？　そんなことといままでは——ジム、どうなってるんだよ。もう壊れちゃいそうだという生活の手始めに、こんなこと始めた？」

ジムは大儀そうに手を振った。

「まさかコカインとか？　心臓のことだって考えたほうがいいよ」

「ああ、心臓か。それは考えたいことかもな」

ボブは立って、冷蔵庫を見に行った。ビールがある。それから牛乳が一本、オリーヴの瓶詰め。またジムの近くへ行って、「ま、O・Jくらい知っていてほしいよね。また収監された。当面は釈放もあるかもしれないが、どうせ今度はずっと入ることになるだろう」ゆっくりと椅子に坐る。

「ご存じのウォリーもそうだが」

「ああ、まあ、そうだな」ジムは目のまわりが赤らんできていた。「ここの学生にはどうでもいいことだろう」

「いまは誰にとってもそうじゃないかな」ボブは言った。

「うん、そういうことだ」

一呼吸置いてボブは言った。「そのウォリーからは何か聞いてる？」

ジムがうなずいた。「もう自分の考えで動くそうだ」

「刑務所行きかな？　このごろニュースを追ってなくて」

ジムはうなずく。「だろうな」

悲しい瞬間になった。そういう瞬間は人生に付きものだが、このときも悲しかった。かつての兄の姿を、つい思い出してしまう。きれいに仕立てたスーツに高価なカフスをつけて、その日の審理を終えた裁判所前の階段で、取材のマイクを向けられていた。無罪判決の喜びがあった。それから何年もたって、いまはどうなのかというと、あの被告人はおそらく刑務所へ行くことになるのだろう。でたらめに生きて世間を騒がせればそうなる。そして弁護を担当した男は、いまでは痩せこけて、髭も剃らず、壁の向こうからガーリックめいた臭いが洩れてくる山間の小さなアパートに坐っている――

「ジム」

兄は眉を上げた。吸っていたマリファナタバコを灰皿にたたいて消し、ていねいに小さなポリ袋に詰めると、バンドエイドの空き箱に戻している。

「こんなところは出てくれよ」

ジムがうなずいた。

「もう辞めたいと言ってくれ。おれが伝えようか」

「いろいろ考えてはいたんだ」

ボブはじっくり聞こうとした。

「はっきりしていることが一つある。いや、あんまり何もかもわかってるわけじゃないんだが、その中で一つだけ、くっきり見えるような気がする。つまり、わかってないってことがわかる。この国で黒人であるとはどういうことか」

「え、何だって?」

「そのままの意味だよ。おまえもわかってないだろう」

「そりゃまあ、そうだ。わかってるなんて言えたもんじゃない。言えると思ったことある?」

「ないさ。だが、あるなしの問題じゃない」

「じゃあ、何の?」

ジムは困った顔をして「忘れた」と言ってから、ぐっと乗り出してきた。「あのな、メインの田舎者の弟に言っておくが、知らない人に紹介されたら、どうも、こんちは、なんて言っちゃいけないんだ。これは下品だ。なれなれしい庶民の言い方だ」ここでジムは深々と坐って、「初めまして、ご機嫌よう、と言うんだ」ジムはうなずいた。「知らなかったろう」

「ああ」

「な、おれたちはメインのお馬鹿さんだからだ。この国のほんとうの上流階級は、人に会ったら、ご機嫌ようと言うのだと心得てる。あ、どうも、なんて言ったら笑われるぞ。ということを、この学校へ来て学んだ」

「うへ。聞いてると恐れをなすね」

「それくらいでいいんだ」

ボブは寝室の入口へ行ってみた。衣類が脱ぎ散らしてあり、引き出しは開けっ放し、ベッドはマットレスが見えるくらいに乱雑だ。ボブは戻ってきて、「学期が終わるまで何週間ある?」

ジムは赤くなった目でボブを見た。「七週間」いくらかせり出して、「あのセクハラの件だが、あれは嘘だ。たしかに関係は持った。そこまでは正しい。だが彼女にこわいと思わせたことはない。仕事をなくすという脅しをかけたこともない。こわくなったのは、おれのほうだ」

「こわいって何が?」

「何が?」ジムはひょいと手を上げた。「こうなることだよ。ヘレンを失うことだ。まさかエイドリアナが百万ドルと言いだすとは思わなかった。自分が仕事をなくすとも思わなかった」

「で、あっちに百万?」

「五十万になった。こういうものは初めに百万なんて吹っかけるんだ。おれが払うんだぜ。事務所の資産のうち、おれの持ち分から出る」小さく首を振ったのは、もうどうでもいいと言っているようにも見えた。「ブルックリンで、おまえと同じ棟に住んでた女だろう。おまえが気の毒だと言っていた」

「そうなんだよ。仕事さがしの口まできいてしまって――」

ジムはひらひらと手を振った。「どのみち事務所に来ただろうよ。いい金になる仕事をさがして、大手には片っ端から求職してたんだ。結局は、駆け引き上手な女だったってことだな。取るものはしっかり取ってったよ」

「仕事をなくすとは思わなかったと言ったね。どういうことなんだ。弁護士ともあろう者が、それを思いつかないなんてことがあるかい？」

「おまえも泣かせるやつだな。いや、本当だよ、怒るな。子供のような考え方をする。ものごとは筋道が通るはずだというんだろう。たしかに、どうしてあの人が、なんてことを言うよな。国会議員の先生が、バスターミナルのトイレで、ほかの男に迫っていったりすれば、あの人がなんて馬鹿なことを、と言われる。そりゃまあ、馬鹿と言えば馬鹿だけどな」

ボブはクロゼットをのぞいて、スーツケースがあったので引っ張り出した。

ジムは知らぬげに話を続けた。「人間にはひそかに破滅願望もあるんだな。そう思うよ。本心？　ああ、ザックが豚の頭を投げたと聞いた瞬間に、えらいことになったと腹の中では思った。歌の文句じゃないが、ごまかそうとする心が自分を裏切る、ってね。そいつが頭を離れなかった。だけどまあ、一生ずっと――とくにザックが馬鹿をやらかして、うちは子供がいなくなって空っぽで、事務所の仕事はくだらなくてやってられないってことになると、ああ、もう死んだようなもんだ、時間の問題だ、と思っていた」これだけ語って消耗したような顔だった。ジムは目を閉じ、だるそうな手を動かした。「気力がもたなかった」

「ここは出ないとだめだ」

「そればかり言ってるが、ここを出てどこへ行ったらいい?」

ボブの携帯が鳴った。「スーザン」と言って、しばらく聞いてから、「それはいい。すばらしいね。じゃあ、車で行くよ。そう、ほんとだって。ジムを連れていく。いまウィルソンという町に来て会ってるんだ。ひどい体たらくになってるから、覚悟しておいてくれ」ボブは携帯をかちっと閉じて、兄に言った。「これからメインに行こう。われらの甥っ子が帰郷する。あさって着くそうだ。ポートランドでバスを降りるというから、三人で迎えに行く。いいかい？　家族だからな」

ジムは首を振り、顔をこすった。「おれはラリーに嫌われてたんだってさ。キャンプに参加させて、途中で帰らせてやらなかったからだそうだ」

「そんなのは昔のことだよ。いまは嫌ってやしない」

「いや、何事も昔になんかならない」

「学科長は何ていう男だ？」

「女だよ」ジムは言った。「何ていう女か。何ていう人か。何でもいいや」

12

こうしてバージェス兄弟が、ニューヨーク州北部からメイン州に向けて、車を飛ばすことになった。くねくね曲がる道を抜けて、荒れ果てた農家の家屋や、いくらかましな農地を通り過ぎ、小さな住宅も、車が三台駐まっている大きな家も、またスノーモービルも、防水シートをかけた小舟も横目に見て走った。ガソリンを補給しては、また走った。運転したのはボブだ。ジムは助手席にだらしなく坐って、居眠りをすることもあれば、ぼんやり窓の外を見ていることもあった。

「ヘレンを思い出してるとか？」ボブは言った。

「いつものことだ」ジムはまっすぐに坐った。「そういう話はしたくない」いくらか間を置いてから「メインへ行こうとしてるとは信じがたいな」とも言った。

「それは何度も聞いたが、あんな穴蔵みたいなところにくすぶってるよりはましだろう。動いてるのがいいんだ」

「なんで？」

「羊水の中で動いた記憶、だか何だか知らないが、そんなもんだ」

ジムはまた窓の外を見た。また農地があって、ガソリンスタンドがあって、小型のショッピングセンター、アンティークの店があって、どこまでも道が続いた。行き過ぎる家を見るたびに、侘しいものだとボブは思った。ジムが「ニューヨークの北部はメインに似てるから、たぶん気に入ってくれるんじゃないか、なんて言ったドイツ語の教師がいる」と言うので、全然似てないだろうとボブは言い、ジムも「似てないな」と言った。

州境を越えてマサチューセッツに入った。空には雲が垂れ込めて、あたりの木々が小ぶりになり、土地は手つかずのままで落ち着きがある。「なあ、ジム、それで覚えてるのか？」

ジムが遠いところから見るような目をボブに向けた。「なんのことだ？」

「親父だよ。天にましますわれらの父だ」

ジムはもぞもぞ脚を動かして、膝がボブの方向へにじり寄った。ややあって口を開いて、「氷の上の釣りに連れていかれた覚えがある。オレンジ色の玉を見ていろと言われた。氷にあいた穴に小さい玉が浮かんでるんだ。ぐっと下に引っ張られたら魚がかかったってことだ。一匹も釣れなかったよ。親父の顔は覚えてないんだが、オレンジの玉は覚えてる」

「ほかには？」

「夏の暑い日には、ホースで子供に水をかけることがあった。覚えてないか？」

ボブの記憶にはなかった。

「歌ったりもしてたな」

「歌った？　酒に酔って？」

「いや、そんなんじゃない」ジムは首を振りながら、車の天井を見上げた。「素面じゃ歌えないと思うのは、ニューイングランドのピューリタンくらいなもんだ。親父の場合は、たまに歌いたくなったというだけだろう。『峠のわが家』みたいな」

「子供にどなることは？」

「そういう覚えはない」

「つまり――どういう人だった？」

「おまえみたいだったかな」ジムは手を膝の下に突っ込んで、考え込むように言った。「そりゃまあ、どんな人かと言えるほどには、ちゃんと覚えてないさ。ただ、つらつら考えるに――おまえってやつは、おまえならではのドジなところがあるだろう。それは親父に似たんじゃないかという気がする」しばらくジムが黙りこくったので、ボブは我慢して待った。またジムが言う。

「もしパムが帰ってきて、どうしても縒りを戻してくれと言ったら、おまえ、そうしたかな？」

「うん。そう言われなかっただけでね。いつまでも待っていられるもんじゃないしな」

「ヘレンは怒り狂ってる」

「ああ、そうだ。怒ってる。そりゃそうだろう」

ジムは静かな口をきいた。「念のため言っておくが、人間は傷つけた相手に対して冷酷になるんだ。自分が耐えきれないからな。ほんとだぞ。ああ、こんなことをしたのかと思う。おれもそうだ。だから自分でしたことに、これでいいんだと思いたくて、どうとでも理由をつける。いままでのことをスーザンは知ってるのか？」

「おれが言った。ヘレンと会ったあとで知らせたんだ。兄貴をさがしにウィルソンへ行くとも言った」

「スーザンは、ついにヘレンと反りが合わなかったな」

「といってヘレンを責めてるわけでもない。ヘレンを責めることはできないだろう」

「おれは責めてみたかった。あいつには金が唸ってる。父親の遺産だ。それを仕舞い込んで、いずれは子供たちに行くようになってる。たとえヘレンが死んでも、おれに来る分はないんだ。直通で子供たちに行く。それが父親の意思だった」ジムは膝を伸ばした。「まあ、めずらしい話じゃないな。遺産なんてそんなものだ」

「まったく」

「ヘレンを告発するとしたら、それくらいの嫌疑しか思いつかない。おれはホワイトカラーの犯罪を弁護するのがいやでたまらなくなってたが、そんなことはヘレンのせいじゃないんだからな。もう何年も前から、いやなら辞めればいいとヘレンは言ってた。いやがってるのを充分わかってのことだ。なんていうことは、いま話したくないが、もう一つだけ言えば、人生のコーチとの夜があって、それがヘレンには決定打になったようだ」

「ジム、まだほかに家庭外の何やらがあったとしても、そんなのは黙っていてくれよな。おれとしては、そう言いたい」

「じゃあ、どうしようか。もう家族はなくなったんだが」

「あるよ」ボブは言った。「夫を嫌ってる妻と、父親に怒ってる子供たち。さぞ頭にくるだろう弟と妹。ちんたらした馬鹿じゃないかと思えたが、そうでもなくなったらしい甥っ子。こんなのでも家族だろう」

　ジムは胸に顔がくっつきそうに下を向いて眠った。

到着した車をスーザンが迎えに出てきた。こんなに優しい妹だったかとボブが思うほど、ジムに抱きついていった。「ともかく中へ入って。あたしは今夜カウチに寝ればいいから、ジムが寝室を使ってよ。まずはシャワーと髭剃りね。もう食事の支度はしておいた」

ばたばた追い立てるように世話を焼くのだから、これにもボブは驚いた。ジムと目を合わせようとしたが、ジムはタオルやらザックの使い残しの剃刀やらを取ってもらって、ぽかんとした顔をするだけだ。ボブはザックの部屋を使うということで、さっさと荷物を運ぶスーザンに案内されていった。シャワーの音を聞いたボブは「すぐ戻るよ」と言った。「ちょっと車で出かける」

教会の前の舗道に、マーガレット・エスタヴァーが出ていて、浅黒い長身の男と立ち話をしていた。ボブは舗道の縁石に寄せて車を駐めた。近づいていくボブに、マーガレットは喜びの色を隠さなかった。彼女が男に何やら話しかけると、この男がボブに軽く会釈して、さらに近づいていったボブは、どことなく見たような覚えがあると思った。「アブディカリム・アーメドですよ」とマーガレットが言った。男は手を差し伸べながら「こんにちは、こんにちは」と言った。黒い目に知性が感じられる。笑うと不ぞろいで色の悪い歯が見えた。

マーガレットが「ザカリーからは便りでもあった？」と言った。ボブはちらりとアブディカリムという男を見やった。ザックの審理の日に法廷にいたのだったかもしれないが、確信はなかった。

その男が言う。「どうですか？　お父さんといる？　また帰りますか？　もう帰っても大丈夫と思います」

「あした帰ってくるんですよ」とボブは言って、さらに「でも心配ないです。すっかり反省して、行ないをあらためました」この最後のところが、いかにも外国人か耳の悪い人にでも話しかけるように大きな声になって、その自意識はボブにもあったが、マーガレットもおやまあと驚いた目をしてみせた。

「帰ってくる」男はひどく喜んだような顔をした。「いいですね、いいですね」ふたたびボブと握手をかわす。「お会いしてよかった。あの子が無事でありますように」男はうなずいて去っていった。

声が聞こえないくらい離れてから、マーガレットが言った。「あの人はね、ザックのためにずいぶん口をきいてくれた」

「あの男が？」

ボブはマーガレットのあとについて執務室へ行った。彼女が手を伸ばして電灯をつけると、窓に秋の暗さが落ちかかる部屋だというのに、さっと明るい光を浴びていた。そのことが、いつまでも忘れられない思い出になった。結局はっきりとはわからないのだが、あの光の射した瞬間――アブディカリムの温もりが、またなぜかシャーリー・フォールズの温もりも籠もる光になっていたのだが、あのときにボブは彼女との将来を感じとったのかもしれない。二人とも長いこと黙っていた。たがいのことを話題にもしていない。彼女は、ジムがうまくいくように、ザックが無事に帰るように、と言っただけであり、ボブは近いうちにお知らせしますよと言った。彼女は、そうね、と答えてから、彼を車まで見送ることもしなかった。

「哀れなもんだわ」スーザンが兄のことを言って、居間に顔を向けた。「あれから三度も電話を入れたのに、全然出てもらえないみたい。ザックからはメールが来たところ。すっごく喜んでた。迎えに来てくれるのがうれしいって。それだけは明るい材料ね」

ボブは居間へ行って、ジムと対面して坐った。「こうなったらもうパークスロープの家へ帰って、入れてもらえるまで玄関前の階段で寝泊まりしたらどうだ」

「警察を呼ばれる」ジムは握った手に顎を乗せて、敷物に目を落としていた。

「呼ばせればいいさ。まだ自分の家じゃないか」

「禁止命令が出たりして」

「だけど妻を殴ったとか、そんなのじゃないだろ」

するとジムは目を上げて、「おい、ボブ、おれは窓から衣類を投げるようなこともやってないぞ」

「わかった、わかった」


朝になって、ドリンクウォーターさんは階段の上で立ち聞きをしながら、「ありゃまあ」と声には出さずに口だけ動かしていた。いろいろなことが言われていたのだ。三人の子供が――と老女には思えていたくらいで、三人ともそうなのだが、とくにスーザンの声には、配偶者や子供を失ったせいか、なんだか自分たちが子供時代に戻ったようなおしゃべり口調が出ていて――ザカリーの将来（大学に行かせてもよかろう）とか、ジムの危機（この破滅状態にあって、口をきいてくれるのは娘一人だけになっているらしい）とか、これからのスーザンの生き方（週に一度は夜のクラスで絵を習ってもよかろう）とか、そんなことを話し合っているのだが、スーザンに絵を描きたい気持ちがあったとは、ドリンクウォーターさんにもびっくり仰天なのだった。

キッチンの椅子が引かれる音に、ドリンクウォーターさんはあわてて部屋へ戻りかけたが、流しの水音があって、その音が止まって、また話し声が始まった。ボブが職場の知り合いの知り合いという女の話をスーザンにしているようだ。貧乏な育ちで、衣類を買うのは〈Kマート〉と決まっていた女が、大変な金持ちと結婚して、ずっと何年も金持ちの奥様になっているのだが、いまだに〈Kマート〉で買っているという。「どうして？」とスーザンが言い、まったく同じことをドリンクウォーターさんも思っていると、「慣れだよ」とボブが言った。

「あたしが奥様だったら、きれいな服でも買っちゃうけどな」スーザンが言った。

「そう思うだろ。ところがそうでもない」

しばらく話が途切れたので、もう引きあげようかとドリンクウォーターさんは思った。するとまたスーザンの声がして、「ジミーは、ヘレンを取り戻したいと思う？　あたしの場合は、スティーヴがいなくなって、よく言われそうなことを言われたのよね。あんな男いないほうがいいじゃない、なんてこと。もちろん自分でもさんざん相手の粗探しみたいなこと言いながら、もし戻ってくれる気があるなら、そうしてほしいと思ってた。だから、ジムにそういう気があるんだったら、泣きついてでも頼んだらどうかなと」

「おれもそう思う」ボブが言った。

ドリンクウォーターさんは、あやうく階段を転げ落ちそうになった。前のめりになって、叫びだす寸前だったのだ。そうだよ、泣きついたらいいんだよ。だが理性の我慢が働いた。せっかく三人で集まっているのだから。

「おまえはヘレンが嫌いだろう」ジムが言った。

「ちょっと、やめてよ。悪い人だなんて思ってない。話をこっちに振らないでよ。そりゃまあ裕福なワスプのご令嬢と結婚して、あんまり居心地がよくなかったのかもしれないけど、それはヘレンの欠点とは言えないでしょう——。それにね、ずっと意識してなかったけども、あたしだってワスプなんだわ。白人でアングロサクソン系でプロテスタントだもの」

ここでボブの声がして、「いつから意識した？」

「二十歳になってから」

「二十歳で何があったんだ？」

「ユダヤ系の彼氏ができた」

「そうだっけ？」これはジムの声だ。

「ユダヤ系とは知らなかったの」

「ほう、そりゃめでたい。これで差別主義者じゃなくなる」

またジムの皮肉が始まった、とドリンクウォーターさんは思った。これがいいのだ。もう何年も前に、毎晩テレビを見ながら、ジムはおもしろいと思っていた。

「どうしてユダヤ系だとわかった？」ボブが言った。

「そういう話になったの。おれってユダヤっぽいと思われちゃった、なんていうから、そういうことなのかと。だから何だとしか思わなかったけどね。そしたら、あたしのことマフィーなんて言いだすのよ。それって何って言ったら、ワスプの女の子のことだって言うから、やっぱりそうかと思った」

「で、そいつどうなった？」ボブが言った。

「卒業して、マサチューセッツへ帰ってった。あたしは次の年にスティーヴと出会った」

「スージーに歴史あり、だな」ジムが言った。「わからんもんだ」

また椅子が床にこすれて、皿の重なる音がした。「ああ、あたし、どきどきする。胸苦しいわ。もしザックに嫌われたらどうしよう」

「そんなことない。だから帰ってくるんだ」これはボブの声だ。ドリンクウォーターさんは自室へ戻った。

13

三人がバスターミナルの待合所に坐っていた。若い頃に知っていたポートランドの発着所とは違っている。新しいターミナルは、だだっ広い駐車場のようなところの真ん中に置かれていた。大きな窓ガラスの外にタクシーが何台か見える。黄色い車体ではない。バスの到着にそなえて客待ちをしているようだ。「どうしてシャーリー・フォールズ行きに乗らなかったんだろうな」ジムは周囲を見ることもなく、プラスチックの椅子にだらけた坐り方をしていた。

「どうせ乗り換えになるのよね。ここで何時間も待たされて、シャーリー・フォールズに着くのは夜中になる」スーザンが言った。「だから、ここまで迎えに来ることにしたの」

「そうだろうな」と言いながら、ボブはマーガレットのことを考えていた。こういう話をどうやって伝えたらよいだろう。「もしザックがぎくしゃくして母親に抱きついてくれなくても、いきり立ったりするなよ。たぶん急に大人になったつもりでいるだろうな。おれとは握手するんじゃないかと思うが、何にせよ、がっかりしないように、ということだ」

「それくらい想定内だわ」

ボブは立った。「自動販売機でコーヒーを買ってくる。何か飲むかい？」

スーザンは「いらない」と言った。ジムは黙っていた。

ボブが切符売り場へ行くのを二人のどちらかが見たとしても、そうと口に出すことはなかった。

ここからはボストン、ニューヨーク、ワシントン、あるいは州内のバンゴーへ行くバスがある。

ボブはコーヒーを手にして戻った。「タクシーの運転手に二人ばかりソマリ人がいるね。ミネアポリスでは、アルコールを持ち込む客を乗せたがらないというんで、雇用されなかった例もあるらしいが」

「持ってるかどうかわかるの？」スーザンが言った。「こだわらなくたっていいのにね。ほんとに仕事が欲しければ、それくらいどうってことないでしょうに」

「おい、おい、スージー、そういう見解は公表しないほうがいいぞ。アブディカリムなる男のおかげで息子が帰ってこられることになったんだ」ボブは大きく目を見開いてうなずいた。「まじめな話だ。審理の日に証言した男がいただろう。ソマリ人社会ではおおいに尊敬されてる人物だ。ザックを気にかけて、長老たちに弁護の論陣を張ってくれたらしい。そうでもなければ告訴の取り下げもなかったんじゃないかな。いまごろ裁判になってたかもしれない。きのう、その男と話をした」

スーザンはすぐには呑み込めなかったようだ。怪訝そうな顔でボブをにらんでいた。「あのソマリ人が、そんなことを？　どうして？」

「だからさ、ザックに気持ちを寄せたんだ。ずっと昔、故国で死んだ息子を思い出すらしい」

「そんな、何と言ったらいいのか」

ボブは肩をすくめた。「いや、まあ、心に留めておけばいい。いずれザック本人にも教えてやる必要はあるな」

こういう話がされている間に、ジムは何とも言わなかった。やおら立ち上がるので、どこへ行くのかとスーザンが言った。「トイレ。ちょっと失礼させてもらうよ」歩き出したジムは、背中が丸くなって、だいぶ痩せたようだった。

これをスーザンとボブが見送った。「すごく心配だわ」スーザンは兄の背中をじっと見ている。

「あのな、スージー——」ボブはコーヒーを足元に置いた。「ジム本人から聞いたんだが、やったのはジムなんだそうだ。おれじゃなかった」

スーザンはボブの顔を見て、様子をうかがった。「やったのって——あれのこと？　ほんとに？　やだ、まさか、嘘でしょ。そんなことあると思う？」

「結局はわからないと思うよ」

「ジムは自分だと思ってるの？」

「そうらしい」

「いつ言った？」

「ザックが行方不明になってから」

そのジムが弟妹のいる方向に歩いてきた。あまり長身という印象ではなくなって、長いコート姿が老いてやつれたように見える。「おれの話でもしてたか？」ジムは二人の間に割り込んで坐った。

「してた」二つの声がそろった。

案内放送が流れた。ニューヨーク行きのバスは搭乗を開始するという。双子が目配せをしてからジムを見た。ジムの顎がひくひく動いている。「乗ってよ、ジミー」スーザンがやさしく言った。

「切符はどうする。何の持ち物もない。あの行列では――」

「いいから乗れって」ボブがさっと切符を取り出した。「これで乗るんだ。おれの携帯はいつでもオンにしとくよ」

ジムは立たない。

その肘の下へスーザンが手を添えた。反対側からボブが腕をとる。三人で立ち上がった。左右から囚人をはさんで連行するように、待合室の出入口へジムを移動させた。ジムが待機中のバスに歩くのを見送りながら、スーザンは不意に刺すような絶望感に見舞われた。またザックが出ていくような感覚がある。

するとジムが振り向いた。「あの甥っ子によろしくな。戻れてよかったと言ってくれ」

ジムがバスに乗ろうとして、あとの二人が立って見ていた。窓ガラスに色がついているので、乗ってしまえばジムは見えない。このバスが発車するまで見届けてから、またプラスチック椅子に坐った。しばらくしてボブが口を開いた。「ほんとにコーヒーいらない？」

スーザンは首を振った。

「あと何分くらい？」これにスーザンが十分と答えた。その膝に手を出して、「ジミーのことは心配ないよ。どうなっても、おれたちがいる」と言うと、スーザンもうなずいた。もう父の死について語ることはなかろうとボブは思っていた。事実関係はどうでもよい。一人ずつ物語がある。

それが大事なのであって、どの物語も一人で抱えていればよい。

「あ、来た」スーザンがボブの腕をたたいた。待合室の窓にバスが見える。善玉の超大型イモムシのように、バスがターミナルに入ってくる。出入口で待つ時間がじりじりと続いた。そのあとは一気に動いた。もうザックがいたのだ。髪の毛が顔にかかりそうで、背が高くて、照れ笑いを浮かべていた。

「母さん」と言う。スーザンが息子に抱きつくので、ボブは一歩下がってやった。いくらか前後に揺れながら、母と子がいつまでも抱き合っていた。ほかの乗客はうまく避《よ》けて通ってくれる。ふふっと笑みを浮かべる人もいた。それからザックがボブとも抱き合った。しっかりした青年の感触がボブに伝わった。身体が離れてから、ボブはザックの肩をつかまえて、「立派になったな」と言った。

いや、実際には、まだまだザックらしいのだ。何度も髪に指先を通すので、そのたびにニキビだらけの額が目立つ。前よりも太ったようだとは言いながら、ひょろひょろした感じは変わらない。ではどこが違うのかというと、顔に感情の色が出ることだ。車に向けて歩きながら「やばいよ、やばくね？　やっばー」などと言い続けだった。ボブの予想しなかったことで――おそらくスーザンもそうだろうが――ザックはしゃべるようになっていた。まったく口数が多い。スウェーデンは税金が高いという話をした。これは父親から聞いたようだ。しかし払っただけの恩恵はある。医療は整っていて、消防署は完璧で、街路は清潔だ。こっちよりも人間が寄り合って暮らしている。助け合っている。それに可愛い子が多いんだ、嘘みたいだよ、ボブおじさん。すごい美人がどこにでもいる。初めのうち、おれはダメ人間だと思ってたけど、すごく優しくしてもらった。あ、おれ、しゃべりすぎてるかな。

「そんなことないよ」スーザンが言った。

だが家に着くと、ザックに迷いが出たのではないかとボブは思った。ザックは犬の頭を小刻みになでて、室内を見まわしながら、「前と同じだね。でも違うかな」と言った。

「そうね」スーザンは椅子に寄りかかった。「あんた次第よ。ずっといてもいいし、帰りたくなったら帰るのもいい」

ザックは髪に手をくぐらせ、ザックらしい間の抜けた笑い顔を母親に向けた。「おれ、ここにいたい。やっぱーって感じで」

「といって、いつまでもいるわけにいかないでしょ。それもまた変だと思う。若い人はメインから出ていくじゃないの。仕事もないしね」

「そうぽんぽん言わなくても」とボブが口を出した。「たとえば老人医療の仕事でもすれば、ずっといられることになるだろ」

「あれ、そう言えば、ジム伯父さんは？」

「ちょっと用があってな」ボブは言った。「頑張ってるといいんだが」

東部の海岸沿いは、とうに夜の闇が降りていた。まず東端の海の町ルーベックから先に日が落ちて、シャーリー・フォールズの町も暗くなり、海岸線を南に向けてマサチューセッツ、コネティカット、ニューヨークへ、するすると夜が広がる。ジム・バージェスを乗せたバスがマンハッタンに到着して、ポート・オーソリティの巨大なバスターミナルに乗り入れた頃には、もう日暮れから何時間もたっていた。ブルックリン橋を行くタクシーの窓の外も暗かった。

アブディカリムは一日の最後の祈りを終えて、ボブ・バージェスに思いを馳せていた。いまごろは家にいて、あの目の黒い若者も帰っているのだろう。

そう、たしかに若者は母親に向かい、「この部屋、ペンキを塗り直そうか」と言っていた。ボブは下の階へ下りて、犬を外に出してやり、ベランダの寒気の中に立っていた。夜空に月影も星もない。こんなにも暗くなるものかと思った。マーガレットのことを考えると、なんだか不思議な気がしたが、いまはもう将来の運命がわかっているという心境でもあった。これまではメインへ帰ろうなどと思ったことはなかった。全然なかった。ぶるぶるっと不安に震えるような気もした。分厚いセーターを着る毎日になるだろう。ジムもまた逃げた。ブーツについた雪を蹴り飛ばし、寒い部屋に入る。そういうことから逃げたのだった。それなのに、いま将来として考えることがおかしいとは思わない。人生はそういうものだろう。ジムについては何も考えることがなかった。考えるというよりは、暗い夜空に吹き渡る風のような気分があっただけだ。ボブは犬に声をかけてから中へ入った。スーザン宅のカウチで寝入ったボブは、まだ携帯を握りしめていた。一晩中そうだった。ジムからの連絡にそなえてバイブにセットしていたのだが、電話はぴくりとも動かず、まったく点滅しないままに朝を迎え、夜明けの光が遠慮なくブラインドの下からすべり込んでいた。

謝辞

執筆に際して次の方々に多大なご支援をいただきましたことに感謝いたします。キャシー・チェンバレン、モリー・フリードリック、スーザン・カーミール、ルーシー・カーソン、ベンジャミン・ドライアー、ジム・ホヴァネツ、エレン・クロスビー、トリシュ・ライリー、ピーター・シュヴィント、ジョナサン・ストラウト。また移民を理解する上で貴重な時間を割いてご協力くださった、多くの、多くの、方々にお礼を申し上げます。

訳者あとがき

エリザベス・ストラウトは、メイン州ポートランドの生まれ（一九五六年）。これまでに四冊の小説があって、その三冊目『オリーヴ・キタリッジの生活（*Olive Kitteridge*）』で二〇〇九年のピュリッツァー賞を得ている。現在五十八歳の作家が四冊なのだから決して多作とは言えないが、現代のアメリカ小説にあって確実に地位を築いていることは間違いない。二〇一三年版の『ベスト・アメリカン・ショートストーリーズ』では、歴代の一流作家のあとを受けて編集の役をまかされた。

最新の四冊目は*The Burgess Boys*というタイトルで二〇一三年に刊行された。そのまま日本語にして『バージェス兄弟』または『バージェス家の息子たち』という邦題をつけてもよいところだが、迷った末に『バージェス家の出来事』に変えた。そのあたりを説明すれば、「あとがき」は任務を果たすだろう。

訳者にとっては右記の『オリーヴ』以来、二度目のストラウトになった。しかし、第一印象だけで言えば前作とはかなり違っていて、ある種の戸惑いを覚えたことは確かである。だからこそ、その「戸惑い」が作品の後半できれいに解消される快感を味わうことにもなった。しばらく読んでから「あ、そういうことなのか」と気づくのは長篇小説の楽しみとして悪くないと思う。

北東部メイン州のどこかにある小さな町、というのは著者ストラウトにとっての文学的なホームグラウンドであって、その雰囲気が（よい意味での）地方文学らしい強味になっているのだが、今回はその小さな町と広い世界との関係が大きく異なる。

前作の主役だったオリーヴは、メイン州の田舎町に住んで、まれにニューヨークへ出ることもあったが、あくまで臨時に滞在しただけで、生活の基盤は小さな町にある。この町を、読者はオリーヴの目を通してながめる。あるいは他のマイナーな主役とでもいうべき地元住民の目から見ることもあるが、いずれにせよ、いわば町の中から町を見る。その視点が交錯して、さまざまな角度から町の住人を見ることが、『オリーヴ・キタリッジの生活』の大きな魅力になっていた。

今回、まず目につくのはジムとボブの兄弟が、シャーリー・フォールズという町と大都会ニューヨークとの往復運動をしていることだろう。どちらも地元を出たのは昔のことで、すでに五〇代の年齢に達してニューヨークに住んでいる。

もちろん『オリーヴ』に見られた人物造型は本作でも健在だ。誰だって完全な善人にはなれなくて、中高年になってからでも悩んで変わることがある。この点は、ジムの台詞「人間はどう変わっていくものか、それがおもしろいところだな」（二一九頁）が、ずばりと言い表しているようだが、ジム自身にとっても他人事ではなくなる。一家の柱石かと見えたジムが、おそらく最も激しく揺らぐことになるのだから。そして誰がどう変わるかということは、なかなか予想できるものではない。地元警察のオヘア署長は「事件の有無は人によりけり。どこで決まってしまうのか」と考える（二九〇頁）。この署長は脇役にすぎないが、多くの事件を見てきた男の感慨として傾聴しておきたい。
というような物語が、今回は大きめの枠組で語られる。それだけ社会性が強いとも言えようし、いくつもの要素が盛りだくさんだとも思われよう。ここには家庭の事情があり、町の事情があり、また国の事情さえもある。だが、どのレベルでも、上下や強弱による人間関係の難しさがあって、これをどう解決するのかしないのかというところが、本作のポイントになっている。

たしかに物語の核心は兄弟の愛情および葛藤にある。あるいは核心というより出発点と言うべきかもしれない。父親の死因となった「自動車事故」にまつわる幼い日の記憶――当然、兄弟の年齢差の分だけ、記憶の確かさ、曖昧さは異なる――によって以後の兄弟の人間形成が影響され、その家庭環境から妹スーザンも影響を免れず、その妹の息子ザック（兄弟から見れば甥）もまた影響されざるを得ない。
さらには兄の結婚、弟妹それぞれの結婚と離婚をめぐる事情もあり、ついには甥の手から豚の頭（！）が転がって、今回の事件の発端となる。この発端から反響するように、兄弟の物語はまた出発点に帰っていく。これ自体は、ある年の秋（おそらく二〇〇六年）から一年ほどの出来事だ。

つまり、ジムとボブという兄弟の過去にあった古傷が物語の発生源となって、バージェス家の人々が変わっていくという意味で「バージェス家の出来事」なのである。これはバージェス家の内部から語られるだけではない。ある家族が社会全体の中でどう位置づけられるのかということも、本作の読みどころになっている。

　バージェス家の物語はそれだけでは完結しない。小さな町の地域社会、さらに大きくアメリカ社会の動きとも関わりながら家族の歴史ができてきた。家庭内の葛藤は、社会全体の多数派と少数派の力関係の縮図のようなものである。そこでバージェス家を外からながめる視点も重要になる。著者が冒頭に「プロローグ」を置いたのは、まず読者にバージェス家を外から見せておく計算ではなかろうか。さらに物語内部にも、スーザン宅の間借人（フレンチ・カナディアンの白人老女）とソマリ人移民の老人が配置されて、それぞれの距離からバージェス家を見ている。

　こうなるとソマリ人移民を登場させた著者の意図も読めてくる。ジム、ボブ、スーザンの兄妹が、作中のどこかで、それぞれに民族の違いについての認識をあらためる場面がある。バージェス家は（また著者自身も）十世代も前からアメリカにいるアングロサクソンの家系だが、スーザンの言葉を借りれば「のけ者あつかい」（三二五頁）の状況に陥る危険は誰にもある。家庭で、あるいは社会で、弱い立場に置かれることを経験して、バージェス家の人々は変わっていった。こういう成長物語が中高年になってからでもあるのだということを、移民集団を合わせ鏡のようにして書いた、いわばアングロサクソン系によるバーチャルな移民小説ではないかと訳者は考えている。

　ちなみに、二〇〇六年七月にメイン州ルイストンという実在の町で、この「豚の頭」騒動のモデルになった事件が発生した。現場の様子や裁判の争点については、かなり小説に取り込まれたようだが、現実の容疑者は翌年になって警官の目の前で拳銃自殺している。つまり本作の展開とは大違いで終わった。

最後になりましたが、今度もまた早川書房の永野渓子さんから強力な支援をいただいたことを記して感謝いたします。

二〇一四年四月

訳者略歴　1956年生，東京大学大学院修士課程修了，英米文学翻訳家，東京工業大学教授　訳書『オリーヴ・キタリッジの生活』エリザベス・ストラウト（早川書房刊），『停電の夜に』ジュンパ・ラヒリ，『グレート・ギャッツビー』F・スコット・フィッツジェラルド，『緋文字』ナサニエル・ホーソーン他多数

バージェス家《け》の出来事《できごと》

2014年5月20日　初版印刷
2014年5月25日　初版発行

著者　エリザベス・ストラウト
訳者　小川高義《おがわたかよし》
発行者　早川　浩
発行所　株式会社早川書房
東京都千代田区神田多町2-2
電話　03-3252-3111（大代表）
振替　00160-3-47799
http://www.hayakawa-online.co.jp

印刷所　株式会社精興社
製本所　大口製本印刷株式会社

Printed and bound in Japan

ISBN978-4-15-209459-9　C0097

乱丁・落丁本は小社制作部宛お送り下さい。
送料小社負担にてお取りかえいたします。

早川書房の文芸書

ネザーランド

Netherland

ジョセフ・オニール
古屋美登里訳
46判上製

〈PEN／フォークナー賞受賞作〉

春の夕方に届いた訃報によって、ロンドンに暮らすオランダ人ハンスの思いは、四年前のニューヨークにさかのぼる――妻子と別居し、孤独で虚ろなままひとり過ごしていた日々に。いくつもの記憶をたどるうちに蘇ってきた、かけがえのないものとは？　数々の作家や批評家が驚嘆した注目のアイルランド人作家がしなやかにつづる感動作。

早川書房の文芸書

ウルフ・ホール（上・下）

Wolf Hall

ヒラリー・マンテル
宇佐川晶子訳
46判上製

〈ブッカー賞・全米批評家協会賞受賞作〉

十六世紀のロンドン。トマス・クロムウェルは、卑しい生まれから自らの才覚だけで成り上がってきた男だ。数カ国語を話し、記憶力に優れ、駆け引きに長けた戦略家であるクロムウェルは、仕える枢機卿の権勢が衰えていくなか、国王ヘンリー八世に目をかけられるようになるが——希代の政治家を斬新な視点で描き、世界を熱狂させた傑作。